新潮文庫

モンローが死んだ日

小池真理子著

新潮社版

10945

「一つの話には必ず裏と表がある」

マリリン・モンロー
（長島良三訳）

「君はよく、優しくここまでついてきてくれたね」
「そんなに思いつめないでよ。あたしだって一人になりたくないわ。おあいこよ。すまながることなんかないのよ」

色川武大『狂人日記』

モンローが死んだ日

序章

水曜日だった。

鏡子《きょうこ》はいつもと変わりのない朝を迎えた。それは、少なくともここ半年ほどの間、鏡子が一度も欠かすことなく繰り返してきた、幸福なリフレインのような朝になるはずだった。

だが、何かが違っていた。それが何なのか、鏡子にもわからなかったが、気分の問題であることだけは確かだった。

ジャムトーストとカフェオレ、カマンベールチーズ一切れ、キウイ半分とヨーグルト……の簡単な朝食をとり、前夜の残り物の豚肉のしょうが焼きを温め直して、レタスやベビーリーフと共にランチボックスに詰めた。小さなおにぎりを握って海苔《のり》を巻き、皮も食べられるというシャインマスカットを数粒、添えた。

二匹の猫に餌《えさ》をやり、水を替え、猫トイレの始末をし、戸締りを確認した。日が落ちるのが早くなっているので、玄関灯だけ灯《とも》し、ドアに鍵《かぎ》をかけてカーポートに停めてある車に乗りこんだ。

じきに十二月を迎える。朝八時半の気温は二度。最高気温は九度、という予報が出ている。例年よりいくらか暖かい。

空は穏やかに晴れわたっている。葉を落とした木々の枝越しに、やわらかな筋のようになった陽差しが降り注いでくる。白い小型車のタイヤが、路上に散り敷かれた色とりどりの落ち葉を勢いよくはね上げていく。

鏡子の勤務先は、自宅から車で十数分ほど行った先の原島富士雄《はらしまふじお》文学記念館である。勤務先といっても、職場にいるのは鏡子ひとりだけ。五十一歳になった年に記念館の管理人兼案内人として雇われてから、早くも八年の歳月が流れた。

原島富士雄は大正八年生まれの作家である。戦後まもなく活躍し始め、一九九九年に八十歳の生涯を閉じるまで、多彩な作品を残した。文士と呼ばれるにふさわしい風《ふう》貌《ぼう》と、無頼を気取る生き方とは裏腹に、裕福な家庭に育った者特有のおおらかな貴族趣味の持ち主だった。

存命中は多くの読者を魅了していたが、最近では読まれることが少なくなった。特に若い世代には驚くほど知名度が低く、そのことが社会現象のひとつとして取り上げられたこともある。三年前、東京の出版社が原島富士雄文学フェアと称して原島の作品を書店に並べたものの、あえなく空振りに終わったという話は、一時期、新聞各紙や文芸誌の話題をさらった。

昭和四十年代に入ってから、原島はこの地に別荘を建て、蔵書の大半を運びこんで、東京の自宅と頻繁に行き来し始めた。決して大きくはないが、当時としてはモダン建築とも呼べる別荘で、中央に吹き抜けになった、天井の高い洋間がある。原島はその洋間の壁いちめんに書棚を作らせ、書斎として使っていた。

やがて、肺に慢性疾患をもつようになってから、原島は東京の家を売却。妻と手伝いの女性を従えて、別荘に移り住んだ。その後、原島夫人が心臓の発作で急逝《きゅうせい》したため、別荘の一室で原島の最期《さいご》を看取《みと》ったのは、長年、原島家に仕えてきた手伝いの老女だったと伝えられている。

原島の死後、遺族や有志、出版社によって原島富士雄記念財団が設立された。別荘が文学記念館として一般公開されるようになったのは、二〇〇三年のことになる。

その同じ年、鏡子は夫に先立たれた。身体《からだ》に問題があって子供は作らずにきた。両親は早いうちに離婚。兄弟姉妹はおらず、母親はすでに他界していて、父親の所在はわからないままだった。

家庭の温かさをほとんど知らずに育った鏡子にとって、夫と作り上げた家庭は唯一《ゆいいつ》にして絶対の、心の拠《よ》り所《どころ》だった。

深い喪失感に打ちのめされ、死ぬことすら考えた鏡子を救ったのは、他ならぬその、原島富士雄文学記念館だった。

開館以来、数人の職員で運営されていた記念館だったが、来館者減少のあおりをくらって、人件費縮小を余儀なくされた。地元在住の一般人を対象に、記念館が管理人兼案内人を一名、募集している、という情報を鏡子は、たまたまスーパーに並べられていたタウン紙の情報欄で知った。

いつ果てるともなく続く、深い喪失感と抑鬱《よくうつ》状態から自力で抜け出すためには、何か仕事をしなければならなかった。それがいやなら、家に引きこもったあげく孤独に絶命していくだけだ、とまで考えるようになっていた鏡子が、管理人の仕事に応募し、思いがけず採用の知らせを受けた時は、長年苦しんできた鬱的な気分がいっとき、晴れわたったような心持ちになったものだった。

……記念館に着くと、いつものように車を小さな駐車場の片隅に停めた。歳月を刻んで黒光りした木製扉の鍵を開け、館内の暖房をつけてまわり、窓という窓のシェードを上げた。

シーズンオフの午前中、観光客が記念館に立ち寄ることは滅多にない。かつて個人の別荘だったに過ぎない建物は小ぢんまりとしていて、どれほど丹念に掃除をしても、じきに終わってしまう。開館の準備を整え、正面玄関のドアの脇《わき》に「開館しています。どうぞお入りください」と書かれた札を下げ、パソコンを立ち上げて必要なチェックを終えると、することはなくなった。

関係書類などが届けられる郵便配達は、昼過ぎになる。問い合わせなどの電話がかかってくるのも、たいてい午後だった。不意の来館者でもない限り、それまでは実質的に鏡子の自由時間に等しかった。

鏡子は、かつて原島が書斎として使っていたという洋間のテーブルに向かって腰をおろし、おもむろに原島富士雄全集の六巻目を開いた。誰も来ない日はたいてい、原島の本を読んだり、原島の遺《のこ》した美術全集を眺めたりして過ごす。そうやっていると、あっと言う間に時間がたつ。

もともと原島富士雄の作品、原島にしか綴《つづ》ることができないであろう、美しい文章に惹《ひ》かれていた。何度読んでも飽きない。たとえ来館者がひとりもなく、朝来てから夕方、戸締りをして帰路につくまで、人と話をせずにいたとしても、原島の本を読み、考え事をし、窓の外の空を眺めていられれば、それはそれで鏡子の幸福なひとときが約束されるのだった。

だが、その日は原島の本を開いても、いっこうに集中することができなかった。鏡子はバッグから携帯電話を取り出し、テーブルの上に置いた。椅子《いす》から立ち上がって、館内の展示物をその必要もないのに置き直したり、埃《ほこり》を払ったりしながら歩きまわった。たまご色のシェードが上がった窓の向こうから、初冬の弱々しい光が射《さ》してきた。冬木立が、時折、吹きすぎる風を受けて細かく揺れているのが見えた。

毎週、水曜の晩には、横浜の総合病院で精神科医を務めている医師、高橋智之《たかはしともゆき》が、鏡子の家にやって来る。高橋医師は水曜の晩、鏡子の家に泊まり、翌日の木曜から土曜まで、町内にある宇津木《うつぎ》クリニックで精神科のアルバイト医を務め、日曜にまた横浜に戻って行く。

横浜の病院での外来が終わり次第、新幹線に飛び乗ってこの町にやって来る高橋医師のために、鏡子は毎週水曜日、記念館を閉めた後、スーパーで買い物をし、家に戻って夕食の準備をする。それがここ半年ほどの習慣になっている。

もし、何かの事情で到着が遅れたとしても、必ず今夜中に彼はこの町に来る。来なければならない。なにしろ、木曜からの宇津木クリニックでの彼の外来は、いつも予約でいっぱいなのだ。

そうわかっているのだから、不安は何もないはずだったが、何かが鏡子を怯《おび》えさせていた。原因はわかっているような気もしたが、突き詰めて考えるのはやめておいた。

何につけ、考え過ぎることはよくない。ちょうど今から一年前、ひどく精神状態が悪くなって宇津木クリニックの精神科を受診した時も、考え過ぎるあまりにそうなったことは自分でもよく承知していた。どんなものであれ、雑念は放棄すべきだった。雑念のほとんどは意味をもたず、考えても無駄なことばかりなのだ。

それでも鏡子は、高橋医師によって完全に治癒されたはずの心が、今も時折、不気味に疼《うず》くのを感じることがある。そのたびに、あの、恐ろしいアイガー北壁のイメージが自分の中に拡《ひろ》がっていくのをどうすることもできなくなる。

夫を失って半年ほどたった或《あ》る晩のこと。ぼんやり眺めていたテレビで、イギリスのテレビ局が制作した山岳ドキュメンタリー番組が放送されていた。

標高三九七〇メートルのスイスアルプスのアイガー。誤って山の北壁にある隙間《すきま》を滑り落ちると、人は何もない空間を一五〇〇メートルにわたって落下しなければならなくなる。そのことを知り、鏡子は呆然《ぼうぜん》とした。

それは想像するだに恐ろしい光景だった。足をすべらせたあげく、果てしなく氷に閉ざされた、白い、無限の空間を猛烈なスピードで落下していくのである。その恐怖、その絶望、その孤独、その虚無が、まさに今、この瞬間、自分が体験していることのように襲いかかってきた。

そんな番組など観《み》なければよかった、と後悔したが、遅かった。以来、鏡子は気分が滅入《めい》るたびに、落下のイメージが不吉に甦《よみがえ》ってくるのを感じるようになった。時には眠っていて、自分自身が一五〇〇メートルもの氷の壁の隙間を悲鳴と共に落ちていく夢をみた。そんな時には喉《のど》が裂けるかと思われるほど大きな叫び声をあげ、自分の声で目を覚ました。

高橋医師の外来を受診した最初の日、思いきってその話を打ち明けた。抑鬱状態が続くと、決まってそうなるのです、とても怖い、怖くてたまらない、なのに落下のイメージは消えてくれないんです。他人に向かって、そんな話をしたのは初めてだった。

それを聞いた医師は、つと鏡子に優しいまなざしを向けた。それは哀れみから生まれたまなざしには見えなかった。かといって、医師として理解できるということを伝えるための目線でもなかった。ただ、ただ、無垢《むく》な優しいまなざしだった。

先週、いつものように水曜の晩、家にやって来た彼の様子が、少しおかしいと鏡子は感じた。木曜と金曜は会わずにいて、土曜の晩、再び家で会った時も、ふだんの彼とは違うものを感じた。

何かに心を奪われているような、気もそぞろ、といったふうだった。だが、後から何度再現してみようとしても、それが本当に気もそぞろな状態であったのかどうか、はっきりしない。何にでも過敏に反応しがちな自分の精神が作り出した、ただの思い過ごしとも言えた。ありもしないことに反応してしまうのは、何かまた、精神面が不穏になりつつあるのかもしれなかった。

鏡子は雑念を追い払うため、再びテーブルに向かった。原島富士雄の全集に目を落とし、原島の世界に逃げ場を求めた。

窓の外の庭で、カケスが数回、けたたましく鳴きながら飛び去った。その声がいつも以上に不吉なものに感じられて、鏡子はさらに落ち着きを失った。

十二時をまわってから、持参したランチボックスの弁当を広げた。あまり食欲がなかった。よくない兆候だった。

午後の来館者は三組あった。うち一組は学生とおぼしきカップルで、残る二組はいずれも、初老の女性のグループだった。にぎやかなグループだったので、冗談を言い合っているうちに気がまぎれたが、中の一人から、「こういうところでお独りでお仕事するのって、さびしくないですか」と訊《たず》ねられた。

咄嗟《とっさ》に「慣れてますから」と明るく答えたが、グループが帰ってからもしばらく、

「さびしい」という言葉だけが鏡子の中で反響し続け、消えなくなった。

その後、何件かの電話がかかってきた。合間に、町役場の観光課の男が訪ねて来た。ここのところ近隣に猿の群れが出没している、もし猿を見かけても決して餌をやらないよう、来館者に注意を呼びかけてほしい、との話だった。わかりました、と鏡子は言った。

「また冬が来ますねえ」と男が帰りがけ、空を見上げながら言ったので、鏡子も愛想よくうなずき、「寒くなりますね」と応じた。

記念館の閉館時刻は夕方四時である。三時五十分になってから、鏡子は自分のマグカップを洗い、片づけ、窓のシェードを下ろした。暖房を消し、戸締りを確認し、記念館の電話を留守番設定にした。

すでに外は日が翳《かげ》り始めていた。記念館の扉に鍵をかけ、「本日は閉館しました」と書かれた札を下げた。乾いた落ち葉を踏みしだきながら、自分の車に乗りこんだ。車のボンネットには、無数のカラマツの葉が落ちていた。

カーラジオからは、地元にある居酒屋チェーン店のCMが流れてくる。不自然にはしゃぐ若い男女の声が甲高く、ひどくうるさく感じられたので、鏡子はラジオを消した。

ラベンダー色に染まり始めた空の向こうで、遠い山並みが黒々と稜線《りょうせん》を刻んでいる。夜が足音をしのばせながら近づいてくるのがわかる。

まっすぐスーパーまで行き、手早く買い物をすませた。高橋医師との夕食にブリ大根を煮込む予定でいたが、急に作るのが億劫《おっくう》になった。買ったのは豚のバラ肉と長ねぎ、半切りのキャベツ、ピーマン、翌日食べるパンだけだった。他に安物の赤ワインを一本。医師は酒に強くはなかったが、食事時、グラス一、二杯程度のワインだけは好んで飲んだ。

家に戻って玄関の鍵を開けると、二匹の猫が迎えに出て来た。雌のシマと雄のトビー。キジトラ柄の姉弟猫で、共に十二歳を超えている。十年前、夫が死にかけていた時、まだ幼かった二匹は鏡子にへばりついて離れようとしなかった。小さな生き物もそれなりに、人の死が近づいていることがわかるのかもしれなかった。

部屋の明かりを灯し、買ってきたものをキッチンに運んだ。覚えのある重い疲労感があり、ソファーに横になりたくてたまらなかったが我慢した。横になったとたん、動けなくなるような気がしたからだった。

自分を叱《しか》りつけながら、リビングの片隅にある薪《まき》ストーブに火を起こし始めた。亡《な》き夫、幸村陽平《ゆきむらようへい》が愛していた薪ストーブだった。設置するための費用は嵩《かさ》んだが、そのやわらかな暖かさはエアコンの比ではない。

毎年寒くなる季節を迎えるたびに、夫は薪を焚《た》き、鏡子はストーブの上で豆やシチューを煮た。病み衰えてからも、陽平はストーブのそばで過ごしたいという一心で、無理やり病院から一時帰宅してきた。毛布で身体をくるみ、ストーブ脇の椅子に腰をおろし、こけた浅黒い頬に笑みを浮かべていた夫を思い出すと、鏡子は今も胸塞《ふさ》がれる。

夕食の支度をすませるころになっても、携帯は鳴り出さなかった。高橋医師はいつも、東京駅から新幹線に乗る直前に鏡子に連絡し、「今から乗るよ」と言ってくる。飛び乗らざるを得なくなった時は、車内から短いメールを送ってよこす。したがって、七時半をまわっても連絡が何もない、ということは、彼はまだ新幹線には乗車しておらず、横浜か、もしくは都内にいる、ということになる。

何か病院で厄介なことが起こったのか。患者、もしくは患者の家族、同僚医師らとのトラブル？　あるいは、よく話に聞いていた「暴力的な患者」が運びこまれてきて、その対応に追われているのか。

いや、そうではなくて、乗ったタクシーが事故にあったのかもしれない。駅の階段から転げ落ち、怪我《けが》をしたのかもしれない。

結婚歴はあっても、彼は現在独身で家族はいない。したがって、家族の誰かが急病になった、ということはあり得なかった。だが、たとえば知人の訃報《ふほう》が届き、通夜《つや》に駆けつけなければならなくなった、といったことは考えられた。本人が連絡もできなくなる、というほどの事故にあったのなら話は別だが。

しかし、それならそれで、連絡だけはできるはずだった。

そんなことをとりとめもなく考えながら、鏡子は恐ろしい想像が黒雲のようにわきあがってくるのを感じた。

気づかぬうちに、彼の気持ちが急速に冷めた、ということも考えられた。水曜の晩、黙ってここに来るのをやめるだけで、二人の関係は自然消滅する。水曜の夜の習慣が一方的に破られる……それは彼から発せられる、揺るぎのない、終焉《しゅうえん》に向けたサインでもあった。

鏡子が宇津木クリニックや横浜の病院に押しかけ、何故《なぜ》、約束をすっぽかしたのか、と怒りもあらわに理由を問いただすような女ではないことは、彼が誰よりもよく知っている。そうした鏡子の性格を利用すれば、離れていくのもたやすいだろう。

鏡子にしてみれば、会わなければただちに終わるような関係を作ったつもりはないが、彼のほうではそう思っていた可能性もあった。そう考えると、辻褄《つじつま》が合う気がした。

かつて患者だった五十九歳の女と、四歳年下の精神科医の関係は、互いに独り身であるとはいえ、万一、人に知られたら、狭い町ではたちまち噂《うわさ》にのぼる。そのため鏡子は、彼とは決して町内の飲食店で会わないこと、人目につく場所で待ち合わせたりしないことを鉄則にしてきた。

先のことを誓い合ったわけではない。今後、どうなっていくのか、予測もつかない。そんな脆《もろ》い関係だからこそ余計に、今を大事にしたかった。もしかすると誠実に関係を育《はぐく》んでいける相手かもしれなかった。今、この段階で、小さな町のつまらぬ噂の種になるような行動は慎んでおくべきだった。

彼が精神科のアルバイト医として宇津木クリニックでの診療を始めるようになって以来、女性患者の間では密《ひそ》かに、彼の魅力が話題になっていた。宇津木クリニックに来ている精神科の先生は、ちょっと素敵、いい男……といったたぐいの、他愛《たわい》のないものに過ぎなかったが、医師としての彼の腕の評判は、それ以上によかった。

患者に向かう姿勢はもとより、漂わせる雰囲気に、相手を吸い込んでいくような深みがあるのは事実だった。獲物を射抜くような視線の持ち主だったが、そこには少しでも相手と同化したい、理解してやりたい、救ってやりたいとする真剣な光が宿っていた。

その彫りの深い大きな目が、そう見せるのかもしれなかった。だが、風貌の魅力以上に、彼が内面に湛《たた》えている何かが、心のバランスを欠いた患者たちを惹きつけていくのであろうことは、実際に彼の診療を受けた鏡子にもよく理解できた。その意味では、彼は真の精神科の名医と言えた。

そんな男性医師が、女性患者と親密になったという噂がひとたび蔓延《まんえん》すれば、同じクリニックに通う他の患者たちは、心証を害されるばかりか、彼を信用できなくなって離れていくことだろう。彼に精神科を任せた宇津木クリニックにしても、対応に苦慮するに決まっていた。

精神科医が患者と特別な関係になる、ということは、治療の妨げになるため、あってはならないこととされている。なのに、そうした事例はあとを絶たず、精神医学界でも常時、問題にされてきた。

いたずらに鏡子との噂が拡がれば、彼自身が追いつめられることにもなりかねない。二人の関係は今はまだ、何があっても絶対に隠しておかねばならない、と鏡子が考えるのもそのためだった。

鏡子の家は、雑木林や畑、空き地の中に別荘と一般住宅が点在している静かな一角にある。毎週水曜の晩と土曜の晩、彼がやって来て泊まっていっても、誰にも怪しまれずにすむような環境だった。昼日中、二人で堂々と寄り添って家の周囲を散歩したとしても、運が悪くない限り、近所の目には触れにくい。少なくともこれまで一度も、人に見られたことはなかった。

この地に暮らし始めて以来、唯一親しくなった友人の長谷川康代《はせがわやすよ》にも、鏡子は高橋医師との関係について何ひとつ打ち明けていない。

鏡子と同い年の康代は、宇津木クリニックの内科を受診することはあっても、精神科の世話になる必要がないような人生を送っている。抑鬱状態に陥った鏡子に、宇津木クリニックの精神科受診を熱心に勧めてきたのは康代だが、康代は別に、クリニックにアルバイト医として通ってくる精神科医を高く評価していたからではなく、噂に聞く「いい男」の診察を鏡子に受けさせ、相手がどうだったか、聞き出したくてうずうずしていたに過ぎなかった。

その証拠に、鏡子は康代からは何度も、高橋智之という医師について質問された。ねえねえ、どんな顔してるの？　背はどのくらい？　声は？……といった具合に。

そのたびに鏡子は、「話の引き出し方がとても上手」「精神科医として信頼できる」「気持ちのすべてを正直に打ち明けられる」などと、抽象的であたりさわりのない答えを返し、そのうち康代は興味を失ったのか、いつのまにかその種の質問はしてこなくなった。

もし、康代が少しでも鏡子と高橋医師の噂を耳にしていたら、真っ先に鏡子に何か訊《き》いてくるはずであった。康代が何も気づいていないのだから、自分たちの関係はまだ、他の誰にも知られていないのだ、と鏡子は確信していた。

しかし、それだからこそ、関係に終止符を打つのも簡単だ、と彼は思っていたのではなかろうか。

まさか、という思いと、気づかずにいたのは自分だけで、彼のほうでは初めからそう考えていたのではないか、という思いとが交錯した。鏡子は息苦しくなった。頭の中に汚れた血が充満してくるのが感じられた。

しかし、彼はれっきとしたベテラン精神科医だった。相手を思いやることのできない若者などではない。鏡子との関係をそんなふうに自分の都合だけでばっさりと断ち切ったら、ただでさえ不安定になりやすい鏡子がどうなるか、誰よりもよく知っている。

わかっていて、それしかない、と判断したというのか。そうだとしたら、高橋智之という男は医師としても、男としても、まったく情というものに欠ける冷酷無比な人間、ということになる。

薪ストーブの火は赤々と燃えていた。室内は気持ちよく暖められつつあった。ストーブの上のやかんからは、音もなく湯気がたちのぼっている。

二匹の猫、シマとトビーは、鏡子が茹《ゆ》でてやった鶏のささみとドライフードをたらふく食べた後、ソファーの右端と左端に分かれて、眠る態勢を整えた。身体の模様がうり二つなので、番《つが》いの眠り猫をかたどったブックエンドのように見える。

九時半になった。鏡子は意を決し、携帯を手にした。

メールを打ち始めたのだが、途中で指先に力が入らなくなった。メールを送って、すぐに返信が戻ってくるとは思えない。受けたメールに返信できるようなら、とっくに連絡をよこしていただろう。

メールなどという悠長な手段をとっている場合ではないような気がした。直接、携帯に電話してみたほうがいい、と思った。

ふだん、高橋医師とは、ほとんどの連絡をメールを介して行っていた。彼から電話がかかってくることはあっても、鏡子から彼の携帯に電話することはめったになかった。

そのため、彼に電話をかける、と考えただけで全身に緊張が走るのを覚えた。こめかみや顎《あご》のあたりがこわばり、頭痛の予兆とも言うべき、首から上の違和感が始まった。

携帯の電話帳を検索し、おそるおそる彼の番号をクリックした。呼び出し音は聞こえず、いきなり機械的な女性の声で音声ガイダンスが流れてきた。

……電波ガ届カナイトコロニオラレルカ、電源ガ入ッテイナイタメ……というところまで聞いて、鏡子はただちに電話を切った。

胸の鼓動が烈《はげ》しくなった。新幹線に乗っていて、トンネルを通過しているところなのかもしれない、と考えてみたが、むろん、何の慰めにもならなかった。こめかみと顎のこわばりが強くなった。

頭痛薬を飲むか、安定剤を飲むか、どちらにすべきか、としばし考え、いつも持ち歩いているトートバッグの中から小さなポーチを取り出した。以前は何種類もの薬を入れていたものだが、もうその必要はなくなった。今、ポーチに入っているのは、誰でも薬局で買うことができるアスピリン、ロキソニン、それに、かつて高橋医師に処方され、身体に合うことがわかって、今も頓服《とんぷく》代わりにしばしば服用しているデパス程度だった。

こういう時こそ、安定剤を服用したほうがいい、と考えた。鏡子はデパス〇・五ミリグラムを一錠、シートから取り出すと、キッチンに行き、コップの水で飲みくだした。

夕食のための準備で、角盆に載せておいた箸《はし》二客と箸置き二つ、ワイングラス二つ、ワインの栓抜き、重ねた小皿類が目に入った。今夜はこれらを使うことはないだろう、と思った。そのこと自体は受け入れているくせに、水曜の晩、もう彼がここに来ない、という事実は受け入れることができそうになかった。

再びリビングに戻り、ストーブの上のやかんの湯の減り具合を確かめた。うろうろと狭い室内を歩きまわり、椅子に腰をおろした。何もすることがないと、かえって不安がつのる。鏡子は再び携帯を手にし、観念してメールを打ち始めた。

「今どこですか。連絡がないので心配しています。何かあったのでしょうか」……そう打ちこんでから、しばらくの間、自分が作ったメール文を凝視した。まさか、こんなメールを送る時がこようとは、思っていなかった。しかもこんなに早く。

メールを送信し、きちんと送信できたかどうかを何度も確かめ、携帯を閉じた。少し風が出てきたようだった。外の枯れ木立を揺すって過ぎる風の音が聞こえた。

シマもトビーも、それぞれ「の」の字を作って眠りこけている。熟睡しているらしく、トビーの四肢がピクピクと小さく痙攣《けいれん》している。

ふいに、帰宅してからずっと、自宅の固定電話の留守録機能をチェックしていなかったことを思い出した。もしかすると、彼は固定電話のほうにメッセージを残しているかもしれない。

冷静に考えれば、彼が自宅に電話をかけてくる可能性は皆無と言ってよかった。そもそも鏡子の家の番号を、彼が自分の携帯に登録しているかどうかも定かではない。だが、鏡子にはそれが一縷《いちる》の望みであるかのように感じられた。

椅子から立ち、リビングの片隅の、キャビネットの上に載せてある親機のもとに駆け寄った。アイボリーホワイトの電話の親機に、メッセージが吹き込まれている形跡はなかった。それどころか、その日、一日、どこからも電話はかかって来てはいなかった。

襲いかかってくる絶望感を払いのけようとして、次に鏡子は、彼が原島文学記念館のほうに電話をかけてきたのではないか、と考えた。今日、自分が記念館を出た直後、彼が記念館に電話をかけた、という可能性も捨てきれないではないか。

しかし、もしそうだとしたら、何故？　答えは簡単。携帯を紛失し、鏡子の携帯番号も鏡子の自宅の番号もわからなくなり、慌《あわ》ててＮＴＴの番号案内か、ネット検索で原島富士雄文学記念館の電話番号を調べ、かけてきたのだ！

しかし、それが都合のいい妄想に過ぎないことを鏡子はよく承知していた。よもや実際に彼が記念館に電話をかけたのだとしても、留守番電話になっていることがわかれば、別の方法で連絡をとろうとしてくるはずだった。

明日の宇津木クリニックの外来はどうするつもりなのだろう、と鏡子は考えた。予約患者でいっぱいのはずの木曜日。金曜も土曜も新患の予約がとれないほどになるが、とりわけ木曜日の患者数は多い。予告もなしに突然休診する、などということが許されるのか。

それを確かめるすべはなかった。夜間、クリニックには電話はつながらない。院長である宇津木の自宅の電話番号は、知るよしもなかった。そもそも鏡子は、宇津木クリニックの内科を受診したことはないから、宇津木医師と個人的な面識はない。

高橋医師のことを何も知らずにきたような気がした。

彼は、横浜市にある総合病院に非常勤で通うようになった時から、職場に近いほうがいいと考え、それまで住んでいた大田区のマンションを引き払って、川崎市麻生区のマンションに移り住んだ。そう聞いていたが、そのマンションの住所を鏡子は知らなかった。固定電話の番号も訊いていない。訊ねれば教えてくれたのだろうが、あえて知る必要もないと思っていたから、訊かずにきた。

毎週水曜の晩になると、必ず会える相手だった。連絡をとりたい時は、彼の携帯に電話をするなりメールを送るなり、すればよかった。たとえ診察中であっても、メールを送っておけば、後で必ず彼から連絡がきた。

彼の住まいを訪ねなければならない理由、彼の住まいに手紙を出さねばならない理由、そして、彼の留守中、誰もいないマンションに、甲斐甲斐《かいがい》しく食べ物などを送ってやる趣味も、鏡子にはなかった。

もしかして、自分が知らないだけで、東京で何か大きな事件があったのか、と考えてみた。そのせいで携帯電話がつながりにくくなっているのかもしれない。

その想像が、あたかも最後の頼みの綱のように感じられた。鏡子はリモコンを使ってテレビをつけた。どの局でも、いつもと変わらぬ番組をいつもと同じように放送していて、大きな事故や災害やテロ、無差別殺人事件などを扱う特別報道番組は組まれていなかった。

民放の若い女性アナウンサーが、全国の天気概況を説明している。ピンク色のふわふわとした、ヘッドホン一体型のマイクを頭につけ、明日は全国的に今日よりもぐっと気温が下がります、特に夕方、日が落ちてからは東京都心でも、真冬を思わせる寒さになるでしょう、と言っている。

潤《うるお》いのある愛らしい声である。外からの生放送なので、時折、風が彼女の前髪をさらっていく。白いショートコートに身を包んだ彼女は、いかにも寒そうに眉《まゆ》をひそめるのだが、短い丈のスカートから伸びる形のいい長い足は健康的で、惜しみなく温かな血が通っているように見えた。

自分にもかつて、こういう時期があった、と鏡子は場違いなことを思った。若いうちは、寒さも暑さも概念としてあるだけで、真に身にしみて感じることなどほとんどないのだ。

キャビネットの上の、半円形をした置き時計を見た。死別した夫、幸村陽平が、かつて勤務先の会社の忘年会で行われたビンゴゲームであてた景品である。ブランド品ではないが、重厚なマーブルホワイトの大理石で作られている。中古で購入した、この慎ましい質素な古い家には似合わないものの、ずっと愛用してきた。

五分おきに時刻を確かめているのはわかっていても、確かめずにはいられない。そんなことを繰り返しながら、鏡子は、高橋医師がこの町で借りている部屋のことを考えた。

宇津木クリニックの院長から無料で貸してもらっているというマンションは、三階建てだった。クリニックまで歩いて五分ほどのところにある。中に入ったことはないが、車でマンションの前まで行ったことは何度かあった。

リビングルームの他に洋間が一つ、和室が一つ。宇津木院長がセカンドハウスとして購入したものだと聞いている。水曜の晩、彼は鏡子の家に泊まるが、木曜と金曜の晩はその部屋に寝泊まりし、クリニックでの外来をこなす。その部屋には院長名義の固定電話が置いてある。その番号は確か、以前、教えてもらったはずだった。

どうしてこんな大事なことを忘れていたのだろう、と思った。鏡子は慌てて携帯を手にしたが、すぐに、その部屋の電話番号は未登録だったことを思い出した。院長所有の固定電話にプライベートな用件で電話をかけるのは気がとがめたし、第一、その必要が生ずることはないだろう、と確信していたからだ。

記憶を辿《たど》っているうちに、ふと思い出したことがあった。大慌てで、キャビネットの引き出しを開けてみた。手帳やアドレス帳、各種領収書、宅配便の伝票などをまとめて入れてある。

スーパーの文房具売り場で安く買った、ミッキーマウスのついた赤い手帳を開くと、思った通り、彼が借りている部屋の住所と電話番号のメモがはさまれていた。一緒にこの家で過ごしていた時、なんとはなしに訊ねてみて、彼が口にした答えを手近なところにあったメモ用紙に走り書きしたものだった。

鏡子は息詰まるような思いにかられながらも、携帯を使ってその番号に電話をかけてみることにした。着信履歴が先方の電話機に残されるようにしたいが、携帯番号なら、どこの誰かはっきりしない。誰からの電話か、わかるのは彼本人だけだ。

よもや鏡子との関係に終止符を打ち、今夜からここに来るのをやめたのだとしても、彼は明日のクリニックでの外来を通常通り、こなす必要がある。そのためには、今夜はさしあたって、あの部屋に泊まる以外、方法はない。もし、今、部屋にいれば電話に出るかもしれない。

コール音が始まった。心臓がふくらむあまり、喉から飛び出してきそうになった。

留守番電話はセットされていないようだ。それとも、留守録機能がついていないのか。コール音はいつまでたってもやまなかった。呼吸をとめたままでいた鏡子は、切れ切れに息を吐き出し、電話を切った。

十一時をまわった。東京駅から最終の一本前の長野新幹線に乗れば、軽井沢駅には十時三十五分、次の佐久平《さくだいら》駅には十時四十四分に到着する。

鏡子の家は、いわゆる軽井沢エリアから外れていたが、かといって、佐久平エリアでもない。住居表示は北佐久郡花折町《はなおれまち》。軽井沢町と佐久市との中間あたりに位置しており、別荘地と一般住宅地が混在している地域になる。最寄りの大きな駅は、軽井沢駅か佐久平駅。どちらの駅からタクシーに乗っても、鏡子の家までは三十分もかからない。

高橋医師は、患者の間では有名でも、タクシー運転手にまで顔が知られているわけではなかった。駅からタクシーを使って鏡子の家までやって来たところで、何の問題もなかった。鏡子が自分の車で迎えに行き、駅周辺で見知った人間に出くわしてしまうよりも、そのほうがずっと安全だった。

すでに彼が、軽井沢駅か、次の佐久平駅からタクシーに乗車したのなら、そろそろここに着いていい頃合だった。鏡子はテレビを消し、立ち上がった。

リビングから廊下に出て、玄関脇の小窓から外を覗《のぞ》いた。こちらに向かって走ってくる車があれば、木々の向こうにちらちらとヘッドライトの光が見えてくる。そんな光が見えはしないか、としばらくの間、冷たいガラスに鼻先を押しつけながら、祈る思いで目をこらしていたが、何も見えなかった。自分の吐息でガラスが白く曇った。

空を見上げ、月を探した。月は見えず、小さな星が瞬《またた》いているだけだった。

未《いま》だに何の連絡もないのだから、彼が乗ったタクシーのライトが見えるはずもなかった。それなのに鏡子はいつまでも、ガラスの向こうから忍び寄ってくる冷気の中で息をひそめ、木々の間をぬうようにしてこちらに向かってくる光のまぼろしを見ていた。

［1］

鏡子が時折、それまで感じたことがなかったほどの異様な精神状態に陥るようになったのは、二年前の暮れあたりからである。

夫に死なれてからずっと、心身の不調は長きにわたって続いていた。もがいてももがいても、出口の見えない霧の中を歩き続けているような感覚があった。数日で何事もなかったかのように立ち直ることもあったが、時には何カ月にもわたって、感情を失ったまま、ぼんやり暮らし続けたこともあった。

死んでしまったほうが楽かもしれない、と考えたことも数知れない。そのため、縊《くび》れるにふさわしい場所を探しまわったりもした。この枝なら、この梁《はり》なら、と自分が決めた場所を見上げては、そのたびに不思議な安堵感《あんどかん》につつまれた。

これといった理由もなく涙があふれてくるのはしょっちゅうだった。ほとんど涙は出てこないくせに、烈《はげ》しい嗚咽《おえつ》だけがこみあげてくることもあった。

いつも身体《からだ》のどこかの具合が悪く、そのせいか何の理由もなくものごとに苛立《いらだ》って、自分を取り囲んでいるすべてに腹をたて、怒りにまかせて空のペットボトルを床に投げつけたりもした。自分は何かおかしくなっている、と思ったとたん、今度は急激に襲ってくる悲しみと情けなさで身体がよじれ、床に突っ伏して号泣したこともあった。そのくせ、友人の康代と会っている時などは、自分でも奇妙に思うほどよく笑い、よくしゃべった。記念館での仕事中も、来館者相手にきびきびと質問に答え、時には軽い冗談もまじえて談笑の輪に加わった。

ちょうど更年期の真《ま》っ只中《ただなか》にさしかかるころ、夫の病が発覚し、更年期障害を強く自覚し始めたころ、夫に先立たれた。同い年ということもあり、知り合ってまもなく、気心の知れた会話を交わせるようになった康代は、そのころの鏡子のよき相談相手だった。

康代もまた、似たような不調に悩まされていた。互いに打ちとけて心身の状態の悪さを打ち明け合っていると、それだけで気分がかなり楽になった。

更年期障害を軽くするためのホルモン補充療法は、もともと子宮に筋腫《きんしゅ》をもっている女性には使用制限がある。康代も鏡子も共に子宮筋腫をもっていた。ホルモン療法にはどうしても不安を覚え、断念したという点においても同じだった。

「そのうち、私たちが本物のおばあさんになるころには、すっかり楽になってるわよ」と康代はいつも陽気に受け止めていた。

鏡子は康代の言う通りだと思った。老いと共に苦しくなることもあれば、逆に楽になることもある。独り身になった孤独感やさびしさと共に、心身の不調も受け入れていくしかない、という考えに行き着いたことは、鏡子自身を楽にさせた。

だが、二年前の暮れあたりから鏡子を襲うようになった不調は、そうしたなじみのある、習慣的に続いてきた、女性なら誰にでも起こる不調ではなかった。それは明らかに、これまで経験してきたものとは異なる種類の心身の異変であった。

朝、目覚めた直後の、度し難いほどの倦怠感《けんたいかん》。起き上がろうとしても、ベッドに身体を起こすことができない。身体の奥に、黒々とした鉛の球が幾つも詰め込まれているかのようだった。

これではいけない、と渾身《こんしん》の思いでベッドから出るのだが、窓のカーテンを開けてまわるだけでも、そのつど、しゃがみこみたくなるほどの疲労感を覚える。食欲もなく、何も食べる気がしない。

それでもなんとかカフェオレと共にバナナを数口、喉《のど》に流しこみ、猫たちの世話をし、仕事に出るための支度をする。しかし、化粧をするのも億劫《おっくう》で、鏡に向かって腰をおろせば、顔にファンデーションを塗ることすら重労働に感じられてくる。

それでも、ひとたび重たい腰をあげて車に乗りこみ、記念館まで行き、仕事をしている間はなんとかごまかせた。気を張っていたせいもある。しかし、その分、余計に、閉館して家に戻るころになると、朝以上に状態が悪くなった。

ひたひたと憂鬱《ゆううつ》な気分がつのってくる。悲観的な考え方しかできなくなり、少しでも楽しいと思えるはずのことでも、何ら感情は動かない。夕食を作る元気など毛筋ほども残っておらず、そのまま何も食べずに、風呂《ふろ》にも入らず、ベッドに横になってしまうこともしばしばだった。

なにより鏡子を苦しませるようになったのは、頑固な不眠と、それに伴って表れる雑念だった。

心身ともに、ぼろ雑巾《ぞうきん》のように疲れているというのに、横になってもいっこうに眠りが訪れない。寝室の明かりをすべて消して暗くすれば、部屋を覆《おお》う闇《やみ》の中で仰向けになっていることが恐ろしくてならなくなり、かといって読書灯をつけたままでいると、そのまぶしさが気になる。

うとうとする、ということはあっても、熟睡することはなかった。ひどい時には一睡もできないまま、朝を迎えることもあり、そんな日には決まって、一日中、雑念と戦わねばならなくなった。

そのほとんどが、夫の発病から死に至るまでの主治医とのやりとり、次第に衰弱していく夫の様子、夫の入院している病院に行く途中、車の中で考えたことなどに終始したが、それ以外にも、夫の死とはまったく関係のない種類の雑念も多かった。

子供時代の自分。異様なパーソナリティの持ち主だった母親から受け続けた、歪《ゆが》んだ支配。苦しかったこと。さびしかったこと。それなのにいつも目を細めて微笑《ほほえ》んでいた自分のこと。そのため、鏡子ちゃんはいい子だねえ、と近所では評判だったこと。その評判にしがみつくようにして、ますますいい子を装《よそお》っていた自分……。

鏡子が大学に入学したと同時に、まるでそれを待っていたかのように離婚した両親のこと。離婚後、ますます深まった母の心の病……。

アイガー北壁を猛烈なスピードで落下していく自分……忘れていたはずのそのイメージが、とりとめもなく繰り返される雑念の間隙《かんげき》をぬうようにして、日に何度も表れるようになった。

昼の間はまだしもだった。少なくとも仕事をしていれば、気をまぎらわせる方法はいくらでも見つかった。かかってくる電話に応対したり、来館者を相手にしているだけでも、落下のイメージは遠のいた。

問題は夜だった。何日も続く不眠と疲労のあまり、少しうとうとしたかと思うと、ベッドごと一五〇〇メートルの氷の壁の間に突き落とされていく感覚に見舞われる。

叫び声をあげて目を大きく開け、思わず両手で布団《ふとん》をわしづかみにする。必死になって現実を取り戻そうとする。

意識はすぐに覚醒《かくせい》するのだが、それでも身体はなおも、まぼろしの氷の壁の隙間《すきま》を落下し続けている。めまいを感じているのではない。病的な身体感覚とはまた別の、あくまでも脳が作り出す恐怖、不安、慟哭《どうこく》したくなるほどの悲しみ……。いたたまれなくなって、転がるように寝室を飛び出し、壁に両手を預けながら階段をよろよろと降りる。冷蔵庫から缶ビールを取り出して、震える手でプルリングを引く。

ごくごくと何口か飲んでから、深く嘆息する。今頃の時間、こんなものを飲んでいたら、明日の朝、車を運転して記念館に行けなくなる。そう考えて急に怖くなる。あやまって通行人をはね飛ばしてしまうかもしれない。警察に連行され、呼気検査を受けさせられ、酒酔い運転であったことが判明するかもしれない。どこかの木の枝にぶら下がって最期《さいご》を迎えるのなら本望だが、酒酔い運転で人をはね、犯罪者として扱われるのは御免だった。

だから、もうこれ以上、飲んではならない、と思うのだが、思ったそばから苦しさがこみあげてきて、またごくごくと喉をならしながら飲んでしまう。ビールの時もあれば安ワインの時もあった。

アルコールのおかげでいくらか落ち着きを取り戻し、ベッドに戻るころにはもう、窓の外は白み始めている。シマとトビー、二匹の猫が、飼い主のただならぬ動きに目を覚まし、寝室の床に置いた餌《えさ》入れからドライフードを食べ始めている。食べ終えた猫たちは次々と近づいてきて、気のせいか案じ顔で鏡子のベッドの上に飛び乗ってくる。

猫のやわらかな身体を抱きしめ、話しかけ、名前を呼び、そのみっしりと毛の生えそろった美しい背、日なたのにおいのする頭の後ろに顔を埋《うず》めていると、悲しみがこみあげてくる。理由を訊《き》かれても答えられない、どうにもこうにも、解決などつけられそうにない種類の悲しみである。

低く嗚咽し、涙を流しながら、いやがり始めた猫を力をこめて抱きすくめ、鏡子はもうだめだ、もういけない、自分は本当におかしくなっている、と思った。このままではいけない、発狂する、とも思った。

よくなったり悪くなったりを繰り返しながら、そんな日が続いて数カ月が経過し、秋を迎えた。ちょうど今から一年前の秋のことである。

町の沿道や家の周辺の空き地などに、自生のコスモスが咲き乱れる季節。日毎《ひごと》に弱々しくなっていく陽差しの中、記念館の休館日である月曜日の午後、鏡子は町のホームセンターに出かけた。

町内にいくつかあるホームセンターの中でも、最も大型の店だったが、観光客や別荘族が少なくなったその季節、店内に客の姿はほとんど見えなかった。

空のカートを押しつつ、そこに全身の体重を預けたくなるような重い気分のまま、鏡子はのろのろとした足どりでペットフード売り場に向かった。

何度も買い物には来たはずなのに、そのつど、買うべきものを買い忘れ、買わなくてもいいようなものを買ってしまう。猫の餌を買い忘れたままになっており、このままでいくと、あと数日分しか残りがなかった。シマとトビーが好んでいるフードは、そのホームセンターにしか売られていない。

有線放送なのか、ラジオ放送を流しているだけなのか、カーペンターズの「トップ・オブ・ザ・ワールド」が人影もまばらな店の中に高らかに流れていた。あくびをかみ殺したような顔をした若い女性従業員が、鏡子とすれ違いざま、「いらっしゃいませ」と小声で言った。

恐ろしく高い天井には四角い、大きな天窓が二つ。そこから射《さ》しこむぼんやりとした光が、店内を温室のようにけだるく暖めている。

シャンプー、トイレ消臭剤、キッチン用の漂白剤、竹箒《たけぼうき》、軍手、かみそり、筆記具、弁当箱、ガーデニング用品、ホットカーペット、小型灯油ストーブ……整然と並べられている夥《おびただ》しい数の生活用品を両側の棚に見ながら、鏡子は空のカートを押して歩いた。ぐるぐると何度も同じ場所を歩きまわっているだけで、また元に戻ってしまう。なかなかペットフードの棚に辿《たど》り着くことができない。

気分が悪いわけではないのに、足元がふわふわとして、身体が浮遊しているような感覚。頭の中いっぱいに、絶望と悲しみが拡《ひろ》がっていくのがわかる。

もう、一歩も前に進めない、この場にカートを残して、店の外に出てしまいたい、と思うが、何をそんな馬鹿《ばか》げたことを思っているのか、とせせら笑っている別の自分もいる。いつものキャットフードを多めにカートに入れ、レジに行き、会計をすませるだけのことだった。泣きたいのなら、その後、自分の車に戻ってから存分に泣けばいい。

そうわかっているのだが、わきあがってくる虚無の嵐《あらし》のようなものが、胸の中を吹き荒れていた。悲しくてさびしくて、いたたまれなくなった。

店には相変わらず客の姿が見えず、カーペンターズは間が抜けて聞こえるほど元気よく「トップ・オブ・ザ・ワールド」を歌っている。商品の仕分けをしている従業員の姿が、遠くに見えるだけで、店内は閑散としていた。

気がつくと鏡子はペットフード売り場に立っていた。目の前にある色とりどりの、袋詰めにされたフードやペット用のおやつを見上げているのだが、何も目に入らず、ただぼんやりしている。

ふいに、シマとトビーも遠からず死ぬだろう、という考えが頭の中を駆けめぐった。猫は三十年も四十年も生きられない。どんなに長生きしても、せいぜい十八、九年。シマもトビーも十二歳だから、あと六、七年もすれば確実に別れの時がきてしまう。そうなったら、自分は本当に独りになる。しかも老いさらばえたまま。

また猫や犬や小鳥や、それがだめなら亀《かめ》でもメダカでもいいから飼えばいい、と人は言うだろう。しかし、自分のほうが先に死ぬか、そうでなくても入院しなくてはならない事態に陥る可能性の高い年齢になって、しかも独り暮らしのまま、自分のエゴだけで動物は飼えない。飼うつもりもない。

いい年をして、と思うのだが、子供じみた切ない感情に突き動かされ、鏡子はこらえきれなくなった。鼻の奥が熱くなり、涙がこみあげた。視界がうるみ、くちびるが烈しく震え出した。独りだ、独りだ、独りだ、と思った。

身体が揺れている感じがする。全身から力が抜けていく。カートのグリップを両手で強く握りしめていないと倒れそうだ。

例の、アイガー北壁の氷の壁が脳裏に浮かんでいた。こんなところで、と恐ろしくなった。イメージを消そうとするのだが、どうやっても消えない。両足はすでに、氷の壁と壁の隙間目がけて落下しつつある。鏡子はくちびるを半開きにしたまま、息も絶え絶えになってカートのグリップにしがみついた。

その時だった。どこからか、「鏡子さん」と呼ぶ声が聞こえた。

空耳だとしか思わなかった。ついに幻聴を耳にするようになったのだ、とさえ思いながら、鏡子は濡《ぬ》れた目をおずおずと横に向けた。

三メートルばかり離れた場所に、康代が立っていた。鏡子が着ている丈の長い、萌《もえ》葱色《ぎいろ》のニットコートとよく似た色のフード付きブルゾンに、細身のデニムを合わせてはいている。腕にはホームセンターの買い物籠《かご》。籠の中に幾つかの商品が入っているのが見えた。

眉間《みけん》に軽く皺《しわ》をよせたかと思うと、康代は静かな足どりで走り寄って来た。「どうしたの。何があったの」

鏡子はくちびるを嚙《か》み、首を横に振ってから、渾身の想《おも》いで康代に微笑みかけた。

「偶然ね。お買い物？」

それには答えず、康代は真剣な顔をしながら鏡子の腕に軽く触れてきた。「いったん、どこかに座ろうか。ね？　入り口のところにベンチがあったでしょ。あそこに……」

鏡子は口もとに微笑を張りつかせたまま、首を横に振った。「平気よ。猫の餌、買いに来たとこなの。うっかり買い忘れてて……。あと少ししか残ってないから、今日はどうしても……」

「鏡子さんたら」と気の毒そうにささやいた。「ここ、ドッグフード売り場よ。キャットフードはあっち」

そうだった、と気がついたとたん、鏡子は情けなさと惨《みじ》めさとで、叫びだしたい気分にかられた。立っていられなくなって、身体をふたつに折り、握りしめたカートのグリップに額を押しつけた。

はずみで空のカートが動き出しそうになった。康代が「危ない」と声に出しながら、それを押しとどめた。

「歩けないのね。わかった。落ち着くまで、ここに座ってればいいわ。そうだ。ちょっと待って。これ、脱ぐから」

言いながら、康代はやおら、買い物籠を床に置くと、着ていたブルゾンを脱ぎ始めた。それを床に敷いて、その上に自分を座らせようとしてくれているのだ、と思うと、鏡子はさらにいたたまれなくなった。

嗚咽がこみあげた。もっとも恥ずかしい場面を見られてしまった、と思った。もう、どうにでもなってしまえ、とも思った。

「そんなこと、してくれなくても大丈夫だから。ごめんなさい、心配かけて」と鏡子は、息を荒らげながら途切れ途切れに言った。

「遠慮なんかしないでよ。とりあえず座ったほうがいいってば」

鏡子は康代が脱ぎかけたパーカーを元に戻し、ため息まじりに言った。「ほんとに大丈夫。身体の具合が悪いんじゃないの。ただ、精神状態がね、ちょっと悪いみたいで……」

中年の男の従業員が、携帯を耳にあてがいながら、急ぎ足で二人の近くを通りかかった。男はちらりと鏡子に視線を移したが、そのまま去って行った。

康代が声を落として訊《たず》ねた。「精神状態が悪い、って、どう悪いの？」

「うまく言えない。今も、店の中を歩いてるうちに、急に悲しくなってきて……それで……」

康代はしばらくの間、じっと考えこんでいたが、やがて意を決したように、「ともかく」と言った。「猫の餌だけ買って、これから鏡子さんのうちに行かない？　話、聞くわよ。ね？　そうしよう。運転できる？　できないなら私の車で……」

「大丈夫よ」と鏡子は小声で言った。これ以上、かまってくれなくてもいい、という意味だったが、康代に通じた様子はなかった。

斜め掛けにしていた小さなショルダーバッグを開き、康代が黄色いタオルハンカチを差し出してきた。鏡子は礼を言ってそれを受け取り、涙を拭《ふ》いた。

「ほんとにもう大丈夫だから。ごめんね。おかしなとこ見せちゃって。このハンカチ、洗ってから返すね」

康代は哀れむような表情で目をむいた。「大丈夫なんかじゃないでしょう。無理しちゃだめよ。でも、わかるな、それ。私も、ずいぶん少なくなったけど、まだ時々、精神状態が悪くなることあるもの。なんにも問題なんかないっていうのに、急にイライラしたり、悲しくなったりするのよね。更年期がなかなか終わらない、ってことなんだろうけど、それにしても困ったもんだよねえ。とっくに終わってるような年齢なのに。いい加減にしてほしいよね」

そんな生易しいものではないのだ、今度始まったこの状態は、これまでとは違う、明らかに病的なものなのだ、長く続く更年期による気分の変調なのであれば、ホームセンターに猫の餌を買いに来て、急に泣きだすことはないだろう。そう言いたかったが、鏡子は黙っていた。

康代の案じ顔は、このまま独りにはさせない、何があっても自宅までついていく、と言っているように感じられた。その気持ちを踏みにじりたくなかった。

鏡子は康代に手伝ってもらいながら、キャットフードをまとめてカートに入れ、来た時と同様、のろのろした足どりでレジに向かった。

康代は鏡子と同じく東京生まれ、東京育ちだった。短大を卒業後、都内の中規模の建設会社に就職し、同じ会社に勤務する五つ年上の男と結婚した。

二十四歳の時に息子を出産。その息子が小学校に入学する年、家族そろって夫の郷里である軽井沢町に移り住んだ。義父が心臓発作で急死し、長男である夫が義父の経営していた建設会社を引き継ぐことになったからだった。

鏡子が康代と知り合ったのは、七年前の冬である。ほとんど来館者がいない日の午後だったが、康代はひとりで原島文学記念館を訪ねて来るなり、自分は熱心な原島富士雄のファンなのだが、軽井沢町の隣にこんな記念館ができたことを今の今まで知らなかった、と興奮気味に語った。

原島の愛読者だと言って、記念館を訪れて来る人間は珍しくはないが、康代の興奮ぶりは尋常ではなかった。本当に知らなかったんです、軽井沢に越して来て長いというのに、どうして気づかなかったのかしら、記念館ができて、もう二年くらいたってるんですよね、それなのに、ほんとに全然、知らなくて、偶然、一昨日だったか、用事があって町役場まで行った時、壁に原島文学記念館のポスターが貼《は》ってあって、嘘《うそ》でしょ、って思わず叫んじゃいましたよ……などと休みなく語り続ける康代は、好きなタレントの話をし続ける女子高校生を連想させた。

そんな康代を相手に館内を説明しながらまわっているうちに、鏡子は彼女が自分と年齢が同じであること、東京出身で、夫の仕事の都合上、この土地に移り住んできたことなどを知った。二人は急速に打ちとけあった。

ちょうど来館者のいない時間帯だったので、鏡子はコーヒーをいれ、原島富士雄の著作物に囲まれながら、康代と向かい合わせになって話の続きに興じた。窓の外ではしんしんと雪が降っていた。

寡婦《かふ》となってまもない鏡子の気持ちの空洞に、康代は無理なく、無邪気に溶けこんできた。小柄で肉付きのいい、よく笑う、表情豊かな女性だった。同性同士でしか味わうことのできない、ざっくばらんな温かなひとときは久しぶりだった。こんな雪の日によく来てくれた、と思うと、嬉《うれ》しさに胸が熱くなるほどだった。

その日、二人は互いの携帯電話の番号とメールアドレスを教え合って別れた。数日後、早速、康代からメールが届いた。次の記念館の休館日には、花折町の中にある気軽なイタリアンレストランで待ち合わせて昼食を共にした。ひと月後の休館日には、軽井沢町の康代の家の近所にある居酒屋で、いささか飲み過ぎながらも会話が途切れない夜を過ごした。

話題が豊富で、話し手であり続けることと、聞き役にまわるタイミングが、絶妙にうまい女性だった。一緒にいると鏡子は心がはずみ、正直になることができた。世話好きで、時に過剰とも思えるほど母性的な側面を見せたが、その実、決して必要以上に他人の中に入りこもうとはしてこない女性でもあった。適度な距離を保ちながら、常に温かく明るく接してくれる。

学生時代の友人とは疎遠《そえん》になったままだった。他に友人と呼べる人間もおらず、鏡子にとって康代は、文字通り、唯一《ゆいいつ》の友であった。

康代の乗ってきた車と、鏡子の車と二台連ねながら、二人は花折町にある鏡子の家に行った。風のある日で、玄関前には落ち葉が吹き寄せられ、歩くと爪先《つまさき》がみしりと沈んだ。

鏡子は数日前、家のまわりの落ち葉を掃いていた時のことを思い出した。鬱金色《うこんいろ》のカラマツの葉を中心に、無数の色とりどりの落ち葉が堆積《たいせき》しているのを竹箒で掃き続ける。だが、掃いても掃いても、すぐに一陣の風が吹いてきて、落ち葉は再びもとあった場所に戻される。

また掃く。また風が吹きつける。しまいには何をしようが無駄なのだ、としか思えなくなる。竹箒を手にしたまま立ち尽くし、鏡子は舞いあがる落ち葉の中で呆然《ぼうぜん》としたのだった。

玄関扉の鍵《かぎ》を開け、中に入ると少しほっとした。シマとトビーがやって来て、柱に身体をすりつけ、甘え声で鳴いた。康代が、「シマちゃん、トビーちゃん、こんにちは！ちょっとお邪魔するわよ」と陽気な声で猫たちに話しかけた。

リビングルームの窓越しに光が射していた。室内は暖房が入っているかのように暖かかった。断る間もなく、康代がきびきびとした動きでキッチンに立ち、やかんをコンロにかけ、日本茶の用意を始めた。鏡子はソファーにぐったりと座ったまま、ぼんやりとその姿を眺めていた。

何も話したくない、と思う気持ちと、何もかも打ち明けて、赤ん坊のように泣き出したい、と思う気持ちとが混在していた。だが、結局、自分は康代を前に、本当の正直なところは何も話さないだろう、と鏡子は思った。話したくないからではなく、話したところで相手を困惑させるだけであることがよくわかっていたからだった。

康代の息子はすでに結婚し、東京で所帯をもっている。たて続けにできた二人の孫の話をする時、康代はごくふつうの、還暦を間近に控えた穏やかな女性の顔を見せた。夏休みや年末年始、幼い孫を連れた息子夫婦が帰省することを何よりも楽しみにしている。鏡子に家族がいないことを慮《おもんぱか》ってか、あまり頻繁にその種の話はしてこなかったが、康代がいかに孫を可愛《かわい》がっているか、その成長を楽しみにしているか、無言のうちによく伝わってきた。

穏やかな人生を送ってきた幸福な友人に向かってアイガー北壁の、氷に囲まれた狭い穴を一五〇〇メートルにわたって落下していく恐ろしいイメージの話や、うまく言葉にできない寂寥感《せきりょうかん》、孤独であることを受け入れ、それを愛してさえいるにもかかわらず、時に痛烈に打ちのめされてしまう自分自身の弱さを切々と訴え、励まされたいと願う気持ちなど、鏡子には毛頭なかった。

誰に何をどう励まされようとも、それは鏡子自身が自分に向かって常日頃、言い聞かせていることと同じものになるに違いなかった。それ以上の何かを期待しても無駄だということは、よくわかっていた。

そんなこと、言われなくてもわかっている、百万遍、自分でもそう思ってきたのだから……せっかく心やさしく自分に向き合ってくれようとしている友人に対し、そうした理不尽な苛立ちをぶつけたくはなかった。

生きることを楽しみ、読書を愛し、愛情たっぷりに夫の悪口を言い、東京に行けば嫁を誘ってショッピングに出かけ、息子一家が来るとわかると、腕によりをかけた料理を作り、そうやって、過ぎ去る時間をしっかり受け止めながら、自身の老いを受け入れていける堅実で賢い友人を、出口の見えない心の渦の中に巻き込むつもりはなかった。

康代が、角盆に日本茶をいれた湯飲みを二つのせて鏡子のほうにやって来た。「勝手知ったるナントカ、ってやつね。お茶っ葉が入ってる缶、どこにあるのか、一発でわかった」

テレビのリモコンやスティック糊《のり》、爪楊枝《つまようじ》立て、眼鏡、ハンドクリーム、何日も前に届いたダイレクトメールなどが乱雑に散らかったままのテーブルをざっと片づけ、湯飲みを置き、康代は「さ、これで準備ＯＫ」と小さな声で言うと、鏡子が座っているソファーのそばの床に腰をおろした。康代はいつも椅子《いす》ではなく、床に座るのを好んだ。

「私なんかじゃ役に立たないかもしれないけど、誰かに話すだけでも楽になるよ。どんな状態なの？」

複雑で抽象的なことを話す元気はなかった。眠れない、食欲がない、気分が鬱々とする……誰もが納得するようなことがらを並べたてる以外、方法はなさそうだった。

「何から話せばいいのか、わかんないんだけど」と鏡子はかすれた声で言った。「こうなっちゃった原因を自分で分析してみるとね、まず第一に、眠れないからなんだと思う。眠ったと思えるのは一時間くらいなのよ。あとはうつらうつらしながら覚醒してる感じ。そんな日がここのところ、ずっと続いてるの」

「一時間？　たったの？」康代が眉《まゆ》をひそめた。「寝付きが悪いってこと？　それとも中途覚醒？」

「朝まで眠れない、っていうのは、単に寝付きが悪い、とは言えないんでしょうね」

康代はゆっくりうなずき、悲しそうな顔つきで鏡子を見上げた。「やせたものね、鏡子さん。ちゃんと食べてる？」

「あんまり」

「食べずにいて眠れない、だなんて。そうなったら、誰だって気分が塞《ふさ》ぐわよ。ああ、どうすればいいんだろう。かわいそうに」

鏡子はうすく微笑んだ。「ごめんね。康代さんの時間を邪魔して、こんなつまんない話につきあわせて。買い物も中途半端《はんぱ》だったんじゃないの？」

「何言ってるの。買い物なんか、いつだって行けるわよ。つらい時はお互い様でしょ。こういう年齢になったら、誰だって、いつもいつもバカみたいに元気ってわけにはいかないんだから」

　中古で買った小さな家ではあるけれど、死んだ亭主が残してくれた住まいがあって、おまけに収入は少ないが大切に思える仕事を持っていて、四季折々が美しい環境に暮らし、死病にかかってるわけでもない。手のかかる子供がいるわけでもなく、介護の問題を抱えているわけでもない。そんな人間が贅沢《ぜいたく》にも人生の幕引きのために利用できそうな木を探しながら、毎日を送っているんだから、何をかいわんやでしょ……そう言って、自嘲《じちょう》気味に笑ってみせたかったが、できなかった。皮肉まじりの冗談を言う気力は失われていた。

「最近、何かあった？」と康代がそっと質問を差し向けた。「ちっちゃなことでも、何か悲しかったこととか、心配になっちゃうようなこととか」

「ううん、別にこれといって何も」

「原因がはっきりしない、ってことか。やっぱり、更年期障害が長引いてる、っていうことじゃないのかなあ」

「私、再来年で還暦なのよ。更年期はとっくに終わってると思うけど」

「女性誌に書いてあったけどね、最近では七十五歳でも、まだ更年期が終わらない人がいるんだって。寿命が延びた分だけ、更年期の期間も延びたのよ。いやな話よねえ」

ふっ、と鏡子は微笑んだ。「七十五歳になっても更年期だなんて、御免よね」

「ほんと、冗談じゃないよね。でもさ、更年期がそれほど延びるのがふつうなんだとしたら、鏡子さんの場合、今頃になって、ガーンとメンタル面に出ちゃったんじゃないのかな。きっとそうよ」

「そうなのかな」

「ご亭主が亡《な》くなってすぐには出てこなかったのに、時間がたって落ち着くと、逆に精神的にダメージが深くなる、っていうことも考えられるから」

「そうね」

「あのさ、鏡子さん」と言い、康代はきっぱりとした表情で、鏡子を正面から見つめた。「心療内科とか精神科とかを受診してみる気はない？」

「そういうところには一度も行ったことがなくて。その種の薬も飲んだことがないし。だから、すごく抵抗がある」

康代はそれを受けて、我が意を得たり、とばかりに、夫の仕事関係で知り合って親しくしているという女性社長の話を始めた。

結婚歴のない独身で、月に二度の海外出張をこなし、体力気力とも並外れて充実している女性だという。住まいは長野市内にある高級マンション。東京に深いつきあいのある男友達が複数いて、海外出張にも時々、そのうちの誰かを同伴している、という噂《うわさ》だった。

そんな彼女が、一年ほど前、五十になったかならないかの時に、急にひどい鬱状態から抜け出せなくなった。出社できないばかりか、無断で仕事の約束をすっぽかし、あげく携帯にも出なくなった。あまりに連絡がとれないことが多くなり、時に死んでいるのかもしれない、と周囲が騒ぎ始めることすらあった。

これはもう、精神科を受診する以外にない、と本人が判断。一時期、仕事を休んで精神科に通いだした。

誰もが長くかかるだろうと案じていたのが、処方された薬が顕著な効果を表し、めきめきと状態がよくなって、短期間のうちに回復した。今ではそんなことがあったなど、誰も信じられないくらいに元気を取り戻し、以前同様、活躍している……そんな話だった。

「その人がね、元気になった時に主人と一緒に会ったんだけど、深い穴蔵から出てきたみたいな気分、って言ってたの。あのまんま、治療を受けずにいたら、どうなっていたかわからない、って。でも、その彼女はやっぱり鏡子さんと同じで、自分が精神科に行くことになるなんて、夢にも思ったことがなかったみたい。そういう例もあるからね。精神科を受診するのに抵抗を感じる必要なんか、ないような気もするけどな」

鏡子は曖昧《あいまい》にうなずいた。日本茶をすすり、この、頭がしめつけられるような感覚はどうやればとれるのか、と考えた。あとでバファリンかアスピリンを飲もう、と思った。

康代が「ねえ」と言って、くずしていた足をそろえ、アクリル製のカーペットの上に正座した。カーペットに、猫の抜け毛がこびりついているのが見えた。「鏡子さん、宇津木クリニックって知ってるよね」

「花折町の？」

「そう。道路からちょっと奥まったところにあるクリニック」

「うん、知ってる」

「あそこにね、精神科があるのよ。知ってた？」

鏡子は首を横に振った。宇津木クリニックが開業されたのは、鏡子が夫と共にこの地に越して来た数年後。夫が元気だったころもふくめて、風邪をひいたり、ちょっとした身体の不調が起こるたびに診察を受け、長年ホームドクターにしてきたのは、佐久市にある医院だった。宇津木クリニックを受診したことはない。

「といっても精神科の先生は週に何日かしか来ないんだけど。東京のほうの先生らしくて、アルバイト医、って言うの？　ここまで通って来てるんだって。年も私たちとそんなに変わらなくて、すごく評判のいい先生よ」

そう言ってから康代は、いたずらっぽい笑顔を作り、「おまけに嬉しいことに、ちょっとしたイケメンなんだって」とつけ加えた。

「どうしてそんなこと知ってるの？」

「さっき話した女の人が通ったのが、宇津木クリニックだったのよ。彼女から聞いたの」

「でも、その人、長野市に住んでるんじゃなかった？」

「長野市ったって、東京や大阪みたいな大都会じゃないでしょ。精神科に通ってるところを知り合いに見られる可能性があるし、そうなるのは絶対いやだと思ったみたい。別の町だったら、そんな心配いらないもの」

「そうか」

「そりゃあ、大きな総合病院に行けば、どこにでも精神科はあるんだろうけど、初めっから大きな病院に行くのもね、なんだか抵抗あるものね。彼女はネットで調べて、宇津木クリニックを見つけたんだって」

「そう」

「花折町だったら、長野からも新幹線を使えばすぐだし、車でも往復できるしね。第一、知り合いもいないし、緑も多くて気持ちがよさそうだ、って。でも隣の軽井沢には私たち夫婦がいたんだけどね。ばったり会ったら、どうするつもりだったんだろう」康代は目尻《めじり》に皺を寄せてくすくす笑った。「ともかく彼女はもう、べた褒めよ。宇津木クリニックに行って、その精神科の先生に出会わなかったら一生を棒に振ってたかも、って」

鏡子は小さくうなずいた。濃いめにいれられた日本茶が、ひどく苦く、胸焼けがしてきた。こめかみが重く、全身がけだるかった。目を開けているのがつらい。横になりたかった。

「そこ、行ってみたらどうかなあ」と康代が少し上目づかいに鏡子を見上げながら、ごく控えめに勧めた。「実際に通った人がそれほどほめてる先生だから、悪くないと思う。それにさ、近くにあるってのがいいじゃない。わざわざ新幹線なんかに乗って、遠くの病院に行くのはそれだけで疲れるし」

「そうね」

「あんまり深く考えないで、軽い気持ちで診察を受けてきたら？　少なくとも、今はなによりも、鏡子さんの身体に合うミンザイを出してくれる医者が必要よ。まずはぐっすり眠ること。睡眠が足りてれば、絶対、また元気になって、考え方も変わってくるよ」

ミンザイ、という言葉の使い方が康代にふさわしくないような気がしたので、鏡子は小さな作り笑いを返した。康代もほっとしたように微笑してきた。

ずっとそばにいてほしい、今夜は帰らないでほしい、ずっとここにいて、なんでもいいから、楽しい話を続けていてほしい、と思うそばから、今すぐにでも独りになりたい、と願った。独りになって、バファリンかアスピリンを飲み、横になって目を閉じていたかった。

だが、そうしたらそうしたで、また、あのアイガー北壁の恐ろしいイメージに脅《おびや》かされるのだろう。長い長い、果てしなく長い、眠れぬ一夜を過ごすことになるのだろう。めまいがし始めた。

「明日にでも予約を入れてみる？」と康代は姉のような、母親のようなやわらかな表情で問いかけてきた。

「うん、考えてみる。いろいろ教えてくれてありがとう」

「予約、すぐに取れればいいね。人気の先生みたいだから、混んでるかもしれない。でも、クリニックの受付の女の人も、すごく感じがいいらしいわよ。予約が取りにくくなってたとしても、なんとかして都合をつけてくれるんじゃないかな」

「わかった。ねえ、康代さん」

「何？」

「私、ちょっと具合がよくなくて……。横になってもいい？」

弾《はじ》かれたように床から立ち上がり、すぐにベッドに連れてってあげる、と言い出した康代を断り、鏡子はそのままソファーにぐったりと横になった。康代はクッションを枕《まくら》にして鏡子の頭の下にあてがい、二階に駆け上がって寝室から掛け毛布を一枚、運んで来てくれた。

どうすればいいのか、わからなかった。精神科を受診するかどうか、という以前に、今日一日を無事に終えることができるのかどうかも怪しかった。

自分のにおいのする毛布に顔をうずめたまま、鏡子は死にかけた人間のような力のない吐息をついた。せっかくそばについていてくれようとしている友人が、毛布の上から背中や腕をやさしく撫《な》でてくれることが、ひどく煩《わずら》わしく感じられた。

こんな自分は死んだほうがましだ、と鏡子は思った。目を閉じると、そのつもりもないのに、涙がにじみ、睫毛《まつげ》を生暖かく濡らした。

［2］

宇津木クリニックは、鏡子の住まいから車で五、六分。幹線道路から奥に二ブロックほど入った、木立に囲まれている一角にある。

近くに、地元の氏神様を祀《まつ》っている小さな稲荷《いなり》神社や民家があるが、商店はひとつもない。花折町にふさわしい、のどかで静かな環境だった。

幹線道路沿いに「宇津木クリニック」の大きな四角い看板が立っている。診療科目は内科、とあったが、その下にひとまわり小さく、「精神科」の文字が見えた。看板を立てた後に、新たに書き加えられた文字のようだった。

幹線道路から、ひとまわり狭い道に入って進んでいくと、またしても「宇津木クリニック」の場所を示す小振りの看板が見えてきた。その指示に従って前進し、鏡子はクリニック脇《わき》の専用駐車場に車を停めた。

駐車場は七、八台も停めればいっぱいになってしまう程度の大きさである。すでに空きスペースは一台分しか残っていなかった。

しかし、近くの稲荷神社の境内脇にも駐車可能らしく、そのように手書きで書かれた立て札が、駐車場入り口に立てられている。鏡子と入れ違うようにクリニックから出てきた初老の夫婦は、互いを支え合うようにしながら、まっすぐ境内脇に向かって歩いて行った。

左右に長く伸びた、平屋建てのクリニックの外壁はクリーム色。焦《こ》げ茶色《ちゃいろ》の梁《はり》と臙《えん》脂色《じいろ》の三角屋根がついている。北ヨーロッパの小さな古い農家を連想させる建物だった。

「診察中」の札が下がっている入り口の、アーチ型をした木製扉を開けると、もう一枚、透明ガラスの引き戸があり、その向こう正面が受付だった。

鏡子が入って行くと、受付の若い女性が「こんにちは」と静かに声をかけてきた。

待合室は、受付の右側から奥に向かって拡《ひろ》がっているようだった。そのため、受付付近に立っていても、診察待ちの患者の視線は浴びずにすんだ。

鏡子は「予約した幸村です」と小声で言った。「幸村鏡子です。初診で……あの……精神科のほうなんですが」

受付の女性は大きくうなずき、「はい。三時半のご予約ですね」と言った。

その時、時刻は三時五分だった。予約の電話をした際、初診の場合は診察予定時刻の十五分前には受付をすませ、所定の用紙に病歴などを記入していただくことになている、と言われていた。

言われるままに保険証を出し、落ち着かない気分で待っていると、クリップボードのついた記入用紙と共に番号札が渡された。「7」と彫りこまれたプラスチック製の、丸い小さな札だった。

「記入が終わりましたら、こちらに提出なさってください。順番がきましたら、看護師が、この番号札の番号でお呼びいたします。廊下を進んで、向かって右側の第二診察室が精神科の診察室になっております。お名前をご確認させていただくのは、診察室にお入りになってから、医師が行いますので」

個人クリニックにしては、配慮が行き届いている、と鏡子は安堵《あんど》した。狭い町の医療機関の狭い待合室では、フルネームで名前を呼ばれることで、いらぬ噂《うわさ》がたちかねない。

番号札を握りしめ、手渡された用紙とボールペンを手に、受付の右角を曲がって待合室に進んだ。オレンジ色のビニール製の長椅子《ながいす》が、三列ずつ二組、中央に通り道を作るような格好で、こちらに背を向けて並べられていた。椅子は三分の二ほど埋まっていたが、ざっと見たところ、知った顔はいないようだった。

正面には壁掛け式の大型液晶テレビが設置されていた。録画されたものを流しているのか。その種のＤＶＤが用意されているのか。画面には四季折々の山の風景や山野草、野鳥や動物たちの映像が、環境音楽と共に静かに映し出されていた。

鏡子は着古したニットコートを脱ぎ、一番後ろの椅子の端に腰をおろして、すぐに用紙に目を落とした。宇津木クリニック精神科専用の、初診時記入用紙だった。住所氏名、連絡先の他に、病歴や現在服用中の薬、趣味、最終学歴、職業、配偶者の有無、現在の症状などを記入する空欄が並んでいた。

隣には七十代とおぼしき白髪の女が座っていた。マスクをかけていた。しきりと咳《せき》こんだあと、女は鏡子のほうに身体《からだ》を傾け、「ごめんなさいね。風邪とかインフルエンザとかじゃありませんからね」と囁《ささや》いてきた。「ぜんそくでね。うつらないですから大丈夫」

鏡子はペンを走らせながら、軽く会釈《えしゃく》を返した。女はごほごほとまた咳をし、マスクを外すなり、手にしていたバッグから吸入器のようなものを取り出して口にあて、深く吸い込んだ。

鏡子の座っている位置からは、奥に伸びている廊下が見えた。両側に部屋が並んでいる。窓はなかったが、天井に埋めこまれている照明が落ち着いた淡い光を落としており、充分に明るかった。

その廊下の奥から紺色のカーディガンを着た看護師がやって来て、「14番の番号札をお持ちの方、どうぞ」と言った。鏡子の隣にいた女が慌《あわ》てたように吸入器をバッグに戻し、「はいはい」と言いながら立ち上がった。鏡子は顔をあげ、ぜんそくを患《わずら》う「14番」の女の背を目で追った。女が、廊下を進んで左側の診察室に入っていくのが見えた。左側の部屋が内科の診察室になっているようだった。

患者たちは一様に前を向き、観《み》ているのかいないのか、テレビ画面に大きく映し出された冬のライチョウや、雪を割って花を咲かせる雪割草などの映像を眺めている。口に手をあてながら、ひそひそとしゃべり続けている二人の中年女性がいたが、その他の患者は全員、黙りこくっていた。

誰が内科の受診に来て、誰が精神科の受診に来ているのか、まったくわからない。「現在の症状」という欄に、何をどの程度書けばいいのか、はっきりしなかった。そもそも、ペンを手に文字を書き連ねるのが億劫《おっくう》だった。ひどく抽象的で素っ気ない書き方しかできなかったが、加筆したり訂正したりする気力もなく、鏡子は立ち上がって、用紙を受付に渡しに行った。

再び自分の席に戻ってから、ぼんやりと待合室の壁を眺めた。インフルエンザ予防接種の案内や動脈硬化の検査を促すポスター、喫煙と各種ガンの関連を示すグラフなどが等間隔に貼《は》られている中、診療時間表が目にとまった。

クリニックの休診日は毎週水曜、日曜、祝日。内科は午前九時から十二時までと、午後三時から六時まで。ただし、土曜日は午前の診療のみ。精神科はすべて予約診療となり、診察日は毎週木曜、金曜、土曜。木曜日のみ午後三時から七時まで。金曜と土曜は、午後一時から七時まで、となっていた。

電話予約した際、診察時間に関しては確認したはずだったが、鏡子はほとんど忘れていた。メモもとっていなかった。

担当医師の名は、内科が宇津木宏《ひろし》、精神科が高橋智之……。「精神科」という文字を鏡子は見つめ、ついにここまで来てしまったか、と思わず慄然《りつぜん》とした。

来るつもりはなかった。来るのは恐ろしかった。心を病んでいることがはっきりしてしまったら、独りで生きていくことが怖くなるかもしれない。

だが、鏡子はすでに、日常生活に支障が出てどうすることもできなくなっていた。記念館での仕事中、意識が遠のいていくような気分にかられる。来館者を前にしていても、ホームセンターに行った時と同様、急にわけもなく涙がこみあげてきそうになる。原島富士雄の説明を求められても、うまく言葉になってくれない。

顔色は悪く、目の下の隈《くま》は日毎《ひごと》夜毎、青黒さを増していった。体重は減っていく一方だった。車を運転している時には、このままアクセルを踏みこんで暴走し、対向車線を走って来る大型トラック目がけて突っ込んでいきたい、という衝動にかられた。二匹の猫を自分の手で殺《あや》め、丁重に庭に葬《ほうむ》ってやってから、自分は近くの木の枝で縊《くび》れよう、と本気で考えることもあった。猫を抱きよせながら、そんな考えに取りつかれる人間に飼われた猫が憐《あわ》れになり、涙があふれた。

いよいよおかしい、と自覚した鏡子が観念し、宇津木クリニックに電話をかけたのは四日前。ちょうど康代とホームセンターでばったり会って、クリニックの話を聞いてから一週間たっていた。

初診のため、すぐには無理だろうと覚悟していたが、金曜の午後三時半からの診察には応じられる、と言ってもらえた。都市部の精神科には、予約の再診患者が殺到していて、初診患者がなかなか受診できないケースも多い。こうした迅速な対応は、人口の少ない田舎町に暮らしているからこその利点かもしれなかった。

待合室のテレビの横に掛けられている四角い時計の針は、三時二十九分を指していた。廊下の向こうはひっそりしていて、物音一つしない。

それから数分たって、先程のぜんそくもちの患者が戻って来た。女はそのまま角を曲がり、受付のほうに消えていった。

その直後、廊下の奥から若い女が待合室に向かって歩いて来た。栗色《くりいろ》の髪の毛を胸のあたりまで伸ばし、黒革のライダースジャケットを着て、さも不機嫌そうにチュウインガムを嚙《か》んでいる。青ざめたような顔に、アイメイクだけ華やかに施した女は、待合室までやって来ると、とがった視線をテレビ画面に投げた。

嚙んでいたガムを口から出し、指先で丸め、やおらそれを待合室の壁に貼りつけると、女はそのまま、苛々《いらいら》した足どりで受付のほうに歩いて行った。

歯形の残ったガムが壁にへばりついているのを、鏡子はぼんやり見つめた。葡萄色《ぶどういろ》をしたガムだった。精神科の医師に腹をたてたのか、このクリニックに腹をたてたのか、わからなかった。ガムに気づいたのは鏡子だけだった。

やがて奥から看護師がやって来て、「7番の番号札をお持ちの方」と言った。鏡子は握りしめていた番号札が汗で濡《ぬ》れているのを感じながら、椅子から立ちあがった。椅子の上に置いていたニットコートを忘れそうになり、慌ててそれをわしづかみにした。

看護師は黙ったまま、鏡子の用意が整うのを待っていた。待合室の患者の誰かの携帯が鳴り出した。あたりが少しざわざわした。テレビでは、雛《ひな》に餌《えさ》をやるアカゲラの画像が流れていた。

看護師のあとについて廊下を進み、指し示された右側の引き戸の前に立った。「第二診察室」と書かれた、明るいクリーム色の引き戸だった。

ノックすると、中から「どうぞお入りください」という男の声がした。低くも高くもない、ごくふつうの澄んだ声だった。

引き戸を開けると、正面にスチール製のデスクが見えた。そのデスクの脇に、客人を迎えるような表情をした長身の男性医師が立っていた。

白髪の交ざった短髪。額の毛髪は少し後退している。顎《あご》のあたりにうすい髭《ひげ》をたくわえた、面長で大きな目をもつ男だった。

白衣は着用しておらず、ウールとおぼしき黒のズボンに灰色の丸首セーターを着ていた。首元に白いシャツの襟を覗《のぞ》かせていて、若く見えるが、年齢は五十代くらいだろうと思われた。

そうするのが慣例なのか、医師は右手を軽く前に差し出し、「こちらにお座りください」と言って、デスクの前に置いてある椅子を指し示した。背もたれと両肘《ひじ》掛けのついた椅子だった。

「よければ手荷物はその籠《かご》の中に」

椅子の脇に籐《とう》製の四角い籠が置かれていた。鏡子はうなずき、コートとバッグを籠の中に入れた。医師は終始、穏やかな表情でそれを見ていた。

「お話を伺う前に、お名前を確認させていただきましょうか」

スチール製のデスクをはさんで向き合う形になり、医師はデスク上のノートパソコンを見つめた。鏡子の側からは画面は見えない。キイボードをタッチする軽快な音が聞こえた。

窓がひとつあったが、西日があたるのか、淡い桜色のシェードがおろされたままだった。装飾品の少ない室内は静かだった。片隅に置かれた気化式の加湿器が、わずかにしゅうしゅうという音をたてているだけだった。

「幸村鏡子と申します」

鏡子がそう言うと、医師は大きくうなずき、パソコンの画面から視線を鏡子に移した。「僕は精神科医の高橋です。初診の患者さんには、通常、どなたにも一時間ほどの診察時間をとらせていただいております。初対面で、お話ししづらいこともあるかもしれませんが、できるだけリラックスなさって、いろいろなお話を聞かせてください。どんなお話であっても、治療に役立ちますから」

「わかりました」

「これまで精神科か心療内科を受診された経験はありますか」

「いえ、ありません。一度も」

高橋医師はうなずき、鏡子の次の言葉を待つようにしてゆったりと椅子の背にもたれた。手にはボールペンを持っていた。デスクの上にはパソコンの他に、先程、鏡子が記入した初診時の用紙、そして、開いたままのノートがあった。パソコンの画面同様、ノートに何が書かれているのかは鏡子のいるところからは判読できなかった。

「どこからお話しすればいいのか」と鏡子は膝《ひざ》の上に置いた両手を握りしめながら言った。「何もかもが初めてなので、わからなくて……」

「誰でもそうなります。気になさらずに」

「はい」

うなずいたものの、鏡子は頭の中が真っ白になっていくのを感じた。緊張しているという自覚はないが、医師を前にして椅子に座ったまま、半分、意識がうすれていくような感覚を覚えた。あれほど頭の中を渦巻いていたはずの雑念が、言葉にならないまま、瞬間凍結されてしまったかのようだった。

「では、僕から順を追って質問します」

ややあって高橋医師はゆったりした口調で言った。言い方は無機質だったが、鏡子に不快感は与えなかった。

「身体と心の両方がつらくて仕方がない、とここに書かれていますが、もう少し、具体的に教えていただきましょう。今、幸村さんは、何が一番、つらいですか。まずは、身体の症状から話してください」

鏡子は顔をあげた。具体的に何から話せばいいのか、決めてもらえたことが嬉《うれ》しかった。

「……とにかくだるいです。一日中、だるさがとれません。何かをしていても、すぐ横になりたくなるし。何もやる気になれないくらいのだるさです。それに頭痛も」

「どんな頭痛ですか?」

「こめかみがしめつけられるような、そんな頭痛です。ズキズキする、っていう感じの痛みじゃなくて、何て言うんでしょう、何かにしめつけられている、と言うほうが正しいかもしれません」

「しめつけられている?」

「はい。頭が痛い、というんではないんです。誰かに一日中、こぶしで両側からこめかみをぎゅーっと押しつけられてるみたいな。そのせいだと思うのですが、目もしょぼしょぼして、開けてるのが苦痛です。首から上をそっくりそのまま、すげ替えたくなるくらいに。市販の頭痛薬を飲んでも全然効きません」

高橋医師は時折、ノートに何かを書きつけながら、やわらかな視線を鏡子に向けた。

「他に何か気になることはありますか」

「眠れないです。ベッドに入ってもずっと覚醒《かくせい》したまんまで。うつらうつらしてるのかもしれませんが、ほとんど眠れていないと思います。だから翌朝は身体の中に鉛の玉が入っているみたいになって、でも、仕事に行かなくちゃいけないから、なんとかして起きるんですけど、動くのも億劫で……すごくつらいです」

「お仕事は、文学記念館の管理、とありますが具体的には？」

「作家の原島富士雄のご遺族が、この花折町にあった原島の別荘を記念館にして公開するようになって……。私はずっと、そこの管理人の仕事をしています」

「原島文学記念館の？　そうでしたか」と高橋医師は言い、うなずいた。記念館それ自体をよく知っている、という言い方に聞こえた。「お仕事内容は、建物や施設内部の管理、といったようなことですか」

「それもありますけど、案内人といいますか、来館者の案内とか、展示物の説明なんかも任されてます」

「学芸員をなさっている」

いえ、そんな、と鏡子は目をそらした。「そんな立派なものではありません。資格もないですし。ただ単に、私が原島富士雄の愛読者だったものですから。夫が亡《な》くなった後、何もしないでいるとかえってつらくって。ちょうど記念館が管理人を募集していたので、応募して、運よく採用されただけです」

なるほど、と高橋医師は言った。「ご主人が亡くなったことなどは、後で詳しく聞かせていただくことにして。不眠が始まったのはいつからですか」

「はっきり自覚し始めたのは、一年くらい前からです。初めのころはそうでもなかったんですが、どんどん烈《はげ》しくなってきて、ここ一カ月はもう、ほとんど眠っていないのではないか、と思えるほどで……」

高橋医師は、ほどよい間隔で何度かうなずき、包みこむようなまなざしで鏡子を見つめた。「食欲は？」

「ないです」

「むかむかするとか、下痢をするとか、吐いてしまうとか、そういった胃腸症状はどうでしょう」

「そういうことはありません。胃腸が動いていない、という感じがある程度です。でも、とにかく食べる気になれなくて。生きるために無理やりものを流しこんでいるだけ、っていう感じです。食べてもおいしいとは思えなくて、なんて言うのか、砂をかんでるみたいな……。身体がつらいので、食事も作る気になれませんから、そのへんにあるものを口に入れて食事代わりにすることが多いです。猫を二匹飼っているんですけど、猫に餌をやるのも億劫なことがあって……こんな飼い主をもった猫たちが不憫《ふびん》で仕方がありません」

「猫」と医師は言い、くちびるの端におっとりとした笑みを浮かべた。「どんな猫を飼ってらっしゃるんですか」

「ふつうの日本猫を二匹。姉弟猫のせいか仲がよくて、羨《うらや》ましいくらいにいつも一緒にいます」

「そうですか。飼い始めたのはいつ？」

「十二年くらい前です。近所をうろうろしていたお腹《なか》の大きい野良《のら》猫がいて、餌をやっているうちに、うちの縁の下で子猫を産みました。しばらくの間は親子元気でいたんですけど、そのうち、事故にあったのか、他の動物にやられたのか……ある時から母猫の姿が見えなくなってしまって。二匹の子猫が取り残されて、ひもじそうに鳴いていたのをうちが……。もともと夫も私も大の猫好きだったものですから」

「そうだったんですか」

「猫たちにはずいぶん助けられています」

「それはよかった」

「抱いているだけでも、撫《な》でているだけでも和みますし。猫の身体はやわらかくて、慰められますから」

「本当にそうですね」

先生も猫はお好きですか、と思わず質問しそうになって、鏡子はやめた。ここは診察室であって、雑談をする場所ではなかった。目の前にいる男は医師であり、私がしゃべっていることをあくまでも冷ややかに分析しているだけなのだから、と自分を戒めた。

鏡子が少し黙っていると、医師は再びそっと促すような視線を送ってきた。「他に身体の症状で気になっていることを思い出したら、こうやってお話をされている間、いつでもいいのでおっしゃってください。では、幸村さん、気分の面ではどうでしょうか。今まで伺ったのは身体のことでしたが、精神面のことも聞かせてください。今、心の状態に関して言うと、一番苦しいのはどんなことですか」

猫の話をしたせいもあったかもしれなかった。その質問を投げかけられた瞬間から、鏡子は自分の中で、それまで固くせき止められていた水門のようなものが一挙に開き、何かが勢いよく噴出してくるのを感じた。自分の精神を構成しているあらゆるものが言葉になり、次から次へと喉《のど》からあふれ出てくるような気がした。

鏡子は話し始めた。わけもなく苛々した直後に沈みこむような気分になって、深い悲しみが押し寄せてくる、ということ。過去のことばかりが、脈絡のない雑念のようになって頭の中に甦《よみがえ》ること。

夫の病気が発覚した時のことや、死を意識するあまり塞《ふさ》ぎこんだ夫から、心ない言葉を投げつけられ、どうにも耐えられなくなった時の自分のみじめな気持ち。死にかけている夫の顔が思い出されたかと思うと、元気だったころの夫との楽しかった思い出の数々が再現されて止まらなくなること。

少女時代の記憶。両親が離婚した時のこと。もともと精神状態が不安定だった母親に引き取られ、母は離婚を機にますます様子がおかしくなり、そんな母に対する遠慮と気遣いとで、毎日神経がぼろぼろになっていたこと。

子供がおらず、母は死に、父はどこにいるのか、生きているのかどうかもわからない。兄弟姉妹もいない。夫が死んだことで一切の身寄りがなくなった。今後、独りで生きていかねばならないことは受け入れているし、何よりも、孤独には昔から慣れていたはずだったのに、今はそのことがつらくて悲しくて、みじめに感じられてならない、ということ。

自分がいなくなったら猫たちがかわいそうなので、飼い猫の首をしめて殺して、丁重に庭に葬ってやってから自分も死のう、と思ってしまうこと。その場合の死に方は何がいいか、と考え始めると、不思議とその間だけ、気分が少し楽になること……。

そして鏡子が、例のアイガー北壁の話をし始めたのはその時だった。

青白い氷で囲まれた、冷たい空間を落下していく自分。落ちても落ちても、底に辿《たど》り着くことができず、ひゅうひゅうと耳元で凍りつくような風が唸《うな》っているだけで、目に入ってくるのは果てしなく続く氷の壁だけ。氷は次第に外の光を通さなくなり、あたりが小暗くなっていったかと思うと、やがて闇《やみ》に包まれる。身体は止まることなく漆黒の氷の闇に向かって落下し続けていくばかりで、しかも終わることがない……。

そんな恐ろしいイメージに囚《とら》われていること。

テレビでふと観た番組が、強烈に記憶に焼きついているに過ぎないというのに、忘れようとしても忘れられない。怖いというだけではなく、身がすくむというのでもない。氷に囲まれながら落ち続けていく自分が、今の自分自身に重なってきて、気が狂いそうになる、ということ。

きっとそれは、自分を象徴するイメージそのものなんだろうと思います、と言って、鏡子は話を締めくくった。あまりにも自分そのものだから、余計にどうすればいいのかわからなくなっているんだろうと思います、と。

高橋医師は、黙って最後まで耳を傾けていたが、鏡子が話を終えた頃合いを見計らうようにして、優しく温和な、それでいて強い視線を鏡子に送ってきた。その大きな目の奥には、共感とも同情ともつかない、かといって憐憫《れんびん》などとも違う、たとえて言えば、我知らず静かに溶け合ってしまったかのような不思議な光があった。

鏡子はこみあげてくる熱いものを感じた。泣いてしまうのではないかと思った。誰にも話したことがない話だった。話したところで、たとえ相手が医者であっても理解されないと思っていた。それなのに高橋医師は、まるで自分も同じなのだと言わんばかりの目で見つめてきたのだった。

鏡子の中で、一切の外界の音が消えたようになった。見えているのは目の前にいる男だけで、聞こえてくるのはその男が無言のうちに語りかけてくる、言葉にならない言葉……途方もなく人を安らかにさせてくれる何かの気配だけだった。

高橋医師が何か言いかけようとするのを遮るようにして、鏡子はさらに続けた。

「夫が死んだのは二〇〇三年でした。ガンでした。発見された時はすでに転移があって……それでも本人は頑張って治療を受け続けて、闘病生活は二年弱くらいだったでしょうか。もともと私も彼も東京の出身で、この土地には全然縁がなかったんですけども、彼が勤めていた会社の支社がこちらの小諸《こもろ》にあるんです。夫はずっと東京本社勤務だったんですが、小諸支社に転勤の辞令が出まして。栄転でした。それで夫婦で越して来たんです。東京以外の土地で暮らしたことがなかった私は不安だったんですが、すぐに慣れて、ここが大好きになって。夫も同じでした。そのうち、小諸支社でさらに昇進しまして、ふつうならそのあたりで、年齢も年齢だから東京本社に戻りたいという希望を出してもよかったのに、彼はずっとこの土地で暮らしたい、って言い出したんです。私もまったく同じことを考えていたので、相談し合って、この花折町に中古の小さな家を買いました」

「そこにずっと、今もお住まいなんですね」

「はい」

高橋医師は柔和な微笑を浮かべた。「二匹の猫ちゃんと一緒に」

鏡子はうなずいた。危うく視界が曇りそうになった。「そうです」

わずかの間があった。医師はゆったりとした口調で言った。

「配偶者を亡くすのは、誰にとってもつらいことです。ただ悲しいだけではないことですから。不安や孤独感、虚《むな》しさ、絶望感……いろいろな感情が入り乱れるのがふつうです。それは大人であろうが子供であろうが、同じです。年齢は関係ありません。……よくここまで頑張ってこられましたね」

鏡子は目をうるませながらうなずいた。「必死でやってきたつもりではいます。この分ならもう大丈夫、って思っていましたし。でも、結局、こんなふうになってしまいました。自分が情けないです」

「情けないですか？　そう思われる理由は？」

「病気の夫に付き添っている間、ずっとひとりで彼を支えてきました。子供もいませんし、さっきお話ししたように親兄弟もいないものですから。夫には年の離れた兄が一人いますが、脳梗塞《こうそく》で立て続けに二度倒れて、ずっと闘病していまして、しかも住んでるのは長崎ですから、頼るどころか、連絡を取ることもほとんどありませんでした。夫の会社の人たちにはとても親切にしてもらえましたが、友人と言える人はいなかったし、迷惑をかけたくなかったので、全部、私ひとりでやってきたんです。でも……気持ちの中ではいつも、自分を投げ出して誰かに甘えてみたかった。誰かに頼りたくてたまらなかった、というか。それを隠し通して、夫が死んでからもここまでなんとかやってきましたが、やっぱり今頃になって、こんな形で出てくるのかもしれないな、って思っています」

医師は深くうなずいた。時折、ノートに何か書きつけていたが、鏡子は気にならなかった。

もっともっと話していたかった。聞いてもらいたかった。これほど気持ちが楽になるのなら、何度でもここに来て、心ゆくまで話し続けてみたかった。それだけで救われる、とすら思った。

医師と鏡子を隔てているデスクの上には、小さな四角い置き時計が置かれていた。見るともなくそれを見て、すでに診察が始まってから小一時間が経過しつつあることを知った鏡子は、無念の想《おも》いを味わった。数分間、時間を引き延ばしてもらうことは可能だろうが、次の予約患者が控えている。自分ひとりでいつまでも高橋医師を占領しているわけにはいかなかった。

「すみません」と鏡子は言った。「私ばかり調子に乗ってしゃべっていたみたいで、申し訳ありません」

口もとに微笑が浮かんだのには自分でも驚いた。作り笑いをすることはあっても、自然にこぼれる笑みを自覚したのは久しぶりだった。

高橋医師もそれに合わせるようにして、優しい微笑を返してきた。「かまいませんよ。初診では特に、お話をできるだけたくさんお聞きしなくてはいけませんからね」

「今日はすごく」と鏡子は言った。「すごく、なんていうのか、嬉しいです。聞いていただけて、ほっとしています」

「よかったです」

高橋医師は静かな動きでパソコンの画面に向き合った。キイボードを軽く叩《たた》く音が続いた。

鏡子は見るともなく、パソコンに向かう高橋の伏目がちにされた目、形のいい眉《まゆ》、鼻からくちびる、まばらに白いものが交ざった髭に包まれた顎、その端整な顔の輪郭を見ていた。

康代は宇津木クリニックの精神科医を「イケメン」と言っていた。確かに言われてみればそうだと感じたが、鏡子にはむしろ、彼がかもし出す気配のほうに気持ちが惹《ひ》かれた。藁《わら》をもつかむ想いでやって来る患者たちに、この医師は今と同じく丁寧に、根気よく接し、まさに相手と溶け合うかのようにして心の病を共有し続けてきたのだろう、と鏡子は思った。

「では、幸村さん」と高橋医師は改まったように言った。「薬をお出しします。一つはメイラックスという薬。不安や緊張をおさえて、気持ちを楽にして、身体の不調を治してくれる薬です。一日一回、一錠、寝る前に飲んでください。ただ、眠気が出る、という副作用があります。日中も眠気が強く出てしまって、支障があるようだったらおっしゃってください。それから、睡眠導入剤も加えておきます。マイスリーというものですが……睡眠薬はこれまで飲んだことがありますか」

「夫が闘病していた時期、気が張って眠れなくなったことがあって、夫の主治医に処《しょ》方箋《ほうせん》を書いていただいたことがありましたけど、なんだか飲むのが怖くて、ほとんど……」

「今はお飲みになったほうがいいでしょう。この薬は、効き目が表れるまでに三、四十分かかります。すぐに眠くならないからといって、いろいろ動きまわらずに、ベッドに入っていてください。服用後は特に、メールとか電話とかはなさらないように」

鏡子が怪訝《けげん》な顔をすると、医師はいたずらっぽい笑みを浮かべてうなずいた。「翌朝、起きてからメールの内容を確認してぎょっとしたり、電話で何を話したか、正確に思い出せない、などということが起こる可能性があるんです。でも、服用してすぐ寝床に入っていれば、何の心配もいりません」

鏡子はうなずいた。この医師が「心配いらない」と言うのなら、本当に何ひとつ不安がることはないのだろうと思えるのが不思議だった。

高橋医師は続けた。「メイラックスは、効き始めるまでに、一週間程度かかります。

飲んですぐに効き目が表れないからといって、諦《あきら》めないように。続けてみて、どうだったか、次回、報告してください。ええっと、次回は一週間後の今日と同じ時間に予約がとれますが、いかがですか」

「でも……あの……先生、私……」

鏡子がもじもじと言い淀《よど》むと、医師はつと、彫りの深い顔を鏡子に向けた。「何でしょう」

「……それだけでいいんでしょうか」

「それだけ、とおっしゃると？」

「私は……その……抗鬱《こううつ》剤を飲まなくてもいいんでしょうか」

高橋医師の顔に、仄《ほの》かな笑みが漣《さざなみ》のように拡がった。

「幸村さんは」と言い、医師は笑みをにじませたまま、デスクの上で両手を合わせた。「鬱病ではなさそうです。だから、抗鬱剤を服用する必要はありません」

鏡子は目を瞬《まばた》いた。「鬱病ではないんですか？」

「強い抑鬱状態にある、というのは確かです。でも、抑鬱状態にあるからといって、鬱病かというと、これは違う。同じではない。健康な人でも、鬱々とした気分になることはよくあります。生きていれば、ごくふつうのことです。抑鬱状態にならない人はいません」

「こんなに眠れなくて、食べられなくて、気分が塞いで、だるくて気が変になりそうなのに、違うんですか。抑鬱状態というだけで、鬱ではなかったんですね。抗鬱剤はいらないんですね」

「どうしても抗鬱剤を服用なさりたいですか」

茶目っ気のある訊《き》き方だった。鏡子は慌てて首を横に振った。

「しばらくの間、薬の服用を続けてください。睡眠がとれるようになったら、徐々に回復してくると思います」

死病の宣告を受けることを覚悟で受診して、検査の結果、どこにも悪いところは見つからなかった、と言われた時のような気分だった。鏡子は半ば口を開け、瞬きを繰り返し、姿勢を正してくちびるを舐《な》めた。全身の緊張が一挙に解けていくような感覚があった。

「ありがとうございます。なんだか、もう、そうおっしゃっていただけただけで、気分がよくなってきたような気がします」

医師は短く笑ったが、何も言わなかった。診察終了の合図だ、と感じた。

「わかりました。では、一週間後にまた伺います」と鏡子は背筋を伸ばした。「今日と同じ、三時半に」

「精神科では、同じ曜日の同じ時刻に受診していただくことによって、成果があがることがしばしばあります」

「そうなんですか」と鏡子は言った。「不思議ですね」

「はい」と医師もうなずいた。穏やかな微笑が鏡子を包んだ。

一週間後の金曜日、同じ時間に予約を入れてもらった。これからしばらくの間、毎週金曜日の午後は、原島記念館を臨時休館にしてもらおう、なんとしてでもそうしよう、と考えつつ、鏡子は深々と礼をして診察室を出た。

入室してから、一時間と七分が経過していた。

［3］

鏡子の暮らす花折町は、古くからのリゾート地として有名な軽井沢町の隣に位置し、土地に詳しくない人間の中には、花折町もふくめて「軽井沢」と称する者も多い。

そこに目をつけてか、近隣の不動産会社は、土地売買の際、花折町一帯を「奥軽井沢」、もしくは「花折」をもじって「離れ軽井沢」などと呼び、大々的に宣伝することが多かった。「花折町」の名称を使うよりも、圧倒的に知名度の高い「軽井沢」の名を利用したほうが、人気を集めやすいからだった。

「花折」というのはその場所を神に見立てた特有の呼び名である。地域によっては「花折さん」などともいう。

元はといえば、旅人や山で仕事をする作業員らが、自分たちが怪我《けが》をしないよう、動物などに襲われないよう祈願するための場所、もしくは地蔵のことを「花折さん」と呼んだ。全国の村里や山々の峠に古くからあり、人々は道中や仕事中の安全を祈願して、そのつど、「花折さん」に花を供えた。

しかし、何故《なぜ》、軽井沢のはずれの小さな一角に、そう呼ばれる場所があり、後に正式な地名にまでなったのか、ということは今も不明のままになっている。しかるべき文献も残されていない。

その「花折」の地名について一文をしたためたのは、他ならぬ原島富士雄だった。彼は随筆集のひとつに収められた文章の中で、こう書いている。

『昨日、このあたりを散歩していて、道端に小さな古い石地蔵を見つけた。地蔵といっても、祀《まつ》られてからすでに二百年以上は経過している。風雪にさらされて苔《こけ》むし、ところどころが容赦なく欠けており、表情もまったくわからなくなっているほど古い地蔵である。通りがかりの誰かが供えたのか、干からびた野の花があたりに散らばっている。遠くの森から一斉に、波うつようにヒグラシの声が聞こえてきて、私は気が遠くなる想《おも》いにかられながら、思わず石地蔵の前で立ち尽くした。花折町には、探せばこういう、古い石のようになって半分土に埋もれている地蔵菩薩《ぼさつ》がたくさんあるのかもしれぬ。ここはやはり、花折という地名にふさわしい場所だったのだ。旅の安全を祈るだけでなく、人生に襲いかかってくる数々の恐ろしいことから身を守ってもらおうとする人々が、この地を通り過ぎる際に、小さな祠《ほこら》や小さな地蔵に花を供え、手を合わせていったのだ。だから私も、何かに誘われるようにしてここに来たのか、と思えば、すべての合点がいく。私がこの花折町に惹《ひ》かれ続けた理由が、今まさにわかった気がした。そんな私の心の奥底を見透かしたかのように、目の前の古い石地蔵は無言のまま、素知らぬふりをして、見えない眼で暮れ始めた夏の空を見あげていた』

高橋智之医師から処方された二種類の薬は、鏡子に著しい効果をあげた。鏡子にとって、それはまるで、自分のためだけに処方された魔法の薬のようでもあった。

何よりも、処方された睡眠導入剤がよく効いた。宇津木クリニックで精神科を受診した日の晩、鏡子は何カ月かぶりで、夢ひとつ見ずにぐっすりと眠った。

翌日は、高橋医師から言われていた通り、メイラックスの副作用と思われる眠気が強く出たが、そういった副作用があることをあらかじめ聞いていたので、ひとつも驚かなかった。眠気と戦いながらも、記念館の仕事は恙《つつが》なくこなすことができた。車の運転にも細心の注意を払ったので、問題はなかった。

ぼんやりした気分は悪くはなかった。風邪をひいて熱を出している時の気分に少し似ていた。

鏡子は来館者のいない時間、椅子《いす》に深く腰かけたまま眠ってしまいたくなるのを我慢して、原島富士雄の随筆集を開いた。活字などいっこうに追うことができずにいた数カ月だったが、眠いながらも、書かれてある内容は思いがけないほどすんなり、頭の中に入ってきた。

高橋医師からは、メイラックスという薬は、気分をやわらげてくれる効果が表れるまでに一週間かかる、と言われていた。それなのに、こんなに早い変化を感じられるのは、おそらく薬のせいではなく、医師から「鬱《うつ》ではない」と断言してもらえたからだろう、と鏡子は思った。薬がそんなに早く効き始めるわけがなかった。

花折町について原島が書いた文章に鏡子が目をとめたのは、そんな時だった。

花折さん、という言い方は初めて知った。花折町に中古の住宅を買って住み始めてから、ふと気づいて、夫の陽平とも何度か、花折の地名の由来を想像し合ったことがある。陽平の会社の人間や、町に古くからある時計の修理店の店主に訊《たず》ねてみたこともあった。

だが、誰もが、はっきりしたことはわからない、と言った。そのうち図書館で調べてみようと思っていた矢先、陽平が病に倒れ、そのままになってしまったのだった。

あのクリニックに「花折さん」がいたのだ、と鏡子はふと、少女じみたことを夢想した。あの医師は自分にとっての地蔵菩薩だったのだ、と思った。そう考えると、胸の中が温かいもので充《み》たされた。

まさか花を供えに行くわけにはいかないが、できることなら、次の受診の際、クリニックの外の、人目にふれにくい場所に、そっと秋の花を供えてきたいような気分にかられた。

救われた、と鏡子は感じていた。まだ身体《からだ》は決して本調子ではなかったし、気分の面でも不安定さは解消されてはいなかったが、こんなものはじきに治る、と思った。今後何がどうなろうとも、頼ることのできる相手が現れたことが嬉《うれ》しかった。誰にも相談できないような心身の状態を話せる相手。理解してもらえる相手。治すために幾多のアドバイスを与えてもらえる相手。そんな相手がたった一人、この世に存在している、と感じることができるだけでも、鏡子は深く勇気づけられた。

とはいえ、その時点で高橋医師に対する恋愛感情はまったくなかった。今後、そうした感情に発展していくかもしれない、という予感も生まれていなかった。

鏡子の中に、その種の感情は皆無だった。あったのは深い安堵《あんど》だけだった。

受診した翌日の晩、康代から鏡子の携帯に電話がかかってきた。初めは遠慮がちな声を出していた康代だったが、思いのほか、鏡子が元気な声で電話に出たことに驚いたようだった。

「あの後、どうしただろう、ってずっと気にかかってたの。でも、すごく声が元気そう。別人みたいよ。ね、もしかして宇津木クリニック、行ったの？」

「行った」と鏡子が答えると、康代はさも嬉しそうに「わあ」と声を張り上げた。

「そうだったのね。いつ？」

「昨日。だめだろうと思ってたんだけど、予約がとれたの。初診だったから、一時間、たっぷり話を聞いてもらえて嬉しかった」

「それで？　それで？　どんな先生だった？　いい男だった？　どんな話をしたの？　どんなところだった？」

　鏡子は苦笑した。「そんなにいっぺんに答えられないわ。それに、私は何も、お医者さんに会うために行ったわけじゃないんだから」

「ああ、ほんとにそうよね。ごめんごめん。私としたことが、つい……。なんていう名前のドクターだったの？」

「高橋先生」

「私たちと同じくらいの年齢？」

「少し若いんじゃないかな」

「五十五、六？」

「そうね。もうちょっと若いかもしれない」

「それにしてもよかった！　鏡子さん、元気になってきたね」

「薬が効いてくるまでに一週間くらいかかるんですって。だから、まだまだ安心できないんだけど」

「でも、声が明るいよ。この間会った時の声と大違い」

鏡子は簡単に診察内容を説明し、鬱病ではなかったこと、強い抑鬱状態にあるだけなので、抗鬱剤は必要ないらしいこと、などを教えた。

「よかった、ほんとによかったねえ」と康代は繰り返した。「ねえねえ、これって、誰のおかげ？」

「康代さんよ」と鏡子は携帯を耳にあてたまま、目をふせた。「行ってよかった。勧めてくれてありがとう。ものすごく感謝してます」

「やだ、改まって。冗談だってば。恩に着せるつもりなんか、ないって」

「わかってるけど、本当にありがとう。勧めてもらえなかったら、私、ほんとにおかしくなってたかもしれない。調子を取り戻すにはまだまだかかるだろうけど、この御礼はいつか必ずさせてね」

「御礼なんか、いらないよ。おいしいもの、食べに行こう。いつでも連絡ちょうだい」

「わかった」

「……で、誰に似てた？」

「え？　何が？」

「その先生よ。高橋先生だっけ？　有名人とか芸能界の人だったら、誰似？」

鏡子は笑い、「そんなのわかんない」と言った。「それどころじゃなかったもの。いったい、何が知りたいの」

「素敵な先生だったんでしょ？」

「誠実そうな人」と鏡子は言った。「とっても信頼できそうで、なんでも話せて。初対面とは思えないくらいに、気持ちがあったかくなって」

「ううん、鏡子さんたら。そういうことじゃなくて……」

じりじりしている様子の康代に、鏡子は笑ってみせた。健康な人間が興味をもつことに、未《ま》だ自分は追いついていないのかもしれない、と思った。

しかし、そうだとしても、治療は速やかに開始されたのだった。まずは元気になることだった。この精神状態を脱して、気力を取り戻すことができさえすれば、再び人生が始まるような気がした。そんな前向きな気分になれたのも久しぶりのことだと思いながら、鏡子は康代との電話を終えた。

次の週の金曜日、前回と同じ時刻に鏡子は宇津木クリニックにおもむき、高橋医師の診察を受けた。初診では一時間の診察時間がとられたが、二度目からは二十分に制限された。病状の深刻さにかかわらず、それが慣例であると説明された。

二十分では話したいことの半分も話しきれない。せいぜいが、処方された薬の効果はどうだったか、副作用はどうだったか、ということについて口にするのが関の山だろうとわかっていたが、それでも時間など忘れたような顔をして、熱心に話に耳を傾けてくれる医師を前にすると、再び鏡子は心の中のあらいざらいを話したい衝動にかられた。

「いろいろこの一週間、自分なりに自己分析してみました」と鏡子は自分でも滑稽《こっけい》に思えるほどの早口で切り出した。「その結果、やっぱり母との関係が私に暗い影を落としているんだな、と改めて思いました」

高橋医師が促してくれたので、鏡子は先を続けた。

専門医の診断を受けたことはないが、若いころから、明らかに心を病んでいたと思われる母のこと。自分という娘を産んでからも、母は親になりきれず、いつまでも精神が未熟、未発達だったこと。思い通りにならないと夫や娘に攻撃的になり、かと思えば、躁鬱《そううつ》の気味があったのか、寝込んでしまうほど塞《ふさ》ぎこんで、一切の家事ができなくなったこと。兄弟姉妹がおらず、常に母の神経は自分ひとりに向けられていたこと。したがって、物心つく前から、いつも母に遠慮し、神経をつかいながら生きてきたこと。自分の人格形成において、その母の影響は想像以上に大きいものだったに違いない、ということ……。

話しながらも、鏡子は机の上の置き時計にちらちらと視線を移していた。たちまち、約束の二十分が過ぎていった。

さらに三分、五分、七分……と容赦なく時間が流れた。いい加減、このへんでやめなくては、と思うのだが、やめられなかった。夜までこのまま話し続けていたかった。

「すみません」と鏡子は話の途中で観念し、深くため息をついた。「他の患者さんもいらっしゃるというのに、長々とこんな話……もう時間ですよね。申し訳ありません」

高橋医師は、それまでメモをとっていたノートの上にボールペンを置き、鏡子を正面から見つめた。「よくそこまで冷静に、客観的に、ご自身のことを分析されましたね」

「いえ、そんな……」

「そういった分析をされたのは初めてですか」

「言葉にして誰かに話したことはありませんけど……自分は毎日ずっと、そんなことを思いながら生きていたんじゃないか、という気はしています」

高橋医師は大きくうなずいた。「この先、お母さんのことは少しずつ聞かせていただきます。今日のところはこのくらいにしておきましょう。それでは、また来週の金曜日、この時間にいらしてください。お薬のほうは、また同じものを出しておきます」

「わかりました」

「ここにいらっしゃるために、原島記念館のほうのお仕事に支障が出ている、ということはないですか」

鏡子は首を横に振った。「記念館を直接運営しているのは、東京の出版社なんです。文潮社《ぶんちょうしゃ》っていう。先日、そこの担当の方に電話をかけて、病気治療のため病院通いをすることになったので、しばらくの間、毎週金曜の午後は休ませてほしい、とお願いしました。何の問題もなく受け入れてもらえたので、大丈夫です」

このクリニックのある花折町の、町名の由来の話や原島富士雄の随筆の話をし、あげく、私には先生こそが花折の地蔵菩薩に見えてきました、などということを口にしてみたかった。

だがそんな話はできるはずもなかった。たとえ口にしたとしても、相手はこれまで見えてこなかった種類の、患者の病んだ部分をそこに探ろうとするだけかもしれない。鏡子は名残惜しい気持ちを残しながら、黙って椅子から立った。

籐《とう》製の籠《かご》に入れておいたバッグとコートを手にし、医師に向かって深々と頭を下げた。「ありがとうございました。来週、ここに伺う時は、もっと元気になっていたいです」

「そう願っています。でも、焦《あせ》る必要はありませんからね。一緒に少しずつ、前に進んでいきましょう」

穏やかな微笑を浮かべながら、そう言い、高橋医師は鏡子が診察室から立ち去るのを見送った。

鏡子の母親が病死したのは、鏡子が四十になった年である。享年《きょうねん》六十五だった。

独り暮らしをしていた母から、身体の不調を訴える電話が続き、大げさに言っているだけだろうと思いつつも、付き添って大病院で検査を受けさせた。すでに手のほどこしようもないほど悪化していたガンが見つかり、腫瘍《しゅよう》は急速に母の身体を蝕《むしば》んでいった。ほとんど寝つく間すら与えない勢いだった。

母があまりにもあっさりと逝《い》ったことが、鏡子には意外でならなかった。鏡子は母が、患《わずら》いながらも百まで生きて、娘である自分を追いつめ、半殺しの目にあわせるものとばかり思いこんでいた。

そのため、病院から母が死んだ旨《むね》、連絡を受けた時も、鏡子は少しも気持ちを乱されずにすんだ。危篤《きとく》に陥ることもなく、娘に無理難題を押しつけるでもなく、あたかも死に急いでいるかのように呆気《あっけ》なく息を引き取ったのは、なんだか母らしくない、と思っただけだった。

夫の陽平と二人で密葬し、荼毘《だび》にふした後、鏡子は母が暮らしていた埼玉県大宮市の古いマンションの部屋を片づけに出向いた。母の遺品整理に行くことができるのは、鏡子だけだった。

両親は、鏡子が公立の大学に合格したのを機に離婚している。鏡子が大学を卒業するまでの学費と、母子の当面の生活費を慰謝料として支払うと、父はまるで逃げるように母のもとから去っていった。

離婚後、父は鏡子にだけはこまめに連絡をよこした。鏡子が幸村陽平と結婚した時は祝い金も送ってきたが、父と娘が再び会うことはなかった。やがて、次第に疎遠《そえん》になり、ひとまわり年下の女性と再婚したという報告を最後に、父はぷつりと連絡をよこさなくなった。手紙を出しても宛先《あてさき》不明で戻ってきた。今もなお、居所はおろか、生きているのか、死んでいるのか、不明のままである。

兄弟姉妹はおらず、親類はいないわけではないが、ほぼ絶縁状態だった。遺品整理には一緒に行くよ、と夫から言われていたのだが、平日は仕事で忙しい彼の、せっかくの休みの日に、わざわざ大宮まで出向かせるのは忍びなかった。

もともと、母は陽平を嫌って悪口ばかり言っていた。そんな母の、隠されたさびしさを受け入れ、理解してやっていた陽平に、最後までふてくされたような顔しか見せなかった人間が死んだからといって、たとえそれが自分の母親であろうとも、遺品整理の手伝いをさせる気は鏡子にはなかった。

母が最後まで暮らしていた部屋に一人で行き、荷物を整理し、すべての生活用品を仕分けしてゴミ袋に入れた。悲しいともさびしいとも思わなかった。切なく思うこともなかった。鏡子は何も考えずに黙々と作業を続けた。

ダイニングキッチンとユニットバスの他に、六畳の洋間が一つあるだけのマンションだった。がらくたばかりが目についたが、ものごとに過剰に神経質だった母の住まいは清潔に整頓《せいとん》されており、整理にはさほど時間はかからなかった。鏡子が捨てずにおいたのは、真珠のネックレスと実印、銀行の預金通帳、古い家族の写真が未整理のまま詰まっている、手垢《てあか》のついた古いアルバム二冊だけだった。

離婚後、仕事をもたずにいた母が、なんとか生活することができたのも、関西で佃《つくだ》煮《に》屋を経営していた母方の祖父が死んだ際、多少なりともまとまった額の金が遺《のこ》されたからである。母はそれを後生大事に切り崩して使いながら、月のうち半分は床から離れず、残る半分は鏡子に電話をかけてきて泣き言を言い、心身の不調を訴え、笑うこともなく、かといって完全に鬱の沼に沈みこんでしまうこともなく、危うい橋を渡るようにして生きていた。

母から電話がかかってくれば、仕方なしに相手をしたが、鏡子にとっては、心の中で避け続け、逃げ続けてきた母親だった。泣いて懇願されて、仕方なしに足を運び、大宮の、そのマンションの部屋にあがったのはわずか二度だけ。二度とも楽しい思い出は何ひとつなく、いつ果てるともなく続く愚痴と不満、不幸な身の上話の吐露で終始した。

そのせいか、洋間の壁に貼《は》ってあった、スイスの山々を写したポスターを見ても、キッチンの流しの上に飾られた小さな招き猫を見ても、化粧台の中にちまちまと並べられていた口紅やファンデーションを見ても、押し入れの中の整理箪笥《だんす》に並べられた下着類や靴下、着古したTシャツ、冷蔵庫の中の賞味期限の切れた卵や佃煮、半分だけ残してプラスチック容器に入れてあった木綿豆腐、窓辺に置かれたアジアンタムの小さな鉢植えなどを目にしても、何も感じなかった。すべてが見知らぬ赤の他人のものとしか思えなかった。

母が死んで鏡子が初めて涙を流したのは、整理を終えて自宅に戻り、持ち帰った古いアルバムをめくっていた時である。

父と母と鏡子……三人で暮らしていたころの写真。自分の七五三の時の記念写真。小学校や中学校の入学式の写真。元気だった時の母の写真を目にしても、自分自身の顔をふくめ、見知らぬ死んだ人間の写真を見ているようにしか思えなかった。

それなのに、鏡子は一枚の、小鳥の写真を目にするなり、ふいに感情のスイッチを入れられたようになった。胸が塞がり、たちまち視界が曇り、鼻の奥が熱くなった。

それは昔、自宅で飼っていた桜文鳥の写真だった。小学五年の時、父と行った近所の神社の縁日で、木箱に入れて売られていた。

桜色のぼってりと厚いくちばしが美しく、くちばしと同じ色の輪に囲まれた黒い目が愛らしかった。番《つが》いだったのが、数日前、一羽は死んでしまった、という。鳥籠と餌《えさ》をつけて安くしておくよ、と小鳥屋の男は言った。

一羽だけ生き残った、というのが憐《あわ》れに思えた。飼ってあげたい、と鏡子が言うと、父は不承不承、懐《ふところ》から財布を取り出した。木箱に入った桜文鳥と小振りの四角い鳥籠、餌を手に、鏡子は家に戻った。

母は小鳥は嫌いだ、と露骨にいやな顔をした。餌をはね飛ばして鳥籠のまわりが汚くなるし、糞《ふん》はにおうし、自分のことで精一杯なのに、鳥の世話までできない、というのがその理由だった。おまけに手のり文鳥だなんて、とんでもない、そんなものに肩に止まられたりしたら寒けがする、と眉《まゆ》をひそめた。

大丈夫、私がちゃんと世話するから、お母さんのいる時は絶対、籠から出さないから、と約束し、鏡子は文鳥に「ピースケ」と名付けた。

だが、母は「ピースケ」を可愛《かわい》がろうとはしなかった。それどころか、声もかけず、鳥籠を覗《のぞ》くことすらしなかった。完全な無視だった。

夜間、小鳥をぐっすり眠らせてやるために、暗くなったら、鳥籠に何か布をかけてやるように、と小鳥屋から言われていた。鏡子は納戸の奥から古くなった風呂敷《ふろしき》を探し出して来て、かけてやった。母はそれを見て、さも不服げな顔をしたが、何も言わなかった。

鳥籠の底は、定期的に鏡子が洗ってやらないと、すぐに堆《うずたか》く糞が積み上げられた。

母が鳥籠を家の居心地のいいところに置きたがらなかったので、寒い日は寒いままに、暑い日は暑いままに、鳥籠はいつも同じ場所にあった。「ピースケ」は人馴《ひとな》れしていた。だが、籠から出して、てのひらにやわらかく包んでやったり、部屋の中を自由に飛ばしてやったりすることは、母の留守中しかできなかった。鏡子はこそこそと文鳥を籠から出し、母が帰宅した気配を感じると、慌《あわ》てて元に戻さねばならなかった。

それでも「ピースケ」は健康で元気だった。狭い鳥籠の中を毎日、リズミカルに動きまわった。番いを亡《な》くし、仕方なく自分のためだけに歌っていたのか、機嫌よく美しい声で高らかに鳴いてくれた。

暗くなると、備えつけてやった丸い巣にもぐっていき、朝になって鳥籠から風呂敷を外してやると、元気よく巣から出て来て餌をついばんだ。日光浴させてやれば、早速、楕円形《だえんけい》の陶器の水入れに入って水浴びをした。光の中に、小さな虹《にじ》ができて美しかったことを鏡子は今も覚えている。

母の遺したアルバムに、どういうわけか、母が可愛がってもいなかった、おそらくその存在すら目に入っていなかったかもしれない、桜文鳥の「ピースケ」の写真が一枚だけあったのが不思議だった。

夕暮れ時か、あるいは雨の日に撮影されたもののようだった。室内のぼんやりとした蛍光灯の明かりを受け、至近距離でシャッターを切られている白黒写真だった。鳥籠の中で小首をかしげ、目をぱちくりさせている「ピースケ」は愛らしかった。

鳥籠のそばには、いつも夜になると鏡子がかけてやっていた風呂敷が畳んで置かれているのが見えた。深緑色の、うす汚れて色あせた、四隅がほつれている風呂敷だった。風呂敷のそばには、「ピースケ」が飛ばした餌が何粒か、散らばっていた。

鏡子はその写真を手にしたまま、くちびるをかんだ。写真の裏には、「大好きなピースケ。昭和四十三年」と書かれていた。鏡子自身の筆跡だった。

何のために、好きでもなかった小鳥の写真をいつまでもとっておいたのか。単に、たまたまアルバムの中にまぎれこんでいただけなのか。それとも、何か母なりの想い、懐《なつ》かしさのようなものがあって残していたのか。娘の直筆の裏書きがしてあるものを捨てる気になれずにいたのか。

そんなことをあれこれ考えながら、鏡子は、いつかまた、こういった一連の話を高橋医師に聞いてもらいたい、と思った。

その日の体調や気分によって、何にでもすぐに腹をたて、大切にしていたはずのものを破り捨てたり、叩《たた》き割ったりし、そのことで自分を責めては泣き続けていた母だった。そんな母が、最後まで「ピースケ」の写真を持っていたことに、思わず涙してしまった自分がいた、という話を高橋医師に聞かせたかった。

生涯、狭い鳥籠の中でだけ生き続けた桜文鳥は、小鳥にしては異例に長生きした。飼い始めて十年後、鳥籠の底に横たわったまま硬くなっていたのを発見した時、涙ぐんでいる鏡子のそばで、母が呪文《じゅもん》でも唱えるかのように、離婚した父の悪口を言い続けていたこと、死んだ小鳥をてのひらにくるみ、冷たい身体にキスをしてやっている鏡子に、母が「汚いことしなさんな」と吐き捨てるように言ったこと、そう言われても、別に腹もたたず、その代わり、この、心の歪《ゆが》んだ憐れな女から生まれてきた自分という人間を永遠に葬《ほうむ》ってしまいたい衝動にかられたことなど、高橋医師に聞いてほしい話は山のようにあった。

贅沢《ぜいたく》に暮らしたいと思ったことがないせいか、経済的にはこれといった苦労をした覚えもない。だが鏡子は、家庭の温かさ、というものをほとんど知らずに育った。母を憎み、母を嫌い、疎《うと》ましく思いながらも、そんな母を見捨てることができずにいた。母の精神の歪みに向き合ってやることで精一杯で、家庭、という場所が本来、心の休まる、素顔でいられる場所であることを忘れていた。

二十八の時、勤務していた会社の先輩だった幸村陽平と恋におちた。すぐに結婚の話が出たが、母は受け入れてくれなかった。

陽平を紹介すると、表向きは笑顔で挨拶《あいさつ》をしたくせに、翌朝、母は「姓名判断では、あんたがあの人と結婚したら早死にすると出た。悪い予感がするから、つきあうのはやめなさい」と言ってきた。母は大まじめだった。

大喧嘩《おおげんか》になり、それがきっかけで、鏡子は長年、呪縛されていた母の家から飛び出すことに成功した。陽平との結婚式は、友人だけを招いてひっそりと行った。

新婚旅行と称し、レンタカーを借りて、陽平の運転で能登をまわった。車で内灘《うちなだ》の砂浜に降り、陽平に付き添ってもらいながら、鏡子は生まれて初めて、車の運転をさせてもらった。

こわごわハンドルを握っていた車のフロントガラスに、夕日が淡く弾《はじ》けていた。海はあちこちで、小さな美しい白波をたてていた。新しい人生が始まった、と思った。至福のひとときだった。

陽平とは、あたかも片割れ同士のように、ぴったりと息が合った。好きなもの、嫌いなものが同じだった。ものごとに対する彼の反応は、合わせ鏡のように鏡子と同じだったし、その逆も同様だった。

彼と作りあげた家庭は、鏡子が生まれて初めて知った温かい家庭……かなわぬ夢だと諦《あきら》めていた家庭のイメージそのものでもあった。照れくさいのではっきり言葉にしたことはなかったが、陽平は鏡子にとって唯一無二《ゆいいつ》の、心の拠《よ》り所でもあった。

それなのに、その陽平が自分より先に逝ってしまった。母は娘を外の男に取られたくないあまりに、「あの男と結婚したら、あんたが早死にする」などと言ってきたが、早死にしたのは陽平のほうだった。

ある意味では母の姓名判断はあたっていたのかもしれない……何の根拠もないことだが、そんなふうに考えていくと、鏡子は気が狂いそうになる。

そうした話のすべてを高橋医師を前にして、時間がたつのも忘れ、思い出すままに語ってみたかった。何も言ってもらえなくとも、かまわなかった。精神科医としての言葉がほしくて語りたいのではない。ただ、自分を知ってほしいだけだった。

これまでほとんど誰にも、夫の陽平にすら、詳しく語ることのなかった自分のことを高橋医師にだけは知ってほしい、と願っている自分が、鏡子には信じられなかった。会って間もない、患者と医師の関係に過ぎない相手に、早くもそんな気分にさせられていることが、不思議だった。

そしてそれは、断じて恋愛感情などではなかった。たとえて言えば、清らかな紫色の法衣《ほうい》に包まれた高僧を前に、心を空《くう》にしてひれ伏している時の気持ちに似ていた。

［4］

高橋医師の診察は週に一度から、やがて二週に一度に変わっていった。隔週の診察になったのは、鏡子の症状が安定してきたと判断されたためである。

これまで通り、週に一度、通わせてもらいたい、と頼みたかったが、さすがにそれはできなかった。状態が安定し、毎週通院する必要がなくなった、ということは素直に喜ぶべきだった。

高橋医師によって処方されたメイラックスは、鏡子に著しい効果を与えた。気分は次第に楽になり、食欲も出てきた。

初めのころは、あらかじめ言われていた通り、副作用の眠気が強く出て困ることもあったが、医師の指示で、メイラックス一ミリグラムの錠剤を半分に割り、一日に半錠のみ服用することにしたところ、その問題はほぼ解消された。

とはいえ、精神科の薬は、それまで服用していたものを急にやめると厳しい離脱症状に苦しめられる。よくなったからと言って、即座に服用を中止すればいい、という単純なものではない。

そのため高橋医師は、鏡子の状態をみながら、メイラックス半錠を二週間続けたら、次の二週間は一日おきにする、という方法をとらせた。そうやって、少しずつ慎重に減薬していけば、離脱症状の心配はなくなり、うまく薬をやめることができるのだと説明された。

万一、減薬することで、症状がぶり返すのではないか、という不安を覚えた場合、頓服《とんぷく》として服用するための、デパス〇・五ミリグラムも処方された。

デパスは精神科のみならず、内科や整形外科、婦人科など、医療機関の多くの診療科目で処方される、ごくありふれた精神安定剤である。超短期型といって、効き目が表れている時間がきわめて短いため、服用後、まもなく効果を実感できると同時に、眠気などをいつまでもだらだらと引きずることもない。不安感はすぐに解消され、落ち着きを取り戻せるし、さらに言えば自律神経も安定させるので、肩こりにも効くとまで言われている薬だった。

睡眠導入剤のマイスリーのおかげで、鏡子は不眠からも解放された。医師の言いつけ通り、ベッドに入ってから服用し、そのまま横になる。本や雑誌を読んでいても、知らぬ間に眠りにおちていて、朝、目覚めてみると、前の晩、読んでいた本や雑誌が、開かれたまま、ベッドの上にあった。そんなふうに、いつのまにか眠りにおちていたというのは、久しぶりのことだった。

薬がもたらす副作用の心配もなくなり、状態がめきめきと改善されていくのを実感し始めると、二週に一度、わずか二十分ばかりの診察室での医師との対話は、鏡子にとって、対話、というよりむしろ、慌《あわ》ただしく行われる告白、もしくは懺悔《ざんげ》に近いものになった。鏡子は高橋医師に聞いてほしいこと、自分自身を通りすぎていった様々な嵐《あらし》を語った。一分一秒もおろそかにはしたくなかったので、口調はおのずと早口にならざるを得なかった。

ある時、鏡子は高橋医師に向かって言った。「なんだか私は、二週間に一回、教会に来ているみたいな気がしています」

「教会、ですか。それはどういう意味で？」

「この診察室が私にとっての教会の懺悔室で、私はここに来て、毎回毎回、大急ぎで懺悔しているみたいで。だからこんなにいつも、恥ずかしいくらい早口になってしまうんですが、先生はまるで神父様ですね。黙って聞いていてくださるし、私が何を話しても許してくださる」

高橋医師は目を細めて微笑《ほほえ》んだ。「神父も精神科医も、似たようなものかもしれません」

「私は鬱《うつ》病ではない、という診断をしていただけましたが」と鏡子は言った。「病気ではないのに、ずっと長い間、深い闇《やみ》を抱えて生きてきたんだな、とつくづく思います。それを今、こうやって先生に洗いざらいぶちまけている気がします。死んだ夫にも言わずにいたことも、すべて」

「それが、懺悔、だとお思いになるわけですね」

「どうでしょう。罪を告白することが懺悔なら、私が先生に話していることは少しニュアンスが違うかもしれません」

「亡《な》くなったご主人にも話さなかったこと、というのは？」

鏡子はうすく笑みを浮かべ、医師から目をそらし、膝《ひざ》の上にのせた自分の両手を見るともなく見つめた。「母を殺して自分も死ぬか、そうじゃなかったら、母という人間を全否定して、叩《たた》きのめすような遺書を残して自殺して、一生、母を苦しめてやるか……そういうことを本当に、心の底から本気で考えた時期があるんです。それだけは、夫には言えませんでした」

「どうして？」

鏡子は顔を上げ、医師を正面から見た。「夫に、恐ろしい女だと思われたくなかったからだと思います」

「明快ですね」

「自分でもそう思います」と言い、鏡子は微笑んだ。

高橋医師もまた、それに呼応するように小さく微笑を返してきた。

診察室の加湿器が、しゅうしゅうという、かすかな音をたてながら、やわらかく蒸気を噴き出していた。十二月も半ばを過ぎ、二十一日になっていた。

「次回は」と高橋医師が机上のパソコン画面を見つめながら言った。「二週間後、となると、年明けの一月四日になりますが、あいにくこのクリニックが正月休み中で、新年の診察は五日の土曜日からということになります。そこで、幸村さん、ご相談なんですが、もう充分、安定されたと思うので、次の予約は一カ月後の一月十八日の金曜日、ということにしませんか。いかがでしょう」

ショックが顔に出ないようにするのに、渾身《こんしん》の努力が必要だった。鏡子はわずかに瞬《まばた》きを繰り返し、「そんなに？」と聞き返した。「そんなに後になっても大丈夫でしょうか」

「自信がありませんか？」

「いえ、そういう意味じゃないんですが……」

「ここに来るのが一カ月後、ということになると、たとえば、どういったことが不安になりますか」

「……何となく、いろんなことが不安です。一言では言えません。ここに来られると思うからこそ安定していた自分が、一カ月もの長い間、今まで通りにいられるのかどうか……」

「もちろん、その間に何か気になることがあったら、いつでもいらしてくださって結構なんですよ。ただ、幸村さんはとてもいい状態を保てるようになったので、そういう心配はいらないと僕は思います」

鏡子はわずかに身を乗り出した。「あの……一カ月後、ということになったら、その間のお薬はどうすれば……」

「今は、メイラックスを一日おきに半錠、でしたね？　それを完全にやめる前に、半錠をさらに半分に割って……つまり四分の一にしたものを一日おきにして、そうやって減らしていって、最後にそれも飲まずに完全にやめる、というようになさってみてください」

「半分に割ったものをさらに半分に？」

「そうです。うまく四分の一に割れなくても、そのあたりはだいたいで結構です。そんなことをしないで、今すぐやめても、別に問題はないだろうとは思いますが、念のため」

自分がひどく情けない顔になっていることを意識しながら、鏡子はくちびるの端に笑みを浮かべてみせた。「完全に薬をやめてしまっても、私は平気でしょうか」

「万一、気分が不安定になったり、もやもやした感じになったな、と思ったら、その時はメイラックスではなく、デパスを飲んでみてください」と医師は言い、わずかに視線を揺るがせて腕時計に目を落とした。時間を気にしている様子なのは明らかだった。

「わかりました」と鏡子は言った。「そうします」

「ですので、次回は、年明けの一月十八日、同じ時間に予約を入れておきましょう。どうですか？　それでいいですか？」

「はい」

もうすぐクリスマスであることや、年の瀬が近づいて、何かと慌ただしい、といったことなど、誰もが挨拶《あいさつ》代わりに口にするようなことは一切、言わなかった。どんな年末年始を過ごす予定なのか、という質問もしてこなかった。

高橋医師は、その日、目の奥にどこかしら厳しいような光を宿したまま、いつになくそっけなさで「では」と言った。

診察終了、という合図に違いなかったが、鏡子には、早くここから出て行ってほしい、次の患者をこれ以上、待たせるわけにはいかない、これまで甘い顔をしてあなたのおしゃべりにつきあってきたが、もう症状はとれているのだから、精神科医としての責務は終了している、などと言われているような気がした。

鏡子が籐《とう》製の籠《かご》からいつも着ているコートとバッグを取り出し、椅子《いす》から立ち上がると、高橋医師も椅子から立った。そうやって、患者を見送るのは彼のいつもの習慣であり、これまでと何ら変わりはなかったことなのに、鏡子はふと、医師に見放されたような気分を味わった。

椅子から立って、デスクに両手をついたまま、医師は何かに深く気持ちをとらわれているような表情で、パソコンの画面を眺め、ついで型通りに鏡子のほうを見た。

「ありがとうございました」と一礼をした鏡子に、彼は作り物めいた微笑を返してきたが、それだけだった。そこに何ら、つながり合えるものは感じられなかった。

宇津木クリニックに通い始める前の鏡子なら、そのような瞬間を味わった後、より深い孤独感を覚え、世界にただ一人、取り残されたような悲哀を感じたかもしれない。だが、そのころの鏡子は、すでに情況を冷静に把握し、感情を処理することができるようになっていた。

あの医師は、今日はいつもと違って、気持ちがこめられていないように感じられたが、それは自分の誤解であり、単に体調があまりよくなかっただけなのかもしれない、と鏡子は帰宅後、考えた。

医者も一人の人間なのだから、個人的に気がかりな問題を抱えながら、患者を診なければならなくなることがあって当然である。どれほど修練をつんだ優秀な精神科医でも、診察中だからといって、そうした感情を完全に隠すことができるとは限らない。きっとそれだけのことだったのだ、気に病むことは何もないのだ、と鏡子は思い直した。

なによりも、月に一度の通院でいい、とまで言われたのだから、重い抑鬱状態が改善されたのは間違いなかった。健康を取り戻している患者を前にして、だらだらと打ち明け話の聞き役になっているほど、精神科医が暇ではないのは明らかである。とりわけ今日は、彼の診察を予約している患者がいつにも増して多く、そのため、毎回、規定の時間をオーバーしがちな鏡子に対して、医師はストップをかけざるを得なかったのだ。

そう考えていくと、隅から隅まですべてその通りだ、と思うことができた。鏡子は冷静に客観的にそう考えられる自分に、深く満足した。

夜になって、映画が観《み》たくて仕方がなくなったのも、いい傾向だった。自宅のリビングには、これまで録画したビデオテープやDVDを収納しているプラスチック製のケースが置いてある。最後にそのケースを開けたのはいつだったのか、思い出せないほどだったが、鏡子は久しぶりにケースの蓋《ふた》を開け、整然と並べられているビデオテープやDVDを眺めた。

タイトル文字の大半は陽平が書いたものだった。死んだ夫の、少年くささを残したような幼い手書きの文字を追いながら、真っ先に目についたのが、『トリコロール・青の愛』だった。陽平が元気だったころ、土曜日の深夜、二人でソファーに並んで観たことを思い出した。

主演のジュリエット・ビノシュは、夫も鏡子も共に好きな女優だった。『トリコロール・青の愛』はポーランドを代表する高名な映画監督、キェシロフスキによって描かれた「トリコロール三部作」の中のひとつである。鏡子も陽平も監督の名前すら知らずに、なんとなく録画しておいただけだったのだが、二人ともすぐに引き込まれた。

生前の夫と共に楽しんだ映画を再び観たくなる、というのは、精神が安定し、状態がよくなった証《あかし》である。これもひとえに高橋医師のおかげであった。改めて鏡子は医師に深い感謝の念を覚えた。

古いVHSのビデオテープを年代もののビデオデッキに挿入し、たまたま近くに寝そべっていた猫のトビーを抱き上げてから、ソファーに腰を沈めた。

ジュリエット・ビノシュ演じるジュリーは、夫と娘と三人でドライブ中、大きな事故にあい、運ばれた先の病院で、夫と娘の死を知る。悲嘆のあまり、ジュリーは自殺をはかるものの、未遂に終わった。退院後、彼女はたった独り、生きていこうと試みる。全編、深い悲しみに彩《いろど》られた映画である。

夫と娘を一瞬にして失い、孤独のうちに生きようとする女の物語……少し前の自分なら、とてもこんな映画は直視できなかっただろう、と思いながら、鏡子は画面いっぱいに拡《ひろ》がる美しい青色に魅了された。

深い孤独を受け入れ、ヒロインは独りで生きようと試みる。解消することの不可能な喪失感と黙って向き合いつつ、彼女は少しずつ精神を立て直していく。

悲壮な物語ながら、本物の悲壮感はそこにはない。ただ、ひっそりとした、水のように静かな孤独が感じられるばかりで、その孤独は、自分がこれまで抱えてきたものとどこか似ている、と鏡子は感じた。

映画を観終わった鏡子は、ティッシュペーパーで涙をぬぐい、鼻をかんだ。何度も同じことを繰り返した。深く息を吸い、腹の底から吐き出した。隣に寝ている猫のトビーの背を撫《な》で、髭《ひげ》にキスをし、微笑を浮かべたまま、少し泣いた。

胸の奥深くに渦巻くものはあったが、自分は多分、もう大丈夫だ、と思った。そう確信できることが嬉《うれ》しかった。

この映画を観ようと思ったのは、愛する者を失って独りになった女の物語を直視できるかどうか、試したかったのかもしれなかった。下手をすれば、重い心的外傷を受けた人のように、映画を観て錯乱する可能性は大いにあった。あの恐ろしい、アイガー北壁のイメージが再現されることも考えられた。

だが、鏡子は終始、平常心を失わずにいられた。それどころか、深い感動に包まれている自分を感じた。亡き夫と過ごした日々を思い出し、鼻の奥が熱くなったものの、かつてのような身を震わせる悲しみはわいてこなかった。

どのシーンにおいても、映像は青く染まっている。観ている者の瞳《ひとみ》まで、青く染まっていきそうである。喪失と悲しみを象徴する青、である。

青いプールの底に漂っている時のような、無音の世界に吸いこまれていきながら、鏡子は自分がもくもくと生きていこうとしていること、生来、そうすることのできる力を持ち合わせていたこと、強くはないが、決して弱くもなかったことを知った。

いたずらに時間を巻き戻して感傷に浸るのではなく、また、先のことをあれこれ案じて不安を覚えるのではなく、自分にはもともと、生きるための動物的なエネルギーが備わっていたこと、いかなる状況においても、生き延びていく才能の持ち主だったことに気がついた。

　猫のシマが尾をぴんと立てて近づいて来たかと思うと、見事な跳躍ぶりをみせて鏡子の膝に飛び乗った。

　鏡子はシマを抱き上げ、頬ずりし、猫の温かい、後ろ頭の毛に、濡《ぬ》れた目を押しつけた。

　年明けて一月。十四日には大雪となり、軽井沢では四〇センチの積雪を記録した。

　前回の診察から、ほぼ一カ月ぶりに宇津木クリニックに向かった日は、朝から小雪が舞い始めていた。大雪が溶けたばかりの路面が再びうっすらと白く染まる中、鏡子はいつものように車をクリニックの駐車場に停め、エンジンを切ってから深呼吸をした。

　耳の奥が痛くなりそうなほどの静寂が、あたりを包んだ。フロントガラスに雪が舞い降り、溶けていくのが見えた。

　高橋医師の指示通り、鏡子はメイラックスを徐々に減薬していき、まったく服用せずともいられるまでに回復していた。睡眠導入剤のマイスリーだけは毎晩、欠かさなかったが、たまに疲れてベッドに入った時など、薬を飲まずにそのまま眠ってしまうこともあった。

自分が再び抑鬱の海の底に沈んでいくのではないか、といった、ある種の予期不安のようなものに襲われそうになった時は、デパスを飲んでみた。体質に合っていたのか、その効き目は抜群で、不安どころか、常にまとわりついていた悲しみや虚無感さえも、たちどころに消え、穏やかな気分に包まれるのが不思議だった。

おそらく今日が最後の受診になるだろう、と鏡子は思った。これ以上の治療は必要ない、ということは自分にもよくわかっていた。

ここまで回復できたのは、ひとえに高橋医師のおかげであり、感謝の気持ちを伝えこそすれ、今後の不安は決して口にはするまい、と固く心に誓って、鏡子はもう一度、深く息を吸った。

診察室に呼ばれ、デスク脇《わき》に立って鏡子を出迎えた医師に、鏡子は微笑した。「お久しぶりです。遅ればせながら……新年あけましておめでとうございます」

医師もまた、微笑を返してきた。チャコールグレイのVネックセーターに、縞《しま》模様のついたシャツの襟を覗《のぞ》かせていた。眼窩《がんか》が少しくぼみ、疲れているように見えたが、医師はにこやかに「あけましておめでとうございます」と返してきた。「どんなお正月を過ごされましたか」

「例年と変わらなかったと思います。誰にも会わずにうちにいて。……黒豆を煮ました」

「いいですね」

「死んだ夫が、私の煮た黒豆が大好きだったので、毎年欠かしません。うまくできる年もあれば、できない年もあるんですけど。味つけが、その年によって微妙に違ってしまうんですね。他には、そうですね、録画しておいた映画を観たり、本を読んだりしていました」

鏡子は前回、診察を受けた日の晩、家でキェシロフスキ監督の『トリコロール・青の愛』を観たという話をした。高橋医師がその映画を観たことがあるのかどうかは、表情からは判別できなかった。

医師は興味深そうに鏡子の話に耳を傾けていたが、何も言わなかった。質問もしてこなかった。

少しずつ減薬していったメイラックスは、今はもう一切、飲んでおらず、マイスリーを飲まずに眠れる日もある、と鏡子は言った。「でも、ちょっと気分がざわざわするな、っていうこともあるので、そういう時は先生がおっしゃっていた通り、デパスを頓服代わりに飲んでいます。なんて言うのか、デパスはすごく私の体質に合っているみたいで、とってもよく効いて、すぐに緊張や不安がとれるので、びっくりしました」

「そうですか。それはよかったです」

「あんまり眠くならないですし。ちょっと困るのは食欲が旺盛になることかな。デパスを飲むと、全体の調子がよくなるせいか、お腹《なか》がすいて仕方がなくなるのが悩みのたねですけど」

「どうしてそれが悩みのたねに？」

「ちょっと体重が増えた気がして……」

医師は温かく微笑し、目を細めた。こうやって目を細めてくる時は、彼の心身の状態がいい時なのだ、と鏡子は思った。根拠は何もなかったが、これまでの診察室での医師の反応を熟知していた鏡子には、そうとしか思えなかった。

「もう充分、安定しましたね、幸村さん」と高橋医師はデスクの上で両手の指を合わせながら、きっぱりとした口調で言った。「問題はなくなったと思います。今回で卒業、ということにしましょうか」

「卒業?」

「治療終了、という意味です。もう、メイラックスを飲む必要もなくなったようですし、今後はマイスリーも不要になるだろうと思いますよ。こんなに短期間で、よく頑張りましたね」

「いえ、そんな……」と言い、首を横に振って、鏡子は思わずこみあげてきそうになった狼狽《ろうばい》を抑えつけた。「頑張ったわけじゃありません。これは全部、先生のおかげですから」

医師はそれには応《こた》えず、型通りの笑みを浮かべながら、「いやいや」とだけ言った。

「本当にお世話になりました。ありがとうございました。どんなに感謝しているか、言葉足らずで、うまくお伝えできないのが残念です」

「僕が治したのではなく、幸村さんご自身が、自分の力で治したんですよ。精神科に限らず、医師が病気を治すのではなくて、治すのはいつも患者さん自身なんです。ですから、感謝すべき相手は僕ではない。その気持ちをご自分に向けてくださったほうが、僕も嬉しいです」

加湿器がいつもと変わらず、しゅうしゅうとかすかな音をたてていた。ひとつしかない窓には、ふだん同様、桜色のシェードが下ろされていて、外で降り続いているであろう雪は見えなかった。シェードは、雪を映してでもいるかのように、仄《ほの》かに明るかった。

医師は静かに瞬きすると、ゆっくり背筋を伸ばした。「さて、何かご質問はありますか」

鏡子も椅子の中で背筋を伸ばし、「いいえ」と言った。「ありません」

「デパスが体質に合うということなので、一カ月分、処方しておきましょう。それからマイスリーも一応。飲まなくても眠れるようなら、それに越したことはありませんから、服用はご自分で加減して」

「ありがとうございます。そうします。デパスとマイスリー、なくなったら、またこちらに伺えばいいんですよね」

医師と完全に離れてしまうことが、無意識のうちに往生際《ぎわ》の悪さを生んでいるように感じられた。またここに来たい、と思っている自分を恥ずかしげもなく晒《さら》してしまった気がした。鏡子は内心、自分に向かって舌打ちしたくなった。

高橋医師は感情を含まない言い方で、淡々と答えた。「デパスもマイスリーも内科で出してもらえる薬です。かかりつけの先生がいるのなら、そちらに行ったほうが煩《わずら》わしくなくていいんじゃないかな」

鏡子は深くうなずいてみせた。「あ、そうなんですね。内科でも出していただけるんですね。じゃあ、もし足りなくなったら、そうします」

医師は黙っていた。もっと会話を続けたい気分だったが、鏡子は「では、これで」と言った。籠の中からコートとバッグを手に取った。「本当にお世話になりました。……貴重な数カ月でした」

鏡子が椅子から立ち上がると、医師もまた、おもむろに腰を上げた。「原島文学記念館のお仕事、頑張ってください」

「はい。ありがとうございます。あの、先生……」

「はい？」

「ここからは見えませんが、外では雪が降ってますよ。積もらなければいいんですが」

医師はにこやかに微笑み、うなずいた。「今年は雪が多いですね。お気をつけて」

鏡子は深く一礼し、部屋を出た。背後で、小さくコツンという音をたてながら、部屋の引き戸が閉じられた。

束《つか》の間《ま》、安全な母胎の外に出て、未《ま》だ見ぬ世界を前にしている赤ん坊のような心細い気分にかられた。だが、鏡子は断固として、その気分を振り払った。

会計をすませ、処方箋《しょほうせん》を受け取り、クリニックを出た。来た時と打って変わって、雪が少し烈《はげ》しくなっていた。近くの神社が、白いまだら模様の中でくすんで見えた。あたりに人影はなく、どこかでしきりと犬が吠《ほ》えている声が聞こえてくるだけだった。

［5］

細い綱の上をなんとかバランスをとって歩いている時のような、そんな日々が始まった。折にふれ、気持ちのどこかに、不安の残滓《ざんし》がこびりついたままになっているのを感じた。だが、以前のような心身の状態に悩まされることはなくなった。

日常は復調した。宇津木クリニックを受診するたびに休みをもらっていた、金曜日の午後の記念館での仕事も、これまで通り再開させた。

多くを考えず、雑念にふりまわされず、一日一日を丁寧に生きよう、と心に決めた。冬期ゆえ、原島文学記念館には来館者が極端に少なくなったが、記念館で鏡子がやるべき仕事は減らなかった。

パソコンを使ってのホームページの更新はもとより、文潮社を中心にした出版社とのやりとり、原島の著作物や遺品の管理点検、記念館の清掃、かかってくる電話の応対、郵便物の整理など、鏡子は日々、淡々とこなしていった。

十二月の初め、午後四時の閉館時にはすでにあたりはとっぷり暮れていたものだが、二月に入ってからは、ごくわずかではあったものの、少しずつ日が長くなっていくのが感じられた。

たまに来館者があると、コーヒーや紅茶をいれてサービスし、喜ばれた。相手が熱心な原島の愛読者であれば、原島の作品についての話題で話が尽きなくなることもあった。

日常のトーンは一定していた。よくも悪くも、心があわ立つような出来事は何も起こらなかった。

朝起きて、前夜の残り物を使って自分用の弁当を作り、車を運転して記念館に行く。仕事を終えての帰路、数日に一度、スーパーに寄って食材を買い、帰宅してから夕食を作る。

夜は、ベッドに入るまでの時間、家の掃除をしたり、引き出しの整理をしたり、猫と遊んでやったりし、余計なことを考える時間を極力減らす。

そんな時間が、波風たたず平らかに流れていったが、鏡子は時折、高橋智之医師のことを思い返した。医師がいつも丸首かVネックのセーターを着用し、シャツの襟を外に出していたため、テレビでタレントや男優が同じような格好をしているのを目にするたびに、反射的に彼を思い出してしまうこともあった。

とはいえ、そこに、また会いたい、と願う気持ちはなかった。高橋医師を思い返し、殺風景な診察室で交わされた言葉、視線の数々、加湿器のかすかな音を再現させて、そこに鏡子は、この世でもっとも安全な子宮の中の羊水に浮いている胎児のイメージを重ねていた。

その場合の胎児はむろん、自分自身だった。


二月も末が近づいた水曜日。前夜から降り積もった雪がやまずに、ちらちらといつまでも宙を舞っているような日の、うそ寒い午後のことだった。

原島文学記念館の前に黒塗りのタクシーが一台、停まった。地元のタクシー会社の車だった。

来館者のうち三分の二は、自分で運転する車か、友人知人の車に便乗してやって来る。タクシーを使ってまで記念館にやって来るような者は少なく、とりわけ冬期には珍しい。

原島の遺族か、もしくは記念館を運営している文潮社の人間がやって来たのか、と思いながら、鏡子は窓の向こうのタクシーをちらちらと眺めた。

ほどなくタクシーのドアが開き、一人の男が降りてきた。それが、黒いコートに身を包んだ高橋智之医師であることを知るや否《いな》や、鏡子は不覚にも心臓がどくんと鳴るのを覚えた。

どうして、と鏡子は思った。医師が記念館を訪ねて来るなどということは、想像もしなかった。

何か自分に用があるのか、とも思ってみたが、そんなものはあろうはずもなかった。まして、医師と患者の関係でしかなかった相手に、何か用を作って会いに来る、ということは考えられなかった。

入り口まで迎えに出るべきかどうか、迷った。迎えに出れば、彼だとわかって興奮しながら飛び出して来たように思われるかもしれない。

そう思われるのは心外だったが、何故《なぜ》、そんなことを心外に思うのか、鏡子は自分でもわけがわからなくなった。

その日は水曜日で、高橋医師のクリニックでの外来は休みのはずだった。診察は翌日の木曜日から土曜日まで。週半ばの水曜日の昼間、そんな時間帯に医師がこの町にいるわけがない。

鏡子は窓辺に佇《たたず》んだまま、息をつめて身を隠すようにしていたが、入り口の扉が開く気配を耳にしたとたん、気がつくと走り出していた。

記念館の黒光りした扉を背にして、高橋医師が立っていた。大きな二つの目が鏡子を正面からとらえた。

黒い厚手のコートの襟を立て、襟元にブルーグレーの淡いストライプ柄のマフラーを巻いていた。最後に会ってから一カ月と少し。顔に無精髭《ぶしょうひげ》が目立っているせいか、医師はどこか疲れているように見えた。

「こんにちは。突然ですが、寄ってみました」

鏡子はぽかんと口を開けている自分に気づき、慌《あわ》てて笑顔を作った。「びっくりしました。まさか、先生がここにいらっしゃるなんて」

「今、開館中ですよね？」

「あ、はい。もちろんです」

「今日は思いがけず、早めに横浜を出られたもんですから。突然で驚かれるかとは思いましたが」

「……横浜？」

鏡子が訊《き》き返すと、医師は笑みを浮かべた。鏡子にとっては懐《なつ》かしい、やさしい笑みだったが、血色の悪い顔に、目ばかりぐりぐりと大きくて、瞳《ひとみ》の奥から険しい光が放たれているようにも感じられた。

「宇津木クリニックでの診察日以外は……」と言いながら、医師は形ばかり右手で頭頂部をはらった。そこに雪はついていなかった。「……横浜にある総合病院で、非常勤の精神科医をやってるもんですから」

「そうでしたか」

「木曜の午前中にこっちに来れば、クリニックでの午後からの診察に間に合うんですけどね。こうやって、たまに水曜から来ていることもあるんです。といっても、たいていこちらに着くのは夜になってしまいますが」

そう言って医師は、館内を眺めまわした。「今日はありがたいことにゴタゴタもなくて、解放されるのが早かったんで、それでちょっとね。原島文学記念館には一度、来てみたいと思っていましたし、めったにない、いい機会ですから」

「嬉《うれ》しいです。こんなお天気の日なのに、わざわざありがとうございます」

鏡子はそう言って一礼した。思いがけないできごとに、我知らず顔が紅潮してくるのを覚えた。

東京の病院から通って来ているアルバイト医、と聞いていた。彼の勤務先が東京の病院ではなく、横浜のそれであったことを鏡子が知ったのは、その時が初めてであり、それは鏡子にとって、未知の人間であった高橋医師について新たな情報を得られた、最初の瞬間でもあった。

「あの、先生、よろしければコートをお預かりしますが」

鏡子がそう言いながらハンガーを持っていくと、医師はうなずいてコートを脱ぎ、首に巻いていたマフラーを外した。手伝おうとする鏡子をやんわりと断り、彼は自分でハンガーにかけて、受付カウンター脇《わき》のコート掛けに吊《つる》した。

中に着ていたのは、鏡子がいつも見慣れているセーターではなかった。灰色のツイードジャケットに白いコットンシャツ、紺色のニットのベスト姿だった。ネクタイはしておらず、はいているのは着古したデニムだった。手荷物はなかった。

天井を見上げたり、あたりを見回したりしている高橋医師を案内しようと、鏡子はゆっくり歩き始めた。医師もまた、鏡子に続いた。二人の靴音だけが、館内に響きわたった。

「しかし、雰囲気のある建物ですね。ここはもともと、原島富士雄の自宅だったと聞きましたが」

「ええ。昭和四十年代に建てたもので、初めのころは別荘として使っていたのが、晩年、東京から引っ越して来て常住していました。奥様やお手伝いさんと一緒に。こちらが原島の書斎だった部屋です。書棚も蔵書も、ほとんどすべて、生前のまま残してあります。記念館にするにあたって、並べ替えはしたようですけど、処分したり、別の場所に移動したりした蔵書は一冊もないみたいです」

高橋医師はうなずいた。「ほう。すごいなあ。吹き抜けになって、さらに壁いちめん書棚なんですね。すばらしい。当時としては破格にモダンな設計だったんでしょうね」

「そうですね」

「でも、上のほうの本を取る時にはどうしていたんだろう。どんな大男でも、あそこまではとても手が届かない」

「専用の……」と言い、鏡子は軽く乾いた咳《せき》をした。緊張がもたらした咳きこみのようだった。「……専用の梯子《はしご》があって、原島はそれに登って本を取っていたと聞いてます。木でできた梯子で、頑丈で、今も使えるんじゃないかと思うんですが、記念館にする時に軽い材質のものも用意されました。必要な時には、私はそれに登って本を出し入れしてます。足腰が弱ってきたせいか、登るのはちょっと怖いんですけど」

医師はにこやかに笑い、しばらくの間、原島の書斎を見回していたが、やがてふと思い出したように、鏡子を振り返った。細めた目が、草食動物のそれのように穏やかだった。「幸村さん、お元気そうですね」

「あ、はい。おかげさまで」

「その後はいかがでした？」

「特に問題なく過ごしてます。お薬もやめました。いえ、嘘《うそ》です。時々、デパスだけ飲みます」

医師はやわらかく微笑《ほほえ》んだが、何も言わなかった。

原島の書斎を出て、鏡子は記念館の内部を医師に説明しながら歩いた。作家が愛用していた万年筆や原稿用紙、灰皿などが展示してあるガラスケースの前に立ち、来館者を相手にする時と寸分も変わりのない案内役をこなし、原島の顔写真や文芸誌での対談風景などを撮影した写真を前にすれば、彼の文壇における数少ない交友関係を説明したりした。

説明を続けている間は、平静を装《よそお》っていられたが、ひと通り終えて、原島の書斎に戻り、コーヒーをふるまおうとしたころから、再び気持ちがざわつき始めた。とはいえ、それは、抑鬱《よくうつ》状態にあった時の不快感を伴うものとはまったく異なっていた。照れるあまり、どぎまぎしている時によくある、快い緊張感に近いものだった。

鏡子は小さなキッチンコーナーに立って湯をわかし、コーヒーをいれ、カップにシュガーポットとスプーンを添えて高橋医師のもとに運んだ。雪はやんだようだったが、代わりに霧が出始めていた。窓の外は白く煙っているように見えた。

来館者がやって来る様子はなかった。電話も鳴らなかった。

医師は、コーヒーを一口飲んだ後、「ああ、うまいな」と言った。「コーヒーのいれ方がお上手なんですね。おいしいです」

「ただの安物の粉コーヒーなんですよ。このへんは水がおいしいから、安物でもおいしくいれられるのかもしれません。来館者と話がはずんだ時なんかにもいれてさしあげるんですけど、たいていは私ひとりで飲んでますね。お昼ごはんの後とか、来館者がいなくて暇な時なんかに。先生、寒くないですか。エアコンの温度、上げなくて大丈夫ですか？」

「いや、全然寒くないですよ。ちょうどいい」

「いつのまにか、霧が出てきたみたいで……」

鏡子が窓に視線を移すと、医師もまた、同じようにした。「もうじき三月ですからね。地表が温められているんでしょう」

「このあたりはよく霧が出ます。隣の軽井沢よりも多いかもしれません」

「地形の関係かな」

「そうですね」

二人はそれから、ぽつりぽつりと原島富士雄についての話をした。高橋医師は、原島の作品をかつて何冊か読んだことがある、と言い、充分とは言えないまでも、一般的な知識を持ち合わせていることを窺《うかが》わせた。

会話はもの静かに、しかし途切れることなく、診察室での会話の延長であるかのように続けられた。違っていたのは一つだけ。診察室では主に鏡子がしゃべっていたが、その日、記念館で多くをしゃべったのは医師のほうだった。

話していくうちに、原島富士雄という作家が絵に描いたような貴族趣味の持ち主であったことに対して、医師はどこか否定的な感情を抱いている、と鏡子は感じた。貴族趣味そのものを嫌っているのではなく、また、原島富士雄という作家の才能をそのことによって過小評価する、というわけでもなく、そこには何か、他人には窺い知れない、医師自身のねじれた感情が作用しているようにも感じられた。

窓の外の霧はますます濃くなっていった。ガラスの向こうに見える木々の枝も、ミルク色の霧に巻かれて、ぼんやりとかすんで見えた。

わずかの沈黙の後、鏡子は笑顔を作り、訊《たず》ねた。「個人的なことを少し伺ってもいいですか」

「内容によりますが」と医師は言い、にわかにいたずらっぽい表情を浮かべて微笑んだ。

「詮索《せんさく》するつもりはないんですけど」

「かまいませんよ。ここは診察室じゃありませんから」

「……先生と私は同世代ですよね？」

「僕は」と医師は言った。「一九五八年生まれです」

「私よりも少し年下かな、とは思ってました」

「ほんの少しね」

鏡子は笑った。「それでも、お子さんはもう、とっくに成人なさってるんでしょう？」

無邪気を装って質問したつもりだったが、鏡子には医師の表情が硬くなったように感じられた。

彼はくちびるに作ったような笑みを浮かべたまま、わずかに首を横に振った。「離婚してるんで」

「あ、ごめんなさい」

「いや、いいんです。別れた妻との間に子供が一人います。娘です。離婚してから、二十年以上たつのかな。ですから娘も当然、成人はしていますよ」

これ以上、つまらないことを訊くな、と自分に言い聞かせたのだが、無駄だった。

鏡子はほとんど無意識のうちに次の質問を発していた。

「再婚なさったんじゃ……」

「いえ」と医師は小声で言った。「してません」

「独り暮らし、ですか」

「幸村さんと同じです。勤務先の病院の、わりと近くに部屋を借りて住んでます」

「私には」と鏡子は言った。「ご自宅にもどった先生は、奥様やご家族に囲まれて、安泰な毎日を送られているように見えました」

「安泰、ですか」と医師は面白そうに訊き返した。「特別に波乱に満ちた毎日を送っているつもりはないですが、毎日毎日、忙しすぎて、安泰とは程遠いかもしれませんね。帰って寝て、起きてまた診察に出る。それだけの毎日ですから」

何を言えばいいのかわからなくなって、鏡子がテーブルに目を落とすと、医師は大きく息を吸った。

「自分の患者さんに、こういう話をしたのは初めてだな」

「すみません。でも、ざっくばらんにこういうお話ができて嬉しいです。診察室では、私は患者でしたから」

「自分の診察を受けに来た患者さんとは、どんなことがあっても診察室以外で会ってはならない、といっていう、精神医学界における暗黙のルールがあります。それをかたくなに守り抜いている医師も多くいます。でも、その点、僕はいい加減かもしれません。死ぬ直前まで、公私の別なくモンローを診ていた専属精神分析医と同じで……」

鏡子は顔を上げた。医師と目が合った。

医師の表情に、余計なことを口にしてしまった、とでも言いたげな翳《かげ》りが走ったが、それも束《つか》の間《ま》のことだった。

彼は両方の眉《まゆ》を少し上げ、コーヒーカップを手にした。残っていたコーヒーは冷たくなっていたはずだが、彼は中のものを飲みほすと、「お願いがあります」と言った。

「コーヒー、もう一杯、いただいてもいいですか」

鏡子は笑顔を作って椅子《いす》から立ち、医師の手からカップを受け取って、ミニキッチンに行った。湯をわかし、コーヒーをいれている間、マリリン・モンローのことを考えた。

モンローが自殺したのか他殺だったのか、あるいはただの事故だったのか、わからないまま今に至っている、ということはよく知っていた。だが、美しく性的な女優、マリリン・モンローに専属の精神分析医がついていた、という話は初耳だった。

新しくいれたコーヒーを医師に差し出し、鏡子は訊ねた。「マリリン・モンローには、精神科のお医者さんが付き添っていたんですね。知りませんでした」

　医師はうなずいた。「しょっちゅう、プライベートでも電話をかけて精神状態を訴えたり、医師の自宅にも出入りしたりしていたようです。しかも、そういう専属の医者が何人もいた。気にいらないとクビにして、次の医者を見つけてきて……それを繰り返して彼女は死んだんです」

「精神が不安定な人だったみたいですね。どうしてあんなにきれいな人が、って、昔から不思議に思ってました。あんなにきれいで、非の打ちどころがないくらいセクシーで、世界中の人に愛されて、憧《あこが》れられて、何の不足もないはずなのに、って。でも、それは他人の目にそう映るだけで、本人には全然違った風景が見えていたのかもしれませんけど」

　高橋医師は、ふっ、とうすく笑った。「自分が、あの女優の専属精神科医だったら、どうしていただろう、ってね、時々、考えることがあります。彼女の精神領域には、若いころから興味があったので……」

　セックスシンボルのマリリン・モンローと「精神領域」という言葉が、いかにも不釣り合いに感じられた。

　鏡子は、無邪気さを装って訊ねた。「先生はもしかして、あのマリリン・モンローの影響で精神科医になられたんですか？」

「いや、まさか。そういうわけじゃ……」

「精神が極端にアンバランスじゃなければ、自殺説なんか出なかったはずですよね。殺された、っていう説もあったみたいだけど、どうなんでしょう。私は昔っから、モンローは自殺したんだろう、って決めつけてましたから」

「そうですか。それはまたどうして？」

「行く先々であんなに熱狂されて、愛されて。でもみんな、モンローの虚像を見てただけでしょう？ 彼女も虚像を演じなくちゃいけなかったわけだし。どこにも本物の自分なんかいなかったんだと思います。それはものすごく孤独なことだと思う。疲れ果てて、何もかもがいやになれば、死にたくもなるんじゃないんですか」

医師は黙したまま、曖昧《あいまい》にうなずいた。鏡子は続けた。

「モンローって、よく見ると目の奥に怯《おび》えがある女優だと思います。怯えっていうのか、悲しみって言えばいいのか、うまく言えませんけど。にっこりセクシーに笑ってても、目の奥にね、別の光があって、なんて言うのかな、さびしい影のある少女みたいな顔、する時がありましたよね」

医師は黙りこくった。岩のように身じろぎもしなくなった。

突然のことだった。何が起こったのか、と鏡子は内心、慌てた。何か気にさわることを言ったのか。余計なことを口にしたのか。

だが、医師はやがて青ざめたようになった顔をゆっくりと鏡子に向け、大きな目をひたと張りつかせた。「幸村さんは、マリリン・モンローにまでお詳しいんですね。驚きました」

いえ別に、と鏡子は内心ほっとしつつ、首を横に振った。「私と夫は無趣味だったくせに、ふたりとも映画だけは大好きで。モンローに限らず、若いころから、手あたり次第、映画を観《み》てきて、それでいろいろ、気づいたことがあるだけです」

「診察室でも映画のこと、お話しされてましたね。ええっと、なんでしたっけ、難しい名前の監督の……」

「キェシロフスキ」

「そう、それ」医師は微笑んだ。「舌をかみそうだ」

鏡子は笑った。先程の異変などなかったことのように、医師もまた、目尻《めじり》に皺《しわ》を寄せて笑った。

「僕は残念ながら観てなくて、わからなかったんですが、お話、印象に残ってます。青い色の話、されてましたね」

「ええ。青がきれいでした。あと、音楽も。猫、出てくるんですよ、あの映画」

「猫?」

「ええ、大きくて、ちょっと凶暴な虎猫《とらねこ》。ヒロインが借りた部屋でネズミが子供をたくさん産んで。生まれたばかりの、まだ毛も生えてないようなピンク色の子ネズミ。どうしても自分で始末できなくって、彼女は同じアパートの住人から猫を借りて来るんです」

「やっぱり、幸村さんは猫に目がいくんだな」

はい、と鏡子はうなずき、目をふせ、笑った。

「僕も猫、好きですよ」

「そうでしたか。嬉しいです」

「今は飼ってませんが、子供のころ、うちに何匹かいました。ほったらかしにして飼ってたもんで、去勢とか避妊とかもしなかったし、どんどん増えて、最終的にいったい何匹になったのかわかりませんけど、猫は空気みたいに日常の風景になってましたよ。寒い夜なんか、猫って布団《ふとん》の中にもぐりこんでくるでしょう? 足元に一匹、肩のあたりに一匹いると、それだけで温かくてね、ありがたかったもんです」

そう言うと医師は微笑み、静かに目をそらせた。この人は独身だったのだ、と鏡子はその時、医師の顎《あご》や頬のあたりを、無精髭が暗い翳りのようになって染め上げているのを見るともなく見ながら考えた。言われてみれば、高橋医師に、平凡な家庭生活や妻子を窺わせる気配は皆無だった。

二日前、生え際《ぎわ》に伸び始めていた白髪を染めておいてよかった、とふと思った。くせの強い、まとまりの悪い、中途半端《はんぱ》なボブカットにしたままの髪の毛に素早く両手をあてがい、形ばかり軽く整えて、鏡子は医師から目をそらしたまま微笑した。

「……幸村さんが宇津木クリニックを受診されたのは、誰かの勧めがあってのことだったんですか」ややあって、医師が訊ねてきた。

「友人に勧められたんです。この土地に移り住んで親しくなった人で。彼女とは、まさにこの記念館で知り合ったんですよ」

「ほう」

「同世代なんです。原島富士雄の書くものが好きで、ここに記念館ができていることを知らなかった、って言って、大慌てで駆け込んできて親しくなって。その彼女の知り合いが、宇津木クリニックの精神科を受診して、すっかりよくなったそうなんです。彼女は私のことを心配してくれて、診察を受けてきたら、って熱心に勧めてきて、それで……」

「そうでしたか」

「彼女の知り合いは、鬱病って診断されたみたいです。高橋先生の治療がとってもよかった、ってずっとほめてらっしゃるそうですよ」

「そうでしたか」と医師はまた、同じ言葉を繰り返した。

「私なんかがこんなことを言うのは失礼なのかもしれませんけど……患者さんたちの間で、先生は信頼できるお医者様として、最高に評判がよくって。これから、もっともっとたくさん患者さんが押し寄せて、忙しくなられるんじゃないかしら」

医師は困惑したような表情で、「いやいや」と言った。「精神科に通わなくちゃいけない人が増えるなんて、決して喜ばしいことじゃない。内科や外科や整形外科に通うのは仕方がないとしてもね、本来、人は一生、精神科なんかと縁がないような人生を送るべきです」

鏡子が黙っていると、医師は「あ、誤解しないでください」と言った。「幸村さんのことを言ったわけでは……」

「もちろんわかってます。でも先生のおっしゃる通りですよね。私もそう思います。宇津木先生が、こんな小さな町にも精神科のあるクリニックが必要だ、って判断したのも、現実に心を病んでる人がたくさんいるからなんでしょうし。……宇津木先生とは昔からのお知り合いだったんですか」

「まったく面識がありませんでした」

「じゃあ、どうして？」

「ネットですよ」医師は短く笑った。「ネットで、偶然、ここの宇津木クリニックが精神科医を募集してるのを見て、それで応募してね、採用されたんです」

「ネット！」

鏡子が目を丸くすると、医師はまた小さく笑った。「ネットを閲覧して、バイト先を探す医者は多いんですよ。中には、何軒ものクリニックや病院を掛け持ちでまわってる人もいる。月曜日はA病院、火曜日はB診療所、水曜日はCクリニック……って感じで。外来はもちろんですが、人間ドックの画像の読影だけを掛け持ちしてやってる医者もいます」

「全然知りませんでした」

「医療従事者以外、そういうことを知っている人は少ないですから。知らなくて当たり前ですよ」

「それじゃあ、先生はこの土地に何かのご縁があって、通うようになったわけではなかったんですね」

「縁どころか、なんにも知らずに来て、右も左もわからなかった。宇津木先生の所有しておられるマンションの一室が、滞在中の僕の部屋になってるんですけどね、初めのころはクリニックとその部屋の往復だけでしたし」

「あの」と鏡子は、次から次へとふくれ上がり、喉《のど》からあふれ出てきそうになる質問の束をかろうじて飲みこみつつ、医師を見つめた。「先生は、原島富士雄が書いた随筆の中に、花折町のことが書かれているのをお読みになったこと、ありますか」

「ありません」

鏡子は天井まである背の高い書棚の一隅を指さした。「あそこらへんにある随筆集の中に、この町の名前について書かれた文章があるんです。石仏、っていうのか、石地蔵、っていうのか、そういうものがたくさん、この町にはあるんですけどね。それって、古くからここに住みついた人たちが、山の神様や怖い動物たちから身を守るために、安全を祈願して作ったもので、そういうのを称して、花折さん、っていうらしいんです。たぶん、それがこの町の名前の由来」

「知らなかったな」

「私もつい最近、知ったばかりです。とってもきれいな文章なんですよ」

本を取ってこようとして鏡子が椅子から立ち上がりかけると、医師はやんわりとそれを制した。「いや、今じゃなくても……」

「え？」

「いいえ、近いうちにまた、ここに伺いますから、それまでにコピーをとっておいていただけたら嬉しいです。そのほうがゆっくり読めますし」

何気なく口にした原島富士雄の随筆の話が、いま一度、この医師と自分が個人的に会う口実を作ってくれた。そう思って、鏡子はにわかに落ち着きを失ったが、努めて平静を装いながら、「わかりました」と言った。「じゃあ、コピーをとっておきますので、またいらしてください。他にも原島が花折町について触れているものがあると思うので、探しておきます。……次にいらっしゃることができるのは、いつごろになりますか」

それにはすぐに答えず、高橋医師は「実は」と言った。「今、僕が横浜で診ている患者なんですが、かなり状態が悪かったのが、ここのところ、いくらか安定してきましてね。このままずっと、この調子でいてくれれば、こうやって水曜の午後に花折町に来ることができるんですが。患者次第なので、なんとも……」

「そうなんですか。でも、いつでも先生のよろしい時に。私は月曜日の休館日以外はここにいますので」

医師はジャケットの左の袖口《そでぐち》を少しめくり、腕時計を覗《のぞ》いた。「もうこんな時間か。すっかり長居してしまいました。申し訳ない」

車を呼んでほしい、と医師は言った。鏡子はすぐに記念館の電話を使って、町のタクシー会社を呼び出した。

高橋、という名は出さずに、「原島文学記念館まで一台」としか言わなかったのは、無意識のうちに、医師と自分が個人的に会っていたことを、たとえ相手が初対面のタクシー運転手であっても知られたくないからなのだ、と鏡子は素早く自己分析した。医師と分かち合ったひとときを自分だけの小さな秘密にしておきたがる気持ちが、鏡子にはどこか、うっとうしいものに感じられた。

窓の外の霧はいっそう濃くなっていた。記念館の軒先に下がった幾本もの氷柱《つらら》から、水滴が規則正しく滴《したた》り落ちているのが見えた。タクシーが到着するまでの間、鏡子は医師と、言葉少なに天候の話をした。無難な天候の話は、続ければ続けるほど偽物《にせもの》の親しみ深さが強まっていくような気がした。

高橋智之、という医師について、多くのことを一度に知ることができたのは事実だが、反面、相変わらずしゃべっていたのは自分だけだった、と鏡子は感じた。医師から発せられる言葉の数々は、情報として鏡子の中に蓄積されても、そこに彼自身の感情は何ひとつ、見えてこなかったような気もした。

猫の話をしていても、マリリン・モンローの話やネットでバイト先を探す医者の話をしていても、高橋医師はどことなく、厚いヴェールの向こう側にしかいない。そんなふうに感じられたのだが、なぜそうなるのか、鏡子にはわからなかった。

とはいえ、考えてみれば、精神科医と患者の距離が、簡単に縮まらないのは常識と言うべきだった。そもそも、ついこの間まで、診察室でしか会っていなかった相手と、外で顔を合わせたからといって、互いがすぐに殻を破って親しく話せるわけもない。こんなふうにぽつぽつと探るような会話を交わし、それでいて不自然なほど親しみ深そうにふるまってしまうのも、当然と言えば当然だった。

一方で、高橋医師は、何度となく鏡子が自分の内側をさらけ出した相手……夫にも、友人にも言ったことのない話を打ち明け、誰にも口にしたことのない言葉で自分自身を語った相手であった。

そんな人間を前にすれば、少なくとも鏡子の気持ちは和らげられる。解放感で充《み》たされる。家族でもなく友人でもなく恋人でもなく、かといってただの知人でもない。相手のことはほとんど何も知らないに等しいのに、短期間に全部をさらけ出した相手であり、しかも、そのことはおくびにも出さずに、こうやって顔を合わせている。

その不思議が、鏡子の中に長く眠っていたものを揺り起こしていた。しかも、眠っていたものが頭をもたげたことに、鏡子はその時、まだはっきりとは気づいていなかった。

「そうだ。私の携帯番号、お教えしておきますね」

鏡子は窓の向こう、ミルク色に染まった霧の奥に、タクシーの二つのヘッドライトの明かりが見えてきたのを知るや否や、急いでメモ用紙に自分の携帯番号を書きつけた。どうして自分に、それほど積極的なことができるのか、わからなかった。

メモを高橋医師に手渡し、「コピーを取りにいらっしゃる時は、念のため、前もって私の携帯にご連絡いただければ」と言った。

「わかりました」と医師は言った。受け取ったメモ用紙を丁寧に二つ折りにし、着ていたツイードのジャケットの胸ポケットにおさめた。その一部始終を鏡子は見ていた。

地元のタクシー会社のタクシーが、記念館の玄関前に横付けにされた。車のライトの明かりのせいで、霧が黄ばんで見えた。ふわふわと立ちのぼる、黄色い煙のようでもあった。

「霧が濃くなって……」と鏡子は言った。「この季節、こんなに霧が出るのは珍しいんですけどね」

「もうじき、桃の節句ですから。寒い土地にも春が近づいてきた証拠ですよ」

「本当に」

「おいしいコーヒー、ごちそうさまでした」と医師は言い、鏡子に向かって深々と一礼した。「楽しいおしゃべりができました。では僕はこれで」

コート掛けのハンガーから黒いコートを外し、袖を通している医師に向かって、鏡子は訊ねた。「先生のお勤めしている横浜の病院、なんていう病院なんでしょうか」

マフラーを首に巻いていた医師の手が、かすかに止まった。次いで医師は、笑みを浮かべた顔を元気よく鏡子に向け、はっきりとした口調で声高らかに答えた。「横浜みどり医療センター、といいます」

［6］

後に、高橋医師が忽然《こつぜん》と目の前から消えてしまってから、鏡子は幾度も考えることになる。

彼が抱えている秘密に、自分が最初に気づいた瞬間はいつだったのか、と。はっきりそれと意識はせずとも、どことはなしに医師が何か隠している、と感じた瞬間、あるいは、親しみ深い会話を交わしていても、二人の間に決して開くことのできない鉄の扉がそびえている、と感じた瞬間があったはずである。言葉にはできなくても、うまく説明がつかなくても、自分の中のアンテナがそれを確実にキャッチし、かすかな不安を覚えた瞬間が、なかったはずはない。

だが、どれほど懸命に記憶を掘り起こしてみても、繰り返し時間をさかのぼり、あの時はこうだった、あの時は……と折々の会話を甦《よみがえ》らせてみても、鏡子の中に、それとわかるはっきりとした瞬間の記憶は残されていなかった。

こまめに日記や備忘録などをつけていたわけではない。医師について、気づいたことをいちいちメモしていたわけでもない。

そもそも、鏡子は医師の素行を調査しようとしていたのではないし、医師が抱えている秘密を暴《あば》くことを目的にして、彼の診察を受け、彼に近づいたのでもなかった。鏡子が彼に関心を抱くことがあったとしたら、抑鬱《よくうつ》状態に陥っていた自分のことをこの人はどうしてこんなにうまく、暗がりから救い出してくれるのだろう、どうやればこんなふうに、心を病んだ人間を温かく包みこむことができるのだろう、といったことばかりだった。彼という人間が実際にはどんなパーソナリティの持ち主なのか、ということに関して考え始めたのは、個人的に会うようになってからに過ぎない。

とはいえ、「もしかすると、彼の謎《なぞ》めいた一面に気づいたのはあの時だったのか」とおぼろげながら、思うことがないわけでもなかった。

診察室での医師の表情が、時に翳《かげ》りに満ちていたことや、妙に疲れて、老《ふ》けてさえ見えたこと。かと思えば、丁寧すぎるほど丁寧に薬の説明をしてくれたり、所定の診察時間が過ぎているにもかかわらず、熱心に話を聞いてくれたこと。また、記念館をひょっこり訪ねて来た彼が、マリリン・モンローについての印象を語った鏡子を前に、いっとき、無言になり、全身をこわばらせたように見えたことなどが、次から次へと思い出された。

そうした取るに足りない記憶の数々は、ひとつひとつを挙げれば、どうということのないものに過ぎない。それなのに、すべてをかき集めてみると、高橋医師の謎に満ちた裏の顔が、すでにもう、そこに出来上がっていたような気がしてくる。かといって、それが何を意味するのかは、後になってからも鏡子には、さっぱりわからなかった。鏡子が常日頃、何とはなしに感じていたのはただ一つ……高橋医師には、他人が窺《うかが》い知れない秘密があって、彼は死ぬまでそのことを人に打ち明けるつもりがないのかもしれない、ということだけだった。

しかし、それとて、何の根拠もない想像だった。そうした秘密を抱えながら生きている人は大勢いる。本人だけが、人に知られたら致命的、と信じてかたくなに隠し続けていても、案外、それを知った人は、驚きもしなかったりするものだ。

医師との関係が親密になっていけばいくほど、医師が抱えているのであろう秘密が、次第に輪郭をあらわにしていった気がするのは事実だった。だが、そこに新たに見え隠れし始めたものが何なのか、鏡子には見当もつかなかった。すべて自分の気のせいかもしれない、と思うことすらあった。

ともあれ少なくとも、霧が濃くなった水曜日の午後、医師がひょっこり記念館に姿を現したその時点ではまだ、鏡子は彼の秘密、彼の抱えた謎に目を向けてはいなかった。後で考えれば、気づいてさえいなかった。

鏡子はおめでたくも、芽生えたばかりのささやかな幸福の予感を、子供が舐《な》める飴《あめ》玉《だま》のように口の中で転がしていた。甘くさわやかな飴玉は少しずつ溶けていき、口中のみならず、喉《のど》の奥、内臓のすべてにしみ入るようにいきわたった。とっくに死滅していたはずの感情が、ひそかに頭をもたげてくるのがわかった。そうした心持ちになるのはあまりにも久しぶりだったので慌《あわ》てもしたが、鏡子はむしろ、自分に新しい人生が与えられたような気がして、ひそかな喜びに浸った。

何よりも安心できたのは、相手が年下とはいえ、ほとんど同世代である、ということと、そして、医師である、ということだった。鏡子はまだそのころ、自分がいずれまた、年を重ね、老いていくにしたがって、深い抑鬱の穴の中に沈みこむのではないか、という恐れを抱いていた。

医師と記念館で会った翌週の月曜日。休館日で仕事が休みになったのを利用して、鏡子は車で佐久にあるショッピングセンターまで行き、新しいセーターを一枚買った。バーゲン品の安物だが、春先の木々の新緑を思わせる、淡い黄緑色のセーターだった。合わせれば似合いそうな、同系色のプリント模様のマフラーも一緒にそろえた。最後にまともな衣類を買ったのは、二年近くも前だったことを思い出しながら、店の鏡の前でセーターを胸にあてがい、マフラーを首に軽く巻いていると、若い女の店員がそれを見て、「とってもよくお似合いです」と言ってくれた。世辞とわかっていても、ふいに心が温かなもので充《み》たされた。鏡子は、次に医師と会うことがあったら、これを着よう、と思った。たとえ会うことがなくても、このセーターとマフラーをそろえておけば、いつかまた、医師と会えるような気がした。

鏡子がパソコンで「横浜みどり医療センター」のホームページを検索したのは、三月に入ってまもない日の晩のことである。医師が記念館を訪ねて来てくれてから、まだそれほど時間はたっていなかった。

長野県東信地方を中心に強風注意報が出された日で、花折町の界隈《かいわい》も、九時を過ぎるころから風が強くなり始めた。鏡子が生ゴミを詰めたゴミ袋を手に外に出て、カーポートの裏に置いてある、大きな青いポリバケツに向かった時、風にあおられた木々があちこちでごうごうという音をあげていた。海鳴りの音に似ていた。

空はふだん以上に澄み渡っていた。群青色《ぐんじょういろ》の空で瞬《またた》く星々は、風にあおられて、ちらちらと揺れているように見えた。一カ所にとどまらずに、左右上下と移動しているかのようだった。

じっと立っていると、さすがに寒くなったが、それでも髪の毛を乱し、頬を叩《たた》くようにして吹きつけてくる風には、それとは気づかぬほどかすかなぬくもりが感じられた。春は近い、と鏡子は思った。

高橋医師のことを考えた。すでに原島富士雄の随筆のコピーもとってある。いつ医師が記念館を訪ねて来てもいいよう、準備は整えてあるし、時間をみつくろっては、原島の著作の中に、花折町に関する記述がないだろうか、と探してみるのも鏡子のささやかな楽しみのひとつになりつつあった。

医師が勤務している、という総合病院の名前が、その時ふと、鏡子の頭をよぎった。忘れていたわけではないが、意識の中で復唱したのはその時が初めてだった。

急いで家に戻り、玄関を施錠して、リビングの片隅に置いてある四人掛けのダイニングテーブルに向かった。自宅用の小さなノートパソコンは、必要な時にいつでも使えるよう、ダイニングテーブルの上に置きっぱなしにしてある。

椅子《いす》に座り、パソコンを立ち上げた。夫が元気だったころは、夫あてに時々、勤め先から仕事関連のメールが届き、やりとりしていたものだ。だが、今はもう、どこからもメールは届かない。

私用メールは携帯を利用している。鏡子が仕事上の連絡のために設定しているパソコンのメールアドレスは、記念館のほうにしかなかった。

パソコンを立ち上げるたびに、習慣で夫のアドレスに仕事の連絡メールが届いているのでは、と目を走らせる癖は直っていない。夫のアドレスそれ自体を消去してしまいたかったのだが、方法がわからず、そのままになっている。

閉じた雨戸の向こうで、風が唸《うな》り声をあげているのを耳にしながら、鏡子は「横浜みどり医療センター」を検索した。平仮名の「みどり」ではなく、「緑」と漢字で打ち込んだため、画面には「横浜みどり医療センターではありませんか」という表示が出た。

だが、訂正する必要はなかった。「横浜みどり医療センター」のホームページは、冒頭トップに大きく掲載されていた。

住所は横浜市青葉区。病床数三五〇床。第二次救急告示されており、ほとんどの診療科目がそろっている。ホームページには、おそらく病院のエントランス付近だろうと思われるカラー画像が小さく載せられていた。

「外来担当表」を開き、「精神科」をクリックした。常勤医二名、非常勤医一名、となっていて、探すまでもなく、非常勤医として「高橋」の姓を見つけ出すことができた。

精神科に限らず、医師の名はすべて、姓のみで、下の名前はなかったが、鏡子はしばし、「高橋」という二文字を食い入るように見つめた。懐《なつ》かしい人に会ったような感じがした。医師が花折町のクリニックに来ていない時の、彼の別の顔を覗《のぞ》き見たような気もした。

精神科外来の診療時間は月曜から金曜の午前九時から十二時、午後二時から五時まで。土曜日は休診、とある。医師それぞれの外来の振り分けに関して、曜日ごとの詳細な担当表は掲載されていなかった。医師それぞれの経歴もなかった。

他の診療科目を検索してみると、それぞれの医師の卒業年度など、簡単ではあるが、経歴が掲載されていた。精神科の医師三名に関してのみ、何も触れられていないというのは、何か素人《しろうと》には計り知れない理由があるからだろう、と鏡子は思った。

鏡子は改めて「高橋」の二文字を眺めた。腰のあたりから、温かな湯気のような安《あん》堵《ど》感《かん》が立ち上り、全身がやわらかく包まれていくのを感じた。

なぜ、アルバイトをする必要があったのか、なぜ非常勤なのか、医師に関しては知らずにいることが数多くあったが、パソコンのホームページ上に彼の名を見つけただけで、鏡子は彼自身と向き合っているような心持ちになることができた。

宇津木クリニックが精神科医を募集しなければ、高橋医師がこの町に来ることはなかった。そうなっていたら、自分もまた救われないまま、今もまだもがき続けていたのかもしれない。

パソコンを閉じるのが惜しいような気がした。鏡子は今ひとたび、「高橋」の名を見つめてから、「横浜みどり医療センター」についての概略をひと通り読んだ。その必要もないというのに、入院手続きの方法や、病院が積極的に行っているという緩和ケアに関するページなども読みこんだ。

いわゆる大病院ではなく、都市型の中規模クラスの総合病院のようだった。これといった特徴はなかったが、ホームページを見た限りでは、すみずみまで気が配られた、好感のもてる医療施設のように思えた。

パソコンを閉じると、唸り声をあげて窓をたたく風の音が、少し不気味に聞こえてきた。鏡子はリモコンを使ってテレビをつけた。報道番組にチャンネルを合わせ、二匹の猫がそれぞれの定位置で眠っているソファーの横を通って、リビングの隣の小部屋に入った。夫の陽平が闘病中、一時帰宅を許されて戻ってくるたびに布団《ふとん》を敷き、並んで眠っていた部屋だった。

陽平の病がわかってからは、その部屋にあった無駄なものはすべて片づけ、処分した。二階の昇り降りができなくなるほど衰弱したら、最後はこの部屋で、と考えていたからである。

そのため、家具らしい家具といったら、民芸調のチェストが一つ、残されただけになった。チェストの上には夫の位牌《いはい》と遺影、おりんなどの仏具を並べ、祭壇代わりにしている。

いずれきちんとした仏壇を用意しなければ、と思ってはいるのだが、なかなか実行に移せない。仏壇の中に位牌を入れたら最後、本当に夫があちら側の人間になってしまうような気がするからだが、そんな理由にもならない理由をつけて、位牌や遺影のまわりをちまちまと飾りたてている自分のことが、鏡子にも今ひとつ、納得できていない。

鏡子はそのチェストの前に立ち、おりんを鳴らして線香を手向けた。遺影の中で陽平が微笑《ほほえ》んでいた。

死なれてしばらくの間は、連日連夜、この場所で遺影に向かってぶつぶつと、気でも違ったように脈絡なく、自分の心のうちを語り続けたものだった。そのまま、床に突っ伏して眠ってしまい、気がつくと朝だった、ということも何度かあった。

今はもう、そういうことはしなくなった。日に一度、線香をあげる、という習慣もなくなり、思いたった時だけにしている。その代わり、というのでもないが、自分はあの医師に向かって、新たな言葉を紡《つむ》ごうとしているのではないか、と鏡子は感じた。

高橋医師は時をおかずして、絶対の信頼を寄せることのできる、心のうちを包み隠さずさらけ出せる相手になってくれそうな予感があった。夫の代わりにしたがっているのか、と思い、自己嫌悪《けんお》にかられたが、よく考えれば、それはまったく違っていた。鏡子にとって、医師はあくまでも医師だった。

彼が男で自分が女である、ということは二の次だった。それは互いの年齢……とりわけ、鏡子が還暦を迎えようという年齢であったことと無関係ではない。

とはいえ、自分がもっと若ければ、と鏡子が願うことはなかった。いたずらに期待したり、決して手に入らないものを求めて傷ついたり、絶望したり、といったことから、鏡子はすでに遠く離れていた。これから迎えるのは自分の老いと死だけであり、それ以外の問題はすべて、諦《あきら》めと悲しみの中に溶け去ってしまったような気がしていた。

鏡子が求めていたのは、ただひとえに、精神科医としての高橋医師だった。死んだマリリン・モンローに専属の精神科医がついていた、という話がふと思い出された。高橋医師も自分の専属になってくれればいいのに、と思った。しかし、そうした妄想は、蟻《あり》が象になりたいと願うのと同様、あまりにも馬鹿《ばか》げていた。

風がいっそう強まって、閉めた雨戸がぎしぎしと鳴った。テレビからは、タレントが馬鹿騒ぎしているだけの小うるさいＣＭが流れてきた。
ひどく落ち着かない気持ちにかられた。どこからか隙間《すきま》風が入ってくるらしく、手向けた線香の煙は絶えず大きく揺らぎ続けていて、そのくせそれは、なかなか燃え尽きなかった。

医師が記念館を訪れてから三週間後の水曜日は、春分の日で祝日だった。通常の休館日と重ならない限り、原島文学記念館は祝日も開館される。その日、鏡子は、午後一時にグループでやって来る来館者の応対をすることになっていた。大阪の同人誌サークルの仲間、という話であった。

来館の予約の電話をしてきたのは、しゃがれ声の男だった。声の様子、口調は、鏡子よりも少し上の世代の人間を連想させた。

同人誌の仲間全員が、一人残らず原島富士雄を愛読し続けてきたのだという。このたび原島富士雄の特集を組むことになった、観光がてら、全員で花折町界隈を訪ね、帰りには近隣の温泉を楽しむ予定でいる……男は鏡子が訊《たず》ねもしないのに、くだけた調子でそう言った。

「でもなぁ、この旅行の目的は、温泉やら観光やらの遊びやあらへんのや。あくまでも、記念館を訪ねるのが僕らの目的やさかいにな。くれぐれも、よろしゅうお頼み申しますよ」

原島富士雄の名前は知っていても、まともに読んだことはない、という一般の観光客が、ちょっとした興味で立ち寄るのとは異なり、原島の熱狂的ファンや研究者の相手をするのは常に緊張を強いられた。明らかに自分よりも相手のほうが知識がある、とすぐにわかることも多かった。そういう輩《やから》の中には、わかっていることをわざわざ質問して、鏡子がしどろもどろになるのを面白がって見ている、といったケースもあり、気が抜けなかった。

朝、いつもより少し早めに記念館に到着した鏡子は、全館の清掃と共に、原島関連のパンフレットに不足がないかどうか確かめ、どんな順序で説明してまわるか、何をどう話すか、頭の中でシナリオをまとめた。あやふやな部分は頭の中で再度、復唱し直した。

電話で耳にした同人誌の男の、少し相手を見下したようなしゃべり方、関西弁が思い出された。すでにその時から、自分のほうが原島富士雄に詳しいのだ、と言わんばかりだった。

重い抑鬱状態を経験して以来、鏡子は以前よりいっそう、ささいなことで緊張感、不安感が強まるのを感じていた。いい年をして困ったことだ、と思うが、どうしようもない。

鏡子は常時持ち歩いている化粧ポーチから、ビニールの小袋を取り出した。中には、高橋医師が処方してくれた〇・五ミリグラムのデパスが入っている。

コップに水道の水を注ぎ、一錠だけ飲みくだした。緊張して気持ちがざわついたり、塞《ふさ》ぎこみそうになったり、わけもなく苛立《いらだ》ったりする時には、迷わず飲むようにしている。薬の効果はてきめんだったから、飲んでおきさえすれば、心配はいらなかった。

宇津木クリニックを最後に受診してから、すでに二カ月以上経過していた。高橋医師から処方してもらった一カ月分のデパスは、少しずつではあるが減り続けている。全部飲み終えてしまったら、どうすればいい、とふと思った。薬をもらうためだけに宇津木クリニックの内科を受診してもいいのだが、何もわざわざ、高橋医師が不在の時にクリニックに行く必要はないような気がした。

高橋医師とは、たった一度にせよ、診察室以外の場所で親しく言葉を交わした。そうなった以上、気軽に宇津木クリニックの精神科を予約した上で、処方箋《しょほうせん》を頼みに行ってもいいのかもしれない。今度、医師に会うことがあったら、そのことも相談してみよう、と鏡子は思った。

そして、その時、不思議なことが起こったのである。鏡子がそんなことをぼんやり考えた、まさに直後だった。

テーブルの上に放り出したままにしていた携帯に、着信があった。記念館では通常、携帯はマナーモードにしてある。パソコンと厚手のレポート用紙との間に、不安定な形で置いてあったため、携帯はプルプルと異様なほど大きく震え出した。

慌てて手にとり、ディスプレイを確認した。そこには、090で始まる見知らぬ番号が表示されていた。

「もしもし? 幸村鏡子さんの携帯でしょうか」

聞き覚えのある声だった。声、というよりも、その、ゆったりとした、低めの声で話す話し方を鏡子はよく覚えていた。待ちわびていた瞬間を迎えたことの喜びがこみあげたが、鏡子は感情を表に出さないように気をつけた。

「はい、そうです。幸村です」

「高橋ですが」

一瞬の間があいた。相手は高橋というのが誰なのか、鏡子にわからないのかもしれない、と思ったようだった。「……医師の高橋です」と付け加えた。

「ああ、先生。どうも。こんにちは」

「こんにちは。今、少し話せますか」

「はい、大丈夫です」

「今日の午後、そちらに行けそうなんですが……伺っても大丈夫ですか」

「もちろんです。ぜひいらしてください。あの、例のコピー……全部、ご用意できてますから」

「ありがとう。早く受け取りに伺いたかったんですけどね、水曜日がなかなか自由になれなくて」

「前に先生がおっしゃってた患者さん、容体があんまり、よくなかったんですね」

「ええ、まあ」と医師は言葉を濁した。「ともかく、今日は大丈夫なので、午後伺わせていただきます。そうですね、到着するのが三時過ぎ、いえ、四時くらいになるかもしれませんが。あ、閉館時刻は四時でしたよね。四時を過ぎてしまうと、まずいですね」

「いえ、先生がいらっしゃるんでしたら、何時まででも開けて、お待ちしてますので、そんなことは気になさらずに」

「申し訳ない。ご迷惑かけないように、なるべく早く着けるように行きますので」

「お気をつけて」

「では後ほど」

「はい、後ほど」と鏡子が同じ言葉を繰り返している途中で、通話は切られた。

医師と会う時に着ようと思っていた、新しいセーターとマフラーを身につけてこなかったことが悔やまれた。水曜日になるたびに、それを着るべきかどうか、迷いながら、結局、着ることなく三度目の水曜日を迎えたのも、それを着て記念館に来たら、医師は決して連絡をしてこない、というジンクスを自分で勝手に作り出していたせいもあった。

軽い躁《そう》状態になっていくのを覚えた。鏡子は真っ先に、かかってきたばかりの医師の電話番号を自分の携帯に登録した。次いで、ミニキッチンに走り、医師が好きだと言ってくれたコーヒーの粉が充分、残っているかどうか、確かめた。

そうしながらも、ふいに、午後一時過ぎに大阪から同人誌のメンバーがやって来ることを思い出した。

彼らが約束の時刻を守らず、少し遅れてやって来る可能性もあった。その場合、長居されたら、高橋医師が来ても、彼らの相手を余儀なくされ、ゆっくり話せなくなってしまう。

どうしてよりによって今日という日に、しち面倒くさそうな来館者が来ることになってしまったのだろう、と腹立たしく思いながらも、それは鏡子にとってはむしろ、心躍る腹立たしさだった。医師が約束を守って、自分の携帯に電話をかけてきてくれたことが嬉《うれ》しかった。彼がここに来てくれることだけで満足だった。

会ったら手渡そうと思っていた、原島富士雄の随筆のコピーをデスクの引き出しから取り出した。花折町について触れられている箇所のコピーだった。

思い出す限りの随筆を片端から調べ、少しでも触れてある箇所はコピーしたつもりだった。花折町で借りているというマンションの一室で、医師がビールなどを飲みながら、くつろいだ姿勢でそれらに目を通してくれる姿を想像した。

できれば読んだ感想も聞きたかった。そのために、さらにもう一度、会えるかもしれない、と思うと、心が弾んだ。

何本かの仕事の電話はかかってきたが、午前中、来館者はなかった。鏡子は早めに手製の弁当を拡《ひろ》げ、昼食をすませた。食べ終えると、空のランチボックスを洗い、丁寧に拭《ふ》いた。

食後のコーヒーが飲みたかったが我慢した。高橋医師が来てから一緒に、と思ったからだったが、浮き立つ気持ちの裏には、必要以上にそれを自制してかかろうとする自分がいた。鏡子は自分の中の、そのせめぎ合いの強さに驚いた。

私ったら、いったい全体……と鏡子は自戒した。若い娘じゃあるまいし、何を考えてるんだろう。あの先生はただ単に、横浜の病院での激務から少しでも早く解放されて、花折の町までやって来たいだけ。原島の随筆のコピーなんか、どうだっていいに決まってる。私と約束してしまったから仕方なく、記念館に立ち寄ってくれようとしてるだけ……。

自分を嘲笑《あざわら》いたくなるような気分にかられた。鏡子はトイレに入り、鏡に向かって実際に少し笑顔を作ってみた。

康代からは「鏡子さんは年より若く見えて羨《うらや》ましい」と言ってもらえたことがある。だが、鏡に映る自分の姿は、若さはおろか、都会的な洗練とは程遠かった。

頭髪や肌をふくめ、老いは確実に、猛烈な速さで全身に拡がろうとしている。しかも、その老いの奥深くでは、二度と決して癒《いや》されることのない悲しみが根を張り、自分の表情に陰鬱な影を落としているのがはっきりわかるのだった。

これからもずっと、独りなんだから……と鏡子は自分に言いきかせた。こうやって独りで生きて、老いて死んでいくしかないんだから。余計な夢なんか見ないで、よそ見しないで、今日と明日をどうするか、ということだけ考えていればいい。そうやって生きていけば、寿命が尽きる日が少しずつ近づいてきて、そのうちきっと、煩《わずら》わしいことすべてに背を向け、静かな眠りにつけるのだから。

何をどんなふうに考えようとも、どう諦めようとも、さほど傷つかずにいられた。それも、午前中に飲んだデパスのおかげだろうと鏡子は思い、薬の効果に感謝した。

朝から正午少し過ぎまではよく晴れていたのが、次第に雲が出てきた。太陽の光が届かなくなると、室内が急に肌寒く感じられてくる。エアコンの温度を少し上げ、鏡子はパソコン仕事をしながら、大阪から来る一行を待った。

しかし、午後一時をまわっても、約束の一行は現れない。遅れる、という連絡もなかった。

代表で電話をかけてきた男の携帯番号はメモしてある。だが、「まだですか」と記念館から確認の電話をかけるのは、あまりに常識はずれとわかっていた。待つしかなかった。

ネットで検索した天気予報では、低気圧が近づいていて、夕方から小雨が降り始める、と報じていた。もう雪は降らない。春はすぐ近くまで来ている。

スーパーではもう、ウドやとれたてのフキノトウが売られていた。今日あたり、新鮮なフキノトウを買って帰り、味噌《みそ》をからめた天ぷらにでもしようか、と考える鏡子の頭の片隅には、相変わらず高橋医師のことがあった。

同人誌の一行が、乗用車を二台連ねて到着したのは、二時近くになってからである。「軽井沢でジャム買ったり、野沢菜買ったりしてるうちに、えらい遅れてもうて」と八人ほどの一行のリーダーとおぼしき白髪の男が、頭をかきかき鏡子に詫《わ》びた。電話であらかじめ入館予約をしてきた男のようだった。

一番若く見える者でも、六十代半ば。ほとんどがそれ以降の世代と思われた。八人中、女性は五人で、全員、大阪の茨木《いばらき》市から来た、という話であった。

それぞれのコートや上着を預かり、来館者に配ることになっているパンフレットを渡し、先にトイレに行かせてほしい、と言い出した女性たちが戻って来るのを辛抱強く待って、鏡子が館内を案内してまわり始めたのが、二時半。予想していた通り、一行は原島富士雄に関する知識が豊富だった。原島をもっと詳しく知りたいとする熱意も、並外れていた。

鏡子相手に原島の文学者としての位置づけや、あまり知られていないはずの隠れた対談原稿、交友録などについても質問を飛ばし、中には原島の私生活における女性関係まで、文学史的に深い意味のあることだから詳しく教えてもらいたい、と言い出す者もいた。

そのひとつひとつに、「私は学芸員ではありませんが」と前置きしてから、鏡子はできる限り丁重に答えた。この種の記念館によくある、作家の使用していた万年筆や直筆原稿などの展示品にはさほど興味をもった様子はなく、彼らが一様に目を奪われていたのは、原島の蔵書と書斎だった。

蔵書を書棚から引っ張りだして、その場で読み始める者、仲間同士、原島富士雄について知っていることを開陳し合う者、ただ、ただ、垂涎《すいぜん》しているだけ、といった表情で、ため息まじりに天井まである背の高い書棚を見上げ、感嘆の声をもらす者、鏡子に向かって、この記念館を運営している団体はどこなのか、といった質問を飛ばす者、同人誌の原稿に書くつもりなのか、必死になって手帳に何かを長々とメモし続けている者……彼らのやることを見守り、質問に答えながら、鏡子は窓の外を気にしていた。

すでに時刻は三時半をまわろうとしていた。空の雲は厚くなり、風はなかったものの、今にもひと雨きそうな按配《あんばい》だった。

できることなら、医師が来るのは四時以降になってほしい、と鏡子は願った。そうすれば、堂々とこの一行に向かって四時が閉館であることを告げ、帰ってもらえる。誰もいない館内で、落ち着いて医師を迎えることができる。

だが、そうした、自分にだけ都合のいい願いが簡単に叶《かな》えられることなど、人生にはめったにない。三時四十分になったころ、記念館の外に、車が停まるタイヤの音がした。鏡子が窓から窺ってみると、前回と同様、地元のタクシーが停まっていた。高橋医師が財布を取り出し、料金を支払っている姿がガラス越しに確認できた。

同人誌の一行は、相変わらず原島の書斎に陣取っていた。鏡子に許可されたのをいいことに、梯子《はしご》に登って高い位置にある本を取り出しては、興奮した口調で仲間同士、話し続けている。それは女子高校生が若いアイドルタレントについて話している時の賑《にぎ》やかさと何ら変わらなかった。違っていることがあるとしたら、女子高校生が口にしないような小難しい文学用語を使っていることだけであり、本人たちはまわりが見えなくなるほど悦に入り、興奮を隠さぬまま、好き勝手に原島富士雄の世界を共有しているのだった。

記念館の入り口扉が開く音がした。鏡子は同人誌の人々に背を向け、小走りにそちらに向かった。

高橋医師は前に会った時と同じ、黒いコートを着ていた。鏡子を見つけると、目を細めて微笑みかけてきた。無精髭《ぶしょうひげ》はなく、小ざっぱりとした印象だったが、少しやせたようにも見えた。髭が剃《そ》られているせいもあるかもしれなかった。

「遅くなってしまって」と医師は言い、手にしていた黒い布製の鞄《かばん》をいったん床に置くと、おもむろにコートを脱いだ。中に着ていたのは、粗い編み目の茶色い丸首セーターとデニムだった。セーターは見るからに着古されたもので、そちこちに毛玉が浮いていた。

「あとちょっとで閉館なのに、もっと早く来るつもりが、本当に申し訳ない。……ああ、お客さんが今日は、たくさんいらしてるんですね」

「そうなんです。あのう、先生、着いたばかりなのに、お相手できなくてごめんなさい。ほんの少し待っていただいてもいいですか。あちらの方たち、すぐに済ませてしまいますから」

「そんなこと、お気遣いなく。適当にうろうろしていますので」

「申し訳ありません」

鏡子は急ぎ書斎に引き返し、なかなか腰をあげようとしない一行を前に、四時が閉館時刻であること、したがって、あと十五分ほどで記念館を閉めなければならないことを告げた。

一行は、不服げながらも受け入れたが、どうしてもどこかで記念撮影をして帰りたい、という。館内の撮影は規則で禁止されているが、外で建物の外観を撮る分にはかまわない旨《むね》、鏡子が教えてやったとたん、彼らは先を争うようにして外に出て行った。

全員での記念写真を撮りたいから、といくつかのデジタルカメラが、次々と鏡子に手渡された。鏡子は記念館を背景にした一行にカメラを向け、何度か「はい、チーズ」と言いながらシャッターを切ってやった。

撮影が一段落すると、すぐに彼らは館内に戻ってくれたが、コートに袖《そで》を通したり、荷物を点検したり、雑談を交わしたり、トイレを行き来したりして、なかなか先に進まない。名残惜しげに館内を今一度、見渡し、新たに気づいたことでもあったのか、手帳に何か書きつけている者もいた。

そのうちやっと、銘々、後ろ髪をひかれるような顔つきをしたまま、一行は記念館を出て行った。彼らが、駐車スペースに停めてあった二台の乗用車に、がやがやと分乗して去って行くのを鏡子が見送った時、すでに時刻は四時半をまわっていた。

急いで館内に戻ると、高橋医師は、原島の愛用品を並べてあるコーナーに佇《たたず》み、年表を見上げているところだった。どこか所在なげな、何か別のことを考えているような様子だったが、鏡子を見ると彼はおっとりとした笑みを浮かべた。

「おつかれさま。賑やかでしたね」

「黙っていたら、深夜まで帰らないんじゃないか、って思って、ひやひやしてました。同人誌のサークルの皆さんだったたんです。わざわざ大阪からいらしたんですよ」

「そうでしたか」

「観光がてら、って言ってましたけど、この記念館に来るのが一番の目的だったそうです。原島に詳しい方ばかりだったから、ちょっと緊張しました」

「そういうことには慣れてらっしゃるんじゃないですか？　原島富士雄に関しては、誰よりも幸村さんが詳しいはずだし」

「そんなことありません。私なんか、愛読者のひとりに過ぎないですから。さっきも、私は学芸員じゃなくて、ただの管理人です、って何度も言ったんですけどね、聞いていただけなくて」

「幸村さんを見て、建物の管理をしているだけの人とは誰も思わないでしょう」

「館内にいるのが私ひとりだと、どうしてもね、誤解されてしまうのかもしれませんが。作品の解釈って、人それぞれだし、たった一つの正解なんか、ないのに、一般論でいいから、正しい解釈をしてくれ、なんて言われると、なんとも答えようがなくて……。さっきもそんなことを言ってこられる方がいて、すごく困りました。あ、すみません。先生、お疲れになったでしょう。あちらに行ってお座りになりませんか？　よかったら、またコーヒーでも……」

医師は笑みをくずさぬまま、「いただきます」と言った。

二人は並んでゆっくり歩きながら、原島の書斎に向かった。同人誌の一行が残していった、ざわざわとした、熱気あふれる人の気配は消え、書斎にはふだんの記念館の静寂が戻っていた。

鏡子はミニキッチンで丁寧にコーヒーをいれ、二つのカップに注いだ。医師は三週間前の水曜日と同じ椅子に座り、大きな目で鏡子を見つめると、また、やわらかく微笑した。

感謝の気持ち、親しみ深さを表現するための微笑のように見えて、その実、それはどこかしら、装《よそお》うための、自身をごまかすための微笑のようにも見えた。そんなふうに感じてしまう自分自身に、鏡子は少しうろたえた。

「どんな毎日を送っておられましたか」コーヒーに口をつけてから、医師は訊ねた。形式的な口調だった。

鏡子は目をふせ、小さく笑った。「診察室にいるみたい」

「ああ、いや、そういう意味では……」

「今日の午前中、デパスを一錠、飲みました。同人誌の人たちが遠くから来る、っていうことで、無意識のうちにずっと緊張してたみたいで……おかげで安定してます」

「そういうことを伺ったつもりじゃないんです。職業柄、こんな訊《き》き方が癖になってて、つい。申し訳ない」

「いいんです。診察室の外でも、先生に診察していただけるなんて、ありがたいです」

「いやいや、失礼しました」

鏡子は晴れやかに笑いかけた。「一度、先生に伺いたいと思ってたことがあるんです」

「何でしょう」

「……診察室から一歩外に出ると、先生の場合、ご自分がお医者様であることを忘れられるものなんでしょうか」

「時と場合によります。なんとも言えませんね」

「そうですよね。場合によりけりですよね。問題の多い患者さんを診たからって、忘れられないかといったら、必ずしもそうじゃないのかもしれないし」

医師はうなずいた。「おっしゃる通りです。大きな病院の精神科外来は、一日中、患者が絶えないですから。一人あたりにかける時間は長くても最大十分。ふつうは六、七分がせいぜいですよ。厄介な患者が来たからって、いつまでも忘れられずにいたら、身がもたない」

「ああ、そうですね。本当に大変ですね。それにしても、改めてすごいなと思うのは、高橋先生はもちろん、精神科のお医者様は、いろいろな患者さんの訴えをずっと聞く毎日なのに、どうしてご自身がおかしくならないのかしら、って。本当に不思議です。だって朝から晩まで、ぐずぐずとどうでもいいような話を聞かされて……私もそうでしたけど」

医師はわずかに微笑みながら、片方の眉《まゆ》を少し上げた。「精神科医の自殺率はけっこう高いんですよ」

「ほんとですか」

「はい」

「わかる気がします」

「わかっていただけて、ありがたいです」

言われている意味が、わかるようでわからなかった。鏡子は微笑を返すにとどめた。

「大きな病院での精神科外来の診察時間がそんなに短いんだとしたら、宇津木クリニックの精神科は本当に、患者さんに優しいんですね。一人あたりの診察時間をあんなに長くとってくださって」

「それをさらに延長なさる患者さんもいた」

いたずらっぽい笑顔が鏡子の目の前にあった。鏡子は笑い、「申し訳ありません」と言った。「お話ししたいことがいつも山積みだったもんですから。私、早口だったでしょう?」

「そうでしたね」

「早口でそんなに長くしゃべり続けるのは、何かの病気か、と思ってらしたんじゃないですか?」

「いや、それは……」医師は笑いながら首のうしろを撫《な》でた。「決められた時間内に、僕に話したいことがいっぱいおありなんだろう、ということは、ちゃんとわかっていましたよ」

「だったらよかった」と鏡子は言った。「嬉しいです」

医師はそれには応《こた》えなかった。窓の外の空は雲に被《おお》われていた。日暮れが早く訪れそうだった。

「今日は祝日ですから」と鏡子は言った。「先生の勤めておられる病院は、お休みだったんですよね?」

「ええ、はい」

「お休みの日にはいつも、何をなさってるんですか」

「残念ながら、完全に休める日はほとんどないですよ。いろいろとね、やらなくちゃいけないことがあるもんですから」

それ以上、詳しいことは話したくない、という様子が窺えた。医師は鏡子から目をそらした。鏡子はおもむろに話題を変えた。

「ほんとだったら、私、お彼岸の今日は、お墓参りに行かなくちゃいけなかったんです。夫のお墓に」

医師は我に返ったように、鏡子を見た。「あ、もしかして、僕がお邪魔を？」

「いえ、全然。お彼岸だろうが何だろうが、記念館は開けることになってるので、毎年、お墓参りはできなくって。いつも、少し遅れて行くんです。夫の命日が四月なので、それに合わせるつもりもあって」

「ご主人のお墓はこの近くに？」

「はい。小諸の霊園に」

鏡子は改めて医師に、亡《な》き夫が、小諸市内にある会社に勤務していたことを話した。

「東京に本社のある会社でした。夫は本当に絵に描いたみたいな、ごくふつうのサラリーマンで。小諸支社は全国にある支社の中では規模が小さいほうだったもんですから、すごく家庭的な感じで、社員同士も仲がよかったんです。夫が病気になってからずっと、地元在住の社員やそのご家族には本当にお世話になりっ放しでした。病院のこととか、緩和ケアのこととか、いろいろ情報をもらいましたし。手頃な霊園まで教えていただいて」

話しながら鏡子は、夫が息を引き取った時、小諸の懐古園の桜が、まるで夫の死を嘲《あざけ》るがごとく満開だったことを思い出した。その年、ゴールデンウィークに入ると、花折町や軽井沢の山桜も次々に咲き始めた。山々が薄桃色に染まった。風が吹き、雨に打たれ、乱舞する桜の花びらの中に呆然《ぼうぜん》と佇みながら、何も考えられずにいた自分自身のことも思い出した。

だが、医師にその話はしなかった。今さら、感傷的に過ぎる話だと思ったからだった。

代わりに鏡子はデスクの引き出しを開け、原島富士雄の作品をコピーしたものを取り出した。クリアファイルにはさみ、薄茶色の大判封筒に入れておいたものだった。医師に手渡すと、医師は短く礼を言い、すぐさま封筒を覗きこみ、中のファイルを手に取った。

真に興味をもってそうしているのか。ただ単に、鏡子の手前、そうすべきだと思ってやっているに過ぎないのか。医師の手つきは、何かの書類を形式的に見る時の手つきと変わらないように見えた。

しばらくの間、何枚ものコピーをめくったり、ざっと目を通す素振りを繰り返していた医師は、やがて「ああ、いいですねえ」と感嘆の声をあげた。「ここに住んでいた作家なんだから、花折町に触れて書いた文章があるのは当然なんでしょうけど、こうやってまとめて読めるなんて、贅沢《ぜいたく》です。ふつうなら、こういう形では手に入らないでしょう？」

「そうですね。もう絶版になっている本も多いですから」

「貴重なコピーですね。今日、部屋に帰ったら早速読ませていただきます。それにしても、これだけの分量のコピー、面倒だっただろうな。余計なことをお願いしたりして、申し訳なかったです」

「そんなこと全然。たいした量じゃないですよ。花折町について書いたものが、まだ他にもあるんじゃないか、って、この書棚を探すのは楽しかったです」

「……梯子に登って探したんですね？」

「ええ、そう。梯子のてっぺんまで登って、ちょっと怖くて足がぐらぐらして。おっかなびっくりでした」

二人はふと、顔を見合わせ、笑った。

窓の外はどんどん薄暗くなっていった。窓ガラスに雨粒のあとが見えた。小雨が降り出したようだった。

医師は前回会った時と同様、二杯目のコーヒーを鏡子に頼んできた。鏡子がいれてやると、彼は時間をかけてそれを飲み、二人の間では、他愛《たわい》のない会話が交わされた。

鏡子が「私、未《いま》だにSuicaのカード、持ってないんですよ」と言ったのをきっかけに、医師は「僕だって、持ち歩くようになったのはつい最近ですよ」と応じた。そして、初めてそれを使った時、どうやればいいのか、一瞬、迷って、店の若い従業員に怪訝《けげん》な顔をされた、と言った。「使うの初めてなもんで、よくわからない、って言ったら、真顔で驚かれました。どこの山から降りてきた猿だろう、って思われたみたいだったな」

「それ、わかります。このあたりの、私なんかより年上の人たちでも、Suicaをさっそうと使いこなしてますからね。いまどき、Suicaをもってない人なんているの？　って聞かれたこともありますし。今更だから、私はもう、Suicaなしでいこうかしら」

「なくても、まったく問題ないですよ」

「そうですよね。どうせ使う時にまごまごして、お猿さん扱いされるんでしょうし」

二人はまた、声を合わせて笑った。笑い声が天井の高い書斎に響きわたった。「あのう、先生」と鏡子は笑い声に背を押されながら言った。「この間、先生はおっしゃってましたよね。精神科のお医者さんの間には、自分の診察を受けに来た患者さんとは、診察室以外では会ってはならない、っていうルールがある、って」

医師の顔から、煙が消えるようにして笑みが消えていくのがわかった。

鏡子は臆《おく》さずに続けた。「でも、先生は私とこうやって会ってくださっています」

「それは……幸村さんはもう、全快していますから……」

「全快さえしていれば、診察室以外で顔を合わせてもかまわない、ということなんでしょうか」

高橋医師は姿勢を正し、着ていたセーターの裾《すそ》を不器用に両手で伸ばした。「いろいろな考え方があります。たとえばボーダーの患者……境界型といいますが、そういう患者とはあらかじめ、充分な距離をとっておく必要があります。診察室以外の場所で会うのはもちろん、気軽に医師が自分の携帯番号やメールアドレスを教えたりしてはいけない。警察沙汰《ざた》になるくらいのストーカー行為を受けたりして、大変なことになるので」

私は先生の携帯番号、知っていますよ、だって今日、先生は携帯から電話くださいましたもの……半ば冗談めかして、そう言ってみたくなったが、鏡子はその言葉をのみこんだ。

医師の表情は、心なし硬いように見えた。軽口に近い冗談を言って、彼の話を遮ることはできないように感じられた。

医師は続けた。「患者と親しくなりすぎると、症状を悪化させてしまうこともあります。悪くすると、患者は苦しみに耐えられなくなって自殺してしまう。自殺した患者の家族から訴えられた医師もいますよ。かと思えば、患者と親密になることによって、それを治療と考える医師もいる。実際に、それがいい効果をあげることも決して少なくない、というのは話に聞いてます。しかし、いずれにしても、それはみんな、治療中の患者の話であって、幸村さんは該当しません。もし該当するようだったら、いくらなんでも、僕はここに来ていませんから」

鏡子は深くうなずいた。「すみません、変なことを伺って」

「いや、別に変なことなんかじゃないですよ」

「何もわかってないくせに、専門家に向かって知ったような口をききながら質問するのって、すごく失礼なことです。すみません。ただ、こうして先生と診察室の外でお会いできるのが嬉しいものだから、つい口がすべりました。お会いできるのは嬉しいんだけど、ルール違反じゃなければいいな、と思ってて、そのことだけがちょっと気になって……」

「中には」と彼はおもむろに、鏡子の言葉を途中で遮って話し出した。「一度でも自分の患者だったことのある人には、診察室の外では決して会わないし、電話やメールはもちろん、手紙のやりとりもしない、っていう厳しいルールを自分に課している医師もいますよ。主義の問題ですから、それぞれのやり方があって、それでいいと思います。でも、僕はどっちかというと、過剰に原則主義を貫くやり方には、ちょっと反感をもっていますけどね」

「ということは、先生は医師と患者はゆるいルールの中にあってもかまわない、っていうお考えなんですね」

「ゆるい、と言えるのかどうか」と言い、医師は鏡子から目をそらして、どこか神経質そうに瞬《まばた》きを繰り返した。「あんまり初めから決めてかからずに、ケースバイケース、という姿勢を保つ、っていう方針でいるだけですよ」

鏡子はうなずき、背筋を伸ばして笑みを浮かべた。「それを伺ってほっとしました。これでもう、先生と堂々とお目にかかれます」

無邪気を装ってはみたものの、言った直後、言いすぎたか、と思った。だが、高橋医師はまるで鏡子の言葉が聞こえなかったかのように、「そういえば」とあっさり話題を変えた。

彼は手元の、原島のコピーが入ったファイルを指先でとんとんと軽く叩いた。「もしかすると、ここにある原島富士雄のコピーにも、そういったことに触れた文章があるのかもしれませんが……今日はこの話を幸村さんにしたいと思っていました。この間ね、歩いていて面白いものを見つけたんです」

「何ですか?」

「民俗学関係にはまったく門外漢なので、僕にもよくわからないんですが……。大昔の人の墓なのか、地蔵を意味するものなのか、何かを祀《まつ》ったものなのか……。川沿いの大きな公園があるでしょう? スーパーの裏手に」

「ドッグランなんかがあるところ?」

「そうです、そうです。横浜に帰る時……日曜日の朝だったんですが、新幹線に乗る前に少し時間があったんで、あのあたりを歩いてみたんです。そうしたら、公園の奥まったところにある古木の根っこのあたりにね、苔《こけ》むした、どうしようもなく古くなって黒ずんだ小さな石の塔みたいなものがあって……どう見ても、ミニチュアサイズの墓みたいな感じだったんですよ。あれはいったい、何なんだろう」

「どんな石塔でした？　地蔵ではなく？」

「地蔵みたいにヒトの形になっているわけじゃなくってね。かといって平らな石碑でもなければ、灯籠《とうろう》のような感じでもない。小さな瓦《かわら》みたいな屋根がついてる、長方形の石の箱、って言えばいいのかな。中は空洞なんです。もともとその中には、何か小さな仏像とか御札とか、そういうものが安置されてたのかもしれませんけど」

「ああ、それでしたら」と鏡子は笑みを浮かべて言った。「たぶん、水神の祠《ほこら》だと思います」

「スイジン？」

「水の神様。生活用水とか川とか、そういうものの近くによくあるものです。竜神、っていう言い方もしますね。あそこらへんだったら、川の増水とか氾濫《はんらん》から住人を守るために置かれたものかもしれません。あの一帯を整地して、公園にする時に偶然見つかって、そっと残しておいたんでしょう。そういうものは簡単に処分してはいけない、ってこと、みんな知ってますから」

「ほう。幸村さん、さすがにお詳しい」

「こういう、信州の古い土地に住んで長いですから。私も散歩なんかをしていて、どう見ても誰かのお墓としか思えない、古い石を見つけることも多いですよ。たいてい、見るからに古そうな、半分朽ちかけた木の根っこのあたりとか、あんまり人の手が入らない場所にありますね。誰も移動も処分もできずに、仕方がないからそのまんまになってる、っていう感じで」

「墓、ですか」

「はい。無縁墓ですね」

「ということは、そこを掘れば人骨が出てくるわけか」

「そうだと思います」

「僕は」と医師は言った。「墓を前にしていると、どういうわけか気持ちが安らぐんですよ。昔っからそうでした。僕が公園でそれを見つけた時も、じっと眺めてるだけで、なんとなく気分が安らいだもんでね。だから、大昔の人間の墓か、そのあたりで死んだ人たちのための慰霊塔みたいなものかもしれない、なんて決めつけてね、立ち止まってしばらく眺めてたんですが、全然、違ったみたいだな。まいったな。いい年をして、墓と水神の祠の見分けもつかないんじゃ、子供じゃあるまいし、恥ずかしい限りです」

「都会に住んでらっしゃる方には、なかなかわからないですよ。そもそも、そういうものを見つけても、いまどきの人は気にも留めないんじゃないのかしら」

「さもなかったら、大騒ぎして、勝手に心霊スポットにしてしまうとか」

鏡子は肩をゆすって、くすくす笑った。「本当にそうですね」

「……近いうちに見に行きませんか」

言われている言葉の意味を正確にとらえ、返答することが難しかった。聞き違えたのではないか、と鏡子は思った。「一緒に」という意味ではなく、鏡子ひとりで見に行ってきたらどうか、という意味なのか。

医師は鏡子の狼狽《ろうばい》に気づかなかったのか、それとも、気づかないふりをしていただけなのか、「来週の水曜日」と言った。「閉館時刻の四時を過ぎたころ、いかがですか」

「あ、あの」と鏡子は必死になって冷静さを装った。「公園にある水神の祠を見にご一緒する、ということですね」

「そうですけど。……都合、悪いですか」

「いえ、全然。もちろん、大丈夫です」

「幸村さんにとっては、ありふれたものかもしれませんが」

「そんなことありません。最近、そういうものは見かけなくなっていたので、楽しみです。次の水曜日ですね。わかりました。来館者がいなかったら、四時じゃなくても、もっと早くここを出ることもできますけど」

「当日、先の予定が見えそうになった段階で僕の携帯に連絡してください。僕はよほどのことがなければ、午後二時過ぎには花折に着いていると思いますので」

鏡子はうなずいた。誘われたことの喜びをどう表現すべきかわからなかった。

黙ったまま、ぎこちなく微笑み返すと、医師は照れたように目をそらし、窓のほうを見つめた。

「雨が降ってきたみたいだな」

「あら、ほんと。天気予報通りでしたね」

しばしの間、やさしい沈黙が流れた。やがて彼はそっと腕をのばし、腕時計を覗いた。円いステンレス製の、流行遅れの腕時計だった。

そろそろタクシーをお願いしなくては、と医師は言った。

名残惜しい気分を隠して鏡子が大きくうなずいた時だった。医師はつと、「あ」と声を出し、ズボンの後ろポケットに手をあてがった。

マナーモードにしてある携帯に、着信があった様子だった。メールのようだった。

「ちょっと失礼」と小声で言い、彼はその場で携帯を開いて素早くボタン操作をした。

そして、ディスプレイをしばし険しいまなざしで見つめた後、再び閉じ、ズボンの後ろポケットに押し戻した。その手つきは、どこか邪険なものに感じられた。

「では先生、タクシー、お呼びしますね」

ややあって鏡子がそう話しかけると、彼は姿勢を正して笑顔を向け、「お願いします」と言った。

その笑顔は鏡子の目に、咄嗟《とっさ》に被《かぶ》ることに成功した、精巧な仮面のように見えた。

［7］

翌週の水曜日は、朝から小雨が降りしきっていた。じきに四月になるというのに気温が上がらず、午後になると冬に逆戻りしたかのように寒くなった。

医師に会う、というので、鏡子は新しい黄緑色のセーターを着ることにした。スカートだけは、いつもの浅葱《あさぎ》色《いろ》のロング丈のものにしたが、セーターと同系色のプリント模様のマフラーを首にゆるく巻きつけると、ふだんの自分ではない自分になったような気がした。

しかし、その日は、そうした装《よそお》いにふさわしくない寒さになりそうだった。夕方、スーパーの裏に拡《ひろ》がる緑地公園に出向くとなればなおさらだった。

仕方なしに鏡子は、急に寒くなった時のために車にいつも積んである、ベージュ色をした薄手の、フードつきダウンコートをはおっていくことにした。

しばらくぶりに拡げてみたコートは、積年の汚れが全体にしみわたり、埃《ほこり》っぽく色あせ、みすぼらしくなっていた。鼻を近づけると、わずかながら黴《かび》のようなにおいまでする始末だった。

せっかく医師に見てもらいたくて買った真新しいセーターやスカーフが外から見えなくなり、弾む思いに水をさされた形になったが、これぱかりは致し方なかった。

どこでどのように医師と落ち合えばいいのか、はっきりしていなかった。記念館まで医師に来てもらい、鏡子の車で一緒に行けばいいのか。しかし、それも時間の無駄のような気がするから、現地で会うことにしたほうがいいのか。

医師からは何の連絡もこなかったので、予定変更はなさそうだった。

鏡子は午後二時半になるのを待ち、医師の携帯に電話をかけた。登録してある医師の携帯番号が、手にした携帯電話のディスプレイに素早く表示されていくのを目にしながら、鏡子は娘時代を思い出すような夢心地でいた。

五回ほどのコール音の後で、高橋医師の声がした。医師はただ、「はい」とだけ言った。

応答は短すぎるほど短かったが、鏡子の耳にはっきり聞こえたその声は、異様なほど用心深げで硬く感じられた。拒絶されたようにも思えた。それまでふくらんでいた桜色の夢は、その瞬間、萎《な》えしぼんだようになった。

「高橋先生の携帯でしょうか。幸村ですが」と鏡子は相手に合わせるようにして、堅苦しい口調で言った。「幸村鏡子と申します」

「……ああ」と医師は言った。凍りついていたものを慌《あわ》てて溶かした時のように、声がすぐさま、不自然なほどのぬくもりを帯びた。「幸村さんですね。どうも。こんにちは」

「こんにちは。今日は雨で寒いせいか、来館者もいなくて早めに閉館できそうなので、ご連絡してみました」

「そうですか。早め、というのは何時ころですか」

「三時半過ぎにはここを出られます。先生はもう、こちらにお着きですか」

「さっき、着いたところです。あいにくの天気になってしまったようですね」

「ええ。あのう、先生がこちらにいらっしゃいますか。それでしたら、私はここでお待ちしてますが」

「いや、それだと時間の無駄かもしれません。雨で暗くなるのが早いと思いますし。公園の入り口で四時にお会いする、ということでどうでしょう」

公園入り口には、ちょっとした四阿《あずまや》が二つ建っていた。そこに入っていれば、どちらかが少し遅れても雨に打たれることはないだろう、と鏡子は思った。

「わかりました、そうします」

「祠《ほこら》を見たら」と医師は言った。「今日はどこかで早めの夕飯でも、と思ってるんですが……ご一緒していただけませんか。僕はこのあたりにはあまり詳しくないので、いい店を教えてください」

先程まで萎えしぼんでいた気持ちが、そのひと言で瑞々《みずみず》しさを取り戻した。再び花開いたようになった。

鏡子は一挙に胸に吹きこんできた暖かい風を意識しつつ、「喜んで」と応《こた》えた。

約束の四時五分前に鏡子が公園の駐車場に車を駐車させた時、駐車場に他の車はなかった。人影も見当たらない。いっこうに降りやむ気配のない雨が、霧のようにあたりを被《おお》っているだけである。

渓流沿いに拡がっている広大な公園は、未《ま》だ冬枯れたままだった。いちめんの芝生も枯れ葉色のままで、どこにも緑の萌芽《ほうが》は見えない。小径《こみち》に沿って植えられているライラックの木々も同様だった。初夏に純白の美しい房状の花をたわわに咲かせることが思い出せなくなるほど、それらはまだ、長い眠りの中にあった。

車から降り、鏡子が四阿のほうに向かおうとした時だった。黒い傘をさした医師が、公園入り口から、こちらに向かって歩いてくる姿が見えた。

学生が着るような濃紺のブルゾンに、着古したデニム、といういでたちだった。そうやって傘をさしながら、冷たい小雨の降りしきる中をとぼとぼと歩いて来る医師は、医師、というよりも、家族を抱えて積年の疲れをためこんだまま生きている、どこにでもいそうな五十代の男にしか見えなかった。

考えごとをしていたのか、彼は近くに来るまで鏡子には気づかなかった。四阿に佇《たたず》んでいた鏡子の姿を見つけると、医師は少し驚いたように歩みを止め、次いで笑みを浮かべながら、足を速めた。

近くの国道を大型車が行き交っている音が聞こえたが、音といえばその程度だった。風もなく、雨音もせず、人の気配もなく、あたりは静まりかえっていた。はっきり聞こえるのは、医師の足音だけだった。

「早かったんですね。待ちましたか」

「いいえ、私も今、来たところです」

「寒いですね。こんな日にこんな場所に呼び出したりして、申し訳ない」

「とんでもないです。あったかくしてきましたから、大丈夫。なんだか真冬みたいな格好になっちゃいましたけど」

微笑した医師の口から白い息がふわりとたちのぼるのを、鏡子はどぎまぎする想《おも》いで見つめた。

医師が祠を見つけたという場所に向かって、二人は並んで歩き出した。

晴れた日など、弁当を拡げる家族連れの姿が見られる広い芝生に人の姿はなく、垂れこめた空の雲の翳《かげ》りを映すかのように、あたりは仄暗《ほのぐら》く霞《かす》んで見えた。シーズン中の週末には、大小さまざまの犬を連れた観光客たちで周辺が賑《にぎ》わうものだったが、その日、人も犬もいなかった。

そぼ降る雨の中、傘をさし、高橋医師と並んで歩きながら、鏡子は、ライラックが植えられた小径に響く、二人の濡《ぬ》れた靴音を聞いていた。ライラックは、まだ蕾《つぼみ》もつけていなかった。医師は言葉少なだった。

せっかく会っているというのに、黙りがちになるのが勿体《もったい》なく感じられた。鏡子は明るい口調で訊《たず》ねた。「先生はこの一週間、お忙しかったですか」

「ええ。相変わらずでした」

「大変ですね。でも、週のうち半分、この信州の小さな町にいらっしゃる、っていうのは、たとえお仕事だとしても、いい気分転換になるんじゃないでしょうか」

「まったくその通りです。こうして毎週水曜日、花折に来ると、生き返った気分になりますよ」

「夏は軽井沢がごった返して、おかげでこの町も賑やかになって潤《うるお》いますけど、季節が終わるとね、いつもこういう感じですから。先生のようにお忙しい方は、ほっとなさるでしょうね」

「いいところです。幸村さんが、ご主人を亡《な》くした後、この町に住み続けることに決めたのも、よくわかる気がします。僕が同じ立場だったとしても、迷わずそうしたと思いますね」

「でも、都会生まれの方の中には、こういう静かな町での暮らしに退屈しちゃう人、けっこういるんですよ。軽井沢が近くて、なんとなくおしゃれなイメージがあるでしょう? 自然も豊かだし、別荘地なんかもあってロマンチックだし、夢みて憧《あこが》れて移り住んで来たはいいけど、途中で挫《ざ》折《せつ》しちゃう」

「挫折?」

「ええ。刺激がなさすぎるんでしょうね。虫も多いし。ちっちゃな蛾《が》が、部屋の中に飛んできただけで悲鳴をあげて逃げ回ってた人、私、何人も見てきました。それからね、イノシシとか熊《くま》とかの出没情報を耳にしたとたん、急に怖くなって、荷物まとめて東京に逃げ帰った人もいる、っていう話を聞いたこともあります」

傘の下で、医師は鏡子のほうをふり向いた。「幸村さんは怖くないんですか?」

「怖い? 何を? 虫、ですか?」

「いえ、熊とかイノシシです」

「熊はまだ、見たことないんですが、イノシシなら何度かあります。カモシカも見ました。初めて目にすると、かなりびっくりしますけど、こっちが用心してれば、よっぽど運が悪くない限り、そんなに怖いもんじゃありません。……あら？　もしかして、先生は怖いんですか？」鏡子はいたずらっぽく笑ってみせた。

「とんでもない」と医師は言った。「熊やイノシシよりも怖いものをね、僕はこれまで、数えきれないほど見てきましたから」

誇張して言っているようには聞こえなかった。鏡子はうなずき返すにとどめた。精神科医は、熊やイノシシよりも怖いものを目にし続けなければならないのだ、と思うと、高橋医師の日頃の生活がしのばれた。

ややあって、医師のほうから先に口を開いた。「それにしても、虫が多いから、って文句を言う人の気が知れませんね。自然の恵みがあれば、虫が多くなるのは当たり前でしょうに」

「ほんとにそう思います。熊が怖い、って言うのと、話は別ですよね。私、東京生まれの東京育ちなんですが、東京にも昔、虫がたくさんいました。そりゃあ、青虫とか毛虫なんかは見ててあんまり気持ちのいいものじゃないですけど、いるのが当たり前でしたから、別に大騒ぎはしなかったですし。あのころは網戸もないような家が多かったでしょう？　だから、夏なんか、明かりに向かって虫がたくさん飛んできて、お味噌汁《みそしる》とか麦茶の中に飛びこんじゃう、っていうこともしょっちゅう。今の若い人たちは、虫もいないようなところで育ってきたから、そうなっちゃうんでしょうね。最近では、地方に生まれた人でも虫嫌いの人、たくさんいる、っていう話もよく聞きますし。……あ、伺いたいと思ってました。先生はご出身はどちらなんですか」

ほんのわずかだが、間があいた。それは本当に短い、〇・五秒あるかないかの沈黙に過ぎなかったが、鏡子はその一瞬の空白に、医師の密《ひそ》かな困惑のようなものを感じ取った。

「……埼玉です」

「埼玉でしたか。私の母も、晩年は埼玉に一人で住んでました。大宮です。この話、診察室でもさせていただきましたね」

「ええ、よく覚えてますよ」

「埼玉のどちら？」

「上尾《あげお》、というところです」

「上尾！」鏡子は少女めいた声を張りあげて、足をとめた。「大宮のすぐ隣じゃないですか」

「僕の子供のころも」と医師は歩みを止めずにいながら、さりげなく話を替えた。「どこもかしこも虫だらけでしたよ。あのあたりは、今とは比べものにならないくらい自然が残ってましたからね。……ああ、見えてきました。あそこです。あそこに一本だけ、大きな木があるでしょう？」

医師は傘をさしていないほうの手で、前方を指さした。鏡子は出身地の話を続けることを諦《あきら》め、示されたほうに目を向けた。

色の濃い葉を繁《しげ》らせたままになっている、巨大な古木だった。渓流を正面に見る形で立っている。そのあたりが公園の突き当たりで、向こう側にはドッグランの周囲を囲う、黒っぽい柵《さく》が見え隠れしていた。

近づいてみると、古木の根元あたりだけが苔《こけ》むし、こんもりとうすく盛り上がっている。自然にそうなったのか、人工的にそうされたものなのかどうかは、はっきりしなかった。

その盛り上がった部分から少し離れた場所に、いくらか傾いた格好で小さな祠が埋もれていた。前の週、鏡子が高橋医師から聞いていた通りの祠だった。

小ぶりの瓦《かわら》に似た形状をした石の屋根。中は空洞で、石は全体的に黒ずみ、随所がひび割れ、欠け落ちていた。知らずにいれば、それはどこからか転がってきた、ただの大きな石の塊のようにしか見えないかもしれなかった。

「やっぱりこれは、水神を祀《まつ》った祠ですね」と鏡子は言った。

以前にもどこかで見た記憶があったが、どこで見たのか、はっきり思い出せなかった。陽平と一緒に山道を歩いていた時だったか。康代と軽井沢に蕎麦《そば》を食べに行った際、蕎麦屋の脇《わき》で見かけたのだったか。

こうした祠が、一般的には水神を祀ったものであることを教えてくれたのは夫だったかもしれないし、康代だったのかもしれない。そうでなければ、夫の勤務先の同僚、もしくはその家族。記憶は曖昧模糊《あいまいもこ》としていた。

家族でもなく友人でもなく、知り合ってまもない男と並んで、冷たい小雨のそぼ降る春浅い日の夕暮れ時、歳月を重ねた古い水神の祠を見下ろしている自分が、鏡子にはよくわからなくなった。時間が止まってしまったような感覚があった。

おぼろな記憶に包まれた過去と、霧にまかれたようになってはっきり見えない未来とが、鏡子の中でせめぎ合っていた。鏡子はふと放心した。

「……どうかしましたか」

高橋医師の声で我に返った。いえ、別に何も、と鏡子は言い、顔をあげて微笑《ほほえ》み、大きく息を吸った。

「こんなに古いものを前にしていると、なんだかぼんやりしちゃって」

「初めて見つけた時、僕もそんな感じになりましたよ」

「これ、何年前のものかしら。百年？　いえ、それどころじゃないですね。明治のころのものだとしても、軽く百年以上たってますよね。もしかすると、もっと昔のものかもしれない」

「このあたりは、近くを中山道《なかせんどう》が通ってますよね」と医師は言った。「だから、江戸時代なんかは、ここが、ごく小さな宿場町だった時期もあったんじゃないのかな」

「ああ、そうそう。原島の著作にも、そんなことを書いたものがあったような覚えがあります。花折町は中山道から少し離れてはいるけど、宿場として使われてた時代もあった、って。でも、だんだん通行人が途絶えて、そのうちさびれた寒村になってしまった、っていうような……。そういえば、馬頭観音なんかも、このあたりには多いんですよ」

「そうか。だったらやっぱり、これは江戸のころのものかもしれません」

「江戸」と鏡子は小声で繰り返した。「気が遠くなりますね」

「まったくです」

「原島富士雄も、この場所にこの祠があったことを知っていたのかしら」

「どうだろう。先日いただいたコピーには、この場所の記述はなかったようですが」

「そうですよね。原島も気づかなかったんですね。気づいたのは先生だけ、ってことになる。すごい」

ふふっ、と医師は低く笑った。

二人は何も言わずに、しばらくの間、傘を手にその場に佇んでいた。国道を行き交う車の音はほとんど聞こえなかった。雨が少し強くなったのか、鏡子のさしている傘の上で、ぱらぱらと雨滴が音をたてていた。

「寒くないですか」と医師が訊ねた。

「少し」

「そろそろ引き返しましょうか」

「そうですね」

「幸村さんにこれを見せたかったんですけど、わざわざ来ていただいて、風邪でもひかれたら困ります」

「水神様の祟《たた》りで？」とまぜっ返し、鏡子は笑った。

まさか、と言い、医師も笑った。「夕食にはちょっと早すぎますが、どうですか。

何か温かいものでも食べに行きませんか」

「そのつもりで来ました」と鏡子は言った。「でも、花折や軽井沢の店だと、先生の患者さんとばったり、ということにもなりかねないでしょう？　だから、ちょっと足を伸ばして、佐久まで行こうかと思ってるんです。それでいいですか」

「佐久でもどこでも。お任せします」

「佐久にも、先生の患者さんがいらっしゃるのかもしれませんけど」

「そういうことを考え出したらキリがない。特に心配なさらなくても、大丈夫ですよ」

「はい。じゃあ、佐久、ということで。でも、私、安いファミレスみたいなところしか知らなくて……それがちょっと残念なんですが」

「充分じゃないですか」

二人はそぼ降る雨の中、示し合わせたように踵《きびす》を返した。日が長くなってきたとはいえ、花の季節まではまだ遠いその時期、雨とあって、薄闇《うすやみ》は次第に濃くなりつつあった。色のない点描画のように見える風景の中、二人は互いを気づかうようにしてゆっくりと歩みを進め、駐車場まで行ってから、鏡子の車に乗り込んだ。

自分の車の助手席に、高橋智之医師が座っている、ということを強く意識し、緊張感に包まれながら、鏡子はおもむろにイグニションをまわした。ヘッドライトを灯《とも》した。

暮れかけている公園の駐車場に、黄色いヘッドライトが作る光の渦ができた。渦の中には、はねあがる水飛沫《みずしぶき》のように、雨が踊っているのが見えた。

「安全運転でいきますね」と鏡子は言った。

医師はくつろいだ表情で、「お願いします」とうなずいた。

鏡子のすぐ近く、手を伸ばせば触れてしまうほどの距離で、友情のこもった笑みを見せている男に向かって、鏡子は「では、出発します」と生真面目《きまじめ》に言った。

その日、鏡子が医師を案内したのは、佐久の岩村田《いわむらだ》地区の手前にある、洋食レストランだった。

現在では、大型ホームセンターを中心に、洋品店や靴店、ドラッグストア、雑貨店が入っている郊外型のショッピングモールになっているが、十年ほど前までは、家族向けのレストランやしゃぶしゃぶの店、ゲームセンターなどが、雑然と隣り合わせに建っていた。その中の洋食レストランだけが、そのままの形で残され、現在のショッピングモールの中に併合されたのだった。

鏡子は夫の陽平と共に、何度かこの店に食事に来たことがある。どこにでもありそうなファミリーレストランだったが、庶民的な価格のわりには、店の看板メニューであるハンバーグステーキが思いがけず美味だった。休日などに佐久に買い物に来た際、夕食の支度をするのが面倒になった時は必ず、夫婦でその店のハンバーグステーキセットを食べて帰ったものである。

いつ来ても、そこそこ客が入ってはいるが、混みあって満席だった、ということはただの一度もない。大きなガラス張りの窓に面したボックス席だけで作られていて、客のほとんどが、普段着で訪れる近所の家族連れや若いカップルだった。天井が高くて、人の話し声がちょうどいい具合に拡散する。周囲を気にすることなく、ゆったりと話ができることもありがたかった。

高橋医師と共にする早めの夕食、ということで鏡子が真っ先に思いついたのは、その店だった。いやしくも医師という職業についている人間と、初めて食事を共にするのにふさわしい店とは言えなかったが、他の店は考えられなかった。

花折町から車で三十分弱。宇津木クリニックで高橋医師が受け持った患者やその家族と顔を合わせる可能性は、ゼロとは言えないまでも、相当低かった。万一、不運にも居合わせてしまったとしても、店の広さや天井の高さ、テーブル席の設《しつら》えから考えれば、目立ちにくい。康代と鉢合わせすることも、まず考えられなかった。

生前の夫とよく出かけた店に、医師を連れて行く、ということにも抵抗は感じなかった。それどころか鏡子は、そういう店にこそ医師と共に出向き、夫の思い出を語ってみたい、とすら思っていた。

「リラックスできますね、こういう店は」

店に到着し、係の若い女に案内された窓際《ぎわ》のボックス席に腰をおろしたとたん、高橋医師はくつろいだ様子であたりを見回しながら言った。作り付けの木の椅子《いす》の背は高く、隣のテーブル席はまったく見えない。話し声もぼそぼそとしか聞こえてこない。すっかり暗くなった窓の外には、雨の中、車道を行き交う車のライトが見えていたが、遠くにのびる光の束のようで、のどかですらあった。

「先生をお連れするのなら、もっときちんとした店にすべきだ、ってこと、ようくわかってるんです。でも、こういうところのほうがね、かえって喜んでいただけるんじゃないかと思いました」

高橋医師は大きくうなずいた。「実を言うとね、今日、案内していただいたのがこういう店で、正直、助かった、と思ってるんです。どうしてだかわかりますか」

「いえ」

「見てください。この格好ですよ」と医師は茶目っ気たっぷりに言い、自分の着ているものを見回してみせた。「こんな小汚い、普段着みたいな格好で来てしまいましたからね。しゃれた店になんか、入れるわけがないじゃないですか。場合によっちゃ、着替えに戻らなければいけなくなる、と思って、ずっと落ち着きませんでした」

鏡子は声をあげて笑ったが、内心では、医師の言葉をまともには受け取っていなかった。

彼は鏡子によって案内される店が、この種の店になることを知っていたはずだった。だからこそ、気取りのない普段着で現れたのであり、それは医師と鏡子の意思の疎通《そつう》が、暗黙のうちに完璧《かんぺき》に行われたことの証《あかし》とも言えた。鏡子は深い喜びを覚えていた。

「でも、別に先生の格好を見て判断して、この店にお連れしたんじゃないですよ。初めっから、ここ、って決めてたんですから」

「そうでしたか。いやあ、いずれにしても、よかったよかった」

医師は永遠に消えないような笑みを作り、「さて」と言いつつ、勢いこむようにしてテーブルの上の細長いメニューを手に取った。

厚手の紙で作られたメニューは手垢《てあか》で汚れ、四隅が剝《は》げて反り返っていた。テーブルには、安食堂を思わせる透明なビニール製のテーブルクロスが貼《は》られていた。片隅には雑然と、塩や胡椒《こしょう》、ソース、醬油《しょうゆ》の小瓶が並べられていた。どの小瓶にも脂《あぶら》が付着していた。

その何もかもが、鏡子にはいとおしく感じられた。誰の邪魔も入らない、途方もなく温かな家庭の団欒《だんらん》を感じさせるものが、そこにはあった。

生前の夫と、ここで同じように向かい合わせになって席につき、互いに空腹を訴えながら同じメニューを覗《のぞ》きこんだ時のことが懐《なつ》かしく思い出された。それは気取りのない、安心しきった、二人だけの水いらずの象徴のようなひとときだった。

高橋医師を前に軽い緊張感に包まれながらも、鏡子は自宅の居間にいる時のような安心感を覚えていた。

大きなガラス窓の外では、小雨模様の夜が始まっていた。車のライトに映し出される路面は、てらてらと光って見えた。

鏡子は医師に、ハンバーグステーキを勧めた。セット注文にすれば、サラダバーで自分の好きな野菜を皿いっぱい分、食べられるし、食後にコーヒーか紅茶がついてくる。

「味のほうはかなり保証できます。昔ながらの子供味ですけど」

「子供味、いいですね。うまそうだ。それにしましょう。僕は……そうだな……この、和風おろしハンバーグセット、っていうのにします」

「ああ、これですね。さっぱりしてて、おいしいですよ。私もそれにしようかな。先生、もしよかったら、ビールかワイン、お飲みになりませんか」

「でも、幸村さんが飲めない時に僕だけ、というわけにも……。今日のところはやめておきますよ」

「私のことなら、全然、ご遠慮なく。帰りはちゃんと責任をもって、安全運転で先生のお宅までお送りしますから」

食事を終えた後のことまでは考えていなかった。言葉にしてみて初めて、鏡子はその晩、自分が医師を再び車の助手席に乗せ、医師が宇津木院長から貸し与えられているという住まいの前まで送り届ける役割を担《にな》っていることを思い出した。

仮住居とはいえ、週のうち半分近くを暮らす、医師の住まいを目にすることになるのだった。しかも、ごく自然な形で。

自分と医師はこんなふうに、互いに何の企《たくら》みも、よこしまな感情も抱かないまま、静かに近づき合っていけるのだ。そう思うと、鏡子は自分の中に、何かが甘ったるい薄桃色の綿菓子のようになって膨れあがってくるのを感じた。

今日はアルコール類は飲まないことにします、と医師が断固とした口ぶりで言うので、鏡子は受け入れた。オーダーを取りに来た若い男を相手に注文をすませ、ひと呼吸おいてから立ち上がった。店内中央にあるサラダバーまで、医師と肩を並べて歩いた。

ブルゾンを脱いだ彼は、焦《こ》げ茶色《ちゃいろ》のセーター姿だった。以前にも診察室で同じセーターを着ていたことを鏡子は思い出した。セーターの、腕の付け根のあたりには、わずかだが小さな穴が開いており、中に着ている白いシャツが覗いて見えた。

サラダバー・コーナーでは新婚夫婦なのか、恋人同士なのか、どう見ても二十代前半としか思えない若いカップルがひと組、睦《むつ》み合うようにして、互いの皿に野菜を盛りつけ合っていた。

彼らと並びながら、鏡子は医師と共に皿を手にし、レタスやプチトマト、オニオンスライス、各種ビーンズ、スイートコーン、マッシュポテトなどを少量ずつ載せていった。医師と二人、あれもこれも、とはしゃいだようになって、皿を山盛りにしていると、かつて夫と同じようにしていたことが甦《よみがえ》ってきた。

互いに、食べきれないほどの量を皿に載せ、こんなに食べられない、と思うのに、なぜか、ハンバーグステーキともども、ぺろりと平らげてしまう。満腹の後のささやかな幸福感。満ち足りた想い。

さしてうまいとも思えない粉っぽいだけのコーヒーに、どこにでもあるパック入りのコーヒークリームを注いで飲みほし、そろそろ行こうか、と言う夫。そうね、と答える自分。

店の外に出れば、満天の星が広がっている。人の気配のしない広い駐車場は、うす闇にのまれている。外を行き交う車の明かりだけが、時折、あたりをぼんやりと黄色く照らし出す。

少しふざけて互いの脇の下をくすぐったり、身体《からだ》をぶつけたりし合いながら、じゃれ合うようにして自分たちの車に乗り込む。夫が運転する車で自宅に戻り、玄関の鍵《かぎ》を開け、家の中に明かりを灯した時に感じる安堵《あんど》。永久に、不変に、ここにあって、決して失われることがない、と何の根拠もなく信じられるような幸福。……それらが、巨大なスクリーンに映し出された古い映像と化して鏡子の中にあふれ、やがて静かに、波が引いていく時のように、音もなく遠のいていった。

ビニール製のテーブルクロスがかかった四角いテーブルで、向かい合わせになりながら、その日、鏡子は至福の夕食をとった。

注文したおろしハンバーグステーキは、触れると火傷《やけど》するほど熱くなった鉄板皿ごと運ばれてきた。湯気のたつハンバーグにナイフとフォークを入れ、ゆっくりと口に運びながら、二人は時折、微笑み合った。高橋医師は瞬《まばた》きを繰り返しつつ、その味を何度もほめた。

聞きようによっては、野暮とも思えるほどの素直すぎる反応だった。だが、鏡子は医師の少年じみた物言いを愛した。

鏡子、という名前のことが話題にのぼったのは、今しがた見てきたばかりの水神の祠についての話や、原島富士雄の著作についての話をした後のことだった。

「キョウコさん、という女性はたくさんいるだろうけど」と医師は言った。「鏡、っていう文字をあてているのは珍しいんじゃないのかな」

「母がつけた名前なんです」と鏡子は言い、軽く肩をすくめた。「ほんとのこと言うとね、ずっと嫌いでした、自分の名前が」

「どうして。きれいな名前じゃないですか。いろいろな漢字がつけられるでしょうけど、鏡、という字をあてたのは個性的ですよ」

「父は反対だったみたい。後で知ったことなんですけど、父は、アンズの『杏』っていう字を使いたかったんですって。でも母が絶対反対、って言って。結局、父もしぶしぶ受け入れたそうです。どうして母が、そんなに反対したか、おわかりになりますか?」

「……いや」

「母はね、果物のアンズが大嫌いだったんですよ」

医師はうなずき、さも可笑《おか》しそうに肩をゆすって笑った。「説得力がありますね」

「まあ、そうですね。鏡のように、世の中のことを何でも映し出せる子になるように、って、それで『鏡』の字がついたわけです」

「なるほど」

「今はさすがに慣れましたけど、若いころはいやでいやで。そもそも、鏡、っていう文字そのものがね、いやだったんです。だって、ヒビとか、割れる、とか、亀裂が走るとかね……そういうことばっかり、連想させるじゃないですか。自分がいつかは、パリーン、って割れて粉々に砕けてしまうんじゃないか、って思ってたこともありました」

「それは初耳ですね。診察室では聞かなかった話だな」

話が深刻なほうに流れていくのを避けようとしたのか、医師が面白そうな、好奇心たっぷりな表情でそう言ったので、鏡子はふっと力を抜いた。「でもね、私はそんなにいやがってたんですけど、友達からは羨《うらや》ましがられたことも何度かあったんです。先生は、三島由紀夫の作品に、『鏡子の家』っていう長編があるの、ご存じですか」

医師は大きくうなずいた。「知ってます」

「お忙しいのに、小説もお読みになるんですね。素敵ですね。お医者様で小説好き、って案外少ないいんじゃないかって思ってました」

「別に僕は、小説全般が好き、ってわけじゃないんです。自分の興味だけで読んでますから。ただの乱読ですよ。僕の場合は、物語そのもの、っていうより、心理描写に興味がある。三島の『鏡子の家』は若いころ、半分くらい読みました。途中で挫折しましたが」

鏡子は微笑み返した。「私は、自分と同じ名前のヒロインが出てくるから、って、一応、全部読みましたけど。でも、鏡子さんが私とはまったく違うキャラクターだったんで、ちょっとがっかりしました。同じ名前だからって、同じ性格とは限らないのにね。勝手に期待して、勝手に失望したりして、馬鹿《ばか》みたい」

「期待してしまうのは当然でしょう。それでも、三島のあの小説を知っている人は誰でも、幸村さんの名前を見て、おっ、と思うんでしょうね」

「そうなんです。三島の小説のタイトルになった名前だなんて、カッコいい、って言ってくる人もいて。どんなことでも、ほめようがあるんだな、って感心しますけど。ただ、自分の名前がものすごくいやになった時なんかにね、三島の作ったヒロインと同じ名前なんだから、って自分に言い聞かせるためには、役に立ったと思います」

「去年、診察室で幸村さんの名前を最初に目にした時、真っ先に僕も、三島を思い出したんですよ。そんなことは診察室では話す必要がないし、こちらから質問するほどのことでもないので、黙っていたんですが」

「抑鬱《よくうつ》状態になって、暗い顔をして駆け込んできた患者の名前に、鏡、っていう文字があるのは、似合いすぎるくらい似合うぞ、とかなんとか、内心、思われませんでした?」

「ちっともですよ」

「考えすぎ?」

「まさしく」

二人はふと目と目を見交わして、今にも噴き出さんばかりに笑い出した。

それからは、食事をしながらの、他愛《たわい》のない話ばかりが続いた。花折町の動植物の話、天候の話、前の年、鏡子が宇津木クリニックに通いつめていたころの、罪のない思い出話……。

医師のことをもっと深く知りたいと思うのに、鏡子の口から出る、医師に向けた問いかけは、なかなか核心をついたものにならなかった。鏡子とて、いったい何を詳しく知りたいと思っているのか、自分でもよくわかっていなかった。

かつて結婚していたが、娘を一人もうけてから、二十年以上前に離婚。現在、独身で精神科医をしている。出身地は埼玉の上尾。住んでいるのは、勤務している横浜みどり医療センターの近くにある川崎市麻生区のマンション。ネットで検索して、宇津木クリニックの募集を見つけ、応募してアルバイト医として採用された……高橋医師についての、それだけのデータがそろっていれば、とりあえずは相手を知るために必要な情報は与えられている、と考えてもよさそうなのに、鏡子には、それ以外に知りたいことが山のようにあった。にもかかわらず、今ここで医師に向かって、無邪気に具体的な質問を投げかけるのは、ひどく恐ろしいことのような気もした。

何よりも鏡子が知りたいと願っていたのは、なぜ、医師がネットで調べてまで、この地にアルバイト精神科医として通わねばならなかったのか、という点についてであった。

様々な臆測《おくそく》は可能であった。医師が経済的な事情を抱えているのは明らかである。彼の服装や持ち歩いているものは、いつ見ても質素だった。清潔ではあるが、着ているものは着古したものが多かった。医師が決して豊かな暮らしをしているわけではないことに鏡子は、ずいぶん前から気づいていた。

金銭的に困窮し、致し方なくネットで高報酬のアルバイト先を探したのかもしれない。その上で、宇津木クリニックの報酬が他と比べてよかったので、この町にやって来た……そう考えるのが妥当だった。

だが、「どうして？　どうして？」と質問の矢を飛ばし、医師がそれに対して正直に、何のためらいもなく答えてくれるとはどうしても思えなかった。鏡子は医師に質問することは避け、自分の話を優先させながら会話を続けた。

「それにしても、先生のおかげですっかり調子がよくなって」と鏡子は言い、医師から視線を外しつつ、付け合わせの人参のグラッセを半分に切った。「毎日、ふつうに暮らせるだけで、充分、と思えるようになりました。こんなふうにして、年をとっていければ、それでもう満足です」

「静かな生活をされるのが、幸村さんの心の安定につながるんですね」

「ほんとにそうなんです。性格ですね。こんな年齢になっちゃって、夫もいなければ子供もいなくて、毎日毎日、判で押したみたいにたった一人の職場に通って……っていう、ふつうの人にとってはさびしい暮らし方が、本当は一番、自分に合ってたんだな、ってつくづく思います。去年の秋におかしくなったのは、何かの加減で、それを受け入れられなくなっただけなんですね、きっと」

医師はじっと鏡子を見つめたが、何も言わなかった。

「今年のお正月、私よりも二つくらい年上の男性からきた年賀状にね……ああ、その方は夫の学生時代からの友人だった人なんですが……孫ができました、ってバーン、って大きな文字で書いてあるんです。去年は家族が増えて、本当に賑やかで楽しい一年でした、って。お孫さんとご家族と一緒に撮った写真が印刷されてて。本当に幸せそうな写真で……孫どころか子供も夫も親兄弟もいない人間にとっては、いったいどの世界の話か、っていう感じなんですけど、世間ではそれがふつうなんですね。でも私は私なんだ、ってね、改めて思いました」

見覚えのある微笑をたたえた医師は、食事を中断したかのように手の動きを止めたまま、鏡子から目を離さずにいた。

鏡子はそんな医師を前にして深呼吸し、「ごめんなさい、嘘《うそ》です」と小声で言った。うすく笑った。

「嘘？」

「私は私だ、なんて、そんなにクールでいられるくらいだったら、去年の秋みたいにはならなかったはずですもの。そういう年賀状を目にするとね、やっぱり今でも、なんともいえない気分にかられてしまいます」

—さびしく……なりますか」

「そうですね、さびしい、っていう感覚とはまた少し、違うような気がしますけど。なんて言えばいいのかな。自分だけが世間とあまりにもかけ離れたところで生きている、っていうことをね、はっきり再確認させられる、っていうか。目の前に現実を突きつけられると、全部わかっていたはずなのに、呆然《ぼうぜん》とさせられることって、誰にでもありますよね。……たとえて言えば、そんな感じ」

「それは、孤独感ということ？」

「認めたくはないですけど」と鏡子は言い、小さく肩をすくめてうなずいた。「そうなんだろうと思います。血縁とか、しがらみとかにすがりついて生きるのは、大嫌いだったはずなのにね、おかしいですね。誰かと四六時中、ベタベタつながり合っていたい、なんて思ってるわけじゃなくて……むしろ、そういうのは苦手でひとりでいることのほうが好きなのに……孤独は、正直、今もしょっちゅう感じてます。そう思わないでいられる日は、ないかもしれない」

「世間には年齢に関係なく、係累《けいるい》のいなくなった人がたくさんいます。いても、まったく没交渉で、いないのと同じ、っていう人もね」と医師はゆったりした口調で言った。「幸村さんだけじゃない」

安易に慰めようとする言い方ではなかった。ありのままの事実を淡々と口にしているだけのように聞こえた。鏡子は医師の言葉をありがたく受け取った。

「そうですね」と鏡子はまっすぐに医師を見つめた。「そのことはいつも考えてます。私なんか、ましなほうだな、って。いえ、ましどころか、かなり恵まれてるな、ってね。収入は恥ずかしいくらい少ないですけど、仕事があって、住む家があって、贅沢《ぜいたく》はできないにしても、ふつうに暮らしていけますから」

「それに、幸村さんには猫がいる」医師はそう言い、目を細めてやさしい笑顔を鏡子に向けた。

鏡子も目を細めた。「そうでした」

「猫だってかけがえのない家族ですよ」

「……ほんとにそうです」

猫だけじゃなくて、今は高橋先生もいてくれます……そう言おうとしたのだが、さすがにその言葉を口にする勇気はなかった。

「孫や子供夫婦に囲まれて、にっこり笑ってる知人の年賀状の写真を見た時、例のアイガー北壁のイメージがまた、浮かんでくるってことにはなりませんでしたか」

「いいえ、全然」と鏡子は言い、微笑を返した。「先生の丁寧なカウンセリングとお薬のおかげで、そういうことはまったくありませんでした」

「ああ、それはよかった」

鏡子はにこやかにうなずいた。「心を病んでなくっても、人はいろんな感情に襲われながら生きてくしかないんですね。そんなの当たり前のことだってわかってたはずなのに……でもやっぱり、人並みにいろんな経験をしてきましたし、おまけに、どんどん年をとっていってますから。感じることがいちいち鋭い刃物みたいになって、自分をぐさぐさ切りつけてくることがね、なんだか多くなるみたいで、恥ずかしいです」

「それは幸村さんに限ったことではないですよ」と医師は再び、フォークをゆっくり動かしながら言った。「みんな多かれ少なかれ、そういう想いを抱えながら生きているものじゃないでしょうか。それに、家族っていうのはね、外側から見てるのと、内実とは全然違いますからね」

「そうなんですよね。それはよくわかってるつもりです」

「四人家族の、妻と子供二人が、それぞれ心の病を患《わずら》っていて、長い間、夫が一人で妻子の面倒をみながら生きてきて。その彼がね、交通事故にあって病院に搬送された。幸い、ごく軽い怪我《けが》ですんだんですけど、それがきっかけで、彼まで重い心の病気を発症してしまった、っていうね、そういうケースもありました。でも、まわりの誰も、彼の家庭がそんなに大変だったとは知らなかったんです。大企業に勤務してましたし、子供たちも一流と言われてる学校に入ってて、妻は由緒《ゆいしょ》ある家柄のお嬢さんでしたから。みんなからはすごく恵まれた、問題なんか何ひとつない、人も羨む家族だと思われてた」

「その方……先生が担当なさった患者さんなんですか?」

鏡子が小声で訊ねると、医師はちらりと鏡子を見てから軽く首を横にふり、「いえ、違います」と言った。そして、大きなフライドポテトをぱくりと口に入れ、ゆっくりと咀嚼《そしゃく》し、飲みこんだ。

彼は再び語り始めた。「家族っていうのは一般論では語れないものですよ。外側がぴかぴかに輝いてても、蓋《ふた》をあけてみると、中が腐ってたり。その逆もありますし。みんな、世間体っていうのか、メンツがあるから、自分たちの本当の姿を不用意に外に見せないで、うまくごまかしてるだけなんです。どんな家にも人に言えない深刻な問題があるし、そのことでたくさんの人が苦しんでいる。まったく何の綻《ほころ》びもない家族なんか、あり得ないでしょう」

鏡子はこくりとうなずいた。笑みを浮かべた。「係累のいない独り暮らしのほうが、かえって気楽で、ストレスがなくていい……そうおっしゃってくださってるんですね」

「そういうことです。家族が誰もいない人間の孤独感と、家族はいるのに、八方塞《ふさ》がりの問題を山のように抱えて生きていかなくちゃいけない人間の孤独感と、どちらがより深いか。……人によっていろいろな考え方はあるでしょうけど、僕は、いろんな人を見てきて、後者のほうがよほど大変だと思ってます」

「やっぱりそうなんですね」と鏡子は吐息まじりに言った。「人の心って、難しいですね」

「というより、一番難しいのは家族じゃないかと僕は思いますよ。もちろん、家族が人を救うこともたくさんありますけど、救うどころか人を破滅させてしまうこともある。家族はね、時に恐ろしいものになりますから」

はっきりそれとはわからない程度ではあったが、医師はいかにも神経質そうな瞬きを繰り返した。

鏡子は口調を変え、明るく訊ねた。「……先生もお独りで暮らしてらっしゃるから、ストレス、少なくしていられますね」

まあ、そうですね、と応えた医師の言い方に、気のせいか皮肉が感じられた。医師の心が、一瞬、自分から離れてしまったように思えた。鏡子はかすかな疎外感を覚えた。

五歳くらいの男の子を連れ、乳児を抱いた夫婦が入店して来て、がやがやと二人の真後ろのテーブル席に陣取った。男の子が甲高い声で何かわめいているのを、若い両親が笑いながら諫《いさ》める声が聞こえた。

鏡子はグラスの水を飲むふりをしながら、ちらりと医師の表情を窺《うかが》った。

医師はたちまち、元の医師に戻った。何事もなかったかのように、ハンバーグステーキの最後の塊を口に運び、ライスの残りをフォークですくい上げ、ぱくぱくとうまそうに食べた。食べ終えてから、紙ナフキンで口を軽くぬぐい、「うまかったです」と言ってにっこり笑った。

鏡子は微笑み、自分もまたフォークを動かし始めた。鏡子の食事が終わるまで、再び、他愛のない会話が続けられた。

食後のコーヒーは医師が取って来てくれた。トレイに載せて運ばれてきたコーヒーカップにパック入りのコーヒークリームを注ぎ、スプーンでかきまわし、二人は時折、黙りがちになりながら、ゆっくりとそれを飲んだ。

何口目かのコーヒーを飲んでから、医師は手にしていたカップをソーサーに戻し、改まったように鏡子を見た。

「こんなふうに、幸村さんとご一緒しているのは楽しいです」

「……ありがとうございます」と鏡子は言った。「私もすごく楽しい」

「こうやって水曜日に、花折町に来るのが楽しみになりました」

「そう言っていただけると嬉《うれ》しいです」

「ご迷惑じゃなかったら……」

医師はそう言って、鏡子を正面から見つめた。少し広がった額、端正な鼻梁《びりょう》、髭《ひげ》の剃《そ》りあとが目立つ頬と顎《あご》、いくらかまばらになってはいるが、男らしい眉《まゆ》。それらをまとめて余りあるほど印象的な、二つの大きな目が、まっすぐに鏡子を射抜いた。

「……時々、おつきあいください」

すうっと、音もなく離れていって、謎《なぞ》に満ちた背中を見せることがあるくせに、この人は、と鏡子は思った。こんなふうに突然、予期せぬ形で舞い戻って来て、私を喜ばせる。

「喜んで」と鏡子は小声で言った。「でも、さっきみたいに私、先生を前にしていたら、しょっちゅう、自分の心の話をしてしまいそうです。診察を受けてるわけでもないのに、申し訳ないと思うんですけど、私、先生の前では自分をさらしたくなるみたい。これからも、おいやにならないでくださいね」

「もちろんですよ。いつでもなんでも話してください。幸村さんの話を伺えるのは、僕も嬉しいですから。あなたは正直な方です。正直な人の話はいつ聞いても楽しい」

あなた、と言われたのは初めてだった。頬から耳のあたりにかけて、上気してくるのがわかった。鏡子は目をふせた。

後ろのテーブル席で何かが倒れる音がした。「ああっ、やっちゃった」という声が轟《とどろ》いた。若い母親の声だった。

若い父親が立ち上がり、店の従業員を手招きした。男性従業員が白いタオルを手に走って来た。子供がテーブルの上のグラスを倒し、飲み物をこぼしてしまったようだった。赤ん坊が泣きだした。あたりがざわついたが、医師と鏡子のテーブル席だけは、周囲の喧騒《けんそう》から隔絶されていた。

鏡子は顔を上げ、医師を見つめた。「もしよかったら、今度、霊園までご一緒しませんか」

医師が目を見開いて鏡子を見た。「霊園、ですか?」

「はい。前にお話ししたように、夫の命日が四月半ばなんです。記念館のほうに臨時にお休みをもらって、小諸にある高峰霊園っていうところまで行くつもりなんですけど……私、先生とドライブがてら、ご一緒したくなりました」

「そういう場所に、僕が一緒に行かせていただいてもかまわないのかな」

「夫がやきもちを妬《や》きますか？」

「そうでなくても、警戒されるかもしれません」

「いいえ、そんなこと。きっと喜びます」

「わかりませんよ。なんだこの男、大事な妻に近づきやがって、しっ、しっ、近寄るな、帰れ、って言われるかもしれない」

まさか、と言い、鏡子は笑った。「そんなことあり得ません。先生は、私の心を救ってくださった恩人なんですから。家ではね、夫にお線香あげながら、いつも先生のこと、報告してきたんですよ。夫は先生に感謝してるに決まってます。それに……」

それに、亡き夫のための喪の期間はもう明けていて、私は今、先生と一緒に新しく始められそうな気持ちになっている……そう言いたかったのだが、鏡子はあわやというところで、その言葉をのみこんだ。医師の前でそんな話をするのは、どう考えても早すぎた。

「それに？」と訊《き》き返されたが、鏡子はうまくごまかした。

「霊園は花折から、車で三十分くらい。高峰高原に向かって上がっていく途中にあって、とっても景色がいいんです。静かな公園みたいなところ」

「僕はどう頑張っても、水曜日しかこちらに来られない。水曜日に、ということにしていただいてもいいんですか」

「ええ、もちろん。あらかじめ先生のご都合のいい水曜日を教えていただけたら、私もそれに合わせてお休みをもらいますから」

「四月半ばですね？」

「はい。実は夫の命日は四月十七日で、今年は偶然、その日が水曜日なんです。でも、先生が別の水曜日のほうがいいということであれば、いくらでも変更し……」

「だったら十七日にしましょう」

鏡子は医師を見た。医師もまた鏡子を見つめ返し、晴れやかに微笑んだ。

「命日が十七日なら、その日に墓参りに行くべきですよ。大丈夫。十七日、少しでも早くこっちに来られるように、なんとか都合をつけます」

とうの昔に忘れてしまっていたはずの幸福感が、たぎるようになってあふれてきた。その、ありあまる幸福に太刀打ちできなくなって、鏡子は軽いめまいを覚えた。

「ご一緒に」と医師は背筋を伸ばし、澄んだ低い声で言った。「亡きご主人のお墓参りをさせていただきます」

「ありがとうございます」

深々と頭を下げた鏡子は、我知らず瞳《ひとみ》がうるんでいるのをその時初めて知った。

帰路、車の中で二人は、どちらからともなく、ごく平均的で常識的な五十代の男女の距離を取り戻しながら、あたりさわりのない会話を続けた。時折、医師が軽い冗談を言い、鏡子もそれに応じ、笑い合った。

だが、笑い声はじきにおさまり、あたかものどかに笑い合ったことを後悔するかのように、車内には短い沈黙が流れた。鏡子は医師との世間話よりも、その沈黙のほうを愛した。

高橋医師が、宇津木医師から貸してもらっているというマンションは、花折町から軽井沢に向かう国道の途中を曲がり、少し奥に入ったところにあった。宇津木クリニックまでは徒歩で行けるのだという。

あたりには住宅が点在していたが、数は少なく、住宅地とも呼べないような一角だった。マンションは三階建て。枯れ草が茫々《ぼうぼう》と地面を這《は》う、二つの広い空き地にはさまれるようにして建っていた。

明かりらしい明かりといったら、マンションのエントランスホールの明かりと、鏡子が運転する小型車のヘッドライトだけ。建物の窓という窓は、ひっそりと夜の闇にとけていた。

「きれいなマンションですね」

「別荘として使ってる人が多いようです。あとは宇津木先生みたいに、セカンドハウスとして所有してるか。ウィークデーは人っ子ひとりいないですよ」

「怖くないですか」

「幸村さんだって、一軒家にひとりでお住まいでも、別に怖くはないでしょう？」

「ええ、全然」と鏡子は言い、医師のほうを向いて微笑んだ。

静かなエンジン音が響いている中、医師の目と鏡子の目が合った。

あたりが暗いので、ヘッドライトの明かりが、霧雨を集めて映し出しているように見えた。ワイパーが、フロントガラスをゆっくりとなめていく音が聞こえた。

先に目をそらしたのは鏡子のほうだった。何も起こらないし、起こるわけもない、とわかっていたが、いたたまれないほどの恥ずかしさを感じた。

「送ってくださってありがとう」と医師は何事もなかったように言った。言いながら、助手席側のドアレバーに手をかけ、ドアを開けた。冷たい雨のにおいが車内にたちこめた。

「四月十七日、お目にかかるのを楽しみにしています。詳しいことは、また連絡を取り合って」

「はい。私も楽しみにしています」

手にした黒い傘を拡げて車から降り、医師は腰をかがめるようにしながら、車内にいる鏡子のほうに顔を向けた。「帰りの運転、気をつけてくださいね」

「気をつけます」

「……楽しかった」

「……私も」

「では」医師は、やわらかな視線を投げ、なじみのある笑みを作った。「おやすみなさい」

「おやすみなさい」と言って、鏡子がうなずくと、医師もまたうなずき返した。

煌々《こうこう》と明かりが灯されたマンションのエントランスホールに入って行く彼の後ろ姿を見送り、鏡子はハンドルに手をのせて前を向いた。バックミラーにもサイドミラーにも、雨の闇しか映っていなかった。

医師がホールに立ち止まって、こちらを振り返ってくれているのではないか、と想像し、今一度、エントランス付近を覗いてみた。だが、そこに人の姿はなかった。

しばらくの間、待っていれば、マンションの闇に沈んだ窓の一カ所に、明かりが灯るのを目にすることができるかもしれない、と思った。医師が灯した明かりを見届けてから帰りたかったが、医師が部屋に入って、真っ先に道路側の部屋の明かりを灯すとは限らなかった。

鏡子はハンドブレーキをおろし、ゆっくり車を発進させた。

少しずつ少しずつ、自分たちは薄紙をはがすようにして親しさを増していく。

そう思うと、鏡子の胸は小娘のそれのように躍った。とはいえ、何か途方もなく幸福なできごとが起こりそうな予感に打ちふるえているのではなかった。

それどころか、鏡子は未知のものに向かって、あとさきも考えずに歩みを進めていこうとしている自分にかすかな不安を覚えていた。夫の眠る高峰霊園に高橋医師を誘うなど、自分はどうかしている、と思い、いたたまれなくなった。

今年の夫の命日が、たまたま水曜日にあたっていることに気づいたのは、数日前だった。水曜日ならば、もしかすると医師と一緒に行けるかもしれない、と思ったのは事実だが、そうだとしても、あくまでも罪のない夢想で終わらせるつもりでいた。

まさか実際に誘うことになるとは思っていなかった。庶民的なレストランでの気取りのない食事が、想像していた以上に二人の仲を親密なものにしてくれたのはいいが、そのせいでつい、何の準備もなく口にしてしまった。

彼が一緒に行かせてほしい、と言ったのではない。鏡子が自分から誘ったのである。いくらなんでも、彼は親しくなったばかりの女……好感は抱いているが、この先、どんな関係に発展していくのかわからない女の、亡き夫の墓参りに、わざわざ一緒に行かせてほしい、とは言い出さないだろう。

医師は、公園にある水神の祠を一緒に見に行きましょう、帰りに夕食をご一緒に、と鏡子を誘ってきた。だが、そのことと、夫の命日に一緒に霊園まで行きませんか、と鏡子の側から誘ったことを同じ次元のものとして考えることは、どんなにひいき目に見ても無理があった。

亡き夫の命日の墓参を利用して、自分は医師を誘ったのだ……そう考えると、鏡子は恥ずかしさのあまり、悲鳴をあげたくなった。国道を進み、二匹の猫の待つ、林の奥の家に向けてハンドルを切った。久しく味わったことのない気持ちの昂《たかぶ》りの奥底に、マチ針の頭ほどの小さな冷たい鉛の球が転がっているのが感じられた。

それは明らかに、鏡子の幸福感に歯止めをかけようとしていた。

それ以上、思いつめるのは決していいこととは言えなかった。悪くすると、再びあの深い抑鬱の中に引きずりこまれてしまうかもしれない。

鏡子は小さな、不吉な鉛の球を意識から遠ざけた。家に帰ったら熱い風呂《ふろ》に入ろう、そしてシマとトビーをそれぞれ脇に寝かせ、ベッドで肩のこらない雑誌を読み、高橋医師のことを想って眠りにつこう。そう思いながら、冷たい雨に打たれた木々の下、動くものの何ひとつない未舗装の小径を走り抜けた。

［8］

原島の遺族に代わって記念館を管理運営しているのは、生前、数多くの原島作品を刊行していた東京の大手出版社、文潮社である。

書店でのフェアや各種展示会など、特殊なイベントがある場合は営業部、その他、通常の雑務は総務部が中心に動くことになっていたが、いずれの部署にも、記念館の専属担当者はいなかった。

そのため、何かあるたびに鏡子が相談をもちかけたり、個人的な頼みごとをしたりする相手は、現在、常務取締役になっている平井《ひらい》昌夫《まさお》という人物だった。

平井は長らく編集畑で仕事を続けてきた男で、原島の担当編集者でもあった。担当を外れてからも原島富士雄に傾倒し続け、その作品を世に広めることに尽力している。原島の死後、遺族と変わらぬ親交を温め続けているのも彼だったし、遺族と記念館の橋渡し役を務めているのも彼だった。

鏡子が記念館管理人の募集に応募した際、面接試験という形を通し、彼と初めて知り合った。会うことは稀《まれ》で、彼が原島の遺族に付き添って記念館に立ち寄ることでもない限り、単独で記念館にやって来ることはめったになかったが、メールや電話のやりとりは頻繁に行ってきた。鏡子は自分が、平井から全幅の信頼を寄せられていることを知っていた。

毎週月曜日の休館日以外に鏡子が都合で休ませてもらいたい、と申し出れば、平井はいかなる時でも、多くを聞かず受け入れてくれた。よほど理不尽なことを言い出さない限り、鏡子の頼みごとはほとんどすべて、平井に認めてもらえるのだった。

十七日の水曜日、亡《な》き夫の命日の墓参に行きたいので、記念館を臨時休館にさせてほしい、と電話で鏡子が申し出ると、平井はいつものように快く了承してくれた。ふだんはやりとりするにしても、用件だけでめったに雑談は交わさないのに、珍しくその時、平井は鏡子に訊《たず》ねてきた。

「ご主人、おいくつで亡くなられたんでしたっけ」

「五十二でした」

「お若かったんだなぁ。今の僕より十歳も若いですよ。亡くなったのは確か……原島記念館がオープンした年だったんじゃ……」

「そうです。二〇〇三年でした」

「幸村さんが記念館で働くようになったのが、その何年後かでしたね」

「ええ。夫が死んで二年後でした。だから私、今年でもう、記念館でお仕事させていただくようになって、八年になるんです」

「八年! 早いものですね。応募してきた幸村さんの面接を記念館でやらせていただいたのが、ついこの間のことのような気がしますよ」

「ええ。本当に」

「ここのところ、臨時休館もなかったですしね。仕事のことは忘れて、十七日は思う存分、ご主人のご供養《くよう》をなさって来てください。当日、天気がよくなればいいですね。そちらはそろそろ、桜の季節じゃないのかな?」

「そうなんです。十七日なら、ちょうど満開になるころですね」

「じゃあ、ご家族も一緒に、ちょっとしたお花見ピクニックにもなって、いいかもしれない」

「いいえ」と鏡子は言い、短く笑った。「私、子供はおりませんし、家族もいないもんですから」

「あ」と平井は少年のように素直に反応した。「そうでした。申し訳ない。余計なことを言いました」

「いいえ、いいんです」

家族はいないが、一人だけ、一緒に墓参に付き添ってくれる人がいる……。鏡子は胸の中でつぶやいた。友人なのか。ただの知人なのか。主治医？　恋人になる可能性が、ほんの少しある男？

今はまだ、なんとも言えなかった。誘ったのは自分なのだから、それを受けてくれたからといって、あちらの気持ちがはっきりしたわけではない。

しかし、とにかく彼は、共に墓参に行ってくれるのだった。その事実だけは動かしようがなかった。

四月十七日は、朝から穏やかな青空が拡《ひろ》がる暖かい日だった。二日前に鏡子が観《み》た地元のテレビ局のニュースでは、小諸の懐古園の桜が満開を迎えた、と伝えていた。

鏡子は、約束していた午後二時半きっかりに、マンション前まで高橋医師を迎えに行った。マンション前に到着したら、携帯に電話をかけてください、と言われていたので、その通りにした。

医師はいつになく弾んだ声で出て、「今すぐ降りて行きます」と言った。

降りていく、ということは、医師が借りている宇津木院長の部屋は、二階か三階にあるのだ、と鏡子は思った。

運転席に座ったまま、建物を見上げてみたが、どの部屋のカーテンもぴたりと閉じられており、外のバルコニーには洗濯物ひとつ下げられてはいなかった。無人の建物、といった印象だった。ここに医師が仮住まいしていること自体、不思議に思えた。

やがて、エントランスホールに人影が見えた。午後の光を浴びながら、高橋医師がこちらに向かって歩いてきた。紺色のスーツ姿だった。

白いシャツに紺色のネクタイまで締め、手には紙袋を提げていた。紙袋からは、黄色いアルストロメリアの花束が顔を覗《のぞ》かせていた。

そんなふうに改まった装《よそお》いの医師を目にしたのは初めてだった。

その日の鏡子は、デニム素材の古いロングスカートに、十年以上前から春になると着ている、レモン色の丈の短いセーター、紺色のスニーカー、といういでたちだった。医師と会う日には、何か少しでも自分を引き立てて見せてくれるような装いをしたい、と思う。しかし、それはもしかすると余計な努力かもしれない、と考えるようにもなっていた。

会うたびに、医師の質素ないでたちが目についた。それは鏡子に、自分もまた、質素なままでいいのだから、という安心感を抱かせたのだった。

だが、スーツにネクタイという、これまでにない装いの医師を見るなり、鏡子は軽い後悔の念にかられた。少なくとも、今日だけはもう少しましな格好をしてくるべきだった。鏡子の夫の命日だというので、忙しい中、気をつかってくれたのだと思うと、嬉《うれ》しいというより、普段着のまま来てしまった自分が恥ずかしく感じられた。

「こんにちは。いい天気になってよかったですね」

助手席のドアを開けてシートに腰をおろした医師は、外から風を運んできた。暖かな春の香りのする風の中に、ほんのわずかだが、医師の着ているスーツの布地の香りが混ざっていた。

真新しい服のにおいではなかった。ドライクリーニングから持ち帰ったばかりのにおいでもない。それは、時間をかけて溶けて小さくなっていく昔の樟脳《しょうのう》、ひんやりとした古い衣装ケースの中に長く入れられていた衣類……そんなにおいを思わせた。

「スーツなんて、めったに着なくて」と医師は照れくさそうに言った。「久しぶりに引っ張り出して持ってきたんですが、黴《かび》が生えてないだけ、ましでした。きっと、かなり流行遅れなのかもしれないな。そういうことにも疎《うと》くなってて、さっぱりわからない」

「よくお似合いですよ。一瞬、誰かと思っちゃいました。私もきちんとした格好、してくればよかった。こんなラフな服装でごめんなさい」

「そのままでいいじゃないですか。いつものあなたらしくて、とてもいいですよ」

小型車の中には、光が乱舞していてまぶしいほどだった。あなた、とまたしても口にしてきた医師の傍らで、鏡子は、自分が光の渦に包まれていくのを感じた。

何を持ってくればいいか、迷ったが、結局、花にしました、と医師は言い、手にしていた紙袋を掲げた。新幹線を降り、タクシーでマンションに向かう途中、花屋があったので、そこで買ったという。

「きれい。私、アルストロメリア、大好きなんです。夫も好きでした。ありがとうございます」

「もし、すでに花を用意されてるんだったら、余ってしまうでしょうから、お宅のほうにでも飾ってください」

あらかじめ花は用意してあった。前の晩、康代が、陽平の命日に、と言って届けてくれたたくさんのスイートピーの花束である。知り合いの造園業者から仕入れたものだと言い、墓に手向けるには多すぎるほどの量だった。

明日は宇津木クリニックの精神科医、高橋医師と二人で墓参に行くのよ……そう教えたら、康代はどれほど驚くだろう、とちらりと思った。何があっても口にしないと決めていることを心の中で言葉にし、あれこれ想像してみるのは楽しかった。

驚くあまり、康代が目を丸くし、興奮しながら「何よ、それ。ねえ、何よ、何よ」

と繰り返しながら、迫ってくる様子がはっきりと想像できた。事の次第を打ち明けている自分のことも想像した。

康代の興奮が頂点に達し、それを眺めている自分のほうでも喜びがじわじわとわいてきて、土のにおいのする、新聞紙に包まれたままのスイートピーの花束を前に、お茶を出すことすら忘れ、めったに起こらないはずの五十代の男女の理想的な出会いについて、時間がたつのもかまわずに話し続ける、その声、その笑顔、その紅潮した頬が現実のものとして目に浮かぶようだった。

スイートピーとアルストロメリアを半分ずつ束ねて墓前の花筒に活《い》け、残りは家に持って帰ろう、と鏡子は静かな気持ちで思った。

何があっても、康代にすらも口にしないと決めていた。医師との関係は、そういう形でひっそりと育《はぐく》んでいくべきものだということが、自分にはわかっていた。

その密《ひそ》かな、きっぱりとした決断の裏には、いつかきっと、康代に報告できる時がくる、という少女じみた淡い期待があった。同時に、そうなれるまでには気が遠くなるほどの時間が必要だろう、という確信に近い思いもあった。

高橋医師を乗せた車で、国道18号線を西に向かった。

雲ひとつない、暖かな四月の午後だった。標高が低くなるにしたがって、国道沿いの野山や住宅の庭には、三分咲き四分咲きの桜の木々が目立ち始めた。そのほとんどが自生の山桜だった。

新緑にはまだ少し早かったが、日当たりのいい場所では、黄色いレンギョウの花や、ユキヤナギの白い小花も目立ち始めていた。長く続いた冬枯れの風景も、少しずつ色づいているようだった。

右手に見えている浅間山の山肌には、まだ点々と雪が残されていた。茶色い雄姿を見せる活火山の山頂付近からは、水色の澄んだ空に向かって、わずかにうすい噴煙が立ちのぼっているのが確認できた。

浅間サンラインの交差点を右折すると、御代田町《みよたまち》に入る。芽吹きの季節を迎えた並木道はのんびりしており、行き交う車も少なかった。

道はゆるやかな上り坂だった。周辺に建物はまばらで、主に畑や造成地が拡がっている。車内は光の洪水と化し、窓を閉めきっていると、暑さを感じるほどだった。

医師との会話のほとんどは、周辺の風景に関することで終始した。

「ああ、こんなところに寺が。真楽寺《しんらくじ》、というんですね。けっこう古い寺みたいだな。それにしても見晴らしがいい。この左側に拡がってる平野は？　どのあたりになるんですか」

「ええっと、あれは佐久市の街並みになるんじゃないのかしら。そうです、そうです。佐久です」

「じゃあ、その向こうの山並みが八ヶ岳だ」

「山には詳しくないんですけど、たぶん、そうですね」

「さっきから目についてるんだけど、あの背の高い木はカラマツでしたよね」

「そう。このへん、カラマツが多いですね。カラマツの新緑はね、外があったかくなると、わーっ、といっぺんに始まって、それはそれはきれいなんですよ」

「あの白い花をつけた木は？　なんだったろう。見たことがあるな」

「先生ったら、コブシの花もご存じなかったの？」

鏡子がからかうと、医師は照れたように笑い、「そうか。コブシか」と言った。「大丈夫。もう覚えました。二度と忘れませんから」

鏡子は笑う。「コブシはたいてい、桜と同じ時期に咲き始めるんです。軽井沢や花折町のあたりだと、白とピンクの花が一緒に咲いて、そこにレンギョウの黄色が混ざって、そうなるとね、ああ、冬が終わって春がきたな、って思って、幸せな気持ちになります」

「その季節も、週のうち半分はこっちにいたはずなんですよ。花の記憶は何ひとつ残っていない、名前も知らない、っていう僕は、間違いなく野蛮人だな」

「ほんとにそう。おっしゃる通り」

鏡子はくすくす笑う。医師もつられたように笑う。光に包まれながら、鏡子は夢見心地の幸福に酔う。

運転しながらも時折、鏡子は意識して、助手席に座る医師を視界の片隅でとらえた。医師は顔をやや左側に向け、窓越しに外の風景を眺めていることが多かった。

言葉数は多かったが、はしゃいでいる、というふうでもなく、かといって、儀礼的に風景をほめている、というのでもない。高橋医師はそのつど、素朴な感想を口にし、誰もが訊ねるようなことを訊ねては、満足げにうなずくのだった。

だが、ごくたまに、それとはわからぬほどのわずかな沈黙が流れることもあった。何か別のことを考えている、別のことに気をとられている、と鏡子は感じた。

ただの思い過ごしだ、と思ってみるものの、そんな時の医師は、近寄りがたいような、気軽に話しかけづらいような雰囲気を漂わせていた。医師が沈黙するたびに、鏡子も合わせるようにして口を閉ざした。それが医師への、最大の心遣いであるような気がしたからだった。

前方にトンネルが現れた。トンネルの手前を左に曲がると、なだらかな山道が始まった。診療所や企業の建物を左に見ながら、ゆるゆると登って行く。

「熊《くま》出没注意」の看板を指さして、医師が「このへんに出るんですね」と言った。

「この看板、いつからあったのかな。よく覚えてないんですけど……ずいぶん前からあったような気がします。いかにも熊が出そうなところですよね」

「今、思ったんだけど、幽霊とか山賊も、出る、って言うでしょう？　考えてみれば可笑《おか》しいですよね。熊も幽霊も山賊も一緒なんだから」

「ほんと。熊が来た、とは言わないですものね。熊は昔から、『出る』ものでした」

「出られて困るものは、みんな、『出る』で統一されてるんですよ、きっと」

「そういえば、痴漢なんかも『出る』って言いましたっけ」

医師が背中を揺すって笑った。屈託のなさそうな笑い声だった。車内に二人の笑い声が弾《はじ》けた。

カラマツ林に囲まれた、小暗い山道だった。淡い光が、濡《ぬ》れたような黒い路面にこぼれてくる。

そのままどんどん登っていけば、標高二〇〇〇メートル級の高峰山の登山口に出る。夫の墓所を決める際、鏡子は陽平の会社の同僚たちの家族から、この界隈《かいわい》の自然の美しさ、静けさを聞いていた。

少し先にはホテルや温泉、さらにスキー場などもある。季節を通して、適度に人が訪れるものの、決して騒々しくはない。鏡子の住まいからも車で三十分程度。環境、条件ともに申し分がなかった。

しかも市営霊園だから、費用の心配も必要ない。そう勧められて下見に来たのは十年前の、五月の若葉が目にまぶしい季節だった。

高峰霊園が見えてきた。日蓮宗の寺院の隣に位置しているが、霊園自体に宗教の縛りはない。宗派を問わず、また、小諸市に住民票を置いていなくても、近隣の者なら誰でも受け入れてもらえる。

周囲をカラマツ林に囲まれた広大な敷地に、整然と墓所が並んでいた。四角い墓石のほとんどは光沢のある黒の御影石で統一されており、独創的な墓石、個性的な墓所というのは見当たらない。そのせいもあってか、全体を俯瞰《ふかん》してみれば現代的な統一感があって、無機質の美しさが感じられる霊園だった。

萌《も》えたつ寸前のカラマツの木々に混じって、自生の山桜の清楚《せいそ》な薄桃色が控えめな美しさを見せている。澄みわたった空の向こう、遥《はる》か彼方《かなた》に連なる山並みも鮮やかだった。

あたりの静寂を壊さぬ程度に、木々の枝という枝で野鳥たちが鳴きかわしているのを耳にしつつ、鏡子は車から降りた。暖かな風が鏡子の髪の毛を舞いあげた。

トランクルームからスイートピーの花束と、線香、一リットル入りのミネラルウォーターの空きペットボトル二本、墓石を清掃するための布やスポンジ、軍手などをおさめたビニール製の大型トートバッグを取り出した。医師は黙ったまま、少し離れた場所で見守っていたが、すぐに荷物を一手に引き受け、鏡子の後に従った。

背の高いトピアリーが等間隔に並べられている駐車場を出て、ゆるやかな坂道を少し上がったところにある区画の一番奥に、陽平の墓はあった。他のすべての墓と何ひとつ変わらない、黒い御影石の前に立ち、鏡子は「ここです」と言った。医師のほうは見ずに微笑《ほほえ》んだ。

照れのようなものがあった。死者である夫に対する、明らかに遠慮と思われるような心理も働いていた。

早くすませてしまいたい、と思う反面、この儀式ばったひとときを長引かせて、どんな変化が自分の中に起こるのか、見てみたい、と自嘲《じちょう》的に思う気持ちもあった。

鏡子は終始無言のまま、手渡されたトートバッグから清掃道具を取り出し、墓石のかたわらに並べた。それを見ていた医師は、空のペットボトルを手に、水道の蛇口がある近くの四阿《あずまや》まで行き、水をいっぱいに詰めて戻って来た。鏡子は礼を言ってそれを受け取り、早速、墓石に水をかけて清掃を始めた。

陽光きらめく中、甲高く美しい声で鳴き続ける、ミソサザイの声が聞こえていた。時折、やわらかな風が吹きつけた。遠くの山並みは青かった。

二つの花筒に水を充《み》たし、鏡子は手早く、持参したスイートピーと、医師からもらった黄色いアルストロメリアの花を混ぜて束を作った。なるべく形よく見えるよう、それを花筒に活けた。

あたりのものを片づけ、線香の束を取り出した。野良《のら》猫や野生動物がやって来て食い荒らさないように、と霊園では食べ物をそのまま放置することは禁止されていた。したがって、墓参の折に供物を持ってきたとしても、持ち帰らねばならない。

陽平が好きだった銘柄の缶ビールと共に、プラスチックの容器に用意してきた果物を供えた。苺《いちご》とメロン、オレンジ。陽平は食事を受けつけなくなってからも、紙のように薄くスライスしたり、つぶしたりした果物だけはかろうじて口にすることができた。

だが、この世の最後に彼の喉《のど》を通っていったのは果物ではない。一匙《さじ》のプリンだった。以来、鏡子はプリンを食べていない。霊前に供える気にもなれないまま、今に至っている。

線香の束に火をつけ、墓前に手向けた。無言のまま、ちらと医師のほうを見ると、医師は小さくうなずいた。鏡子は先に墓前でしゃがみ、手を合わせ、目をつむった。線香から勢いよく立ちのぼる煙が、春の風にさらわれて四方八方にたなびいた。近くに立っている医師を意識するあまり、心の中で、この時とばかりに唱えようと思っていたことが、ことごとく消えていった。同伴させた男について、亡き夫に報告するつもりだった。それなのに、表面では落ち着いたふりをしていながら、気持ちは動転している。

鏡子は何ひとつ、まともな墓前の挨拶《あいさつ》さえできないまま、不自然なほど長い合掌を終えてから立ち上がり、医師と向き合った。

「どうぞ」と小声で言った。目をそらした。

医師はものなれた動きで墓前にしゃがみ、手を合わせた。遠くの木立で、ミソサザイの賑《にぎ》やかな澄んだ鳴き声が繰り返された。鏡子は見るともなく医師の広い背中を見つめ、黒い御影石を見つめ、石に映し出された花、線香の煙、地面に落ちた彼の影を見ていた。

いずれ自分もここに入るのだ、と思った。しかもそれは、そう遠くない未来の話である。親も子も兄弟姉妹もいない自分は、誰の手によって、ここに葬《ほうむ》られるのか。自分の最期《さいご》を見届けてくれる人間は誰なのか。

その時、ここにいる医師は、もうこの世にはいないのではないか、と鏡子は考えた。何の根拠があって、そんなことを考えてしまうのか、わからなかった。

長くも短くもない合掌だった。医師は落ち着いた仕草で姿勢を正し、立ち上がって鏡子のほうに近づいて来ると、「お参りさせていただきました」と低い声で言った。

ありがとうございます、と鏡子は深々と頭を下げた。風が吹きつけて、鏡子の耳元で唸《うな》り声をあげた。暖かな、干し草のような香りのする風に、線香の強い香りが混ざっていた。

二人はしばらくの間、黙ったまま墓前に立ち尽くしていたが、やがてどちらからともなく、「本当にいいお天気」とまったく同じことを口にした。ふと顔を見合わせ、微笑し合った。

「これからどうしましょうか」と鏡子は、夫の墓のほうを向いたまま訊ねた。「先生は、この後、何かご予定がありますか」

「別に何も」と医師は言った。「明日のクリニックでの診察以外、予定はありませんよ」

「だったら」と鏡子は言い、何かに憑《つ》かれたようにして、墓前に進み出るなりてきぱきと、手向けた果物の容器に蓋《ふた》をした。線香の燃え具合を確かめ、蓋をした容器をトートバッグの中に戻した。「……帰りにうちに寄って行きませんか。お墓参りにつきあっていただいた御礼に、コーヒー、おいれしますから」

すぐに答えは返ってこなかった。鏡子はみじめな気持ちになり、自分の愚かしさを呪《のろ》ったが、墓前を片づける速さだけは変えなかった。間違っても、翳《かげ》った表情は見せまい、と心に誓った。

陽気な顔つきを作ってから、鏡子はトートバッグを手に振り返った。「先生、今、私が言ったこと、聞こえました？」

「もちろん」と医師は言った。二つの大きな目が、しっかりと、しかしまぶしそうに鏡子をとらえた。そのまなざしに嘘《うそ》はなさそうだった。「では、コーヒー、飲ませてください」

ミソサザイの鳴き声が、いちだんと大きくなった。繁殖期の鳴き声に違いなかった。

鏡子は笑顔でうなずき、その場の空気が少しでも不自然なものにならないよう努めた。清掃道具や空のペットボトルを詰めたトートバッグを「お願いします」と言って医師に手渡した。

それを受け取った医師は、今一度、墓に向かって一礼した。残ったスイートピーとアルストロメリアの花は、紙袋に戻して鏡子が手に提げた。

医師と並んで歩き始めながら、鏡子は二人の黒い影が、霊園の地面に丸く映し出されているのを眺めた。影と影とは、互いに気をつかうあまりか、不自然なほど離れていたが、どちらかがおずおずと手を伸ばせば、もう片方も手を伸ばし、手と手はまもなく結ばれそうな気もした。

遠くの区画で、墓参している親子連れが見えた。若い母親が二人、それぞれ幼い子供を連れている。風が親子の笑い声を運んできた。カラマツ林では相変わらず、ミソサザイが賑やかだった。

三島由紀夫の『鏡子の家』という長編小説のタイトルは、その日を境に、鏡子を夢想の世界に運ぶことになった。というのも、高橋医師と鏡子の関係はまさしく、「鏡子の家」で育まれていくことになったからである。

とはいえ、それは必ずしもふわふわとした淡い夢想にとどまったわけではない。現に、鏡子は何の企《たくら》みもなく、ごく自然に、当たり前のようにして、自分の家に医師を招じ入れた。

夫の命日の墓参の後、という特別の日の午後であり、受け取りようによっては、大胆な行為だったとも言える。だが、独り住まいの家に男を招く、ということに対する鏡子の自意識は希薄だった。

鏡子の中にあったのは、人の目を気にしながら外でコーヒーを飲むのは避けたい、という気持ちだった。だからといって、今さら記念館に戻り、休館中の建物の鍵《かぎ》を開け、中でコーヒーをいれる、というのもかえってわざとらしい。

それならば、堂々と自宅に招いたほうがいい、というのが鏡子の考えだったのだが、それこそが「鏡子の家」の始まりになることに、鏡子自身、その時点ではまだ気づいていなかった。

元来た道を戻り、自宅に向かう間、高橋医師は相変わらず、周囲の風景で目にとまったものについて、ゆったりした口調で感想を述べ続けた。鏡子は丹念に、やさしく、時にユーモアをまじえてそれに応《こた》えた。

他愛《たわい》のないやりとりだった。絶え間なくこぼれる微笑。なだらかに流れていく車窓の風景……。

日はまだ、かろうじて高かった。時折、雲が出て、あれほど光まばゆかった空が急速に翳り、そのたびに、国道は緞帳《どんちょう》が下りたように暗くなったが、それもわずかの間だった。すぐに雲間から太陽が現れ、車内は光の洪水になるのだった。

自宅に到着すると、鏡子は医師を先に降ろし、いつもと何ひとつ変わらないハンドルさばきで、手早く車をカーポートに入れた。夕暮れに向けて少し傾き始めた太陽が、自宅前の道の向こうの木立を通し、ちらちらとやわらかな光を落としているのが見えた。

少し気温が下がってきたようだった。音もなく吹き抜けていく風は、先程まで感じなかった冷たさをはらんでいた。霊園にいた時と同様、野鳥の声がそちこちから響きわたっていたが、それはかえって、あたりの深い静寂を感じさせた。

医師の見ている前で、笑みを浮かべながら鏡子は玄関の鍵を開けた。車の音を聞きつけたか、二匹の猫が玄関マットの上に座り、並んでじっとこちらを窺《うかが》っていた。

二匹とも、もともと人見知りはしない猫だったが、年をとるにしたがって、家に来客があるのを好まなくなった。警戒心が強くなったとも言えたが、それにしては怯《おび》えている様子もない。ただ単に、飼い主以外の人間が自分たちのテリトリーに侵入してくることをうっとうしく思っているだけのようで、客人が来るたびに、即座に奥に引っ込んでしまって、なかなか姿を現さないのが常だった。

それなのに、初めて会う高橋医師を前にしても、猫たちはいっこうに引っ込むそぶりはみせなかった。それどころか興味深そうに彼を見上げ、近づいてにおいを嗅《か》ごうとさえする。

「不思議です」と鏡子は心底、感嘆しながら言った。「こんなこと、最近、まったくなくなったのに。先生は猫に好かれるんですね。この子たち、先生のこと、大歓迎してる」

「それはそれは光栄だな。きみたち、名前は？」

こっちがシマで、こっちがトビー。鏡子がそう教えると、医師は愛想よく猫たちに話しかけ、指先のにおいを嗅がせ、軽く頭や喉を撫《な》で、くすぐったそうに笑った。

墓参の帰りに誘って、医師がここに立ち寄ってくれるかどうか、鏡子はもともと、さほど深く考えてはいなかった。確率は五分五分だった。もしかすると、夕方から所用がある、として、言下に断られてしまうかもしれなかった。

だが、寄ってくれる可能性が少しでもあるのなら、怠りなく準備だけは整えておきたかった。

玄関や居間、トイレの掃除は朝、念入りにすませた。コーヒーに添えて出すための、くるみの入ったクッキーも用意してある。前の晩には、今日のための筍《たけのこ》ごはんを炊《た》いておいた。炊き込みごはんは苦もなくできる、鏡子の得意料理のひとつだった。

新鮮なめばるが手に入ったので、濃いめに味付けをし、煮魚にした。旬《しゅん》のそら豆も、昨夜のうちに塩茹《しおゆ》でし、冷やしてある。もしも医師が今夜も共に過ごせるようなら、そうした気取らない料理と缶ビール、もしくは安ワインでもてなすつもりだった。

そこまでされたくない、誤解しないでほしい、自分とあなたはそんな関係ではない、と医師に思われるのなら、それはそれでかまわなかった。墓参の後の夕食に、鏡子が一人で筍ごはんとめばるの煮つけを食べればいいだけの話であり、何ら問題はない。あっさり誘い、あっさり諦《あきら》める。細かいことを考えない。いつまでも引きずらない。今日という日はそれで終わり、また新しい明日が来る。……そんなふうに考えられるようになった自分が、鏡子にはにわかには信じがたかった。

精神の奥底深いところに、ぶれない何かがどっしりと根をおろし、ともすれば不安に揺れ続ける自分を支えてくれているような気がした。それは鏡子自身が医師に感じている、純粋な好意の表れである、と言うこともできた。

居間に医師を通し、鏡子はコーヒーの支度をするかたわら、夫の墓の花筒に入りきらなかったアルストロメリアとスイートピーの花を紙袋から取り出した。古い大きな花瓶を用意し、それぞれの花を手早く束ねて活けてから、それを仏間に使っている部屋に運んだ。

医師の見守る中、夫の位牌《いはい》と遺影に向かって、小さくおりんを鳴らした。線香を一本、手向けた。軽く手を合わせていると、医師がそばにやって来て、黙ったまま、鏡子の隣で合掌した。

医師の手で、新たに線香に火がつけられた。二本の線香がくゆらせる煙が、絡《から》まり合いながらまっすぐに立ちのぼった。医師は陽平の遺影を目にしたはずなのに、感想は口にしなかった。二人の間に、いささか気まずいような沈黙が流れた。

「コーヒー、いれてきますね」と言いおいて、鏡子はそそくさと医師から離れた。

キッチンに立ち、足元にすり寄って来る猫に話しかけながら、コーヒーをいれた。そうやっているうちに、徐々に自分でも意識していなかったはずの緊張感がほぐれていくのがわかった。

くるみの入ったクッキーと共にマグカップ入りのコーヒーを盆にのせ、居間に戻った。ソファーに座っていた医師は、くつろいだ表情で鏡子を見た。

「いいお宅ですね。とっても居心地がいい」

「そうですか？　ありがとうございます。古い家なんですよ。買った時ですでに、築十五年はたってましたから」

「でも、住む人が大切にしてきた家、っていうのが感じられますよ。気持ちのいい家です」

「そう言っていただくと嬉しいな。こんな生活をしていると、家で過ごす時間が長いでしょ？　だから、せめて居心地だけは、って思って。今はもう、独り暮らしだから気楽なもので、ろくにお掃除もしませんけど。さあ、どうぞ、先生。記念館のコーヒーと同じだから、お口に合うと思います」

「ありがとう。庭も広いんですね。かなりの広さだ。敷地は、あっちの奥の森のほうまであるんですか？」

「いいえ、まさか。そんなに広い土地なんて、買えないですよ。うちの土地はね、あそこの畑の手前までなんです。だから、すごくちっちゃいの」

そう言いながら、鏡子は窓に近づいた。医師もソファーから立ち、鏡子の隣に立った。

居間の外、板張りのデッキの向こうには農地があり、その奥に雑木林が拡がっている。農地の所有者は、地元の農家の人間という話だった。夫とここに住み始めたころは、キャベツや茄子《なす》、きゅうりなどを栽培し、老人と息子夫婦らしき人間が三人で収穫していたが、やがて栽培をやめたのか、一年を通して放置されるようになってしまった。今ではめったに人も入って来ない。

その農地の向こう、左右に長く拡がる雑木林は、鬱蒼《うっそう》と常緑樹が生い茂る小高い丘とつながっている。付近に民家は一軒もなく、鏡子の家が、この界隈ではもっとも外れた場所に位置していた。

「でも、この畑のおかげで」と鏡子は言った。「うちの土地は狭いのに、実際の何倍も広く見えて助かってます。起伏がなくて、こんなふうに前が開けてるって、気持ちがいいでしょう？　視界を邪魔するものがなんにもないですから」

医師はガラス越しに窓の外を見渡し、「本当にそうですね」と言った。「畑自体が、もう使ってないせいで野原みたいに見えるし、その向こうのあの森も！　すばらしい借景ですよ」

「ただ、この畑の持ち主が土地を売却しちゃったら、ここに別荘か何かが建つのかもしれませんけどね。それが唯一《ゆいいつ》の心配。夫もね、元気だったころ、何が心配って、この農地にどこかの会社の社員寮なんかが建つことになりでもしたら、どうしよう、っていつも言ってました。でも今は、ここに住んでる間は、そういうことは絶対に起こらない、って信じるようにしてるんです」

「大丈夫ですよ。この畑に建物が建つだなんてこと、絶対にありません」

「先生ったら、すごい自信」

「いや、自信じゃなくて、そんなことは、僕が断固として許さない！」

医師が両腕を組み、まっすぐ前を向いて、ふざけた口調でそう言ったので、鏡子は噴き出した。医師は腕をとき、柔和な笑みを浮かべた。

「それにしても、いいなあ。ほんとにいい。大都市に住んでいると、こういう土地での暮らしは、まさに夢ですよ。東京からも近くて、都市型の生活ができるのに、こんなに静かで、こんなに誰も人がいなくて。夢で見ただけの別世界みたいだ」

「……その代わり、こういうところで独り暮らしをしていると、ある日ある時、夜中にコトッ、と心臓が止まっても、誰にも気づいてもらえませんけどね」

鏡子はくすくす笑ったが、医師はそんな鏡子に一瞬、短い視線を走らせただけで、何も言わなかった。その視線の中には、わずかだが、憐《あわ》れみ、同情のようなものが感じられた。

二人はそれから、居間で向き合って座り、コーヒーを飲んだ。静かすぎるのが気になり、鏡子は居間のミニコンポにCDをセットした。

バッハの、無伴奏ヴァイオリンのためのパルティータ。特にクラシック好きというわけではなかったが、夫が病に倒れてから、彼が苦しい時や自分が寝つかれない晩などに、静かに流す音楽としてバッハを選ぶことが多かった。パルティータはその中の一枚だった。

外が暮れていくのを見るともなく眺め、ヴァイオリンの音色を耳にしながら、鏡子は医師がくつろいでいるのを感じた。日頃の激務から完全に解放され、素顔にもどっているようでもあった。

何かの核心に迫るような話題は避けている様子ではあったが、医師は時に、無邪気なまでに饒舌《じょうぜつ》になった。よく笑った。屈託がなかった。

それは診察室で鏡子が会っていた医師ではなく、また、記念館で会った医師、佐久の岩村田で夕食を共にした時の医師とも違っていた。彼は、もう何年も前から知っていて、心安くいられる気のおけない友人のようでもあった。

相変わらず何ひとつ、心の襞《ひだ》にまとわりついているらしきものを見せようとしてこないのに、鏡子は医師のありのままの姿を昔から知っていたような気持ちにかられた。それは奇妙な懐《なつ》かしさを伴っていた。

遠い昔、自分は舗装されていないごみごみした路地で、まだ子供だったこの人と、近所の家の柿《かき》の木に登って柿をもいだり、石けりをしたり、この人が他の子供たちとちゃんばらごっこをしているのを眺めて、声援を送ったりしていたことがあったのではないか。ランドセルを背負ったこの人に、「ねえ、高橋君」などと呼びかけては、四つ年上であることを笠《かさ》に着て、手荷物を持たせたり、クラスのいじめっ子に仕返しをして来てほしいと頼んだりしていたのではないか。そんなことさえ夢想した。それは途方もなくやさしい夢想だった。

外が日暮れるころになっても、医師は帰るそぶりを見せなかった。シマとトビーはすっかり医師になつき、医師が投げてやる猫用の小さなボールを追いかけたり、それをくわえて持って来たりした。

途中、医師の上着のポケットの中で携帯が震え出した。一瞬、医師の表情に緊張が走った。彼は険しい顔つきをして携帯を取り出し、ディスプレイを凝視した。

だが、それも、ごくわずかな間だけだった。彼はすぐに短い返信を打ち込んで送信し、何事もなかったように携帯を内ポケットに戻した。

メールは、医師の感情を揺さぶるような内容のものではなさそうだった。きわめて事務的な、病院からの連絡事項のようでもあった。

だが、そうとも限らない、と鏡子は自分の単純な受け取り方を戒めた。女性からのメール……医師の恋人からのそれかもしれないではないか。

独身の医師が、深いつきあいをしている女の話を打ち明けてこないからといって、彼が誰とも交際していないとは言えなかった。週のうち半分をこの花折町で過ごさねばならない彼に、さびしさのあまり、甘えたメールを送ってくる若い女がいる、というのは、容易に想像できた。

心の中でたちまち荒れ狂い始めた猜疑心《さいぎしん》と、自分でも制御しきれないさびしさを必死の想《おも》いで隠しながら、鏡子は何食わぬふりをし続けた。

医師の顔にはすぐに柔和さが戻った。それどころか、携帯を手にする前よりも、さらに表情が開放的になった。彼は弾むような手つきで、くるみ入りクッキーをつまみあげた。軽快な歯音が聞こえた。

このリズムを決して逃すまい、として、鏡子はすかさず言った。「先生、コーヒーにも飽きたでしょう？　よければビールでも召し上がりませんか。ゆでたそら豆でもつまみながら。ワインもありますよ。どっちがいいかしら」

医師は鏡子を見つめ、晴れ晴れとした笑みを浮かべながら、大きくうなずいた。

「なんだか、ごちそうにばかりなってしまいそうだな。申し訳ない」

「明日はクリニックでの診察がおありだから、飲みすぎないようにしなくちゃいけませんけどね」

「では、図々しいけど、ビールをいただきます」

「了解です。昨日、めばるを買ったので、煮つけにしてみました。それも召し上がる？」

「ああ、いいなあ。ぜひ」

「ひと晩おいたので、味がしみたと思います。煮魚は私、濃い味のほうが好き。先生は？」

「甘辛いのが好きですね。変に小ざっぱりしたものよりも」

「じゃあ、お口に合うかも。すぐに用意しますね」

笑顔で言ったものの、キッチンに走って冷蔵庫を開けながら鏡子は、胸の鼓動を抑えるのに苦労した。

今夜はもっともっと近づける。そう思うのだが、医師に恋人がいるのかもしれない、という新たな不安に押しつぶされそうになっている自分が情けなかった。さっきの、たった一本のメールをめぐって、つまらない想像に囚《とら》われ始めている。

そういえば、と鏡子は思い返した。いつだったか、記念館でコーヒーを飲んでいた時も、彼の携帯にメールが届いたことがあった。

今日はまったく動じない顔つきをしていたが、あの時は違った。医師が、メールの文面を読んで動揺したような表情を浮かべたことを思い出し、鏡子はいやな気持ちにかられた。

内心の不安を押し殺しつつ、鏡子はそら豆を器に盛りつけた。小皿に岩塩を盛り、缶ビールとグラス、コースターを用意して居間に戻った。

医師は目を輝かせた。「もう、そら豆が出回る時期なんですね。早いなあ」

「先生、そら豆はお好きですよね?」

「そら豆が嫌いな人間っているんですか」

「死んだ夫は好きじゃなかったんです。においがいやだ、って。ゆでたそら豆の皮をむいて食べた後なんかに、指先にね、ちょっと独特のにおいが残るでしょう? それが臭いんですって」

そう言って鏡子はそら豆をひとつつまみ、皮をむいて指に鼻を近づけた。「このにおいです。でも、これって、臭いって言うのかしら。全然、そうは思わないけど」

医師は可笑しそうに笑った。「人はいろいろな反応をするもんですね。なるほど。指に残るにおいがいやだったのか」

鏡子は肩をすくめてみせた。「お尻《しり》のにおいに似てる、とかなんとか、そら豆を食べるたんびに言ってました。あ、ごめんなさい。これから召し上がっていただくっていうのに、こんな話。さあ、先生、ビールをどうぞ」

鏡子が缶ビールを手にすると、医師は笑みを浮かべたまま、グラスを差し出した。互いにグラスに注ぎ合ったところで、医師は「では」と改まった口調で言った。「今日は、亡くなられたご主人に献杯、ということで」

鏡子は小声で礼を言った。二人はグラスを静かに宙に掲げた。「献杯」と口々に言った。その声に、ヴァイオリンの低い音色がにじむように重なった。

二口三口、ビールを飲んだだけで、鏡子はそれまで引きずっていた緊張感が消え、心身が快く解き放たれていくのを感じた。医師は、ごくごくと喉をならして豪快にグラス一杯分のビールを飲みほす勢いをみせた。すかさず鏡子はビールを注ぎ足した。

医師が座っているのはソファーだった。鏡子は、センターテーブルをはさみ、ソファーを横に眺めるような形で置かれた両肘《ひじ》つきの椅子《いす》に腰をおろしていた。その位置にいると、視線が正面から絡み合わないので緊張が少なかった。鏡子がちらりと医師のほうを見る。医師はセンターテーブルの上を見るともなく見下ろしながら、そら豆に手を伸ばす。逆に鏡子が目をそらすと、視界の片隅に医師の視線を感じる。どこまでも交わらないのではないか、と思われる視線は、鏡子を楽にさせた。

鏡子のグラスが三分の一ほどになれば、今度は医師が手を伸ばし、ビールを注いできた。だが、鏡子はそれには口をつける間もなく、忙しくキッチンと居間を行き来した。めばるの煮つけと筍ごはんを温めなおし、器に盛りつけて取り皿と共に運んだ。浅漬けにしたきゅうりとキャベツ、スーパーで買ったしそ昆布の佃煮《つくだに》も添えた。

医師の感激ぶりは尋常ではなかった。目の前に並べられた幾つもの器を前に、呆然《ぼうぜん》とした顔つきをしたかと思うと、彼は鏡子のほうを向き、両目を瞬《まばた》かせた。「これ、全部、あなたが？」

「ええ。佃煮以外は」

「この筍ごはんも、ですか」

「はい」

「いつもこういう手料理を？」

「外食はめったにしません。一人で作って一人で食べるだけですから、手抜き料理ばっかりですけど。でも、こういう炊き込みごはんは楽なんですよ。炊飯器に材料を入れてセットさえすれば、あとは放っておいてもできちゃいますから。保存も利《き》きますし、昔からよく作ってたんです」

「何と言えばいいのか」と医師は言い、片手で首の後ろを撫でた。「まいったな。いや、ほんと。まいりました」

「何がですか？」

「いや、その」と医師は口ごもり、微笑み、背筋を伸ばしながら吐息をついた。「こんなに贅沢《ぜいたく》な料理を目の前にしたのは久しぶりなので」

「大げさです、先生。いつも作ってるようなものをお出ししただけなのに」

「だからこそ、贅沢なんですよ。こんな贅沢なもてなしを受けて……いや、本当に、言葉が見つかりません」

医師に限って、そんなことはあるまいとわかっていたものの、手料理で男の気を引こうとしている、と思われる可能性もないわけではなかった。鏡子は医師の、邪気のなさそうな反応に安堵《あんど》した。同時に、医師に手料理をふるまう人間がいない、ということは恋人もいないのではないか、と考えた。その単純な思いつきに自分でも呆《あき》れたが、鏡子は気分が和むのを感じた。

二人は、そら豆とめばるの煮つけを肴《さかな》にビールを飲んだ。そら豆の皮をむき、その指のにおいを嗅いで、医師は「そうか、これがお尻のにおいなのか」と言った。鏡子は声をあげて笑った。

笑いながらキッチンに走った。ミニタオルを水で濡らし、素早くおしぼりを作った。お尻のにおい、これで拭《ふ》いてください、と言ってそれを医師に手渡すと、彼は目尻にたくさんの皺《しわ》をよせて笑った。

二匹の猫が相次いで餌《えさ》の催促にやって来た。鏡子はドライフードを小皿に入れてやった。居間に鏡子以外の人間がいて、笑い声が絶えないことが猫たちを活性化させているようだった。ついぞなく若返ったように活発になった二匹の猫を見ながら、鏡子はこの極上のひとときが夢ではないことを願った。

話題には事欠かなかった。猫の話、野鳥の話、花折町や軽井沢町の話、原島富士雄の著作の話はもちろんのこと、鏡子の夫、陽平の病気、そして最晩年の苦しみに寄り添った経験談など、尽きることがなかった。

途中、鏡子は、今日もまた、相変わらず自分のことばかり話している、と思った。私生活に関して、彼から話題を提供してくることはほとんどない、と感じたが、それもさほど気にならなかった。

自分のこと、自分の周辺で起こったことを話したがらないのは彼の性格、精神科医として長年培《つちか》ってきた、彼の習慣であるとも言えた。それより何より、世間には、自分からプライベートな話題を持ち出すことが苦手な人間、そういう話をしたがらない人間は大勢いる。彼だけが特殊なのではなかった。

代わりに鏡子は質問を向けた。「宇津木院長って、どんな方なんですか？　私、宇津木クリニックの内科にはかかったことがないから、お会いしたこと、一度もないんです」

「まじめで物静かな方ですよ。無口、っていうほどでもないんですが、余計なことはしゃべらないタイプですね。僕より年上で、正確な年齢はわからないけど、六十くらいかな。一族が医者の家系だそうです。東京の医大を出られて、しばらくの間は都内の病院で勤務医をされていたようだけど、たまたまゴルフで何度か訪れたこの土地が気にいってね、ここで開業するのを目標にし続けて、やっと実現にこぎつけた、っていう話です」

「時々、一緒に飲みに行ったりもされるんでしょう?」

「いいえ、そんなことは一度もしたことないですよ。この仕事が決まった時は食事に誘われて、ご一緒しましたけどね。宇津木先生は奥さんを連れていらして、食事のあとは軽井沢の先生のご自宅に招かれました。先生が所有してるマンションのこともその時に耳にして、それで貸していただくことになったんですけど。でも、親しく話をしたのはその時くらいかな。院内でもめったに会わないし」

「そうなんですか? 同じ建物の中にいらしても? 診察室だって、お隣同士、みたいな感じなのに」

「ええ。でも、診察の前は互いにそれぞれ、やることが山のようにあるし、診察室に入る時間もまちまちだし、診察内容はもちろんですが、診療時間も微妙に違いますしね。終わったら終わったで、また別行動ですから」

「そうだったんですか」

「何か連絡事項がある時も、たいてい、看護師を通して伝言してもらうだけで事足りる。まとまった時間をとって話さなくちゃいけないようなことも、めったにないですしね。だから、ずっと顔を見ないでいることも多いんですよ。ああ、でも、声だけは聞こえることがあるな。互いの診察室の戸が偶然、同時に開いた時なんかに、廊下をはさんで向かい側の内科の部屋にいる宇津木先生の声がね、一瞬だけど、聞こえてくるんです。お大事に、って、患者さんに言ってる声ですけど」

「それだけですか？」

「そう。それだけ」

「じゃあ、高橋先生の『お大事に』っていう声も、宇津木先生に聞こえてるんでしょうね」

「偶然が重なったら、そうなりますね」

鏡子はくすくす笑った。「お互いに『お大事に』っていう声を耳にするだけで、何年も向かい合わせの診察室で患者さんを診てきたなんて。可笑しい。にせものの宇津木先生が廊下の向こうの部屋で『お大事に』って言ってても、先生にはわからなかったかもしれないですね」

図らずしてそんなことを口にした鏡子だったが、それから七カ月後、自分がこの日、この時、思わず口走った言葉の重大さに気づくのである。それを耳にした高橋医師が、どれほど内心、ぎくりとしたか。烈《はげ》しく動揺し、顔色を変えずにいることに、どれほど苦労したか。後になってわかるのである。

だが、その時点では鏡子は何も気づかなかった。それどころか、もとより軽い思いつきで話したに過ぎないことに、深い考え、臆測《おくそく》、邪推などはみじんもなかった。あるわけもなかった。

医師は笑みを絶やさずにいたが、ふと、その笑顔に透明な膜が貼《は》りついたようになった。次いで、彼はあたかも突然、思い出したかのように、トイレを拝借したい、と申し出た。鏡子は慌《あわ》てて立ち上がり、医師を一階の廊下の奥にあるトイレに案内した。

ややあって戻って来た医師は、柔和な表情で再びソファーに腰をおろした。そばで寝そべっていた猫のトビーに声をかけてやってから、改まったように背筋を伸ばし、箸《はし》を手にした。

彼は浅漬けにしたきゅうりの最後の一きれを口に運んだ。次いで、器に残っていた筍ごはんをゆっくりと無心に食べ始めた。そんな医師を鏡子は見るともなく眺めていた。

「ああ、うまい。本当に何もかもがおいしかった」

筍ごはんを一粒残らず食べ終えた彼は、そう言った。そして、丁寧な、落ち着いた仕草で箸を箸置きにもどした。鏡子に向かって軽く頭を下げた。「ごちそうさまでした。極楽でした」

「ほめ過ぎです、先生。そんなにほめるとあんまり嬉しくて、私、木に登っちゃいますよ」

「このあたりには登る木はたくさんありますからね。その分だけ、ほめ続けましょう」

「いくらなんでも、それじゃあ、くたびれて倒れちゃいます。先生、もしよかったら、この後、日本酒か白ワインをほんの少し、いかがですか。安物ですけど、ワインはね、時々、買ってきて冷蔵庫で冷やしておくんです。私の寝酒にするの。それともお酒はやめて、お茶かコーヒーにしたほうがいいかしら」

医師が鏡子の見ている前で腕時計を覗いたのは、その日、それが初めてだった。

「ああ、もう、八時半か。ずいぶん長居してしまいました。申し訳ない。明日も記念館のお仕事がおありなのに、図々しく食事をごちそうになったりして」

「いいえ、そんなこと全然。私のことなら、気になさらなくても」

「いや、そんなに長くお邪魔しているわけには。ではこうさせてください。あと少したったら、車を呼んでもらうことにして、それまで、グラス一杯だけ、ワインをいただくことにします。僕は酒にそんなに強くないので、本当にほんの一杯だけ。それを今日の……ご主人のご命日の締めくくりにさせていただきます」

鏡子は微笑し、「わかりました」と言って立ち上がった。キッチンに行き、冷蔵庫から白ワインのボトルを取り出し、ワインオープナーを使って栓を開けた。二つのグラスに注ぎ、少し考えてから、カマンベールチーズをカットし、プチトマトを添えて皿に盛った。

居間に戻ると、医師が鏡子を見た。気のせいか、鏡子には、その目がうるんでいるように見えた。

後に深くかかわるようになってから、高橋医師はアルコールを一定量以上、口にすると、決まって目がうるんでくる、という体質であることがわかるのだが、その時の鏡子にはまだ知る由《よし》もなかった。そのため、鏡子は医師が涙で目をうるませている、と感じ、内心、かすかな動揺を覚えた。

医師が涙を浮かべる理由など、思いあたらなかった。自分がキッチンに立ってワインの準備をしている間に、医師の携帯にメールが着信し、それが原因でこうなっているのだろうか、とも考えたが、思い過ごしのような気もした。

何も訊《き》かぬまま、鏡子は医師と白ワインを飲んだ。酔いがまわり始めていた。目をうるませている医師を前にしていると、何かとんでもないことを口にしてしまいそうな気がして恐ろしかった。

宴の終わりが近づいていた。鏡子はタクシー会社に電話をかけた。アルコールのせいで頭の芯《しん》がぼんやりしており、この状態で地元のタクシーを呼ぶことが、どんな意味をもつことになるのか、さほど考えずにすんだ。

夜間、鏡子の家から男の客を乗せたタクシーが、同じ町内にある三階建てのマンションまで行ったとしても、その乗客が宇津木クリニックの精神科医であるなどと、いったい誰がわかるだろう。

高橋医師は、精神の疾患を抱えて宇津木クリニックに行ったことのある地元の人間の間でのみ、顔を知られているに過ぎない。運悪く、今夜のタクシー運転手が医師の診察を受けたことがあるのならば話は別だが、その可能性はきわめて低いと考えてよかった。

それに、不運にもそんな運転手にあたってしまったのだとしても、それがいったい何だろう、と鏡子は思った。アルコールのせいで気が大きくなっていた。

鏡子も医師も独身だった。こそこそと人目をしのんで会わねばならない理由など、何ひとつないではないか。

勇ましくそう思いながらも、鏡子の気持ちは揺れていた。亡き夫の命日に、肩並べて墓参りに行き、その帰りに家に招き入れて手料理をふるまい、酒を飲ませた自分自身の大胆さが怖かった。そんな大胆さは、たとえタクシーの運転手にでも、知られたくはなかった。

やがて、外で車の気配があった。家に車が近づいて来る時の、かすかなエンジン音に混ざって、タイヤが未舗装の路面をこする音も聞こえた。インタホンが鳴り、運転手の声が到着を告げた。

医師はソファーから立ち上がった。ごちそうさまでした、と言い、深々と鏡子に向かって頭を下げた。

鏡子も頭を下げ、墓参につきあってもらったことの礼を述べた。楽しかったです、と言った。医師は「僕もです」と言った。互いの視線が、その晩、初めて強く意味ありげに交わった。

居間を出て、玄関に向かおうとする医師に鏡子は付き添った。居間を出て左側。短い廊下の途中、鏡子の目の前で、医師はふと立ち止まった。

何か忘れ物をしたのだろうか、と鏡子は思った。

帰ろうとして玄関に向かっている客人が、自分の目の前でふと立ち止まったのなら、忘れ物を考えるのがふつうだった。

しかし、「忘れ物ですか」と訊ねようとして、鏡子はどういうわけか、その言葉が出てこなくなったのを感じた。その後に起こることが何なのか、おぼろげながら勘づいたせいだった。それはこの上なく甘美なことだった。

高橋医師は、鏡子をひとつも驚かせることなく、静かに、時間をかけるようにして、ゆるりと振り返った。そして正面から鏡子を見つめ、目を瞬かせて、「ありがとう」と言った。「こんなに楽しかったのは久しぶりです。ごちそうさまでした」

低い声だった。耳をすませていないと、聞き取れないほどだった。

鏡子はうなずいた。また、いらしてください、と言おうとした。だが、言葉にする前に、医師の手が伸びてきた。気がつくと鏡子は彼の腕の中にいた。

初めての抱擁はあくまでも優しいものだった。烈しいあまりに、次に始まることをたやすく予感させてしまうようなものでは決してなかった。

それは、外国人を相手に、少し照れながら抱き合う時の感覚に似ていた。抱きとめられたほうが、あまりの頼りなさに、かえって相手にしがみついていきたくなるような、そんな軽い抱擁でもあった。

「おやすみなさい」と医師は鏡子の耳元で囁《ささや》いた。他には何も言わなかった。

おやすみなさい、と鏡子も同じことを言った。ひどく切ない気分にかられた。

思わず鏡子のほうから医師の肩に顔をうずめていった。医師はそっと鏡子の頭を撫で、頬にかかっていた髪の毛をやわらかくかき上げた。

こめかみのあたりにくちびるが寄せられるのがわかった。鏡子が目をふせたまま顔を上げると、まるで互いが引き合ったかのように、互いのくちびるがそっと重なった。

不器用な、おずおずとした、細かく羽を震わせている、か弱い小鳥同士のような口づけだった。それでいて、互いに相手を推し量ろうとして、抜け目なく観察しているようでもあった。

性的なものは希薄だった。それはあくまでも礼儀正しい口づけだった。鏡子の背に医師の手がまわされていたことを除けば、それは口づけとも呼べないような、淡い触れ合いに過ぎなかった。

やがて医師は自分から離れていった。いったん鏡子の肩にそっと手をのせ、その顔を束の間《つかま》、見つめてから、背を向けた。玄関先で靴をはいた。その間中、タクシーの低いエンジン音が、ドアの向こうに聞こえていた。

「では」と医師は背筋を伸ばして言った。「また」

「はい」と鏡子はうなずいた。

医師はもう、鏡子のほうは見なかった。玄関ドアが開き、医師の形をした大きな影が、玄関灯にぼんやりと照らされた夜の向こうに消えていった。

外でタクシーのドアが閉じられる音がした。まもなく、車が走り去っていく気配があった。その音はたちまち遠ざかり、やがて外の風の音、夜の気配と区別がつかなくなった。

その時になって初めて、鏡子は、足が震えるほど緊張していることに気づいた。

［9］

以後、鏡子と高橋医師は急速に近づいた。

携帯電話のやりとりが増え、簡単な連絡事項だけではあったが、メールの交換も頻々と繰り返されるようになった。

恋しい相手のことを「生きていれば、いつか必ずどこかで出会うことになっていた相手」とみなし、どうということのない偶然を希少な必然に転化させ、幸福な夢に酔い痴《し》れることのできる時期が、恋愛の初期には必ず訪れる。そのころの鏡子は、まさにその只中《ただなか》にいた。

夫に先立たれたことも、ひとり残されて、集落から離れた森の中の一軒家で二匹の猫と暮らす決意を固めたことも、原島文学記念館での仕事を始めたことも、そして、そうやっているうちに、孤独と絶望がひたひたと押し寄せてきて、深い抑鬱《よくうつ》状態に陥ったことも、そんな時にホームセンターでばったり康代と会い、宇津木クリニックに精神科の医師が通って来ていることを知って、受診する気になったことも、それらの何もかもが、運命の流れの中に自然に組みこまれていたことのように思えた。古今東西、老いも若きも、世界中の女たちが例外なく憧《あこが》れてきた、微笑《ほほえ》ましい夢まぼろしであるラブロマンスに、鏡子は還暦を目前にして溺《おぼ》れようとしていた。

医師は離婚して独り者であり、鏡子は夫と死別している。老いに向かい始め、残された時間を考えるようになった者同士でもあった。

そんな二人に、ひそやかに打ち寄せてくる漣《さざなみ》のような、静かなロマンスが生まれたのである。これまで、奇跡としか思えなかったほど確率の低い出来事……それどころか、永遠に自分とは無縁である、と信じこんでさえいた出来事が、今まさに鏡子の身の上に起こったのだった。

唯一《ゆいいつ》、気をつかわねばならないことがあるとしたら、彼が精神科の医師であり、鏡子が彼の患者だった、ということくらいだった。

小さな町では、噂《うわさ》が拡《ひろ》がるのも早い。鏡子はいいにしても、医師としてこの町に通って来ている彼に、そうした噂がたつのは何があっても避けたかった。

内科医や歯科医ならいざ知らず、彼は精神科医だった。彼が受けもってきた、あるいは現在、担当している患者たちの心情や、彼を雇い入れている宇津木クリニックの院長のことを考えれば、そのあたりは十全に気を配らねばならない。

だが、それも、互いが気をつけてさえいればいいことだった。何より鏡子を納得させていたのは、互いに独り身である自分たちの関係が、人の道から外れている、として糾弾されるようなものではない、ということだった。世間からつまらぬ非難を浴びる関係ではないからこそ、抱える秘密もまた、穢《けが》れのないものになる、と思った。

五月になり、花折町は一斉に花の盛りの季節を迎えた。山桜が新緑を薄い桃色に染めた。たわわに咲き乱れる野生の藤《ふじ》の花も、随所で見られるようになった。芝桜やチューリップ、パンジー、サフィニアなどの園芸種の花々が、家々の庭を彩《いろど》った。

五月一日、水曜日の夕方、高橋医師はいつも通り、花折町までやって来た。翌二日、木曜日は、宇津木クリニックでの診察の日だった。それが終われば、三日から六日までのゴールデンウィークに入り、横浜の病院も宇津木クリニックも休診となる。

そして医師は、その四連休を横浜には戻らず、花折町にとどまることにする、と鏡子に告げた。

鏡子は天にも昇る気持ちになった。それほど連日にわたって会えることになるなど、夢のような話だった。

七日は朝早くから病院での外来があり、長期にわたって休んでいると、さすがに患者が心配になる、だから、六日は早めに横浜に戻るつもりでいるが、それまではゆっくりできる、都合がよければぜひお会いしたい、と医師は言った。

鏡子の都合が悪いはずもなかった。これまでずっと、朝起きて記念館に行き、夕方、記念館を出て自宅に戻る、という生活を続けてきた。めったに人との約束も作らず、康代以外の人間が自宅を訪ねて来ることもほとんどない。出かけるにしても、スーパーやホームセンター、ドラッグストア、隣の軽井沢町にある書店、美容院くらいなもので、とりたてて遠出もせず、猫を飼っていることを理由に旅行もせず、よほどの用がなければ上京することもない。来る日も来る日も飽きずに、虫のように小さな行動半径の中で暮らしてきた。胸ときめかせるような出来事もないまま繰り返される日常の中でこそ、安息を得ていた。そんな鏡子に、ゴールデンウィークだからといって、予定などあるわけもなかった。

残念だったのは、ただ一つ。連休中、鏡子が記念館の仕事を休めないことだった。連休と八月の盆休みのころには、観光客が増え、記念館を訪れる人の数も急激に多くなる。さすがに、そんなさなかに休みをもらいたい、とは、原島の元の担当編集者でもある平井昌夫に言い出すことはできなかった。仮に頼みこんだとしても、平井のほうで、それだけはちょっと受けかねる、と言ってくるに違いなかった。

だが、高橋医師とは、夕方四時に記念館を閉めれば、その後、必ず会えるのである。鏡子が記念館の仕事に出ていても、彼が花折に滞在している間中、毎日、夕食だけは一緒にとれるのである。それは望外の幸せだった。

連休中、鏡子はふだん通り記念館に通い、来館者の相手をし、長居する者がいないようにと祈りながら、午後を過ごした。四時を過ぎようという段になっても、帰ろうとしない来館者がいれば、毅然《きぜん》として閉館を告げた。

連休初日の五月三日は、四時きっかりに閉館し、簡単な後始末をしてから戸締まりを点検した。次いでトイレの鏡の前に立ち、化粧直しを始めた。

体質なのか、体型だけはなんとか若いころのまま保っていたが、どう頑張っても隠せない肌の衰えについては、もう何年も前から諦《あきら》めがついていた。かといって、別に投げやりになっているわけでもない。衰えと真剣に向き合い続けていると、かえって現実を受け入れがたくなってくる。だから、あれこれと気にせず、自然にまかせる、という習慣が身についてしまった。だが、医師と会う時だけはせめて、一番いい状態の自分を見せたかった。

鏡子は鏡に向かい、コンシーラーで丹念にしみを隠してから、ベージュオレンジの口紅を引き直した。血色をよくみせるためのチークをさした。

精神のバランスをくずしてからは、鏡の中の自分を覗《のぞ》きこむことすら少なくなってしまったが、そうやって改めて自分の顔を眺めていると、今ある自分が、恐ろしいほどの苦しみや悲しみを通り越してきたことだけは、目《ま》の当たりに知ることができた。

支度を終え、火の元を確認し、記念館の電気を消して外に出た。家にはもどらず、そのまま車でまっすぐ高橋医師が借りているマンションまで、医師を迎えに行った。その日はそういう約束になっていた。岩村田のファミリーレストランで、早めの夕食をとり、帰りに鏡子の家に行く、という段取りだった。

レストランは連休初日とあって、大混雑していた。少し並んで待たされてから、食事を始めた。医師は、運転のために酒が飲めない鏡子に合わせて、その日もビール一杯、飲もうとはしなかった。

食事をすませ、来た道を逆に走って、鏡子の家まで行った。一日中、よく晴れた日だったが、気温があがらず、その時間帯になると肌寒くなった。

急いで部屋を暖め、空腹を訴えて鳴く猫たちに餌《えさ》をやってから、安ワインの栓を抜いた。即席で手作りした、ツナやラディッシュを載せたカナッペやスライスしたチーズを二人でつまんだ。

二匹の猫は相変わらず医師に懐《なつ》いた。遊んでくれとせがんだ。医師は楽しそうに小さなボールを投げてやったり、玩具《おもちゃ》の猫じゃらしで遊んでやったりした。彼はすっかりくつろいだ様子で、そこに嘘《うそ》はないと確信できた。

そしてその晩、医師は帰りがけ、タクシーを呼んでから、前回同様、玄関のそばで鏡子を軽く抱き寄せた。おずおずとした口づけも、それ以上、何も起こりそうにない、という状態も変わらなかった。二人は触れ合っている、というより、おそるおそる近づこうとしているに過ぎなかった。

翌四日の土曜日も同様に過ぎていった。ただし、その晩はハンバーグが売り物のファミリーレストランではなく、その近所のラーメン店に入った。前日同様、日暮れてから気温が下がり、寒さを感じたので、鏡子が温かいものが食べたいと言うと、医師がラーメンにしよう、と言ったのだった。

地方の幹線道路沿いなどでよくみられる、庶民的なラーメン店だった。二人は脂《あぶら》ぎったテーブルをはさみ、向かい合わせになって、大きな器で運ばれてきたチャーシュー麵《めん》をすすった。

店内は明るく、何もかもがぎらぎらして見えた。食べるのに忙しく、周囲の喧騒《けんそう》に身をゆだねていたせいもあって、あまり会話は交わさなかった。

以前から何度も何度も、このような気取りのない店で、休日の夜、医師と共に食事をしてきたような気がした。かつて夫の陽平と共にとった外での食事に似ていた。記憶の中の夫を医師に置き換えてみたとしても、何の違和感も生まれないのが不思議ですらあった。

店を出てから、歩いても行ける場所にあった大型電器店に立ち寄った。医師が、マンションの部屋の壁にかかっている掛け時計の乾電池が切れてしまったので買いたい、と言ったからだった。

肩を並べて広々とした電器店の中を探しまわり、乾電池売り場を見つけて、単3の乾電池が四つ入っているパックを買った。

家庭用の電気器具や電化製品が多数並べられている、客が数えるほどしかいない店内を鏡子は医師に寄り添って歩いた。

スマートフォン売り場を二人で冷やかした。現在使っている、二つ折りにする携帯電話から、いつかはこれに切り換えなくてはならないとわかっていながら、使い方を覚えるのが面倒なあまり、なかなか決心がつかずにいるのも、二人は同じだった。

途中、鏡子がそっと医師の腕に触れると、彼はさりげなく彼女の手をとった。ごく自然に、手と手がつながれた。つながれた手に、時折、優しく男らしい力がこめられるのを、鏡子はどぎまぎする思いで受け止めた。

最後の夜になる五日は、鏡子が自宅で簡単な食事をふるまった。記念館の帰りに大急ぎでスーパーに寄り、新鮮なかつおのたたき、クレソンとルッコラなどを買って帰り、医師にはタクシーで七時ころ、自宅に来てもらうことにした。

かつおのたたきにクレソンとルッコラ、ベビーリーフをまぜ、手作りのマスタードドレッシングをかけたものと、オーブントースターでできる、手軽なポテトグラタン、それにベーコンとほうれん草のパスタ、という取り合わせの献立の準備がおおかた終わったころ、医師がタクシーでやって来た。

軽井沢まで行って買ってきたという白ワイン、それにデザート用に、と地元で人気のある菓子店のケーキの箱を携えていた。それを鏡子に手渡すと、医師はまるで、もう何年も前から通って来ている人のように居間に入り、シマとトビーに声をかけ、次いで鏡子を見て「なんだか」と言った。声がはずんでいた。「いいにおいがしますね」

「グラタン、焼いてるとこなんです」と鏡子は言った。「ポテトグラタン。チーズと生クリームをたっぷりまぜて」

高橋医師は目尻《めじり》にたくさんの皺《しわ》を寄せ、眉《まゆ》を八の字の形に下げて笑顔を作った。今にも泣き出すのではないか、と思われた。「いいなぁ。本当にいい。夢のようだ」

「先生ったら、大げさ。たかがポテトグラタンなのに」

医師の次の言葉を待たずに、鏡子はケーキの箱とワインを手に、いそいそとキッチンに向かった。ワインクーラーに冷蔵庫の氷を充《み》たし、白ワインを冷やした。かつおのたたきサラダにマスタードドレッシングをかけ、取り皿と共に食卓に運んだ。

CDデッキの電源を入れ、少し考えてから、ノラ・ジョーンズのCDをセットした。数年前、康代からプレゼントしてもらったもので、けだるいような静かな歌い方が気に入っている。都市生活者にも、森の中でひとりで暮らす者にも、朝だろうが夜中だろうが、聴くにふさわしい環境、時間帯を選ばない。

ワインがまだ冷えていなかったので、ビールを一杯ずつ飲んだ。医師は鏡子の手料理をほめちぎりながら食べ始めた。

キッチンとの往復を続けなくてもいいように、ほうれん草とベーコンのパスタを手早く仕上げ、焼き上がったポテトグラタンと共に食卓に並べた。医師は感嘆し、目を丸くするばかりだった。

どこでこんな料理を覚えるんです、と訊《き》かれた。

鏡子は「女性誌とか新聞なんかで、おいしそうだな、って思ったものを見つけると、そのたびに切り取って、レシピに加えておくんです」と答えた。「手軽にできて、材料費もかからないものに限りますけどね。でも、先生。こんなこと、どんな女性だってやってることよ」

「誰もが、ってわけじゃないでしょう。女性が全員、こまめに料理をするとは限らない。仕事をもっている人なんかは特にそうです。まったく関心がなくて、食事はすべて外食、っていう人も少なくない時代ですからね。むしろ、男のほうに料理好きが多くなった」

「それはそうかもしれませんけど、別に私だって、好きでこまめにやってるわけじゃないんですよ。毎日毎日、作るのは面倒だし、誰かが作ってくれるんだったら、どんなにいいか、っていつも思ってるし。誰も作ってくれる人がいないから、必要に迫られて作ってるだけ」

「それにしては抜群においしいし、手がこんでる」

鏡子は笑った。「こんなの、全然、手がこんでなんかいませんってば。今夜は先生に食べていただくために、これでもふだんより張り切って作りましたけど、いつもはインスタントに毛がはえたようなものばっかりなんだから」

「いやいや、そんなはずはないでしょう」

「先生のまわりには、もしかすると、料理するような女性がいないんじゃないですか？　こんな簡単料理にも大感激してくださるなんて、そうとしか思えないですよ」

思わず口にしてしまった言葉の裏には、医師の私生活の一端を知りたいという、鏡子の強い願いがこめられていた。

例によってうまくごまかされるか、あるいは、うやむやな答えしか返ってこないか、いずれかだろうと鏡子は思った。

だが医師は、まだ充分熱さの残っているポテトグラタンにフォークを入れるなり、たちのぼる湯気の中、「僕のまわり？」と訊き返した。「もちろん、僕のまわりには、こまめに料理する女性なんかいやしませんよ。いたことがない、って言ってもいいかな。だからね、料理する女性、っていうと、僕の頭の中にはいつも、昔の日本のお母さんが浮かんでくる」

「白い割烹着《かっぽうぎ》をつけた？」

そうそう、と医師は笑った。「今ではもう、そんな人はいなくなってしまいましたけどね」

鏡子はすかさず、笑顔で切り返した。「じゃあ、今は先生にお料理を作ってくれるような女性はいない、っていうことなんだ」

「目の前にいる人を除けばね」

「光栄です」と鏡子は言い、照れを隠しながらフォークでグラタンをすくい上げた。ポテトグラタンはチーズの溶け具合がちょうどよく、美味な仕上がりだった。

「……つきあってる方も、いないんですか」

さりげなく訊いたつもりだったが、うまくいったかどうか、わからなかった。鏡子はかつおのたたきを口に運び、せかせかと紙ナフキンでくちびるに残ったマスタードドレッシングを拭《ぬぐ》った。

「週のうち半分は横浜の病院ですから」と医師は言った。「病院では、朝から晩まで患者にかかりきりにならざるを得なくて……自分の時間すらもてないありさまです。女性とそういう関係になれるような余裕なんか、これっぽっちもない人生を送ってきた」

「でも……先生はこうやって、花折では私の家に来てくださる」

「ここに来ると生き返ります。人間に戻って呼吸することができて、肺の奥まで空気が行き渡るような感じがする」

ポテトグラタンを口に運び、味わい、束《つか》の間《ま》、くちびるを強く結んでから、医師は笑みを浮かべた。「うまいです、とっても」

「よかった」

「夢のようですよ」

「先生、これは夢じゃないですから」

「わかってます」と医師は言った。小さくうなずき、微笑した。澄んだ大きな目が輝いていた。

鏡子もまた微笑を返した。シマなのか、トビーなのか、どちらかの猫が甲高い声で鳴いた。その甘えたような鳴き声に、ノラ・ジョーンズのハスキーな歌声が重なった。

その晩、医師が鏡子の家に泊まっていくことになったのは、ごく自然な成り行きだった。

あらかじめ泊まっていくという話が出たわけではなく、くちづけをし合った仲とはいえ、そのような関係に発展していくことを互いが強く目論《もくろ》んでいたわけでもない。むしろ鏡子は、彼と抱き合いながら眠りにつく寝床までは、千里の距離があると思っていた。

だが、その晩は、適量のワインが二人をより開放的な気分にさせていた。なにより、医師に特定の女の影がない、ということがわかった鏡子が、より深く彼に心を開きたい気分になったことが大きく影響した。

並んで座ったソファーの上で、どちらからともなく、手を握り合った。五十五歳の男と五十九歳の女は、たったそれだけのことで、二十五の男と二十九の女のように、性的な気分に突き動かされた。

初めて数日を共に過ごしたゴールデンウィークがその晩で終わる、ということを互いが強く意識したせいなのか。それとも、幸運なことに、双方の欲望がほぼ同時に、同じレベルまで高まったからなのか。

ソファーの上で、なるべくしてそうなったかのように静かに求め合い始めた二人は、鏡子の提案で、共にシャワーを浴びることになった。

いきなり全裸になることに、鏡子はさしたる抵抗を覚えなかった。ひとりずつ交代でバスルームに行ってシャワーを浴びるほうが、かえって恥ずかしかった。これから起こることを見越した、さもしい行為に感じられた。

煌々《こうこう》と明かりを灯《とも》したバスルームにシャワーの湯からたちのぼる湯気を充たし、二人は寄り添うようにシャワーを浴びた。医師はボディソープを泡立て、鏡子の身体《からだ》を洗ってくれた。

鏡子は終始、医師に背を向けた姿勢をとっていたが、羞恥《しゅうち》がほとんど生まれてこないのが不思議だった。衰えた肉体を晒《さら》さなければならないことはわかっていた。だが、若さを失った肉体を目にして、医師は失望するに違いない、という恐れや悲しみはなかった。長い間、異性と深くかかわってこなかった自分の肉体が、どのような変化を起こしているか、ということに対する不安もなかった。それは驚くべきことだった。

もう何年も前から、彼と同じようにひとつシャワーの下に立ち、交接の前の禊《みそぎ》をしてきたような気さえしていた。

バスルームから出て、身体にバスタオルを巻きつけたまま、二階の寝室に移動した。

医師は静かに、落ち着いた足どりで階段を上がって来た。

ベッドカバーをめくり、掛け布団《ぶとん》をめくり、寝床の準備を整えようとしている鏡子の背を医師はそっと抱きしめてきた。

とうの昔に消え失《う》せたと思っていた欲望のたぎりが、未《ま》だ乾かずに残されていることを鏡子は嬉《うれ》しく思った。性のほむらが少しずつ燃え拡がっていき、全身を埋めつくしていくのに時間はかからなかった。

その晩、二人は、明かりをすべて消した漆黒の闇《やみ》の中で交わった。医師の愛撫《あいぶ》は終始、控えめながら、愛情深かった。どこかしら羞《は》じらいをふくんだ互いの乱れた呼吸の音が、夜のしじまの中に滲《にじ》んでいった。

果てたあと、冷たい水を二人で飲み、少し会話を交わした。医師の手が鏡子の頭、顔、肩のあたりを撫《な》で続けていたが、やがてその動きが緩慢になったかと思うと、規則正しい寝息が聞こえてきた。

医師の行方がわからなくなるまで、幾度も夜が繰り返されていくことになるのだが、その晩は特別だった。鏡子は、つゆほども医師を疑わずにいられた。不安に苛《さいな》まれるともなかった。そうなるのが自然であったかのように、肉体がひとつに溶け合った。それ以上に、心もひとつになった。

それは鏡子にとって二度とめぐってこないであろう、生涯ただ一度の満ち足りた夜だった。

ゴールデンウィークも終わり、花折町や軽井沢周辺の賑《にぎ》わいが去って、あたりが落ち着きを取り戻した五月の第三週。月曜日だった。康代が鏡子の携帯に電話をかけてきた。

どう、元気？　と訊かれ、鏡子は「おかげさまで」と答えた。「先月は、夫の命日にたくさんのスイートピー、届けてくれてありがとう。お墓にたっぷり手向けてきたわ。残ったのは家の花瓶に活《い》けて、しばらく楽しませてもらって。そういえば私ったら、あれ以来、御礼の連絡もしてなかったね。ごめんなさい」

「何言ってんの。いいのよ、そんなこと。喜んでもらえて、よかったよかった。鏡子さん、すっごく元気そうだね」

「康代さんも元気そう。もっとも康代さんが元気じゃないことって、ないけど」

「そうでもないわよ。これでもいろいろあるんだから。先月はね、鏡子さんのとこにお花届けてから、その後ずっと、ダンナの仕事の関係で一緒に東京に行かなくちゃいけなかったり、お客が多かったりが続いて、なんだかんだ、バタバタだったのよ。その後は、それはもう、ひどい風邪をひいちゃって。せっかくのゴールデンウィークも、寝たり起きたりでベッドの中。孫にうつすといけないから、って息子夫婦も呼べなかったし、つまんなかったのなんのって」

「寒暖の差が烈《はげ》しかったものね。もう大丈夫なの?」

「皮肉なことに、ゴールデンウィークが終わったとたん、きれいに治っちゃった。ね、しばらくぶりにゆっくり会わない? 鏡子さんと飲みに行きたいな、って思って電話したの」

鏡子は気持ちが弾むのを覚えた。康代と会っても、医師のことは話せるはずもない。だが、心やすく会話ができる同性の友人と、軽く飲みながら夜を過ごすことを想像すると、心躍った。

「ぜひぜひ!」と鏡子は言った。「飲みに行きましょ」

「いつにしようか。気が早いけど、今週の水曜日なんてどう? 明後日だけど、早すぎる? 今度の水曜は、ダンナが一泊出張で東京なのよ。思いっきり飲める! あ、でも、鏡子さんは翌日が仕事か」

毎週水曜日の夜、高橋医師が花折町に来て、鏡子の家を訪ねて来るという習慣は、そのころからすでに始まっていた。夕食を共にし、その晩は泊まっていく。改まって決めたわけでもないのだが、それは暗黙のうちに恒例化しつつあった。

そして、翌日の木曜から土曜まで、医師は宇津木クリニックの外来診察をこなし、その間、彼は鏡子とは会わず、宇津木院長から借りているマンションに滞在する。そして土曜の診察を終えると、その晩は鏡子と共に過ごす。そして再び鏡子の家に泊まり、日曜の朝、横浜に帰っていくのだった。

したがって鏡子は、水曜の夜と土曜の夜は彼のために空けておきたかった。会えるとわかっている晩に、鏡子のほうで先に予定を入れてしまうのは気が進まなかった。たとえそれが、唯一親しくしている女友達との約束であっても。

「ごめん、水曜日はちょっと……」と鏡子は言葉を濁しながら言った。即席ででっち上げた理由を口にしたかったのだが、あまりに急なことだったため、思いつかなかった。

「ううん、いいのいいの。どうかな、って思っただけだから。私のほうはいつでもいいよ。やっぱり鏡子さんは、記念館が翌日休みになる日曜の夜ってのが、一番なのかな。そうだよね？」

「そうだけど、日曜の夜はご主人がいて、康代さんのほうが出かけにくいでしょ」

「全然、平気。毎日おさんどんしてるんだから、たまには放っておいても問題なし。じゃあ、次の日曜の夜にしない？　いい？」

「もちろん！」

鏡子は、今後ずっと水曜の夜と土曜の夜の予定が詰まっている自分を思い描いてみた。誘いをかけるたびに、水曜の夜と土曜の夜を断ってくる鏡子の背景に何があるのか、康代がいずれ怪訝《けげん》に思うことになるだろうか、とふと思った。

だが、これまでも康代とは、そう頻繁に会ってきたわけではなかった。一、二カ月、連絡を取り合わずにいることもよくあり、平均すれば、会うのは三、四カ月に一度程度の割合に過ぎなかった。

しかも康代は、何の連絡もなくいきなり家を訪ねて来る、ということを決してしない。そのため、自宅や自宅付近で高橋医師と鉢合わせになる確率は皆無に近かったし、毎週、決まった曜日だけ、鏡子の都合が悪くなる、ということに気づかれる確率も同様に低いと言えた。

その週の水曜日、高橋医師は横浜の病院での診察を終えてから新幹線に乗り、午後七時半ころ、鏡子の家に到着した。鏡子の手料理を二人で食べ、ひとつベッドで朝を迎えた。

そして、土曜日の晩、二人は同じように夜を過ごした。翌日曜日の朝は、簡単な朝食を共にしてから、鏡子は車の助手席に彼を乗せ、新幹線が発着する佐久平の駅まで送り届けた。

軽い抱擁も握手も、ましてキスも交わさなかった。医師はさっきまで見せていた顔とは違う、別の顔……おそらくは横浜の病院での職務に戻る医師の顔になっていたが、鏡子は気にならなかった。

新しい習慣は始まったばかりだった。鏡子は新幹線乗り場に向かう階段を上がって行く高橋医師の後ろ姿を見送ってから、一路、自分の仕事場である原島文学記念館に向かった。

五月の第三日曜日だった。

仕事を終えていったん家に戻った鏡子は、デニムパンツに白いチュニック、薄手の紺色のカーディガン、という気取らない装《よそお》いに着替え、猫たちに餌をやってから、康代と待ち合わせしていた店に向かった。

めったにないことではあるが、飲酒することがわかっている場合、行く時だけ自分で車を運転し、帰路は代行を頼むことが多い。だが、その日、鏡子はためらわずタクシーを利用した。車の代行業者、という、どこからやって来るのかわからない未知の人間に、自宅の場所を教えることになるのが、不安になったからだった。

なぜ、タクシーならよくて、代行業者はいやなのか、自分でも胸の奥底にあるものが正確に摑《つか》みきれなかった。ひとつだけはっきりしていたのは、高橋医師とのことで今後、何か事が起こった時のために、鏡子の家がどこにあるのか、地元の住人にはできる限り知られたくない、という気持ちだった。

それがひどく神経症的な、被害妄想ふうの考え方であることは、自分でもよく承知していた。高橋医師はこれまで、何度もタクシーを使って鏡子の家に出入りしてきた。これからもやむを得ず、そうすることになるだろうから、今更、代行業者だけを遠ざけたところで何の意味もない。

それどころか、すでにタクシー運転手の間では、花折町に住む、還暦間近の独り暮らしをしている未亡人が、夜、男を家に招いていて、その男は宇津木クリニックでアルバイトをしている医者らしい、などという噂でもちきりになっているのかもしれなかった。

冷静になって考えれば、有名人でも何でもない自分たちのことが、町内でそうそう簡単に噂になるとは思えなかった。自意識が肥大化するあまり、ありもしないことを妄想しているに過ぎないことも承知していた。

だが、そうとわかっていても、鏡子はそれらの妄想をきっぱりと全否定することができずにいた。

タクシー運転手以外の人間に、その必要もないのに、むやみと自宅の場所を知られるのが恐ろしくてならなかった。不安だった。気になる以上は、不安の芽はあらかじめ摘み取っておきたかった。

康代と待ち合わせたのは、花折町と軽井沢町との、ちょうど境目あたりに位置する居酒屋だった。鏡子がタクシーを降りると、ガラス窓の向こうで、こちらに向かい、大きく手を振っている康代の姿が見えた。鏡子も笑顔で手を振り返した。

日曜の夜とあって、店内は賑わっていた。地元の人間が半分、別荘客や観光客が半分、といった按配《あんばい》だった。店主と顔なじみになっている康代は、カウンターの一番奥の、ガラス窓に近くて外を眺められる、落ち着いた席を二席、予約してくれていた。

「わぁ、久しぶり！」と康代は声をはずませた。小さな水玉模様の入った空色のシャツに、ショート丈のデニムジャケット、紺色のクロップドパンツがよく似合っていた。

「こうやってゆっくり会うの、何カ月ぶり？」

「半年ぶりくらい？」

「半年どころじゃないわよ。だってほら、鏡子さんが具合悪くして、宇津木クリニックに行くようになったのが去年の秋だったじゃない。あれからだって、もう半年は過ぎてるんだから」

会ってすぐに、宇津木クリニックの名が飛び出してきたので、鏡子は虚をつかれたようになった。

康代は続けた。「その前に、ホームセンターでばったり会って、鏡子さんちに行ったけど、あれはゆっくり会った、ってことにならないしね」

ああ、そうよねえ、と鏡子は言いながら、店主から手渡された熱いおしぼりを手の中で拡げた。ふわりと柑橘《かんきつ》系の香りのする、清潔な湯気がたちのぼった。「そう言われてみれば、ほんと、そうだったわね」

「最後にゆっくり飲んだのって、ほら、あの時だったんじゃない？　去年の九月。新しくできた店に私が誘って、ピザ食べてビール飲んだこと、あったでしょ」

「そうそう、そうだった」と鏡子は言い、メニューを手渡してくれた店主に笑顔を向けてから、おしぼりをたたみ直し、カウンターの上に置いた。

軽井沢に新しく開店した、庶民的なイタリアンレストランで、康代と一緒にピザを食べ、ビールを飲んだ。そのことはすぐに思い出せたが、それはもう、遠い昔……三年も四年も前のことのような気がした。

前の年の九月といえば、すでに心身の状態が悪化していた頃だった。日々、起きて仕事に出るだけで精一杯だった。わけのわからない苦しい状態を周囲に隠し、平静を装って生きていたが、ひとたび家に戻ると、家の中のことをするのも億劫《おっくう》になった。

アイガー北壁を落下するイメージが、ほんのわずかの間だったが、鮮やかに甦《よみがえ》った。

鏡子は慌《あわ》てて姿勢を正し、そのイメージを追い払った。

「そんなことより、鏡子さん！」と、康代は言い、やおら目を輝かせながら、いたずらっぽい表情で鏡子を見つめた。「なんか、きれいになったんじゃない？　どうしたの？　何かいいこと、あった？」

「え？　何？　私のこと？」

「他に誰がいるの。お肌、つやつやよ。元気どころか、全体が若返っちゃって。うぅむ、これは怪しいぞ。追及しなくちゃ」

思わず噴き出してみせて、その場をごまかしたものの、鏡子は内心、女友達の勘の鋭さにどぎまぎしていた。化粧や髪形を変えたわけではなく、服装は普段着同様だった。何ひとつ以前と変わらないつもりでいるのに、そう言われるとは驚きだった。

高橋医師と男女の仲になったからなのか。医師に恋をしているからなのか。だから、きれいになったと言ってもらえるのか。

高橋医師を想《おも》った。愛し、愛されている証《あかし》としての輝きが自分に与えられているのだとしたら、それ以上の幸福はなかった。二十代に戻ったような心持ちにさせられて、鏡子は自分が早くも上気し始めているのを感じた。

店主がオーダーを取りに来たため、会話はいったん中断された。康代は赤いメタルフレームのシニアグラスをかけてメニューを覗きこみ、鏡子に相談しつつ、小鉢料理をいくつかと、野菜の天ぷらなどを頼んだ。ほどなく生ビールが運ばれてきた。

康代はグラスを掲げながら、「それでは」と改まった口調で言った。「どうしてか知らないけど、急にきれいになった鏡子さんに乾杯！」

「康代さんたら、やめてちょうだい。そう見えるんだとしたら嬉しいけど、たまたま、今日はお化粧の乗りがいいのか、そうじゃなかったら、このお店の照明の具合がいいだけよ」

「いいの、いいの、きれいになったんだから言い訳無用。ね？　はい、乾杯！」

笑いながらグラスを軽く合わせ、ビールに口をつけてから、康代は再び鏡子を見つめた。リスのようにくるくる回るつぶらな瞳《ひとみ》が、さも興味深げに輝いた。「ねえねえ、もしかして、エステでいいとこ見つけたの？」

「エステ？」

「このへんも、最近はいろんなエステができたみたいだけど、どこがいいのか、全然わかんなくって。そんなにきれいになれるんだったら、私も早速行きたい」

「ああ、違う違う」と鏡子は笑った。「エステなんか行ってないわよ。そんな贅沢《ぜいたく》できるような余裕、ないし。カツカツの生活してるんだもの」

「じゃあ、自前エステね」

「なあに、それ」

「自分でやるエステよ。マッサージとか、フェイスエクササイズとか。人にやってもらわなくても、自分でできる、って言うじゃない。毎日、丹念に少しずつやるだけで、効果絶大の人もいるって聞いた」

「夜は疲れて寝るだけ。そんなの、なんにもしてないって」

「だとしたら、ますます怪しいぞ。わかった。じゃあ、恋をしてるんだ！　相手は誰？　正直に言っちゃいなさい！」

鏡子はお通しで出てきた、蕗味噌《ふきみそ》の和《あ》え物《もの》に箸《はし》をつけながら、呆《あき》れたような表情を作ってみせた。咄嗟《とっさ》の芝居だったが、自分でもほぼ完璧《かんぺき》だと思えるものになった。

「……それ、本気で言ってるの？」

「本気よ。恋する女はすぐにわかるんだから」

「恋？　この私が？　この年で、そんなことあるわけないでしょ」

「鏡子さん、自分を卑下しすぎ。女は死ぬまで……じゃないの」

「あのね、康代さん。なんかすごい勘違いしてると思うんだけど」

「そうなの？」

「そういう勘違いをしてくれるのは、とっても光栄だけど……違うものは違うんだから。きっと、最近、体調がよくなったせいよ。わりと元気なの。だから、前より若返ったみたいに見えるんだと思う」

「そっか。そういうことか。体調、って、私たちくらいの年になると、簡単に外見まで左右してくれちゃうから怖いよね。ちょっと状態悪いだけで、五歳くらい平気で老《ふ》けこむもんね」

「去年の私は十歳くらい老けてたかも」

鏡子がそう言うと、康代は甲高い笑い声をあげながら、「いやいや、そこまでじゃなかったって」と言い、小鉢の中の里芋の煮物を箸で二つに割った。

「でもほんと、よかった。鏡子さんが宇津木クリニックに行かなかったら、今頃、まだ、調子が悪かったかもしれないよね。というか、ますます悪くなってたかもしれない。その……なんていうんだっけ、あの先生」

鏡子はわからないふりをして、「え?」と訊き返した。

「精神科のイケメン先生よ。あ、思い出した。高橋先生!　……だったよね?」

「そう」

「高橋先生に感謝よね。すぐによくなっちゃったもんね」

ほんとにそうね、と鏡子はうなずいた。「鬱病じゃない、ってはっきり言ってもらえただけで、元気になった気がしたもの」

「名医だわね、その先生。一発でわかるんだから。さすがよ」

「ほんとほんと。誰が見たって、あの時の私、鬱病そのものだったろうし、自分でも間違いない、って思ってたの。それが、鬱病ではない、って断言してくれて、ちょっとした薬の服用で治っちゃうんだから」

「そういうのって、素人《しろうと》にはわかんないものよね。今だから言うけど、私もあの時、ホームセンターで鏡子さんと会って、ああ、ついに精神にきちゃったか、って思ったんだ。顔には出さなかったけど、すごくショックだった」

「でしょう?　それが、診察室でちょっと会話しただけで、鬱病ではない、って言ってもらえたのよ。いったい何を基準にそういうことがわかるんだろう、って不思議なくらいだった」

「そうよねえ。ほんと、何が基準なのかな。しゃべり方？」

「うん。それだけじゃなくて、きっと表情とか、目の輝きとか、声の調子とか、仕草とか、そういうこと全部、ひっくるめて観察するんだと思う」

「ひゃー、優秀！　それって、鬱病のマニュアルを全部頭の中にたたき込んでいても、できないことよね」

「あの先生は特にそう。優秀だ、って教えてくれたのは康代さんだけど、ほんとその通りだった。精神科って聞くだけで尻込みしてたんだけど、勇気を出して受診して、私、あの先生に救われたのよ。そうそう、康代さんには受診を勧めてくれた御礼をしなくちゃいけなかったんだ。今日は私の奢《おご》りにさせてね」

「そんなの、気にしないでいいって。こうやって会えるだけでいいんだから。でさ、その後、先生のとこには行ってないの？　確か、今年の一月くらいまでは行ってたんだよね」

「うん、そう」

「もう、薬とか、もらいに行かなくてもよくなってるんだ」

「必要があれば行くけど」と鏡子は用心深く言った。「今はもう全然、大丈夫だから」

「いいなぁ、優秀なイケメン精神科医だったら、私も治療されたいわよ」

「康代さんはその必要、まったくないじゃないの」

「それも、いいんだか、悪いんだかよね。たまにはちょっと精神のバランスをくずして、イケメン先生に向かって、助けてください、なんて儚《はかな》い声で訴えてみたいものなのに。そういう機会が全然ないってのも、つまんないことよ」

鏡子は口をすぼめて笑った。このままずっと康代を相手に、高橋医師を話題にし続けていたかった。医師がどんな人間であるのか、どんな目で自分を見つめてくれるのか、その優しさ、思いやり、温かく包みこんでくるような話し方、そのすべてをのろけ放題のろけて、打ち明けてしまいたかった。

康代は、「ああ、それにしても、ほんと、何かいいことないかしら」とため息まじりに言った。「毎日毎日、古漬けみたいになったダンナばっかり見てるでしょ？　ますます老けこんで、女を忘れちゃいそうよ。おまけにね、こないだの電話でも言ったけど、ここんとこ、ダンナの会社の仕事に、私まで引っ張り出される始末なの。あのね、実はここだけの話……」

康代は、夫が経営する建設会社が、誰もが知っている或《あ》る大物女性演歌歌手の別荘建築を請け負うことになったこと、その女性歌手は巷《ちまた》の噂通り、同性愛者のようで、設計の打ち合わせなどに必ず女性を同席させたがること、女性がいないところでは、まともなビジネスの話もできないことなどを声をひそめながらも、面白おかしく語った。

「週刊誌なんかで書かれてたこと、ほんとだったのね」

「そうなのよ。でね、びっくりすることに、私、彼女に好かれちゃったみたいなの。私が行くと、ニコニコしてくれて、機嫌よくて、打ち合わせなんかがうまくいくのよ。そしたらさ、ダンナが、まるで女衒《ぜげん》みたいになって、何かっていうと一緒に東京まで行かされるもんだから、めんどくさいのなんのって。女房を身売りさせる気？　って感じよ」

「仕事の話が終わってから誘われたりしたの？」

「万一、誘われたって行くわけないでしょ。私、誓って言えるけど、絶対、絶対、ぜーったい、そっちの気がないから。興味もないから。仮に私がレズでも、彼女にはいかないわね。全然趣味じゃないもん。だってさ、彼女ったら……」

康代は身振り手振りをまじえて、同性愛者だという女性演歌歌手の目つき、表情、仕草をまねしてみせた。鏡子は笑いころげた。

店内は満席になっていた。四方八方から、笑い声や話し声、グラスをカウンターに置く音、食器が重なる音、厨房《ちゅうぼう》で何かを炒《いた》める音などが聞こえてきた。それは何ひとつ不安をかきたてない、悲しみの予兆のない、優しく平和なざわめきだった。生ビールのグラスが空になり、康代が麦焼酎《じょうちゅう》のソーダ割りを頼んだので、鏡子も同じものにした。運ばれてくるなり、二人は再度、陽気な声を張り上げて「乾杯！」と言いながら、グラスを触れ合わせた。

会話は飽くことなく続けられた。話題はいっときたりとも一つところにとどまらず、四方八方に飛んでいった。どこに飛んでいっても、二人はすぐに新しい話題に夢中になり、笑い、うなずき、ひそひそ声で話しては、また笑った。幸福な酔いがまわり、そのせいでさらに話が止まらなくなった。

しかし、トイレに立つたびに、鏡子はふと我に返った。いきなり麻酔が切れたかのようだった。

誰もいない洗面台で手を洗った後、こそこそとバッグの中から携帯電話を取り出した。康代と共にはしゃぎながらも、意識の深いところでずっと、高橋医師からの連絡を期待していた。くるかもしれない、今日はきっとメールがくる。意味もなくそう思っていた。だが、着信はなかった。

新幹線で東京に戻った医師が、日曜の晩、どこで何をしているのかはわからなかった。知りたいと思うこともあったが、質問したことはない。鏡子の知らない職場で、月曜から水曜まで、精神科医として激務をこなしている彼の、たまのわずかの休みをあれこれ詮索《せんさく》するのは控えたかった。

毎週、水曜の夜を共に過ごし、いったん離れはするものの、土曜の晩、再び逢瀬《おうせ》を重ね、翌朝まで共に過ごす。その濃密な時間とは別に、彼が佐久平の駅から新幹線に乗ってしまえば、すぐに鏡子の知らない時間が始まる。

彼が横浜に戻ってから、翌週月曜の外来が始まるまでの空白は、短いようでいて、考えてみれば十数時間におよぶ。その間、彼が何をしているのか、ということについては想像するしかなく、想像するための材料はあまりに少なすぎた。

医師が勤務している病院には、精神科病棟がある。専門病院ではないので規模は小さいが、一般入院病棟と少し離れた、別フロアに設けられているということは、医師から聞いて知っていた。

入院中の担当患者の様子を見るために、日曜にもかかわらず病院まで出向き、夜遅くまで院内で過ごしているのか。そういうことがあったとしても、毎週日曜ごとにそうなるとは思えなかった。気にかかる入院患者がいなければ、日曜の夜は、たまった洗濯などをすませ、休養につとめ、翌日からの過酷な勤務に備えるようにしているのではないのか。

酔いが、医師からの連絡のないことを余計にさびしく感じさせていた。日曜の晩、定期的に連絡を取り合っていたわけでもないのに、医師のことがよりいっそう恋しく感じられてくるのが不思議だった。

今、康代相手に、実は深くつきあうようになった男性がいる、という話を打ち明けることができるのなら、どんなにいいだろう、と鏡子は思った。相手を特定できないよう、うまくごまかしながら話せば、可能なのではないだろうか。

しかし、どれほど注意深く話したとしても、勘の鋭いところのある康代を相手に、隠しきっておける自信はなかった。好奇心に目を輝かせている康代から、それはもしかして、宇津木クリニックの精神科医なんじゃない？　そうでしょ？　などと確信をもって指摘されたら、思わず首を縦に振ってしまいそうで恐ろしかった。

飲み続け、しゃべり続けているうちに、いつのまにか十時になり、十一時に近づいた。賑わっていた店も、三々五々、客が帰って行って、カウンター席に陣取っているのは、康代と鏡子の他にひと組残るだけになった。

店主がサービスで出してくれた、蕗味噌の小さなおにぎりを頬張り、大根ときゅうりのぬか漬けを食べ終えると、康代が「ああ、おいしかったし、楽しかった」と言った。明らかに酔いがまわっている様子で、焦点が合わなくなりつつある目はウサギのそれのように充血していた。

会計を頼み、タクシーを二台呼んでもらった。鏡子の家と康代の家は、逆の方角にあった。

会計を待つ間、康代がトイレに立った。店主は店に残った中年の夫婦連れを相手に、何かしきりと冗談を言い始めた。静けさが戻った店内に、束の間、控えめな笑い声が弾《はじ》けた。厨房からは、水を使う音が聞こえていた。

康代が戻ってこないうちに、と鏡子はバッグを膝《ひざ》に載せ、中をまさぐり、急いで携帯電話を開いた。待ち望んだメールが着信していた。

『この数日間、いつものことながらありがとう。次回を楽しみにしています。おやすみなさい』

たったそれだけの短いメールだったが、鏡子の胸は躍った。送信されたのは、つい十分ほど前だった。寝支度をすませ、ベッドの中から送信してきたのだろうか、と想像した。それとも、寝酒に何か飲み、自宅でほっとしている時なのか。まだ病院にいて、これから自宅に帰ろうかという時に、ふと思い立ってメールを送る気になったのだろうか。

今、この場ですぐに返信したくてたまらなくなった。鏡子は返信ボタンを押し、小さなディスプレイを凝視した。

「メールありがとう。今日は珍しく、友人と飲みに来ています。ほんの少し酔ってます」……そんな文章を打ちかけた時だった。トイレから戻った康代が、芝居がかった大きな声をあげた。

「ああっ。秘密の行動、目撃！」

康代はにやにやしながら、立ったまま鏡子に背後からもたれかかり、ふざけて身体をぐいぐいと押してきた。

「なぁに、今頃、メールなんかやっちゃって。怪しい行動」

「違う違う。記念館のね、仕事のことでメールが入ってたの。だから、返信しようとしてただけ」

「明日、休館日でしょ？　それなのに仕事のメールがくるの？」

「亭主の浮気を疑う妻みたいなことを言うのねえ」鏡子は笑った。笑いながら、メールを打ちかけていた携帯を閉じ、バッグに戻した。心安くいられる友によって、いとしい男に向けたメールを中断させられたこと自体が幸福だった。「……康代さん、ご主人にもそういうこと、言ってるんでしょ。ほんとに仕事なの？　とかなんとか」

「言わない、って、そんなこと。もてないってこと知ってるから、疑う理由がないもの。あの人、女房にべた惚《ぼ》れなの。つまり、この私。私はダンナの恋女房」

「それはそれは、どうもごちそうさまでした」

「やだ。本気にしちゃって」

「嘘なの？」

「ううん、実はホント」

罪のない冗談を言い合って笑っているうちに、タクシーが到着した。割り勘で支払いをすませ、店主らと賑やかに挨拶《あいさつ》し合って、二人はもつれるように店の外に出た。

梅雨入りも間近の、少し湿ってひんやりした夜だった。澄んだ空気の中、夜露なのか、店のまわりを囲んでいる丈の短い草が濡《ぬ》れたように光っていた。

幸福感がふくれあがり、それが風船のようになって、自分を夜空に浮き上がらせてくれるような気がした。

シャガールの絵のようだ、と鏡子は思った。それはいかにも恋に恋しているだけの、年端《としは》もいかぬ小娘が口にしそうな比喩《ひゆ》だったが、それ以外の形容はできない、と鏡子は思った。

二人の女は口々に、おやすみ、またね、楽しかったと何度も繰り返して、それぞれタクシーに乗り込んだ。

白い制帽を被《かぶ》った運転手に向かって、鏡子は町名と番地を告げた。あらかたの道順も教えた。

バックミラーの中で目が合った。暗かったが、行き交う車のヘッドライトの光の中で、はっきりその顔が見えた。顔の上半分しか見えなかったが、特徴のない顔をした初老の運転手だった。

前にも同じ運転手の車に乗ったことがあったのかどうか、定かではなかった。ふだん、タクシーを利用することはほとんどなく、二度も三度も同じ運転手の車に乗車する、ということはあり得なかったが、バックミラーの中で目が合ったことが、鏡子にはどこか意味ありげに感じられた。

「ああ、あの奥まったとこですか？　国道から入ってしばらくまっすぐ行って、右に曲がった行き止まりの……。畑の手前んとこにあるお宅でしょ？　そうだよね？」

「ええ、はい。そうです。よくご存じなんですね」

「昨日、ご主人を乗せたばっかりだからね。よく覚えてますよ」

鏡子は一瞬、頭の中が白いミルクのような色をしたもので、いちめん被《おお》われたような気分になった。運転手が何を言っているのか、なぜ、そんなことを言うのか、事態を正確に理解するまでに時間がかかった。

　前日の土曜日、高橋医師はクリニックでの通常の診察を終えると、いったん宇津木院長から借りているマンションに戻った。その晩は鏡子の家に泊まることになっていたので、手荷物をまとめ、戸締まりと火の元を確かめ、タクシーを呼んで鏡子の家にやって来た。

　タクシーを呼ぶ際、念には念をいれて、部屋番号がタクシー会社や運転手に知られぬよう、彼は常に、マンション前の路上で車の到着を待つようにしていた。したがって、この運転手は昨夜、マンション前から高橋医師を乗せ、鏡子の家まで送り届けて来たことになる。

　マンションの前でタクシーを待っている客が、必ずしもそのマンションの住人とは言いきれない。マンションに住む知人を訪ねた帰りに、タクシーを呼び、建物の前で待っていた、と言うこともできよう。そうであるならば、その客が向かった先が、客の自宅である、と誤解されたとしても、何ら不思議ではない。

　だが、そうだとしても、するりと運転手の口をついて出てきた「ご主人」という言葉が、鏡子には解《げ》せなかった。自分たち二人が一緒にいるところを見られたわけでもないのに、なぜ、この運転手は医師があの家の主《あるじ》である、と決めつけるのか。タクシーで家に乗りつける客は全員、その家の主である、と信じてでもいるのだろうか。それとも、関係性の不確かな人間のことは、とりあえず、「ご主人」もしくは「奥さん」と言っておくに限る、というマニュアルが、タクシー業界にはあるのだろうか。

鏡子が黙っていると、運転手は運転しながら、再びバックミラーをちらりと見た。

「……ですよね？」

ちょうど、対向車線を大型トラックが音をたてて通り過ぎて行った時だったので、何を訊かれたのか、よく聞き取れなかった。

鏡子はふつふつとわきあがってくる怯《おび》えを懸命に隠しながら、「は？」と訊き返した。あの方はご主人じゃないですよね、と言われたような気がした。

運転手は人なつこい口調で、「いやね、あのあたり、別荘地じゃなかったんですねえ」と言った。「私はこっち方面の運転手になってまだ日が浅いんですけど、お客さんの行かれるあのへん、これまでずっと、別荘地だと思ってたんですよ。そしたら、違うんですね。昨日、行って初めて知りましたよ。大手が開発した別荘地だとばっかり思いこんでたもんで」

ほっとしながら、鏡子は「そうなんです」と言った。「昔は別荘地として土地が売られてた時もあったみたいなんですけど、今はね、もう、ふつうの住宅地ですから」

「別荘もいいけどね、ふだん人が住まないから、傷《いた》むのが早いって言うよね。家はちゃんとね、人が一年中、住んでやんなきゃだめだね」

「ほんと、そうですね」

「でも、あのへんは住みやすいんじゃないんですか。どこに行くにも近いし。別荘にしとくのはもったいないや」

鏡子は形ばかり笑い声をたててみせた。

運転手は続けた。「お客さんはずいぶん前からあそこに？」

「ええ、まあ。もう長いですね」

「別荘じゃなくて、常住してるんでしょう？」

「そうです」

「いいとこだもんね。住宅地だけど、まわりに家が密集してるわけじゃなくて広々してるし。国道が近いのに静かだしね。環境がいいですよ。あ、でも、学校がちょっと遠いですかね」

「でも、うちには関係ないですから」

運転手はまたしても、バックミラーでちらりと鏡子を見た。「お子さん、たって、もう大きいか」

正直にそれに答えれば、そのうち何かとんでもない方向に話が進んでいき、答えたくないことを聞かれてしまうのでは、と思った。鏡子は黙っていた。運転手も口を閉ざした。

会話が途切れたまま、車は国道から奥に入り、雑木林の小径《こみち》を抜けて、鏡子の家の前に到着した。最後にまたしても「ご主人」の話が出たら、どう答えようか、と身構えていたのだが、運転手は何も言わなかった。

料金を告げ、釣り銭とレシートを鏡子に手渡し、鏡子が「ありがとう、おやすみなさい」と言って車から降りると、運転手は前を向いたまま、「ありがとうございました。またどうぞ」と、いかにも営業用の言い方で応《こた》えた。

門灯と玄関灯、小窓を通して外から見えるよう、廊下の明かりもつけておいたので、家の中に人がいるように見える。この運転手は、中に「ご主人」がいると思っているのだろう。昨夜、マンション前からここまで乗せた、あの中年の、少し額の広い、目の大きな男が。

そう思いながら、何か急《せ》くような気持ちで鏡子が玄関の鍵《かぎ》を開けている間に、タクシーは家の前の道路をUターンし、走り去って行った。

室内に入り、時計を見ると、十一時半だった。遅い時間であることは事実だったが、まだ零時をまわってはいないのだから、メールを送るのに、それほど非常識な時間帯ではないだろう、と思った。

着替えもしないまま、鏡子は居間のソファーに腰をおろし、携帯電話を取り出した。

『メールありがとう。今夜は珍しく友達と飲みに行ってました。さっき帰宅したところです。楽しく飲んで、少し酔いました。ずっと先生のことばかり考えています。早く水曜日がきますように。おやすみなさい』

送信ボタンを押そうとして、もう一度、文面を読み直し、「ずっと先生のことばかり考えています」の一文を消去した。押しつけがましい積極的な表現は、自分には似合わないことを鏡子はよく知っていた。

だが、「早く水曜日が……」という部分は消さずにおいた。鏡子にしてみれば、冒険だったが、その種の気持ちの吐露は、肌を合わせた者同士であるなら、ごく自然だろう、と思った。

メールを送り、猫たちに餌をやり、水を替え、トイレの始末をした。手を洗い、歯を磨き、洗面をすませ、パジャマに着替えた。

期待してはいなかったが、高橋医師からの返信はなかった。

［10］

高橋医師が鏡子の前から姿を消し、まったく行方がわからなくなるまでの半年間、二人は静かで優しい男女の営みを続けた。それは烈《はげ》しさとは無縁の、落ち着いた、ある意味では年齢相応とも言うべきかかわり方と言えた。

判で押したように、水曜の晩になると、医師は横浜の病院から花折町の、鏡子の家にやって来た。おおよその到着予定時刻は、東京を出発する前に必ずひと言、電話をかけて知らせてきた。電話をかける余裕がない場合は、携帯にメールを送ってきた。

病院で厄介ごとが出来《しゅったい》し、予定していた時刻に新幹線に乗車できなくなったこともあった。そんな時には花折町に着くのが九時をまわり、場合によっては十時過ぎになってしまう。だが、どんなに遅くなっても鏡子は辛抱強く待ち続け、その日の夕食は必ず彼と一緒にとった。

翌日からの外来を考えて、水曜の夜は、会ってもアルコール類はごく少量におさえていた。まったく飲まずにいる日もあった。

共にする食事が晴れがましい雰囲気を醸《かも》し出していたのは、初めのころだけだった。逢瀬《おうせ》の回数が多くなるにつれて、それはすぐに落ち着いた習慣性のあるものに変わっていった。

ＣＤの音楽を聴きながら、あるいは音声をしぼったテレビに流れる映像をちらちらと眺めながら、二人は向かい合わせになって静かに食事をした。話すのは、天候の話が主だった。

食べ終えると、満腹になって疲れが出るのか、医師は時に、ソファーでうつらうつらし始めた。深く寝入ってしまった彼をそっと揺り起こし、ベッドに連れて行って、ほとんど何も会話らしい会話を交わさないまま、夜が過ぎ、朝を迎えることも少なくなかった。

木曜の朝は、目覚めると簡単な朝食をすませ、戸締まりをし、慌《あわ》ただしく一緒に家を出た。車の助手席に乗せた彼を、記念館に向かう前に、鏡子は彼が借りているマンションまで送り届けた。

彼はいったんマンションの部屋に入り、そこから宇津木クリニックに「出勤」した。マンションからクリニックまでは、徒歩で五分ほどだった。

木曜と金曜は互いに別々に過ごした。夜、寝る前など、「おやすみ」と短くメールし合うこともあったし、めったにないことだが、連絡したいことが出てきた時は、昼間、メールのやりとりをすることもあった。だが、水曜と土曜以外、二人が会うことはなかった。

木曜も金曜も遠慮しないでうちに来ればいいのに。そして、せめて食事だけでも一緒にとっていけばいいのに。帰りは私がマンションまで送ります。お互い、ひとりで夕食をとるのなら、そうしたい。ね？　そうしましょう。……そう言ってみたい気持ちは確かにあったし、実際、喉《のど》まで出かかったこともあった。だが、鏡子がそれを口に出すことはなかった。

花折町に滞在中、彼が鏡子の家に連泊するとなると、様々な問題が起こってくる可能性があった。

マンションの部屋の光熱費は、宇津木院長の銀行口座から引き落とされることになっている。医師に貸与しているというのに、毎月、その部屋の光熱費がほとんどかかっていない、となれば、そのうち院長も怪訝《けげん》に思って高橋医師に理由を問うことになっただろう。

適当にごまかすことはいくらでもできたかもしれないが、そんな些細《ささい》な問題で、いい年をした大人の男が嘘《うそ》に嘘を重ねるのは煩《わずら》わしいに違いなかった。

なにより、水曜の晩から日曜の朝まで、鏡子の家に寝泊まりすることを医師は避けたがっている、と鏡子は感じた。激務の後のしばしの休息は、ひとりで過ごすに限る。心身の疲労を取り除くための、それは唯一《ゆいいつ》絶対の方法である。長年の経験から、そういうことは鏡子もよく知っていた。

鏡子とて、彼から、花折町にいる間は、欠かさず一緒に過ごしたい、泊まっていきたい、と言い出されたら、一瞬の戸惑いを隠せなかったかもしれなかった。親しくなったからといって、すぐさま半同棲《どうせい》のようなことを始めるのが、男女の理想の形であるとはつゆほども思っていなかった。

第一、鏡子もまた、仕事の後の休息はひとりで過ごしたいと願う性分だった。いくら医師がいとおしくても、会いたいと思っていても、週の半分、仕事を終えた後の夜を四日続けて共に過ごす自信はなかった。それは体力の問題ではなく、心の問題と言ったほうがよかった。

その代わり、木金と会わずにいて迎える土曜日の晩は、格別に開放された気分になった。翌日の医師の外来がないので、二人の行動に制約を設けずにいられるからだった。

天気のいい日には、岩村田方面に食事に出た。少し遠出をして、夜のドライブと称し、車で漫然と夜道を走りまわることもあった。そんな時には、途中、見知った顔と出くわす可能性のないコンビニエンスストアに立ち寄り、ちょっとした買い物をしてから、家に帰った。

梅雨が明けてすぐの土曜日、コンビニで戯《たわむ》れに買った花火を鏡子の家の庭で楽しんだこともあった。子供だましの花火だとばかり思っていたのが、そうでもなかった。シューシューと大きな音をたてながら火花を散らし続ける、細い発煙筒のような花火を手にしているのが急に恐ろしくなり、鏡子が小さな悲鳴をあげながら差し出すと、医師は笑いながらそれを受け取った。

少し離れた場所に行くなり、彼は花火をぐるぐると大きくまわしてみせた。闇《やみ》の中で、細い焔《ほのお》が弧を描いた。爆《は》ぜる火の粉が闇を焦《こ》がした。その中心にいる医師の顔は闇にまぎれ、見えなかった。

医師は饒舌《じょうぜつ》ではなかったが、寡黙《かもく》でもなかった。会話のリズムは概《おおむ》ねゆったりしており、鏡子のそれと完全に一致していた。

相変わらず、終始、その人間性に控えめな面は感じられたものの、かといって、いつまでたっても遠慮がちに距離を置こうとしている、というのでもなかった。彼は自分の意見、考え方、感想は常にはっきりと口にした。

そこに、押しつけがましさはなかった。自己顕示のかけらも見当たらなかった。その様子は、肌を合わせる関係になるまでの医師と、寸分も変わらなかった。

青年のように楽しげに、軽やかに冗談を飛ばすことも多かった。明るく声をたてて笑った。話の切り返しも素早かった。どこかしら禁欲的、といった側面が常に垣間見《かいまみ》えてはいたものの、反面、天真爛漫《らんまん》とも言うべき無邪気さが窺《うかが》える瞬間も数知れずあった。

鏡子が質問したことには、どんなことでもいやがらずに答えてくれた。答え方は明快だった。少なくとも、隠し事をしているようには見えなかった。

それなのに、何か底知れぬ闇を抱えている人間、何かに常に怯《おび》えている人間に見えてしまうこともないではなかった。そのたびに、鏡子は得体の知れない煙にまかれたかのような強い不安に苛《さいな》まれたが、そのつど、ただの勘違い、思い過ごし、と考えれば、すぐさま納得できた。

闇どころか、心の中はあくまでも平明でなめらかな、穢《けが》れのない水色に充《み》たされているというのに、さも泥にまみれた苦悩や不安を抱え持っているかのようにふるまってみせたがる人間は、案外、多くいるものだ。医師もまた、いくらかその人種に近い、と考えれば、時折、ふと見せる医師の眉根《まゆね》を寄せた表情、こわばったような沈黙も、気にするほどのものでもないように思われた。

具体的に猜疑心《さいぎしん》を呼び起こされるようなことはほとんど起こらなかった。秘密の気配が漂い始め、思わず裏を探りたくなったこともなかった。

親しくなり始めた当初、たまに漠然と感じていた「他の女性の存在」も、医師と親しく接しているうちに、愚かな誤解であることがわかった。医師が精神科医としての激務に耐えながら、横浜の病院と花折町のクリニックとを往復しているだけなのは、火を見るよりも明らかだった。

離婚した妻の話や、その女性との間にもうけた娘の話はあまりしたがらなかったが、鏡子がそれとなく水を向けると、ぽつりぽつりと打ち明けてくれた。

別れた妻は彼の一つ年下で、結婚したのは彼が二十六歳の年。翌年、長女が生まれた。

だが、子育ての面で神経過敏になった妻が鬱《うつ》を発症。その後、病気が軽快してからは口論が絶えなくなり、他の男性に心を移した妻から離婚を切り出された。仕方なく暫定的《ざんてい》に別居を始めた末の離婚、という話だった。

別れた妻は、その後、離婚の原因にもなった男性と再婚。新たに子供も生まれ、幸せに暮らしている、という。

点と点をつないでいけば、そのような経緯であったことがわかるだけで、医師はそうした話を決して、ひとまとめにしては話そうとしなかった。あくまでも断片的にしか語ろうとしない。話したくないから、というよりも、思い出したくないことのようだった。

長く生きていれば、あえて思い出したくないこと、今さら他人に語りたくないようなことを抱えざるを得なくなるものだ。

医師として、患者の記憶を丹念に掘り起こし、細部にわたって語らせることはあっても、彼自身は、そんなことはできればしたくない、と思っているように見受けられた。したがって鏡子はそれ以上、立ち入った質問をすることを避けた。

時折、医師の漂わせるかすかな翳《かげ》り、拭《ぬぐ》っても拭っても消えない疲れのようなものは、不幸な形で終わった結婚生活が発端になったのではないか、と感じることもないではなかった。だが、あれこれ詮索《せんさく》してはならない、と鏡子は自分に言い聞かせた。彼自身、前の結婚生活にこだわっているようなところも見受けられなかった。

別れた妻が再婚して幸福に暮らしている、と聞けば、それだけで充分だった。

鏡子の知っている高橋智之医師はあくまでも穏やかで、感情的になることは一切なかった。不機嫌そうな顔をみせることもなかった。鏡子に向かって、不快な発言をすることもなければ、まして、鏡子をいたずらに悲しませたり、不安がらせたりすることもなかった。

彼は常に、静かな微笑《ほほえ》みの中にあった。沈黙している時ですら、微笑んでいるかのように見えた。

眠っている時は、それが癖なのか、眉をひそめ、苦汁をなめたような顔つきをしていることが多かったが、寝言は言わなかった。悪夢をみてうなされるということもなかった。

連日、よほど疲れているのか、あるいは、医師としての長年の習性なのか、寝付きは驚くほどよかった。隣に寝ている鏡子は、毎回、彼の寝息を聞いてしばらくたってから、眠りにおちた。

幾度あったことだったか。二度か三度に過ぎないことで、鏡子の記憶は定かではないが、彼のほうから、マリリン・モンローの話をし始めたことがあった。

それは単なる女優論ではなく、モンローという女性の分析批評でもなく、モンローの出演した映画の話、モンローのスキャンダルやゴシップについての話でもなかった。まして、単純に、マリリン・モンローという女優が好きだ、というようなことを言っているのでもなかった。

彼が話すマリリン・モンローは、一種独特の、精神の化け物のように、鏡子には感じられた。彼はモンローの美しい肉体や顔、ブロンドの髪の毛、官能的な仕草、突き出した赤いくちびるや、むきだしにしたなめらかな足、バービー人形のような大きな胸には何の興味も抱いていないように見えた。

彼はモンローの内面ばかりを語った。モンローの蝕《むしば》まれた心と、それに対応し続けた専任の精神科医の話をする時、彼の口調は熱を帯び、その目は輝いた。

鏡子は熱心にそれを聞いた。それは、精神科医ならではの、心の病に深く分け入った話であるのと同時に、精神という目に見えないものが、どれほど人に苦しみや喜びや怒り、悲しみを与え、病んだ人間を作り、光を闇にしたり、闇を光に変えたりするか、という話でもあった。彼が話しているのが往年のハリウッドの大女優であることを除けば、その症例は現代においても見られそうなものばかりだった。

記念館での仕事の帰り道、鏡子は思い立ってレンタルビデオ店に立ち寄り、古いアメリカ映画の中から、モンローが主演している作品を探したことがあった。すでに遠い過去の女優になっているため、人気がうすいのか、店にはコメディ仕立ての『七年目の浮気』と、モンロー最後の主演作となった『荒馬と女』の二作品しか置かれていなかった。

自殺と思われるモンローの死を知っていると、「最後の作品」といううたい文句は、あまり気持ちのいいものではなかった。鏡子自身が、精神の不安定さに悩まされたことがあったので、なおさらだった。

迷わず、コメディのほうだけを借り、手続きをすませて家に持ち帰った。土曜日の晩、高橋医師が来た時に、一緒に観《み》ようと思った。

だが、その週末、やって来た医師は、鏡子がモンローのＤＶＤを見せた時、わずかに顔色を変えた。それは本当にわずかであり、鏡子のような鋭い感受性の持ち主でなければ、簡単に見過ごしていたであろう程度の変化に過ぎなかったが、彼らしからぬ反応のように思えた。

「肩のこらないものだし、先生の好きなモンローの作品だから、たまにはいいかと思ったんだけど」と鏡子は言った。「でも、疲れてるわよね。いいの、いいの。ごめんなさい。私、独りで観て、来週、返してくるわ」

そう言って、明るく『七年目の浮気』をテーブルの上に戻そうとした時だった。

高橋医師は、明らかに作ったような笑顔を向けて、「観たいのに、残念だなぁ」と言った。「正直、今日は目が疲れてるもんだから、これから観る気はしないんだけどね。今度、機会を見つけて一緒に観ようか。わざわざ借りて来てくれたのに、申し訳ない」

結局、その『七年目の浮気』を鏡子は翌週、独りで観た。それ以後、医師とマリリン・モンローが主演している映画を観る機会は訪れなかったし、鏡子も観なかった。それまで耳にしてきた、医師の語るモンローとはまったく別人としか思えない、よくできたキュートな人形のような、可愛《かわい》いセクシー女優が芝居しているだけの映画を観る気になれなかったからだった。医師が口にする病んだモンローと、スクリーンの中のモンローとは、別人のような気がした。

医師が横浜に戻っている日の晩など、時折、鏡子は思い出したようにパソコンのキイボードをたたいて、横浜みどり医療センターを検索した。ホームページの中から、診療外来のページを開き、さらにそこから精神科をクリックして、高橋医師の名を目にするのが日課になっていたこともあった。

彼の名を目にするだけで、会っていなくても、まるで目の前に彼がいるような気がしたからだが、そんなことを繰り返している自分が鏡子には恥ずかしく思えた。

やがて美しかった夏も終わり、秋になった。

気がつくと観光客や別荘客の姿が消え、町の賑《にぎ》わいは去っていた。晴れた日など、朝晩は冷え込むまでになった。鏡子の家のまわりも、昼日中から、さびしいような虫の声に包まれて、死にかけたトンボがいつまでもじっと動かずに、家の外壁にへばりついていることが多くなった。

そうやって季節がめぐっても、高橋医師は変わらずに鏡子の家に通い続けた。その習慣は、頑《かたく》ななまでに正確無比に続けられた。そして、それはいつしか鏡子にしっくりなじみ、なじみ過ぎるあまりか、すでに自分は、医師と夫婦のようになっている、と感じることも多くなった。

漫然と習慣化された関係が、おめでたい錯覚をもたらすことはよくある。関係がよりいっそう落ち着いたものになっていくにしたがって、鏡子は医師と自分とは、このままずっと、共に老いていくに違いない、と思うようになった。いたわり合い、寄り添い合いながら生きていく、自分たちふたりの姿が鮮やかに目に見えるようでもあった。

だが、夫婦という言い方や結婚、再婚、という言葉は、少なくとも医師の口から出たことはなかった。鏡子も同様で、ふたりは暗黙のうちに、それらの表現を注意深く避け合いながら会話しているようなところがあった。

どちらかが口にしてしまったら最後、この静かな、穏やかな、愛情に満ちた関係はたちまち穢された現実に直面し、終わりを迎えそうな気もした。示し合わせたように半同棲にも似た暮らしを続けながら、どちらも将来について何も語ろうとしない、というのは、たいそう不自然なことかもしれなかったが、かといって、人生の困難をいくつも乗り越えてきて、老いの道に入ろうとしているふたりが、安易に将来を約束し合うのも、避けたほうが無難であるように思われた。

少なくとも鏡子は、医師の肩やうなじに顔を寄せ、甘えている時でさえ、「好き」「愛してる」といった、臆面《おくめん》もなく口をついて出てきそうな言葉を封じこめようとした。

自ら発する愛の言葉のみならず、相手に向かって愛の確認をすることにも、常にどこか、ある種の怯えのようなものがつきまとった。

自分を愛してくれているのかどうか、好いてくれているかどうか、言葉にして聞いて確認したい、という気持ちは常にあっても、望む答えが返ってこなかったらどうしよう、無反応だったらどうすればいい、などと考えているうちに、確かめたい気持ちはうやむやになり、言葉にこだわる必要などない、この人が私を大切に思っていないはずはないのだ、などと勝手に結論づけるに至るのだった。

それでもごくたまに、鏡子にしては珍しい性的な興奮のさなかにあって、思わず「先生、先生、好き」などと声をもらしてしまうこともないではなかった。そんな時は思わずはっとして我に返り、全身で医師を窺った。

医師は反応しない。何も応《こた》えない。囁《ささや》かない。腰の使い方、指の動き、吐息の数々にも何ひとつ変化は表れない。もくもくと黙ったまま、いつもと寸分も変わらぬ行為を終える。そして、精根尽き果てたかのようにベッドに倒れ込み、そのまま寝息をたててしまうのだった。

それでも、鏡子にとっては、変わらずに医師と過ごす時間が続いていくことの幸福はかけがえがなかった。長い長い人生の果てに、苦しみや切なさ、悲しみが過去のものとなったあげく、こうした穏やかな幸福が用意されていたとは想像もしなかった。

残された人生があとどのくらいあるのか、知りようもないが、少なくとも人生の終盤にさしかかろうとして、異性を相手にかくも純粋な夢をみることができる、というのは、奇跡のようなものと言えた。先の見えない関係ではあったが、このままいけば、水が自然に流れつくがごとく、ある所定の場所に辿《たど》り着いて、百年も前からそうしていたかのように、互いを見つめ、慈《いつく》しみながら、味わい深い老境を分け合っているに違いない、という想《おも》いもあった。

だが、その一方では、医師にその想いが届いているのかどうか、彼が鏡子のことをどこまで真剣に考えてくれているのか、まるでわからなくなる時もあった。

猜疑心をかきたてられるほどではなかったにせよ、ものごとについて曖昧模糊《あいまいもこ》とした反応しか返ってこないと、勢い、宙に浮いたような形で放り出されてしまったような想いにかられる。とりたてて問い質《ただ》すようなことでもないから、と鏡子が口を閉ざせば、医師もまたそれに合わせたかのように押し黙り、会話はどこにも着地することなく、鏡子の中に釈然としない想いだけを残して消えていくのだった。

秋も深まりつつある季節、土曜日の夜だったが、医師がいつもよりかなり早めにやって来たことが嬉《うれ》しくて、鏡子はつい、言うつもりではなかったことを口走った。

「今日は先生にね、提案したいことがあるんだ」

日が暮れると底冷えがしてきて、薪《まき》ストーブのぬくもりがないといられなくなっていた。医師と二人の夕食に、鏡子は鶏の水炊《みずた》きを用意し、鍋《なべ》を囲んで時間をかけながら食事をした。提案をしたのは、暖かい部屋で湯気のたつ水炊きを食べ終え、うっすらとかいた汗が徐々にひいていこうとしている時だった。

グラスになみなみと注いだ二杯目の赤ワインを飲みほした医師は、酔いがまわったか、頬を染め、少しうるんだ目をしていた。

「なんだろう。言ってごらん」

「いやだったらいいのよ。煩わしいからいやだ、ってはっきり言ってくれれば、それで全然、かまわないの。遠慮なんかしないでね。でも、もしかしたらオッケーしてくれるかもしれないし、その可能性が少しでもあるんだったら、思い切って話してみたほうがいいんじゃないかなぁ、って思って……」

医師は目尻《めじり》にたくさんの皺《しわ》を寄せて笑った。「なんだかわからないけど、ややこしい禅問答みたいだなぁ。うん、わかった。いやだったら、いやだと正直に断るし、オッケーだったら素直にそう言うよ。……で、何？」

「友達の長谷川康代さんなんだけど」と鏡子は背筋を伸ばして言った。「康代さんのことは何度か話したから、覚えてるでしょう？」

「うん、もちろん」

「心のバランスをくずした私に、宇津木クリニックに行くことを勧めてくれた恩人。つまり、私に先生という人との出会いを与えてくれた人だから……そうね、こんなことは先生本人を目の前にして口にするのも恥ずかしいんだけど、私にとっては、キューピッドみたいな人かもしれない」

医師は作ったような笑顔をみせ、「そうだね」と言って大きくうなずいた。「……で、彼女がどうかしたの？」

「今さら言うまでもないけど、私はね、彼女に先生と私のこと、ひと言も教えてないのよ。もちろん、匂《にお》わせるようなことも何ひとつ。彼女に限らず、私たちのことは絶対に、誰にも秘密にしておくつもりだったし、これからもそうするつもり。でもね、康代さんにだけは、私と先生のことを教えてもいいんじゃないか、って思うようになって……。どうしてかな。彼女が誰よりも信頼できる人だから、っていうのはもちろんあるんだけど……この世でたった一人でいいから、この、私たちの関係をね、知っていてもらいたい、っていう気持ちになったものだから」

医師は大きな目を見開いて、じっと鏡子を見つめていた。熱心に聞き入ってくれているのはわかったが、その目の奥から、急速に輝きが消えていくのが見てとれた。

鏡子は気を取り直しながら、「だからね」と続けた。「……先生さえよかったら、一度、康代さんをまじえて、三人で食事でもしたいな、って思って。そういう提案なの」

高橋医師は目をそらし、瞬《まばた》きを繰り返した。肩をそびやかすようにして息を吸い、ため息まじりに吐き出した。

答えを待つまでもないような気がした。鏡子はくちびるを固く結んで笑みを浮かべ、しばし、沈黙した後、「やっぱり、やめといたほうがいいかな」と小声で言った。「そういうのって、煩わしいでしょ。気が進まないみたいね」

「いや、別にそういうわけじゃ……」

「私たちのことは隠しておかなきゃいけない、っていうことはわかってるの。どんなに信用できる相手でも、ついつい、ぽろっ、と誰かにもらさないとも限らないし。こんな小さな町だから余計に……」

「そういうことよりも、僕は」と医師はいかめしい口ぶりで言った。「この町では、鏡子さん以外の人間に会いたくないんだ。誰であろうと……。そのことだけはわかってほしいし、それ以前に、わかってもらえている、と信じてきたつもりなんだけどね」

「もちろんそれはわかってる」と鏡子は慌てて取りなすように言った。「本当にそうよね。そうだった。ごめんなさい。忘れてたわけじゃないのよ。でも、三人で会ったら楽しいだろうな、なんて、ふっと思ったもんだから……」

「それに」と医師は言った。突き放すような言い方だった。「この関係を誰かに知っておいてもらいたい、っていう気持ちは、僕にはない。どうしていちいち、人に教える必要がある？　こういうのは、ごく個人的なことじゃないか。申し訳ないけど、僕は鏡子さんのそういう気持ちには寄り添えないし、今後も寄り添うことはできないよ」

きっぱりと拒絶されたも同然の形になった。鏡子の気持ちを思いやろうとする素振りは、少しも感じられなかった。医師がそんな言い方をしてきたのは初めてだった。自分は愛されていない、と鏡子は思った。愛されてきたと思っていたのは間違いで、医師はただ、ちょっとした好奇心からここに通い始め、そのうち習慣をやめるのが面倒になってきたものだから、致し方なしに続けているに過ぎないのではないか、と思った。

医師を前に、康代の話は何度かしてきた。出会ったきっかけ、これまでの経緯。康代の経歴、康代の夫と家族、康代の人となり、いかに信用できる人物か、ということ……。これ以上の説明はいらないほどだった。

ほとんど友人と呼べるような人間がいない鏡子が、唯一、心を開いてかかわることのできる、大切な友だということも何度か教えた。それは充分、医師にも伝わっているはずだった。

そんな相手にだけ、こっそりと自分たちの関係を教えたい、と願ったとして、いったい何故《なぜ》、頭ごなしに拒絶されねばならないのか。たとえ、三人で会うのが煩わしいことだと思っていたのだとしても、もっと他に言いようがあるのではないのか。

怒りや失望、というよりも、医師の本質が見えなくなったことで、鏡子は我知らず、熱いものがこみあげてきそうになった。うるみかけた目をそらしながら、必死になってごまかして、笑みを作った。

「本当にごめんなさい。友達に紹介したい、だなんて、ただの私のわがままでしかないわね。今言ったこと、全部撤回するから、すぐに忘れてください」

医師はしばし、黙っていたが、ややあって凍りついていたものが急速に溶け出した時のような笑顔を作った。こっちこそ、ごめん、と彼は言った。そっと手を伸ばし、鏡子の腕に触れてきた。軽くなだめるようにさすった。

「今、僕が言ったことで、気分を害さないでほしいんだけど、それは無理かな」

「ううん、大丈夫」と鏡子は言った。首を横に振り、くちびるを横に伸ばして微笑のかたちを作った。「気分を害するなんて、全然よ。先生の言う通りだと思う。女子高生じゃあるまいし、こういうことをいちいち友達に教える必要なんか、どこにもないものね。大人げないことを言ったりして、恥ずかしい。いい年をして、私ったら、何言ってるんだろう」

そう言いつつも鏡子はにわかに、医師のほうからひとつも将来の話が出ないのは、何かこういうことと関係があるのだろうか、という想いを拭いきれなくなった。

深い関係になった女から、親しい友人を紹介したい、三人で食事がしたい、と言われ、ここまできっぱり拒絶してくるなど、鏡子には理解しがたいことだった。大半の男は照れるだろう。羞《は》じらいをみせるだろう。そんな恥ずかしいことは、まだ早いよ、などと言ってくる者もいるかもしれない。

だが、誰もが内心では、自分たちの関係がお披露目の時を迎えることを喜ばしく思うものではないだろうか。閉じられていた秘密の関係が、一人の友人を相手に開かれていく、というのは、恋人たちにとって、晴れがましいことではなかったろうか。

恋は劇場の舞台で進められていく演劇のようなものだ。常に観客を必要とする。たとえそれが、たった一人の観客であったとしても。

この町では鏡子以外の人間と、誰とも会いたくない、という医師の真意も測りかねた。もともと医師は、交友関係のほとんどない生活を送っているようだったし、鏡子が医師の口から、親しくかかわっている友人の話を聞いたことはない。聞いたのは、大昔の、小学校や中学校時代のクラスメートの話や、近所にいたという、いじめっ子で有名なガキ大将の話程度で、成人後の医師をめぐる人間関係が細かく語られたことはなかった。

多忙のあまり、友人づきあいをする余裕がない人生を長く続けてきた、ということはむろん、考えられた。もともと男という生き物は、女よりも友達づきあいの少ない人生を送りがちなところがある。深くかかわるのは、仕事や社会生活を介した仲間に限られ、私生活での友人との交流はほぼ皆無、という人も少なくない。ましてて、縁もゆかりもなかった花折町でアルバイト医を続けている医師が、地元の人間と交流するなど、煩わしいだけ、と思ったとしても、何の不思議もなかった。

だが鏡子には、何か別の理由があって、医師が言い訳がましくそんなことを言っているだけのようにも思われた。

鏡子以外、誰とも会いたくない、とはいえ、男と女の関係になり、たとえ今は将来の話をせずとも、温かく穏やかに慈しみ合うようにして営みを続けている相手の、もっとも親しい友人だけは例外、と考えるのが自然なのではないか。

鏡子という女と特別な関係にある、ということを第三者に知られるのが、何故、それほどいやなのか、鏡子にはわからなかった。ただの照れとはとても思えなかったが、かといって、何か特別な理由を思いつくわけでもなかった。

それほどまでに病的な人嫌いだったのか。彼が人の精神に深く分け入っていくことを生業《なりわい》にしたのは、医師として以外、他者の精神と深くかかわることができなかったからなのか。

そんなふうに、いくつかの不審な点、理解しがたい要素が、小うるさい羽虫のように鏡子のまわりを飛びかうことはあったものの、それでも医師は変わらずに鏡子のもとに通い続けた。二人の間で、静かに育《はぐく》まれていくものは確かに感じとることができた。

何があったにせよ、医師と過ごした日々が、鏡子にとって至福の日々であったことは事実だった。それは人生最後のぬくもり、夫の死後、鏡子を孤独の淵《ふち》から救い出してくれた男と培《つちか》った、かけがえのない穏やかな時間の堆積《たいせき》だったのである。

［11］

二〇一三年、十一月二十七日。

水曜日だった。だがそれは、その年の五月から半年間ほど、一度として変わることなく巡ってきた、いつもの水曜日とは大きく異なっていた。高橋智之医師との逢瀬《おうせ》がふいに、何の前ぶれもなく終わりを告げた水曜日と言ってよかった。

東京発最終の長野新幹線に高橋医師が乗車し、佐久平駅で降りたのなら、午前零時前には鏡子の家に到着しているはずだった。たまたま運悪く構内に客待ちのタクシーが一台もいなかったのだとしても、零時二十分をまわってなお現れない、ということはあり得なかった。

零時三十分になった。鏡子は玄関脇《わき》の小窓から外を覗《のぞ》くことを諦《あきら》め、リビングルームに戻った。緊張しながら立っていたせいか、両足がこわばってしまったように感じられた。

最終新幹線が、たとえば碓氷《うすい》峠トンネル内を走行中、送電線の故障か何かで急に停車してしまい、大幅に遅れが出ているのかもしれない。そんな想像が、鏡子の中で文字通り、最後の希望、一縷《いちる》の望みとしてわきあがった。

冷静に考えれば、そんな想像も都合のいい願望に過ぎない、ということもわかるのだが、それにすがりつく以外、今、この時間をやり過ごす方法はないように思われた。

鏡子は急ぎ、携帯を使って軽井沢駅に電話をかけてみた。コール音が長く続いた。時間が時間なので、もう駅舎は閉められ、誰もいないのかもしれない。そう思い、諦めて電話を切ろうとした時だった。相手の受話器がはずされ、男の駅職員が応対してきた。

鏡子は早口で、何か突発的なトンネル事故か何かがあったのではないか、それで下りの最終新幹線に遅れが出ているのではないか、というような意味のことを訊《たず》ねた。

相手は、何故《なぜ》、そんな質問をされねばならないのか、理解できない、といった口ぶりで、「そのようなことはありませんが」と答えた。下りの最終新幹線は定刻通り運行した、という話だった。

礼を言って通話を終えると、あとはもう何もすることがなくなった。ソファーには二匹の猫が寝ていたので、鏡子は肘掛《ひじか》け椅子《いす》のほうに腰をおろし、携帯を握りしめたまま、なすすべもなく放心した。

かすかに聞こえてくるかもしれない外の気配、車がこちらに向かって走ってくる時のタイヤの音やエンジン音を聴き取ろうとして、全身を耳にしてみた。何も聞こえてはこなかった。

無駄とわかりながら携帯を開いて、新着メールの問い合わせを行った。携帯電話が古くなっているので、急な故障、不具合が起こり、メールが正しく受信できていない可能性もある、と考えたからだった。

だが、何度繰り返してみても、新着メールは届いていなかった。電話の着信履歴もなかった。

馬鹿《ばか》げたことと知りつつ、携帯が本当に故障していないか、正しく機能しているかどうか、確かめるために、時刻案内の117番に電話をかけてみた。

女性の声が「午前零時五十九分三十秒をお知らせします」と告げてきた。ややあって、「ただいまから、午前一時ちょうどをお知らせします」という声がし、ピッ、ピッ、ピッ、ポーン、という、時報が聞こえてきた。

鏡子は携帯を閉じ、椅子から立ち上がり、室内をぐるぐると歩きまわった。トビーが目を開けて不思議そうに鏡子を見ていた。シマが身体《からだ》をひねって、器用に自分の後ろ脚を舐《な》め始めた。

デパスを服用したためなのか、じっとしていられないような、ざらついた気分、こめかみや顎《あご》のこわばりは感じられなかったが、それでも心臓の鼓動は速いままだった。否応《いやおう》なしに押し寄せてくる不安は肥大化し、不吉な荒波のようになりつつあった。もう、遠慮などしている場合ではなかった。定期的に通って来ていた人間が、何の連絡もなく姿を現さないのである。電話もメールもよこさないのである。何があったのか、確認しようとするのは当然の行為だった。

鏡子は再び椅子に腰をおろし、高橋智之医師の携帯に電話をかけた。こんなことをしても無駄であり、応対してくることはあるまいと、確信に近い気持ちで思っていたが、結局、その通りになった。

九時半過ぎに電話をかけた時と同様、コール音も何も鳴り出さなかった。いきなり聞こえてきたのは、電話の持ち主が電波の届かないところにいるか、電源が切られているか、どちらかである、という、ありきたりのフレーズだけだった。

電波が届かないところにいる、というのも、電源が切られている、というのも、いずれも不快な表現だ、と鏡子は思った。必死になって探しているのに、なんとかして連絡をとりたいと思っているのに、何度電話しても、電話の持ち主が手の届かない場所にいる、というのは、自分からの逃亡としか考えられなかった。

つまりは意図して連絡を絶ったのだ。そういうことなのだ。

決めつけるのはまだ早すぎる、と思いつつ、鏡子はもう、高橋医師が何か突発的な事故にあったり、急病で医療機関に運びこまれたりした可能性をほとんど除外して考え始めていた。

突然、心臓が止まったり、脳血管が切れたりした、ということも現実的にあり得ないことではないが、何か動物的な直感のようなものが鏡子に、それは違う、と教えていた。医師のふいの失踪《しっそう》は、そうしたありふれた悲劇によるものではなく、もっと別の、心理的な問題がからんだ、半ば以上、計画的なものだったに違いないとしか思えなかった。

もう医師は来ない。鏡子はそう断定した。何があったにせよ、少なくとも今夜はここには来ないのだ。

空腹はまったく感じなかったが、その時間まで何も食べずにいるのは、かえって明日からの自分の動きに支障をきたすかもしれない、と思い直した。無理してでも少し食べておかなくては、と鏡子は思った。

のろのろとキッチンに行き、その晩、医師と共に食べるつもりで作った、豚バラ肉と野菜の味噌《みそ》いためをフライパンで温め直した。風味のある味噌の香りが立ちのぼったが、食欲は刺激されなかった。

豚バラ肉ではなく、キャベツとピーマン、長ねぎを中心に少量、小皿に取り分け、保温のままにしておいた炊飯器から、茶碗《ちゃわん》にほんの少し、ごはんをよそった。ごはんに昆布の佃煮《つくだに》を添え、食卓に運んで食事を始めた。食べながら、ずっと同じことを繰り返し考え続けた。

これからすべきこと。まずは、高橋医師の携帯にメールをもう一度、送ること。だが、返事は期待できなかった。ものごとが動き出すとすれば、翌日からだった。明日の午前中、宇津木クリニックに電話をかけよう、と鏡子は考えた。

医師が花折町に来ていて、いつも通り、クリニックの精神科外来に出ているのなら、クリニックのスタッフは、彼の診察が通常通りかどうか、はっきり答えてくれるはずだった。新患を装《よそお》うか、医師の友人知人を装うか、決めかねたが、やはり新患のふりをして確認したほうが無難だろう、と鏡子は思った。

それで少なくとも、一つの疑問が解消される。そこからまた、新たな疑問が生じるのはわかりきっていたが、一歩大きく前進したことにはなる。

ともあれ宇津木クリニックが、高橋智之医師の所在について、何らかの情報を与えてくれるのだから、と思うと、いくらか気がまぎれた。

食事とも言えない簡単な食事を終え、食器をキッチンの流しに運んだ。台所用のスポンジに洗剤をつけ、泡立ててから食器を手早く洗った。

洗いながら、ふと、これから車で医師がふだん滞在するマンションまで行ってみようか、と考えた。部屋番号はわからないが、大都市にあるような大型マンションではないから、エントランスロビーに入れば、並んでいる郵便受けから容易に推察がつくだろう。もしかすると郵便受けには、はっきりと「宇津木」という名札が貼《は》られているのかもしれない。

そこまで考えて、鏡子は食器を洗う手を止めた。

行ってどうする、というのか。直接部屋の前まで行き、インタホンを押したり、ドアをノックしたりする、というのか。あるいは、オートロック式のマンションだった場合、ロビーから、宇津木という名の部屋の番号を呼び出すのか。

そんなことをしている自分は想像できなかった。もし医師が、今、マンションの宇津木院長の部屋にいるのなら、深夜になっていきなり訪ねて来た女に対し、どれほど深い嫌悪感《けんおかん》を抱くか、わかったものではなかった。

鏡子には窺《うかが》い知れない理由があって、ここに来られなくなったことだけは明白だった。何があったにせよ、性急に追いつめたり、ことを荒立てたりするのは、今の段階では避けるべきだった。

鏡子は自分にそう言い聞かせながら、洗い物を終えた。台所の明かりを消し、もう一度、玄関脇の小窓の前まで行って、ガラス越しに外を見た。門灯に照らされている部分以外、外は漆黒の闇《やみ》に埋もれていた。

その時ふと、携帯をリビングに置きっぱなしにしてきたことを思い出した。キッチンで洗い物をしている間、水音で医師からかかってきた電話やメールの着信音を聞き逃した可能性があった。

大慌《おおあわ》てでリビングに駆け戻り、携帯に飛びついた。そんなことをしている自分を鏡子は痛々しく思った。案の定、着信履歴は何も残されていなかった。

今夜最後のメールを送ろう、と決めた。今日のところはこれきりにする。明日の朝まで相変わらず何も連絡がなければ、宇津木クリニックの受付に電話をかけて医師の所在を訊ねる。

それでいい、今のところはそれしか方法がない、と鏡子は思った。

二匹の猫が相次いで床に降りていったので、ソファーに腰をおろし、医師にメールを打った。

『心配です。どうしたのですか。無事でいるかどうか、それだけでいいので連絡ください』

メールを送信した。携帯を閉じ、しばらくぼんやりしてから、よろよろと立ち上がった。何が起こったのかわからない、という宙づりのような状態が翌朝まで続く、と思うといたたまれなかったが、どうしようもなかった。

薪《まき》をくべるのを忘れていたので、薪ストーブの火はすでに消えてしまっていた。しんしんと冷えた外気が、ガラスや壁を通して室内にまでしみわたってくるように感じられた。

寝支度をすませ、二階に上がった。枕《まくら》の脇に携帯電話を置いた。電池が少なくなりつつあったため、充電器につないだ。

眠れそうになかったが、睡眠導入剤のたぐいは飲みたくなかった。人事不省になったように眠りこけてしまったら、携帯電話の着信音に気づかなくなる。仕方なくデパスを取り出し、少し考えて二錠飲んだ。日に三錠も飲むのは、重い抑鬱《よくうつ》状態で宇津木クリニックに通い、高橋医師の治療を受けて以来のことだった。

頭の芯《しん》がぼんやりし、いくらか気分が楽になったものの、眠りはなかなか訪れなかった。少しうつらうつらし始めた時、枕の脇に置いた携帯電話が鳴る音を耳にし、飛び起きた。明らかな幻聴だった。

最後に会った医師のことを正確に思い出そうと試みた。前の週の土曜日の晩だった。

落ち着かないような、どこか終始、上の空でいるような、そんな印象を抱いたのだが、それは水曜日も同様だった。

思い過ごしだろうと思いながらも、鏡子が、「今日は何かあった？」と訊ねると、医師は怪訝《けげん》な顔で鏡子を見つめた。

「どうして？」

「なんだか、いつもの先生と違う感じがするから」

医師は、「なんにもないよ」と言い、微笑を返した。「ちょっと疲れてるけど」

「患者さんの数、多かったんじゃない？」

「そうだね。相変わらずだよ」

その後、何を話したのだったか。たいした会話は交わしていない。医師はいつもよりも多めにワインを飲み、赤い顔をして目をうるませながら、食後、ソファーに横になった。

「こっちにおいで」と言われた。

鏡子がソファーのそばまで行くと、医師は仰向けに寝ころんだまま、鏡子の手をとり、床に座らせ、少しの間、鏡子の顔をじっと見つめた。

「どうしたの？」

「いや、何も」

「変な先生」

「そんなことないよ」

「酔った？」

医師は微笑し、クッションの上で頭をゆっくりと左右に振った。

その後、目を閉じ、じっとしていたが、眠っているようには見えなかった。しばらくすると上半身を起こし、はいていたズボンのポケットから携帯電話を取り出して、開いた。

着信していたメールに返信したのか、あるいは、新規メールだったのか、医師はその場でメールを打ち、送信してから携帯を閉じて、再びポケットに戻した。その一部始終を鏡子は見るともなく、遠くから見ていた。

医師はどこか険しい表情を宿しているように感じられたが、鏡子が話しかけると、ごくふだん通りに応じた。これといって、特別に変わった言動は見られなかった。

その晩、性の営みはなかった。いつもは枕に頭を落とした直後、寝息をたて始めるのに、医師はなかなか寝つかれない様子だった。

「眠れないの？　珍しいのね」と鏡子が話しかけると、医師は「うん、どうしたのかな」と答えた。

こちらに背を向けて寝ていた医師の肩と腕を鏡子はそっと、撫《な》でた。背中を撫で、パジャマの襟元を直してやり、再び肩を撫でてやった。

医師は「ありがとう。いい気持ちだよ」と言った。低い声だった。深い吐息がそれに続いた。

おやすみなさい、と鏡子が囁《ささや》くと、彼もまた、「おやすみ」と言った。先に眠りにおちたのは鏡子のほうだった。

……正確に思い出せることがあるとしたら、そのくらいだった。

重苦しい眠りの後に、朝が訪れた。

眠っている間に、携帯にメールが届いたのではないか、着信音に気づかずにいたのではないか、と思い、目覚めてすぐに携帯を開いてみたが、何も入っていなかった。

夜が明けてみると、前の晩のことは、悪い夢でみたことに過ぎなかったように感じられた。本当にそうだとしたら、どれほどいいだろう、と鏡子は思った。

起きぬけの頭がはっきりしてくるにしたがって、現実が冷たく巨大な鉄の壁のようになって、目の前に迫ってきた。医師は来なかった。連絡もよこさなかった。その事実だけは変えようがなかった。

前の晩は、入浴する気分にもなれず、そのままベッドに入ってしまった。これから仕事に行くのだから、シャワーくらいは浴びておかねばならない。

鏡子は重たい鉛の塊と化した身体を引きずるようにして、家中のカーテンを開けてまわり、リビングのエアコンをつけた。仕事に出る日の朝はいつも、薪ストーブに火をおこす余裕がないため、エアコンだけで暖をとる。室内は冷えきっていて、ぬくもりが得られるまでに時間がかかった。

前の晩と何ひとつ変わらないままの部屋の様子をひとわたり見渡した。前日同様、周囲を囲む雑木林や小高い丘の向こうから、初冬の朝の光が燦々《さんさん》とさし始めていることだけが救いだった。

バスルームに入った時、ふと、タオル掛けに並べた淡い水色とピンク色のフェイスタオルが目に飛びこんできた。この水色のタオルをあの医師が使うことは、もうないのかもしれない、と思った。

そう思った瞬間、およそ初めて鏡子の中に、高橋智之医師の身に何かあったのではないのか、という不安が頭をもたげ始めた。

前の晩はほとんど、そうは考えられなかった。これはあらかじめ、ひそかに計画されていたことであり、医師が鏡子のもとから離れていくための強硬手段だったのだ、としか思えなかった。

だが、少ないにせよ、いくらかの睡眠をとった後では、まともに頭が働くようになった。冷静さと客観性が戻ってきたような気がしたが、そうなればなったで、鏡子は新たな不安に苛《さいな》まれ始めた。

事故にあったのではないか。駅かどこかで急に倒れ、意識不明のままでいるのではないか。そうだとすれば、何の連絡もないのはうなずける。

宇津木クリニックの内科の診察開始時刻は午前九時である。八時半をまわれば、受付業務が始まって、電話応対してくれるかもしれない。

家を出て記念館に向かう前に、ともかくクリニックに電話をかけたかった。一刻も早く正確な情報を仕入れ、それがどんなことであろうと受け入れて、今後、どうすべきか、考えたかった。情報が何も入ってこない、ということに、鏡子はもう、一分一秒、耐えられなくなりそうだった。

シャワーを浴び終え、バスルームから出た時、時刻は七時半。時間的には、ほぼふだん通りだったが、いつものように昼の弁当を作り、猫たちの世話をし、八時半きっかりに車の運転席に座るためには、倍の時間が必要であるような気がした。

鏡子は選ぶ気力もないまま、前日、着ていったのと何ひとつ変わらない灰色のタートルネックセーターに、同系色のチェック柄の、膝下《ひざした》まである丈のスカートをはいた。簡単に化粧をし、ドライヤーで髪の毛を乾かし、猫のトイレの始末をし、餌《えさ》入れをフードで充《み》たした。

弁当を用意する気力もなかったが、食パンにピーナッツクリームと蜂蜜《はちみつ》を塗ってサンドイッチを作り、プラスチックの容器に押し込んだ。みかんを一つ添え、大判のハンカチーフで包んでから、コーヒーをブラックで飲んだ。

それだけのことをしているうちに、すでに時刻は八時三十分になろうとしていた。あとは靴をはいて外に出るだけでいいように、コートをまとってから、鏡子は意を決して、携帯と向き合った。念のため、非通知設定にし、自分の携帯番号が相手の電話機に表示されないようにした。

前の晩、医師に電話をかけた時同様、心臓の鼓動が速くなった。まだ受付が始まっていないのであれば、そのほうがいいような気もした。そうであれば、このまま家の戸締りをし、車に乗って記念館に行き、開館の準備をした後で改めて電話をすればいい。

一刻も早く医師の所在を確かめたいと願っているというのに、それを先のばしにしたい、という思いもある。少しでも先のばしにすれば、その分だけ、目《ま》の当たりにする現実のむごさから遠く離れていられる。いずれ知らされることになるであろう真相を、鏡子は内心、何よりも恐れていた。

コール音は長く続いた。半ば以上、ほっとしながら、鏡子が電話を切ろうとした時だった。「お待たせしました。宇津木クリニックでございます」と明るく応じる若い女の声が響いた。どこかから大急ぎで走って来たのか、息が少し切れていた。

「朝からすみません。お伺いしたいことがあるんですが、今、よろしいですか」

「はい。大丈夫です」

「そちらの精神科を受診したいと思っている者なんですけど……精神科は毎週、木曜金曜土曜の三日間、診ていただけるんですよね？」

「ええ、はい」

「それは、あらかじめ予約をしなくてはいけないんでしょうか」

「そうですが……」

そうですが、と言った後の相手の反応は摩訶《まか》不思議なものだった。受話器の向こうには、鏡子の言葉を肯定したのか、それとも否定しようとしたのか、わからないような空気が流れたのだが、あたかもそれをごまかそうとするかのように、受付の女は、

「ちょっとお待ちください」と言った。

送話口が掌《てのひら》で塞《ふさ》がれたようだった。こもったような音がかすかに聞こえてくるだけになったが、まもなく塞いでいた手を離し、先程の女が「もしもし?」と言ってきた。

「いつのご予約をご希望ですか」

「ええっと、できれば今日がいいんですが」

「今日、ですか」

「はい。急なことで申し訳ないんですが、ちょっと具合がよくないもので、今日中に診ていただきたくて」

相手は沈黙した。鏡子は続けた。「当日予約は難しいのかもしれませんけど、お願いできないでしょうか。待ち時間が長くなってもかまいませんから」

「あの、すみません、ちょっとお待ちいただいていいですか」

言うなり電話は保留モードに変えられた。携帯の奥からは、よく響きわたる幾種類もの野鳥の声が聞こえてきた。

一年前、初めてクリニックを訪れた時、待合室の壁にかけられた大型液晶テレビに、森の野鳥や動物、山の草花が環境音楽を背景に流れていたことが鮮やかに思い出された。クリニックの院長である宇津木宏医師は、自然を愛するアウトドア派なのかもしれない。趣味は登山、といったところか。

そんな埒《らち》もないことを考えていなければ、心臓が破裂して、喉《のど》から飛び出してきそうだった。

待たされていたのは、ほんの一分にも満たなかったが、鏡子には十分にも二十分にも感じられた。

「もしもし。お待たせしました。お電話、替わりました」

野鳥の声の代わりに、先程の女の声とは違う、別の女の声が聞こえてきた。明らかに先の女よりも年上のようだった。看護師だろうと鏡子は思った。

「実はですね、大変、申し上げにくいのですが、精神科の診察は、ここしばらくの間、お休みさせていただくことになりました。ですので……」

それまで速い鼓動を繰り返していた心臓が、ぴたりと動きを止めたような感じがした。鏡子は「お休み？」と聞き返した。

いやな予感の大半はあたるのだ、と思った。高橋医師はクリニックを休むことにしたのだ。休ませてほしいと連絡してきたのだ。

「本当に急なことで大変申し訳ないのですが、そのようなことですので、ご理解いただけましたら……」

鏡子は呼吸をするのを忘れそうになりながら、慌ただしく考えた。やはり医師に何かあったのだ。病気か。怪我《けが》か。もっと恐ろしいことなのか。

「あの、お休み、って、どういうことでしょうか。いつ決まったんですか。そういう事情は全然、知りませんでした」

「申し訳ありません」

「それでしたら……診療再開なさるのはいつになるんですか」

「今の時点ではまだ何も決まっておりませんので、なんとも……」

女の口調は丁寧だったが、木で鼻をくったような物言いに聞こえた。鏡子は苛立《いらだ》った。

高橋医師に何かあったのか、医師と連絡をとりたいのだが、どこに連絡すればいいのか。そうしたことを矢継ぎ早に質問したい衝動にかられた。いけない、いけない、と思うのだが、もはや止められなくなった。

「それは、高橋先生のご都合ですか」

女は口ごもった。そんなことを聞かれても困る、と言いたげだった。女は鏡子が予想した通り、うまくはぐらかした。

「早い段階で再開することになるかと思いますので、今日のところは申し訳ありませんが……」

「再開する時は、高橋先生の代理の先生が来られるんですか。それとも高橋先生がそのまま、これまでと同じように診てくださるんですか」

「それはまだなんとも……」

「高橋先生は当分、そちらでは診察しない、ということになったんですか」

「あのう……失礼ですが」と女は、それまでと打って変わった、怪訝な口調で訊《き》いてきた。「どちらさまでしょうか」

「いえ、別に」と鏡子は言った。小さく咳払《せきばら》いした。「すみません。しつこく伺ったりして。でも、高橋先生の評判がとてもいいので、どうしても高橋先生に診ていただきたいと思っていたもんですから」

「残念ですけれど、高橋医師は」と女は言った。ぴんと背筋を伸ばし、まっすぐ前を向いて言い放つ、その姿が目に見えるようだった。「一身上の都合で当クリニックを辞められました」

鏡子が返す言葉を失っていると、女は素早く「そういうわけですので」と言った。

「ご理解ください」

「辞められた、って……先週までは診察なさってましたよね。突然だったんですか」

「詳しいことは私は何も存じませんので」

「一身上の都合って何ですか」

「わかりません」

「辞める、ということに決まったのはいつなんですか。先週の土曜日ですか」

「申し訳ないですが」と女は言った。隠しきれない苛立ちが感じられた。「私には何もわからないので、お答えできないんです。あのう、もうすぐ内科の診察が始まりますのでね。患者さんもみえているので、これで失礼させていただきます。では」

「あ、ちょっと待ってください。もしもし？　もしもし？」

鏡子が呼びとめた時は遅かった。電話は切られていた。

何をどう判断すればいいのか、わからなくなった。高橋医師はクリニックを辞めていた。「一身上の都合」で。

事故や急病ではないようにも思えたが、はっきりはしなかった。謎《なぞ》はますます深まった。

宇津木クリニックを辞めた、というのなら、辞めるという話を宇津木院長に申し出たのはいつだったのか。

少なくとも先週の土曜日までは、通常通り、医師はクリニックでの診察をこなしていたはずである。確認したわけではないから、証拠はないにしても、医師が先週の水曜の夜、花折町に来て、鏡子の家に泊まり、土曜の夜、再びやって来たことは事実だった。そうである以上、クリニックでの診察を休んだとはどうしても思えない。

となれば、医師が宇津木クリニックでのアルバイト診察を「一身上の都合」で辞めたのは、先週の土曜日以降……つまり、日曜から水曜の間に、医師本人が宇津木院長に連絡をして、その旨《むね》を明かした、としか考えられなかった。

そうだとしても、それはあまりに急な申し出だったことになる。それほど急に辞めねばならない理由というのは、何だったのか。医師の身に何が起こったというのか。それとも、宇津木院長に、辞めることを申し出たのは、もっと前のことなのか。

ぐずぐずしているうちに、原島文学記念館に行くのが大幅に遅れそうになった。ハンドルを握りながらも、どこをどう運転したのか、記憶を失ったような状態のまま、鏡子は記念館に辿《たど》り着いた。

屋内の暖房を入れ、窓のシェードを上げてまわり、上の空のまま開館の準備をしつつ、鏡子ははたと考えついた。

医師が非常勤で勤務している、横浜みどり医療センターに問い合わせてみたらどうか。精神科の高橋智之医師が、外来診察を行っているかどうか、確認をとることはできる。今日は木曜なので、もともと医療センターでの彼の外来はないが、医師が月曜から水曜まで、通常通りの診察を続けているのかどうか、訊ねることはできる。宇津木クリニックに電話をかけた時と同じように、患者になりすませばいいのだ。

時刻はじきに十時になろうとしていた。窓の向こうをひとわたり見渡してみたが、記念館を訪れようとしている車の影や、人の影は見えなかった。

鏡子は大急ぎでデスクに向かい、電源を入れてパソコンを立ち上げた。横浜みどり医療センターの電話番号は、携帯に入力していない。こんな事態になるとは夢にも思っていなかったのだから、その必要などなかったし、なにより鏡子は、医師と自分とが、それぞれの携帯を通して確実につながっていることを信じて疑わなかったのである。

パソコンで検索した横浜みどり医療センターの代表電話番号を凝視しながら、鏡子は慌ただしく、電話で何をどう問い合わせればいいか、考えた。

宇津木クリニックに電話した時と同様、携帯を非通知設定にしてから番号ボタンを押した。一度目のコール音が鳴り終わらないうちに、すぐに「はい、横浜みどり医療センターです」と応じる女の声が返ってきた。

「恐れ入りますが、精神科につないでいただけますか」

「診察予約でしょうか」

「え、いえ、ちょっと伺いたいことがあって」

「かしこまりました。少しお待ちください」

何度か、プップツと電話回線が途切れ途切れになったような音がした。切れてしまったか、と案じたが、少したってから年配の女の声がし、「はい、精神科です」と言ってきた。

鏡子は身構えながら「あのう」と言った。「そちらの精神科を受診したいのですが、予約なしで、直接伺ってもかまいませんか。ちょっと予定がたたないもので」

「その日にもよりますけど、予約なしですと、長くお待ちいただくことになってしまいますが」

「待つのはかまいません。でも……」鏡子は大きく息を吸って、気持ちを落ち着けようとした。緊張のあまり、声は震え出していた。「……できれば、高橋先生の診察を受けたいんです」

看護師とおぼしき女は、「高橋医師、ですか」と訊き返してきた。

何の感情も読みとれない訊き方だった。ただ単に意味もなく、高橋の名を繰り返して確認しているだけのようでもあった。少なくとも、すでにそこにはいない医師のことを外部の人間にどのように説明すべきか、困惑している、といった様子は窺われなかった。

鏡子は「はい、そうです、高橋先生です」と答えた。「高橋先生の外来は確か……」鏡子が全部言い終わらないうちに、女は「ちょっとお待ちくださいね」と言った。

電話が保留モードに切り替わり、どこかで聴いたことのあるアイルランド民謡が、電子音になって流れてきた。「庭の千草」だった。

何故、待たされるのかわからなかった。やはりここでも、高橋医師のことで何か問題が起こっているのか。だから、返答に窮するあまり、誰かに相談しようとして、看護師は時間稼ぎをしているのか。

場違いなほどのどかな「庭の千草」のメロディが途中でプツリと切れたと思うと、「お待たせしました」と先程の女の声が言った。「高橋医師の診察は、毎週、月曜日、火曜日、水曜日になっております。いずれの日も、診察時間はですね、午前九時から十二時まで。午後は二時から五時まで。水曜のみ、午後の外来はお休みです。通常、診察予約は電話でもお受けできますけど……でも、あのう、大変、申し上げにくいんですけどもね、今、確認したところ、高橋医師の診察予約は、年内いっぱい詰まってしまっているんですよ」

鏡子は自分がどんな感情にかられているのか、わからなくなった。安堵《あんど》と怒りと猜《さい》疑《ぎ》心《しん》が同時に襲いかかってきて、打ちのめされんばかりになった。

高橋医師は、怪我や急病で入院したのではない。勤務先の病院での外来はふだん通りに行っている。それどころか、年内いっぱいの彼の診察は予約で埋まっているのである。

だとすれば、これまでと何も変わっていないではないか。変わったのは宇津木クリニックでのアルバイトを辞めたことと、鏡子の家に通うことがなくなったことだけではないのか。

「もしもし?」と看護師が呼びかけてきた。「聞こえてますか。もしもし?」

鏡子は我に返り、慌てて「はい」と言った。「あの……確認なんですけど、今、おっしゃった高橋先生は、非常勤医の高橋先生ですよね」

わずかの間が空いた。怪訝な声が訊き返してきた。「そうですが、それが何か」

「すみません。私が知っている高橋先生なのかどうか、念のための確認です。いえ、その、つまり、私の知り合いが以前、そちらの高橋先生に診ていただいて、とてもよくなった、というので、同じ先生に診ていただきたくて……」

「高橋医師は一人しかおりませんが」

「そうですよね。わかりました。おかしなことを伺って申し訳ありません。で、その……年内いっぱい、高橋先生の予約がとれないのであれば、どこかにもぐりこませていただくしかないと思うんですけど、そういうことは可能ですか。それとも、新患として高橋先生の診察を受けるには、何カ月か待たなければいけない、ということなんでしょうか」

「いいえ、そんなことはありませんよ。さっきも言ったように、長くお待ちいただくことになってもかまわない、ということでしたらね、いつでも受け付けますので。当院では予約診療を行ってはいますが、新患受付は随時、ということになっていますから」

「そうですか。よかったです。じゃあ、そうさせていただきます。いろいろとご親切にありがとうございました」

「とんでもありません。お大事に」

よく晴れた、風のない、小春日和《びより》の日だった。記念館の窓ガラスを通して射《さ》し込む淡い光が、鏡子の全身を包んでいた。そのやわらかなぬくもりが、かえって事態の深刻さを引き立てているような気がした。

通話を終えた携帯電話を握りしめたまま、鏡子はじっとその場に立ち尽くした。

これで、おおよそのことが明らかになった。宇津木クリニックを辞めただけで、高橋智之医師は現在も横浜みどり医療センターでの精神科外来を続けている。もしかすると、宇津木クリニックを辞めることも、ずっと以前から決まっていたことだったのかもしれない。知らされていなかったのは自分だけで、宇津木院長はもちろん、クリニックの職員、彼の患者たちに至るまで、ずいぶん前から、そのことを知っていたのかもしれない。

となれば、結論はひとつしかなかった。

高橋医師は、鏡子の前から突然、姿を消すことにより、鏡子に別れを告げたつもりでいるのだった。

卑怯《ひきょう》きわまりないやり方だったが、それを他ならぬ医師本人が考え、医師が実行に移したのは動かしがたい事実だった。

短いメール一本で別れを告げられたほうが、まだましだった、と鏡子は思った。何故、ひと言も言わず、それどころか、別れることを匂《にお》わせもせず、こんな仕打ちをしてくるのか。自分の都合だけで忽然《こつぜん》と姿を消して、残された側がどれほどの混乱に陥るのか、考えなかったのだろうか。

漫然と毎週水曜、土曜と定期的に鏡子の家に通い続け、鏡子の手料理を食べ、枕を並べて眠って、たとえ、将来の約束を交わすような間柄ではなかったにせよ、この数カ月間の親密な交流に嘘《うそ》があったとは思えない。まして、二人の間にトラブルが起きたわけでもなかった。

確かに、情熱的だった関係は徐々に落ち着いたものに変わっていき、これといった会話もなく過ごす時間も増えてはいた。医師が鏡子の前で、以前以上に、疲れた様子を隠さずにいることも多くなった。

だがそれも、慣れ親しんだ関係の異性にだけみせる素顔と考えれば、嬉《うれ》しいことだった。なにより鏡子のほうでは、日増しに医師に向けた情愛が深まっていきつつあった。このまま時間が静かに流れ、共に年老いていければ、どれだけ幸せか、と思っていた。

みんな嘘だったのだ、と鏡子は考えた。慄然《りつぜん》とさせられた。

愛だの恋だの将来の約束だの、といった、若い娘が夢みるようなことをひそかに胸で温めながら、毎週、いそいそと医師を迎え、精一杯の手料理でもてなし、求められれば肌を合わせてきた自分を罵《ののし》りたくなった。何も気づかずにいた自分の愚かさに、胸が悪くなりそうになった。

あの人はただ、元患者だった女に自分自身を晒《さら》したくなっただけなのだ。いつもいつも、心を病んだ患者から堂々巡りの、厄介な精神状態を聞かされているだけの毎日では、そうした気分になっても不思議ではない。元患者のほうが、一般の健康な人間よりも精神面で共有できるものは多いはずで、そのことを誰よりも詳しく知っていた彼は、深刻な心の病にかかっていたのではない、ただ抑鬱状態になったに過ぎない独り身の鏡子に近づいたのだ。

そうだ、あの人は「魔がさした」だけなのだ、と鏡子は改めて思った。

原島文学記念館にやって来たのも、ふと、自分の元患者相手に心模様を語りたくなったのも、すべて「魔」のせいだったのだ。そのうち、否応なしに男女の関係になって、家に通うまでになったわけだが、彼に襲いかかっていた「魔」の力は日毎《ひごと》夜毎、急速に衰えていき、彼自身、そこから逃れたくなったあまり、一挙に姿をくらます、という荒業をみせてしまったのだ。

それにしても、酷《ひど》い仕打ちであることに変わりはなかった。とても大人がやることとは思えない。

たとえ、ひょんなことから親密になった女に飽きて、別れたいと思っても、大の男がこんなまねをするだろうか。別れ話は誰にとっても、どんな場合においても億劫《おっくう》だし、気の滅入《めい》るものではあるが、こんな一方的な姿の消し方は、わがまま放題育てられた子供のやることとしか思えなかった。

自分はあろうことか、精神科の医師に弄《もてあそ》ばれ、精神をずたずたにされたのだ。そう思うと、鏡子は煮えくりかえるような気持ちにかられた。

飽きられて、あげくに嫌われたのだとしても、最終的にはその事実を受け入れることはできるはずだった。暗い表情の医師から、言いにくそうに別れ話を切り出されていたとしても、今ほど動揺はしなかったかもしれない。

だが、重度の抑鬱状態に陥って、藁《わら》をもつかむ想《おも》いで通い始めた宇津木クリニックの診察室で出会った精神科の医師にいっとき救われておきながら、ここまで人間性を無視した形で男女関係の終止符を打たれたとなると、話は別だった。

相手は精神科医なのだ。現在は完治しているとはいえ、鏡子の性格の中に不安定なものが巣くっているのを誰よりもよく知っている人間なのだ。それなのにこんなまねをして、鏡子がどう反応するか、案じなかったとでもいうのか。案じるどころか、そんなことにはもう関知したくない、とでも思っていたのか。

鏡子の怒りは憤怒《ふんぬ》に近い気持ちにまでふくれ上がった。

電話にも出ない。メールにも返信をよこさない。そのうえ宇津木クリニックも辞めたということであれば、彼と会い、怒りをぶつける方法はひとつしかなかった。

横浜みどり医療センターに押しかけるのである。精神科の新患を装って医師の診察を受けるのである。その時のことを想像すると、鏡子は悪魔的な興奮を覚えた。

幸村鏡子、という健康保険証の名を目にしたとたん、医師はげんなりした顔をして逃げ出そうとするだろうか。

いや、まさか、そんなことはあるまい。いくらなんでも、事情を知らない看護師や病院スタッフの見ている前で、医師がやみくもに診察を拒否することなど、できるわけもない。

それとも、仮病をつかって診察室から出て行こうとするのだろうか。あるいは、看護師に向かって、「この患者は長野のほうで診ていた人なんだが、ちょっと問題があるので、まず心理療法士に診てもらうよう説得してほしい。僕が先に診るのはまずいのでね」などと言い、鏡子を診察室に入れないようにするのだろうか。

しかし、何があっても、どんなに無礼な応対を受けようとも、彼が非常勤医として横浜みどり医療センターに勤務しているのなら、自分がそこに行き、医師と対面する他ない、と鏡子は思った。会ってもらえないのなら、破れかぶれになって大声で騒ぎ始めてやってもいい。

そうすれば、いくらなんでも、医師は姿を現すだろう。鎮静剤を打たれて、病院のベッドで目をさました時はすでに医師はおらず、すべて口裏が合わされているのかもしれないが。

電話も鳴らない、パソコンに一通も新着メールが届かない、来館者も来ない時間がだらだらと流れていった。

鏡子は記念館の外に出てみた。初冬の光を受け、枯れ木立が澄んだ淡い水色の空に向かって伸びているだけで、あたりはしんと、物音ひとつしなかった。

［12］

翌週の月曜日。十二月二日は原島文学記念館の定期休館日だった。鏡子はその朝、まだあたりが暗いうちに起き出し、猫たちに多めに餌《えさ》をやって家を出た。

自分の車を運転して軽井沢駅近くまで行き、町営の駐車場に停めた。七時十三分軽井沢発の長野新幹線に乗車すれば、八時二十四分に東京駅に到着する。

そのまま東京駅からJRと私鉄を乗り継ぎ、横浜みどり医療センターの最寄りの駅に着くのは、九時半過ぎ。最寄り駅から出ているバスに乗れば、四つ目が医療センターの停留所になる。初診なので、手続きが必要になるだろうが、どんなに遅くなっても、十時半までには精神科の初診受付をすませることができそうだった。あとは辛抱強く、待合室で待っているだけでいい。

予約患者でいっぱいで、午前中に診察室に呼ばれることは難しいのだろうが、それでもいっこうにかまわなかった。午後の診察にまわされ、ぎりぎりまで待たされたとしても、いくらなんでも、夜になってしまうことはないだろうから、その日のうちに花折町に戻ることができる。翌日の記念館の仕事にも、何ら支障はきたさない。

ことの次第がしっかり把握できて、しかも、するべきことが残されている、という状態が皮肉にも鏡子を支えていた。

医師に会うために横浜の病院に出向き、精神科で新患受付をすませ、長い時間、待合室で待つ、という「目的」をもつことにより、鏡子は医師がいなくなってからの数日間をかろうじて生き延びてきたのだった。

その目的を遂行するまでは、倒れるわけにはいかなかった。無理をしてでもできるだけ食べるようにした。夜はデパスや酒の力を借りて、かろうじて数時間の睡眠を確保した。

怖いことはもう何もないような気がした。鏡子はただ、乗り込んでいった先の病院の診察室で高橋智之医師の前に立ち、怒りと憎悪《ぞうお》をこめた目で彼をにらみつけ、「なぜ、そんな、こそこそした逃げ方をしなければならなかったのか、この場で教えてください」と言いたかった。

まさか鏡子が自分の勤務先までやって来るとは思わず、ただ、慌《あわ》てふためいているだけの医師。状況が飲みこめず、ことの成り行きを見守ろうとする看護師や精神科の職員。待合室では患者が騒ぎだすかもしれない。両腕を誰かにおさえられ、そのまま別室に連れて行かれる可能性もあった。そんな自分をも想定しつつ、それでも鏡子は、ただそれだけのことを言うために、新幹線や電車やバスを乗り継いで横浜まで行く、と決めたのだった。

生きる力は時として、強い思い込みや信念から生まれる。その日の鏡子も、まさにそうした状態にあった。鏡子は絶望に打ちひしがれてはおらず、むしろ、勇ましい気分にさえ後押しされていた。

朝からよく晴れている日だった。十二月になったというのに暖かく、コートが不要なほどでもあった。最寄り駅で降りると、すぐにバスに乗ることができたが、すでにそのころ、日は高くなっていて、車内はむし暑く感じられた。

鏡子は着ていた紺色のコートを脱ぎ、腕にかけた。緊張のせいもあって、うっすらとかいた首すじの汗を拭《ぬぐ》っているうちに、バスはやがて医療センター前の停留所に着いた。診察を受けに来た患者らしき人々が数人、鏡子に続いてバスを下車した。

横浜みどり医療センターは、ネットのホームページで見ていた通りの外観だった。外壁こそ塗り直されて真新しく見えるが、中は随所が明らかに老朽化しており、落成してからの長い歳月を感じさせる。

吹き抜けになったエントランスホールには天窓がついていたが、天井が高すぎるせいか、外の光はあまり届いておらず、あたりは薄暗かった。総合受付や地域連携室などがあるホールを中心に、西病棟と東病棟、さらには南病棟に分かれており、建物全体が放射状に拡《ひろ》がっているようだった。

ホールの壁には、各診療科の担当医一覧表がボードになって掲げられていた。鏡子はその前に立ち、精神科を凝視した。常勤医師二名の他に、非常勤医として「高橋智之」の名があった。

目をこらして何度も確認した。間違いなくそれは、「非常勤医」の「高橋智之」だった。

人を馬鹿《ばか》にしている、と鏡子は思った。

いくら姿をくらまそうとしたところで、私がこうやって、この病院に押しかけてくればそれまでではないか。そんな簡単なこともわからなかったのか。それとも、私はあの医師に、極度にお人好しの、遠慮がちな善意だけで生きている、きわめて操りやすい人間だと思われていたのか。その種の人間は、男女関係がもつれたところで、決して後を追ってきたりはしない、とはなから決めつけていたのか。それほど御しやすい便利な女だと思われていたのか。

人を侮辱するのもいい加減にしてほしい、と鏡子は思った。思わずこみあげかけた涙を、烈《はげ》しい怒りが完全にブロックしてくれた。一刻も早く、医師の前に仁王立ちになり、今回受けた仕打ちに対する烈しい怒りを表明したくてたまらなくなった。

あの人は、私がまた、以前同様、アイガー北壁を果てしなく落下するという馬鹿げたイメージに苦しめられ、怯《おび》え、不安感に苛《さいな》まれて家に閉じこもっているに違いない、と思っているのだ。そして今度こそ、ただの抑鬱《よくうつ》状態とは違う本物の鬱病にかかり、どこかの精神科を受診して、抗鬱剤やら抗不安薬やらを処方され、それらを言われた通りに飲みながら、家でじっと傷が癒《い》えるのを待っているのだろう、だから、決して深追いはされまい、そもそもあの女は、男を追って怒りをぶちまけるほどのエネルギーを持ち合わせていないのだ、などと考え、蔭《かげ》でほくそえんでいるのだろう。私という女が、怒るべき時に怒り、正当な怒りを表明するためには世間体などかなぐり捨てることもできる、などということは夢にも思っていない。

彼にとっての私は、あくまでも都合のいい、少し年上の女……頭のてっぺんから爪《つま》先《さき》まで受け身でしか生きられない、滑稽《こっけい》なほど時代遅れの女でしかなかったのだ。

彼の、医師とは思えないほどの度し難い鈍感さ、理解しがたい身勝手さを思うと、鏡子のはらわたは煮えくりかえった。

「人を馬鹿にしている！」

……そのフレーズが、総合受付で初診の手続きを行い、エレベーターに乗って西病棟二階にある精神科に向かおうとする時もなお、鏡子の中で繰り返された。よりによって、自分を救ってくれたと思いこんでいた精神科医に馬鹿にされることになろうとは、なんという不運だろうか。

鏡子は自らの怒りに突き動かされるようになりながら大股《おおまた》でエレベーターを降り、案内表示に従って廊下を進んだ。精神科は右側の奥まった一角に位置していた。外廊下に長椅子《ながいす》がいくつも置かれており、精神科を受診する患者以外の人間の目に入りにくいよう、そこだけアクリル製の薄い衝立《ついたて》で簡易に仕切られていた。

衝立の向こうで、数人の患者らしき人々が順番を待っていた。約束の時間に受診に来ればいい予約患者ではなく、予約なしでやって来た患者なのだとすれば、その人数は多いと言えたが、待たされることは覚悟の上だったので、鏡子は数など気にならなかった。

受付の窓口に近づき、予約はしていないが受診したいと申し出た。応対したのは目の細い、古い雛《ひな》人形のような顔立ちをした中年の女だった。ナース服は着ておらず、白いブラウスに紺色のスカート、紺色のベスト姿だった。看護師のようにも見えたが、受付業務だけを任されている病院職員なのかもしれなかった。

「当院精神科の受診は初めてですか」

鏡子は「はい」とうなずいた。一階総合受付で手続きした際に渡された、クリアファイル入りの書類を差し出した。

女は「ちょっとお待ちください」と言い、奥に引っ込んで行った。

その言い方に聞き覚えがあった。前の週、鏡子が精神科予約について質問の電話をした時に対応した女のようだった。

ややあって戻って来た女は、「ご予約なしですと、お待たせすることになってしまいますが大丈夫ですか」と訊《たず》ねた。表情の柔和さを裏切るような、機械的な口調だった。ベストの胸ポケットには、「堀川」と書かれた写真入りネームプレートがピンで留められていた。

「かまいません」と鏡子は言った。

堀川という女はにっこりし、「そうですか。では、あちらの席におかけになってお待ちください」と言った。「それから、書ける範囲内でよろしいですから、今日の受診理由を書いて、あとでまた、ここに持って来てくださいね」

手渡されたのは、プラスチックの白いボードにはさまれた一枚の紙だった。住所、氏名、現在の症状などを書く欄があった。宇津木クリニックを初めて受診した時も、同じようなことを書かされたことを鏡子は思い出した。

ボードと鉛筆を手にしながら、鏡子は堀川に向かって訊ねた。「あのう、今日は高橋先生に診ていただくことはできますよね」

堀川はわずかに両方の眉《まゆ》を上げ、素早く目を瞬《まばた》かせた。前の週、高橋医師について電話で質問してきた女がいたことを思い出したのか、それとも、単にそうするのが癖なのかはわからなかった。

「担当表はそこの壁にありますが」

指で示され、窓口の脇《わき》の壁に担当表が貼《は》ってあることに、その時初めて気づいた。病院のホームページでは触れられていなかった常勤医師と非常勤医師の外来診察の振り分け方が、細かく記されてあった。

高橋医師の外来は月曜から水曜までの三日間だが、月曜と水曜は、他の二名の常勤医がそれぞれ、高橋医師と同じ時間帯に外来診察を受け持っていた。

鏡子は窓口の向こうにいる堀川に向かって、再度、念を押した。「他の先生ではなく、高橋先生に診察をお願いしたいんです。よろしくお願いします」

「あら？」とその時、初めて堀川は思い出したような顔をした。「もしかして、先週、お電話をくださった方ですか？　高橋医師を受診したい、というお話で」

「そうです」

「わかりました。ええっと、今の感じですと、まだなんとも言えないですが、ともかくお待ちいただければ……」

鏡子は短く礼を言い、その場から離れた。透明な衝立の内側には観葉植物の鉢が置かれていた。ひょろひょろと伸びているだけの、葉つきの悪い観葉植物で、何という種類の植物なのかはわからなかった。その鉢植えのそばの椅子が空いていたので、腰をおろし、渡されたボードの上の紙を鉛筆の文字で埋めていった。

住所、氏名、年齢、職業、病歴などのほかに、現在の症状を書く欄があった。何を書いてもいいのだった。「眠れない」でもいいし、「狭い空間に入るとパニックになる」とか、「視線が気になって、外で食事ができない」「憂鬱で、深い穴の底にいるような気がする」でもよかった。人が心を病んだ時の、ありとあらゆる馬鹿げた症状を細かく羅列するのは得意だった。

だが、鏡子は少し考えてから、こう書いた。

『ある人物に対して感じる強い怒りがあり、その怒りのもっていきどころがなく、気が狂いそう。毎日、何千メートルもの高い山の崖《がけ》から落下していくような気分に襲われてつらい』

眠れないとか、食欲不振とか、抑鬱状態にあるといった、精神科を受診する人間によくある具体的な症状は一切書かなかった。

この短い文章を目にした時の高橋医師の動転ぶりを想像してみた。それだけで、いくらか溜飲《りゅういん》が下がったような気がした。

記入を終えたボードを受付に戻し、再び鉢植えの脇に腰をおろした。目に映るのは、少し色あせたクリーム色の壁に貼られている、何枚かの精神科関連のポスターばかりだった。廊下には、低くクラシック音楽が流れていた。耳をすまさないと聞き取れないほど小さな音量だった。

時間は刻々と過ぎていった。宇津木クリニックと異なり、順番がきた患者は番号札ではなく、苗字《みょうじ》で呼ばれた。診察室から出てきた看護師がカルテ片手に名前を呼ぶと、呼ばれた患者はのろのろと中に入って行く。中には俗に中待合と呼ばれている空間があったが、その奥の診察室の様子までは見えなかった。

廊下の先端の窓はすりガラスで、通されてくる光の量は少なかった。診察室前の廊下には、白茶けた光がどんよりとたまっていた。

眠っているのか、考え事をしているのか、背を丸めてじっと目を閉じたまま身動きせずにいる中年男性。休む間もなく、せかせかとスマートフォンをいじっている若い女。どんな症状を訴えに来たのか、どこも具合など悪そうに見えない三十代とおぼしき男。外の長椅子にいるのは、鏡子の他にその三人になり、三人のうち、誰が先に名前を呼ばれるのか、じっと待っていると、そのうち予約患者らしき者がやって来て、長椅子の列に加わる。

結局、減ったかと思うと、減った分だけ新たに患者がやって来て、いっこうに順番がまわってくる様子もないまま、たちまち午前の診察が終了する時刻になった。午前の診察は正午まで、となっていたが、そのまま継続して診察が行われているのが見てとれた。医師は昼食抜きで診察を続けているらしい。

高橋智之医師が、始終、疲れきった顔をしていたことが鮮やかに思い出された。大きな目を落ちくぼませて、疲労困憊《こんぱい》といった表情で鏡子の前に現れることが多かったのは、こんなふうに昼食抜き、休憩時間もなしに一日中、患者と対話し続けていたからだろうと改めて思った。

だが、そんなことを今更思い返してみても、意味のないことだった。それどころか、かえって鏡子の怒りは増大した。

これほど過酷な診察を続けていれば、心身ともにくたびれ果てるのは間違いない。だからこそ、彼はふと、自分が誰かに癒《いや》されたくなったのだ。母親のごとき慈愛を受け、そっと子守歌を歌ってもらいたくなったのだ。

そう考えると、いとも手軽にその餌食《えじき》になってしまった自分が腹立たしく、情けなく、みじめだった。

午後一時半になった。それまで廊下の長椅子で順番を待っていた患者が、一人減り、二人減り、ついに鏡子を残すばかりになった。午後の診察は二時からなので、そろそろ午後の予約患者がやって来てもおかしくなかったが、その時点ではまだ、新たな患者の姿は見えなかった。

最後に診察室に入って行ったのは、スマートフォンから目を離さずにいた若い娘だった。十五分ほどたってから、その娘が、入って行った時と同様、スマートフォンを手にしたまま診察室から出て来た。仏頂面《ぶっちょうづら》をした娘は、受付窓口の堀川から会計用のファイルを受け取り、ヒールの高いブーツの足音をたてながら去って行った。

いよいよ鏡子の番になった。名前を呼ばれたので、長椅子から立ち上がり、毅然《きぜん》とした面持ちで中待合に入った。寸前になって怖《お》じ気《け》づくのではないか、と思わないでもなかったのだが、自分でも驚くほど、冷静でいられた。

医師とこうした形で対峙《たいじ》することが怖いのであれば、ここに来ることなどできないはずだった。自宅でひとり、アイガー北壁を落下していく悪夢と戦っていただけだろう。

折りたたみ椅子の置かれた中待合は狭かった。人が二人並んで座ればいっぱいになってしまうほどで、待合室というより狭い廊下そのものだった。

廊下の左右に、重たげな白い引き戸で仕切られた部屋が二つ。それぞれが診察室になっていて、左側の引き戸の脇に、「精神科・高橋智之」のネームカードが貼られているのが見えた。

やって来た看護師から氏名を確認された。鏡子が名を名乗ると、小柄な若い女性看護師はきびきびとうなずいた。「高橋医師の診察をご希望だそうですね」

「はい、そうです」

若い看護師はまたうなずいた。鏡子に向かってにっこりし、左側の診察室の引き戸を指し示した。

「こちらが高橋医師の診察室ですので、ノックしてからお入りください」

鏡子は「はい」と言い、引き戸の前に立った。軽くノックした。

内側からは何の返答もなかった。あるいは鏡子の耳に届かなかっただけかもしれなかった。

看護師がそっと引き戸を引いてくれた。促されて、鏡子は中に入った。

「失礼します」と小声で言い、目を伏せたまま引き戸を閉じた。

顔をあげた。窓のない、さほど広くはない、殺風景な長方形の診察室だった。正面にスチール製デスク。その手前に丸椅子が一つ。壁を背に、茶色い三人掛けのソファーが置かれている。

デスクにはデスクトップ型のパソコンが一台。大判ノートが一冊。精神科関連の医学書が何冊か。四角いデジタル式の小さな置き時計が一つ。

デスクをはさんで奥のドクターチェアに座っていた男が中腰で立ち上がり、軽く作ったような笑みを浮かべながら、「お待たせしました」と言った。「お掛けになってください。こちらの丸椅子でもいいですし、あっちのソファーでも。お話しする時に、ご自分が楽だと思われるほうに」

そう言ったのは、鏡子が知っている高橋智之医師ではなかった。

そこにいるのは、見るからに小柄で、頭頂部が完全に禿《は》げあがり、妙につやつやとした肌をもつ、目の小さい色白の男だった。白衣は着ておらず、白い長袖《ながそで》のボタンダウンのシャツに灰色のズボン姿だった。四十代の半ば過ぎ、といった年格好だった。白いシャツの胸元に、色白の肌に似つかわしくない、獰猛《どうもう》な黒い胸毛が覗《のぞ》いているのが見えた。

鏡子は、わなわなと震えながらその場に立ちすくんだ。何も言えなかった。何を言えばいいのかわからなかった。そもそも、何が起こったのか、理解できなかった。目の前の〝高橋智之医師〟はそのような状態の患者に慣れているのか、顔色ひとつ変えなかった。「どうしましたか？」

「あなたが」と鏡子はかすれた声で言った。「……高橋先生ですか。高橋智之先生なんですか」

「そうですが。僕は高橋です」

「私、高橋智之先生に診察していただくつもりで……」

「ですから、僕が高橋智之ですよ」

「いいえ、違います。私の知ってる高橋先生は……」

そう口にしかけて、鏡子は進退窮《きわ》まった、と感じた。これでは本当に患者にされてしまう。

〝高橋医師〟は落ち着き払った様子のまま、「幸村さん、でしたね。幸村鏡子さん」と言った。「幸村さん、僕は高橋智之といいますが、僕の診察をご希望だったとか。ともかくそこに座って、詳しい話を聞かせてくれませんか」

今すぐ診察室から飛び出したかった。この、わけのわからない状況には一瞬たりとも耐えられそうになかった。

目の前にいる見知らぬ医師に言われた通り、椅子に腰をおろしたら最後、患者のふりをし続けなければならなくなる。別の目的をもってやって来ただけの鏡子に、患者のふりをするだけの余裕はなく、また、その準備もできていなかった。踵《きびす》を返して出て行こうとするのだが、できなくなった。心臓の鼓動が速まり、息苦しさが増した。喉《のど》が詰まったようになり、めまいがし始め、手足の先にしびれを感じた。まるで本物のパニック発作そのものだった。

〝高橋医師〟は静かにデスクの前まで歩み出ると、「さあ」と言いながら、形ばかり鏡子に手を差し出そうとする仕草をみせた。「ひとまず、こっちのソファーに座りましょうか。歩けますか？　大丈夫ですか？」

優しさを装《よそお》った口調の奥に、かすかな疲れと困惑が感じられた。昼食もとれないほど忙しい日に、わけのわからない厄介な患者に悩まされるのか、と内心、舌打ちしているかのようだった。

自分の知っている〝高橋医師〟は決して、診察室でこんな印象を患者に与えはしなかった。そう思うと、鏡子はますます混乱した。

医療センターに乗り込んできた時の勇ましい気分や、生き延びていくためのエネルギーに還元されていくほどの烈しい怒りは、完全に失われていた。それらはもはや、何の役にも立たなくなっていた。

　気がつくと鏡子は、くずれるようにソファーに腰をおろしていた。そうしないと倒れてしまいそうだった。

「深呼吸しましょう」と医師が言った。子供相手にしゃべっているかのようだった。

「はい、そうです。ゆっくり、静かに。はい、吸って。はい、吐いて」

　それまで手にしていた紺色のコートとショルダーバッグが、すべるように床に落ちていった。医師がそれを拾い上げ、ソファーの脇に載せてくれた。

「少し楽になりましたか。気分が悪かったら、ここに横になってもかまわないんですよ。横になりますか？」

「いえ」と鏡子は言った。「すみません。もう大丈夫です」

　顔や首すじにいやな汗をかいていたので、バッグからタオルハンカチを取り出し、まだ震えが残っている手で拭《ふ》いた。指先は冷たくなっていた。

　医師は自分の椅子に戻って行った。医師のはいていた灰色のビニール製のスリッパの音が、ぺたぺたと診察室の床に響いた。

　鏡子が汗を拭き、一段落するのを待ってから、医師は「さて、幸村さん」と、言った。「お話、お伺いしましょう。ええっと、先程書いていただいた問診票には、或《あ》る人物に向けて強い怒りを感じている、とありますが」

「いえ……はい。ええ、そうなんですけども……」

「そうなんですね。わかりました。しかし、そのことは今はひとまず、脇に置いておきましょう。今、一番気になる症状は具体的にどういったことか、どんな小さなことでもかまわないのでね、それを先に聞かせてもらえますか」

医師の小さい目は、ゾウのそれのようだった。柔和なまなざしだったが、冷徹に抜け目なく「患者」である鏡子を観察していた。鏡子はもう、逃げられないことを悟り、覚悟を決めた。

適当に、ありふれた症状をでっち上げておけばいい。今しがた、パニックに陥ってしまったのを見られたのは事実なのだから、それを利用して症状を並べたて、患者になりきるのだ。そのほうが早くここから立ち去ることができる。

「……具体的な症状、としては」と鏡子は話し始めた。

声は小さかった。きちんと声を出そうとすると、咳《せき》が出た。呼吸は落ち着いたが、混乱は弱まるどころか、ますます強くなっていた。だが、ともかく今は、この医師の前で患者を演じ続けねばならない。

「眠れないし、食欲もありません。一睡もできない日もあります。身体《からだ》がだるくて集中力がなくて、気持ちが塞《ふさ》いで……。それとおわかりのように、今もそうなんですけど、初めてお会いする方の前や、ちょっと緊張するシチュエーションになると、こんなふうにパニック発作みたいなものに襲われることがあって……」

「そうなんですね」と医師は言った。穏やかな言い方だった。そんなことは言われなくても、何もかもわかっていますよ、と言っているかのようだった。「今のような状態が気になり始めたのは、いつからでしたか」

「ええと、一カ月くらい前からです」

「一カ月くらい前から眠れなくて、食欲がなくて、時々、パニック発作を起こす……」

「はい。いえ、パニックはもっと前からです。若いころから。長いです。パニックになるのは慣れていて、あんまり気にならないんですけど、でも、眠れないとか食欲がない、とかはすごく気になって」

「一カ月くらい前からは、気分も塞ぐようになった、と」

「はい」

「眠れない時、何か常用しているお薬はありますか」

「ありません」

「精神科受診は初めてかな」

いいえ、と鏡子は言った。「二度目です」

「一度目は、どんな症状で行かれたの？」

「今と同じです。ほとんど似たようなもので……でも、診察の結果、その時は鬱病ではないと言われました」

「受診したのは、この医療センターの精神科ではないんですね？」

「私、長野のほうに住んでまして。軽井沢の隣の花折町です。初めて受診したのは地元の、うちの近所にあるクリニックの精神科でした」

鏡子の頭の中に、鏡子だけが知っている〝高橋智之医師〟の顔が現れ、それはたちまち、煙のごとく消えていった。

鏡子が何か答えるたびに、医師は軽くうなずき、パタパタと軽快な音をたててパソコンのキイボードを打った。

質問はどれもありふれたものだった。初めて精神科を受診した時に処方された薬、その効き目。単に鏡子の背景と病歴を大雑把にまとめようとしているだけのようにも感じられた。

あらかた必要なことを訊《き》き終えると、医師はパソコンの画面から目を離し、「では次の質問に移りましょう」と言った。「問診票によれば、或る人物に向けて強い怒りを感じている、ということですが……差し支えなければ、もう少し詳しく事情を教えてもらえますか」

もう、そんなことはどうでもいいのだ、と鏡子は思った。あんなことを問診票に書かなければよかった、と後悔した。今はもう、怒りどころか、永遠に脱出不可能な迷宮に足を踏み入れたような感覚しか残っていない。

「そのことについては」と鏡子は言った。言ってから、声が嗄《しゃが》れていたので咳払いした。「今はあんまり話したくないんです。診察を受けにきておいて、こんなこと申し訳ないんですけど。今日はまだ……。さっき、パニックを起こしちゃったので、もう話したくない気分で……勝手を言って、本当にすみません」

「いいですよ。今日、話したくないのなら、また今度にしましょう。話したくなった時に話してください。ではね、もう一点だけ、伺っておきたいんですが」

鷹揚《おうよう》な言い方だったが、どこかに面倒くささが感じられた。よくある症例なので、とりあえずは処方すべき薬もわかっている、早くすませてしまいましょう、とでも言いたげだった。

「僕の診察を受けたくて、ここにいらした、とのことですよね。そうですね？」

「いえ……その……はい、そうなんですが」

「でも、さっきこの診察室に入って、僕を見て、違うとおっしゃいましたねえ。つまり、幸村さんが診察を受けようと思っていた医師は僕ではなかった、ということになりますが……」

鏡子は軽く深呼吸し、渾身《こんしん》の努力をしてうすく笑ってみせた。「すみません。私、ちょっと勘違いをしていたみたいで……。いえ、勘違いじゃなくて、人違い、っていうのか……いや、やっぱり勘違いです」

「勘違い、ですか？」

「はい。あの、その……私が診察を受けようと思っていた高橋先生、というのは、よく考えたら別の方でした。お恥ずかしいです。この部屋に入るまで、待合室でずっと、ぼーっとしていたもので、名前を呼ばれて診察室に入ったとたん、ものすごく緊張して、つい、あんなおかしなことを」

「ほう」

「でもそれが、どういう流れでそうなったのか、っていうことについては、自分でもよくわからないんです。変に思われたと思いますけど、どうもすみませんでした」

ふむ、と医師は言った。少し考えている様子だったが、やがて作ったような微笑を浮かべた。「それはたとえば、記憶違いのようなものと考えていいですか?」

「そうですね。そんなようなものです。どっちみち、たいした話じゃありません。でも私、眠れない日が続いて、すごく憂鬱で、それが原因でついに頭が変に……いえ、年齢も年齢ですから、早めに認知症になってしまったんじゃないか、と思って……そう思ったとたん、不安になって、それもあって、さっきみたいなパニックに襲われたんだと思います」

「なるほど」と医師は言った。ため息をもらしたくなるのを隠すようにして、大きくうなずいた。「よくわかります。そういうことが起こるのはね、幸村さんだけじゃありませんから」

「はあ」

「気持ちを穏やかにしてあげれば、不眠もそういった発作も少なくなっていきます。お薬を処方しますからね。飲んでみて、どんな変化があったか、教えてください。あ、でも、お住まいが長野なんですねえ。遠いですね。今後もこの医療センターに通うことはできるのかな」

想定外の質問だったので、不意をつかれた。鏡子は口ごもった。

「……たぶん」と言ってから、言い直した。嘘《うそ》を言うしかなかった。「いえ、できます。通うつもりで来ましたので」

医師はそれ以上、余計なことは訊いてこなかった。小さくうなずき、「では、次回の予約は受付のほうでしておいてください。できれば、きっかり一週間後に」と言った。「お薬も一週間分です。処方箋《しょほうせん》は、受付でお渡ししますからね」

入室してからどのくらいの時間が経過したのか、わからなかった。せいぜい十五分か二十分くらいだろう、と鏡子は思ったが、医師に頭を下げて診察室を出て、廊下の椅子に座って腕時計を見ると、四十分近くたっていた。ショックを隠し、鬱とパニックに苦しむ患者を装いながら、四十分近くも見知らぬ精神科医とあの小部屋にいられたこと自体、奇跡としか思えなかった。

五分ほどたってから、精神科の受付で名前を呼ばれた。「堀川」というネームプレートをつけた女が、ファイルに入れた処方箋を鏡子に手渡しながら、「次回の予約はいつにしますか」と訊いてきた。

鏡子は困ったような顔をしてみせた。それが精一杯の、その日の最後の演技だった。

「すみません。次をいつにすればいいのか、今の段階ではまだわからなくて。ですので、またこちらからお電話する、ということにしてもいいですか」

「電話で予約をなさるということですね」

「はい」

「できますよ。ただし、受診したい日の三日前までにご連絡いただかないとね、ご希望に沿えなくなることが多いのでね。その点だけはご注意くださいね」

鏡子はうなずき、「わかりました」と言い、処方箋を受け取った。院内処方は行われていないので、時間があるのなら、帰りがけに医療センターのすぐ隣の薬局に寄っていくのが一番便利だ、と教えられた。

礼を言い、その場をあとにした。廊下を歩きながら、処方箋を覗き見た。処方されていたのは、レクサプロとマイスリー、それにメイラックスだった。

レクサプロは抗鬱剤、マイスリーは睡眠薬、メイラックスは抗不安薬である。鏡子は、宇津木クリニックの〝高橋智之医師〟に処方されたことのあるマイスリーとメイラックスは知っていたが、レクサプロという薬に聞き覚えはなかった。

抗鬱剤も抗不安薬も不要だったから、処方箋自体、無用の長物だったが、睡眠薬だけは役に立ちそうだった。鏡子は会計をすませ、言われた通り、医療センターに隣接して建っている処方箋薬局に立ち寄った。

最近になって建てられたとも思えない、古びたプレハブ造りの二階建てだった。入り口付近に飲料水の自動販売機が置かれている。薬が出てくるのを待つ間、鏡子は突然、烈しい渇きを覚え、すぐに販売機でミネラルウォーターを買った。

外は晴れてはいるが風は冷たかった。薬局内は暖房が効いていて、暖かい。午前の診察と午後の診察との狭間《はざま》の時間帯だったせいか、薬を待っている患者は鏡子の他に三人いるだけだった。

長椅子に座って、ミネラルウォーターのキャップを開けた。ひと息に半分近く飲みほした。冷たい水が喉もとから胃のほうに流れ落ちていくのを感じながら、鏡子は呆《ぼう》然《ぜん》としたまま虚《こ》空《くう》を見つめた。

何が起こったのか。私の家に通ってきて、私の手料理を食べて、私を抱いた男は誰だったのか。なぜ、高橋智之、という実在の医師の名を騙《かた》る必要があったのか。

自分は正体不明の男を愛したということか。だが、少なくとも彼は、まっとうな精神科医だったではないか。ごくふつうに宇津木クリニックにアルバイト医として勤務し続けて、大勢の患者を診察していたではないか。

彼が「横浜みどり医療センター精神科」の非常勤医〝高橋智之〟でないのだとしたら、ふだんはどこで勤務していたのか。そもそも、なぜ、そんな作り話をしなければならなかったのか。

「幸村さん。幸村鏡子さん」とカウンターの向こうから名前を呼ばれた。

鏡子が近づいて行くと、顎《あご》のあたりに無数の小さなニキビを作った若い女性薬剤師が、笑顔で「お待たせしました」と言った。「こちらが本日、処方されたお薬です。高橋先生だったんですね」

鏡子は顔をあげた。「ええ、そうですが」

「高橋先生は患者さんの人気が高いですからね。よかったですね」

精神科の患者には、担当医が誰であろうと、そのように言えば薬以上の効果を発揮するのかもしれなかった。鏡子は、薬の説明をし始めた薬剤師の言葉の半分も聞かず、小声で礼を言い、会計を済ませてから、逃げるように薬局をあとにした。

〔13〕

時間が泥のように流れていった。

どのように過ごしたのか、何をしたのか、ほとんど記憶には残されなかった。一日が終わって夜になると、時間という名の泥はいっそう粘度を増した。

鏡子の知らない「高橋智之」医師から処方された睡眠薬は、皮肉にも役に立った。服用すると、砂の底に埋まってしまうかのような不快な眠りにおちたが、どんな眠りであろうが、ともかく眠ることだけはできた。また、日中、薬のせいで絶えず頭の中がぼんやりしていたが、おかげで、自分でも手にあまる感情に衝《つ》き動かされる、という苦痛も幾分、和らげることができた。

携帯電話に、「彼」からの着信があるのではないか、メールが届くのではないか、と今さらながら期待する気持ちは、自分でも制御できないほど長く残された。だが、そのうちそうした想《おも》いも徐々に消えていき、あれほど肌身離さずにいた携帯電話も、電池切れのままバッグの中にひと晩、入れっぱなしにしておく、ということさえあった。

一方で、鏡子の無意識の断片は、夢の中にだけ頻繁に出現した。

原島文学記念館のデスクの上にある電話が鳴り出し、受話器をとったとたん、「彼」の声が聞こえてきた、という夢。あるいはまた、自宅の古びた郵便ポストの中に、「彼」からの手紙が届いているのを見つけた夢。家の前にタクシーが横付けされ、「彼」が降りて来る夢……。

夢の中で、鏡子は自分を見知らぬ他人のように遠くから眺めている。それは、死んでいる自分を天井のあたりから見下ろしている、という臨死体験の感覚に近いものでもあった。

やっと連絡をくれた、もう安心だ、とほっとするあまり涙ぐみながらも、夢の中で鏡子は「彼」を烈《はげ》しく疑っている。「彼」の正体を暴《あば》こうとしている。なのに、「彼」が連絡をくれた、会いに来てくれた、ということが嬉《うれ》しくてたまらない。天にものぼる気持ちにかられる。

そのくせ、夢の中にいる自分も「彼」も、土気色をした埴輪《はにわ》のように固まってしまって、ぽかりと開けた目と口が、小さな空洞のように無表情になっているのが不気味だった。

そんな夢をみた日の朝は、目覚めた時から地の底に引きずりこまれていくような、いやな不安感に苛《さいな》まれた。二度と思い出したくないアイガー北壁の、氷に囲まれた千数百メートルもの穴を真っ逆様に落下していくというイメージが、今にも甦《よみがえ》りそうになった。

その恐ろしい感覚を振り払うために、鏡子は「彼」の正体、謎《なぞ》の行動について推理し続けた。推理している間は、束《つか》の間《ま》、地の底に引きずりこまれていくような恐怖感は消える。だが、結局、何もわからず、深い霧の中を果てしなくさまようしかなくなって、今度は罠《わな》にはまったかのように、身動きがとれなくなった。

もう、「彼」には名前がなくなっているのだった。名前どころか、聞いていた生年月日も、出身地も、卒業したのが千葉大医学部だということも、親兄弟のことも、その経歴のすべては作り話だったのかもしれなかった。

そう考えると、「彼」が生身の肉体を伴った男ではなく、たとえて言えば小説や映画やネットの中で知っただけの、架空の人物に過ぎなかったような気がしてくる。そのやりきれなさに、鏡子は深い絶望を覚えた。

あの人はいったい誰だったのか。

精神科医。一九五八年七月九日、埼玉県上尾市生まれ。千葉大医学部を卒業し、東京や埼玉の私立病院や市立病院を経て、横浜みどり医療センターに非常勤医として勤務。

父親は、「彼」が大学を卒業した翌々年に肺ガンで他界。七つ年の離れた兄が一人。兄は盛岡市内にある高校で化学の教師をしており、同じ高校の音楽教師だった女と結婚。夫妻の間には子供が二人いる。

母は長男である兄のほうを溺愛《できあい》。兄も母を慕っており、父亡《な》き後、しばらくたってから母は埼玉の上尾にあった土地屋敷を思いきりよく売却し、兄夫婦の住むマンションの別フロアにある2LDKを購入。盛岡に移り住んだ。

子供のころから兄とはそりが合わずにいた「彼」は、兄本人はもとより、母ともほとんど会わないまま、現在に至っている。

「彼」は二十六の時、一つ年下の、飲食店で働いていた女性と結婚。妻は長女を出産後、鬱《うつ》病を発症。夫婦仲に亀裂が走り、別居の末、離婚。別れた妻はその後、「彼」と婚姻関係にあるころから交際していた男と再婚し、新たに子供をもうけた。

横浜みどり医療センターでの診察のかたわら、毎週木曜から土曜まで、長野県北佐久郡の花折町にある宇津木クリニックにおいて、アルバイト医を務めている。住まいは川崎市内にあるマンション。車なし。独身、独り住まい。

毎週水曜の晩と土曜の晩は、鏡子の家で共に過ごした。鏡子の手料理を嬉しそうに食べてくれた。微笑《ほほえ》み合い、触れ合い、互いを見つめ合った。「彼」が発した言葉のひとつひとつ、「彼」と交わした会話のひとつひとつが、鏡子の中にめくるめくばかりに甦った。とはいえ、そこに意味や統一性、「彼」の真の姿を知るための手がかりになるようなものは、何ひとつ見いだせなかった。

ひとつの会話が思い出されると、次の瞬間、それは消えていき、また別の会話、別の言葉が頭の中に再現されてくる。それぞれの記憶は鮮明だったが、互いにつながり合わない。そのため、記憶を深く掘り起こすほどに謎はいっそう深まって、余計に収拾がつかなくなるのだった。

だが、そうしたことを繰り返しているうちに、たった一つではあったが、鏡子の中に手がかりと呼べるようなものが残された。

「彼」は、横浜みどり医療センターについては詳しかった。

病院に隣接してコンビニエンスストアがある、という話は、交際を始めた当初、すでに鏡子は耳にしていた。どうということのない、全国どこにでもあるようなコンビニだが、病院内に食堂がなく、徒歩で行ける距離にも食事のできる店がない。そのため、そこは病院の職員はもとより、医師や看護師、入院患者、その家族がよく利用しており、昼食時などはたちまち弁当やサンドイッチが売り切れになる勢いである。

「彼」自身も、食事はそのコンビニの弁当やおにぎりですませてしまうことが多い、といった内容だった。

また、「彼」は病院の内部の構造もよく知っていた。入り口を入ってすぐのところに、吹き抜けになった天井の高いホールがあって、そこには天窓がついている。その窓に、数年前の台風の後、カラスの死骸《しがい》がへばりついていて大騒ぎになった、という話をしてくれたことがあった。野鳥はめったにそういう死に方はしないのに、何故《なぜ》そんなことになったのか未《いま》だに不明なのだ、という話の流れであったが、鏡子が訪ねた医療センターのエントランスホールにも、確かに天窓がついていた。

そのホールを真ん中にして、西病棟と東病棟、南病棟……の三つの病棟が伸びている、という話も、「彼」の口から聞いたことがある。

精神科は西病棟の二階にある、と「彼」が言っていたのを鏡子が覚えていたのは、「彼」はふだん、少しでも運動不足にならないよう、院内の昇り降りにはエレベーターを使わず、階段を利用している、という話を聞いたからだった。「精神科の診察室が屋上にあれば、もっと運動になってただろうと思うけどね」と、その際、そうつけ加えた時の「彼」の笑顔まではっきり思い出すことができた。

だが、病院について、その程度知っていたからといって、別に特別なことではないとも言えた。実在の「高橋智之」医師の名を騙《かた》るのなら、院内の様子、建物などについて、ある程度知っておく必要があり、そのため何度か、実際に医療センターに足を運んだ、ということも考えられた。

それにしても、いったい何のために？

何をどう考えようと、鏡子の中で渦をまき続ける疑問は消えることがなかった。Aという仮説が生まれると、それはたちまち、Bという疑問を生んだ。Bという疑問はAという仮説を全否定し、結局は同じところをぐるぐるまわるだけで、一歩も前に進めないことに気づかされるのだった。

医療センターにおもむき、「高橋智之」医師の診察を受けた翌週の木曜日。十二月十二日のこと。

前の日の夕方から粉雪が舞い始めていたが、朝、起きてみるとうっすら積もって、地面が白くなっていた。冬期は来館者が減るが、とりわけウィークデーの寒い日は、団体客がある時以外、記念館は閑散とする。

その日も例外ではなく、塞《ふさ》いだ気分のまま鏡子が開館の準備をし、昼食時を迎えるまで、来館者はおろか、電話一本鳴り出さなかった。少しでも気分を変えようと、原島富士雄の随筆集を開き、読み始めたのだが、「彼」と花折町について書かれた原島の文章の話を交わしたことが思い出され、じきに苦しくなった。

随筆集を閉じ、書棚の元あった場所に戻した。雲は多かったが、時折、晴れ間も覗《のぞ》き、窓の外には冬の光があふれているのが見えた。世界は限りなく清明で、優しい静けさに満ちていたが、鏡子は深い孤独を感じた。

孤独から逃れるために、何か行動しなければ、と思った。「彼」について知るための行動。どんな些細《ささい》なことでもいいから、足を踏み出し、調べ、探す。動きまわる。こんなふうに半ば諦《あきら》め、じっと身をすくめて生きていたら、気が変になりそうだ、と鏡子は思った。

康代が何か噂《うわさ》を耳にしているかもしれない、ということは、何日か前から考えていた。夫が建設会社を経営していることもあって、康代は地元の情報には詳しい。宇津木クリニックから逃げるようにしていなくなった精神科医についての町の噂は、すでに康代の耳に入っている可能性があった。

電話をかけて様子を窺《うかが》ってみよう、と思いつつ、人と会話をする元気も余裕もなく、そのままにしておいた。聞いてみよう、と思い立った。

鏡子はバッグから携帯電話を取り出し、窓辺に立って、どこからも車がこちらに向かって走って来ないこと、徒歩でやって来る来館者の姿がないことを確認した。

たまにメールのやりとりをしてはいたが、最後に康代とメールを交わしたのは十一月の初めだったから、すでに一カ月以上、経過していた。用もないのに鏡子が電話をかけることはめったになかったので、何かあったのか、と思われるかもしれなかったが、この声、この口調を聞けば、電話をかけたことの理由を即座に納得してもらえるだろう、と思った。

「わあ、久しぶり」コール音三回ほどで応答した康代は、張りのある明るい声を張り上げた。「どうしてる？　元気？」

「今、どこ？　家？」

「家よ。掃除機かけてたとこ。こまめに掃除しないから、やるとなったらけっこう大変でね、これが。運動不足解消になるからいいけど」

「お掃除、中断させちゃうけど、いい？」

「もちろんよ。……どうしたの。なんだか元気がないのね」

鏡子は「うん」と小声で言った。「実はまた、調子が悪くなって……」

「精神状態が、ってこと？」

「そう」

「あんなに元気だったのに」

「そうね」

「去年も今頃の季節だったよね。いや、もう少し前だったかな」

康代は、季節的な変調なのかもしれないね、と言い、短く嘆息した。「眠れない？」

「ええ。ちょっといろいろ、ひどくて」

「一年前の秋よりも？」

「そうね。だから、また診てもらおうと思ってね、宇津木クリニックに電話したの。でも……」と鏡子は注意深く言った。「あそこの精神科ね、なくなっちゃったんですって」

「ええっ？　どういうこと？」

康代のその驚きようは、何も知らない、何も聞いていない、ということを正直に表していた。

鏡子は深い失望を隠しつつ、「さあ」と言った。「とにかく、精神科が休診になっちゃったんで、困ってるの」

「ちょっと待ってよ。イケメンの優秀な先生、辞めちゃったわけ？」

「そうみたい」

「いつから？」

「先月の末」

そういえば、と何か心あたりがあるような言葉が返ってくることを期待したのだが、康代は何も言わなかった。

「人気の先生だったから、患者さんがいっぱい、いたでしょうに。なんでまた、突然辞めたんだろう。ひどいわよ、それ。患者無視じゃない。それとも、宇津木先生と何かあったのかな。ドクター同士って、けっこううまくいかなくなること、あるみたいだし」

「さあ、わからないけど」

「それにしたって、突然辞めるだなんて、あんまりよ。患者のこと、全然、考えてないじゃない。どっちみち、鏡子さん、その様子じゃ、ともかく別の病院を受診したほうがいいよね。どうする？　私が探してあげようか」

「ええ、でも……」

「あ、その前にもう一回、宇津木クリニックに電話して確かめてみようか」

「どうして？」

「後任のドクターが来てるかもしれないじゃない。宇津木先生だって、困ってると思うわよ。精神科の患者さん、どうするの？　放っておくわけにもいかないでしょ。あの先生は専門外だから、診察できないんだろうし。だから大急ぎで、精神科の先生をどこかから探してきた可能性があるわ」

鏡子が黙っていると、康代は息をはずませながら、「待ってて」と言った。「いったん電話、切るわよ。私がクリニックに電話してみて、すぐまた、結果を鏡子さんに連絡するから。ね？」

そこまでしてもらう必要はない、自分でできるから、と言おうとしたのだが、遅かった。通話はそこで切れた。

情の濃い、世話好きの友人に泣きついたつもりは毛頭なかった。ただ単に、町の噂を知らないだろうか、と思って電話しただけなのに、こんな展開になるとは想像していなかった。鏡子は康代に連絡したことを後悔した。

「彼」がクリニックを突然辞めたことは、町の噂にはのぼっていない。少なくとも康代の耳に入っていない。ということは、まださほどの騒ぎにもなっていない、と解釈してよかった。

鏡子は携帯を手にしたまま、ガラス越しに窓の外を眺めた。淡い冬の光に包まれた空の下、ヒヨドリが二羽、甲高い声で鳴きながら、木立の向こうに飛び去っていくのが見えた。

十分もたたないうちに、鏡子の携帯が鳴り出した。

康代は「あのね」とおもむろに言った。本当はひどく興奮しているのだが、必死になって興奮を抑えているような言い方だった。「まだ精神科の後任の先生は決まっていない、っていうのよ。そんな悠長なことってある？　頭きちゃって、私、思わず、じゃあ、どうすればいいんですか、友達にお宅の精神科に通ってた人がいて、その人がまた状態が悪くなったんだけど、急に精神科がなくなっちゃったもんだから、どうすればいいのかわからない、って困ってるんですよ、精神科って内科とは違うから、そんなに簡単に他の病院に行くわけにいかないんじゃないですか、って言ってやったのよ。でも、考えてみたら、相手はただの受付の電話番の女の子じゃない。途中で急にかわいそうになっちゃってね、ああ、ごめんなさい、あなたにこんなこと言っても仕方ないですね、って謝ったの」

「そう」と鏡子が小声で言ったのと、「でもね」と康代が威勢よく続けようとしたのは、ほぼ同時だった。

「私が憤慨してることが伝わったらしくてね。その受付の女の子に代わって、女の看護師さんらしき人が電話に出てくれたの。でね、これが結論なんだけど、いいこと聞いたわ。精神科の患者さんたちは宇津木先生がとりあえず引き受けて、その後のケアをしてくれてるんですって。とりあえず処方する薬が決まってる患者さんを中心にしてるらしいけど、後任の先生が来るまでは、ともかくそういう態勢でやっていく、ってことになったんだって。でね、必要な患者さんには、宇津木先生のほうからすぐに、他の精神科への紹介状を書いてくれるんですってよ。だからさ、鏡子さん、すぐに行ってらっしゃいよ」

「え？」

「だから、宇津木クリニックによ。睡眠薬や安定剤のたぐいだったら、とりあえず宇津木先生が出してくれるんじゃないの？　鏡子さんは新患じゃなくて、去年精神科に通った時の電子カルテだって残されてるわけでしょう？　宇津木先生にはこれまで診てもらったこと、あったんだっけ？」

「ううん、ない。一度も。会ったこともない」

「そうだったよね。でも大丈夫よ。いなくなったイケメン先生の代わりを宇津木先生が務めてくれてるみたいだから。ともかく行ってきたら？　状態が悪いようだったら、紹介状も書いてもらえるのよ。なにしろ相手は専門が違うとはいえ、医者なんだもの。私たち素人《しろうと》とは違うわよ。いろいろ相談だってできるじゃない」

　この女友達の、素早い反応、何においても我が事のように受け取る感性と想像力、甲斐甲斐《かいがい》しく世話をやき、元気づけようとするエネルギー、迷うことなく現実を打開していこうとする力は、いったいどこからわいてくるのだろう、何故、自分とこれほどまでに違うのだろう、と鏡子は感嘆した。

今しがたまで、康代に連絡したことを後悔さえしていたというのに、ふいに鏡子はありがたさに喉《のど》が詰まるのを覚えた。今、自分のことを真剣に考えてくれる人は、何も事情を知らずにいるとはいえ、康代をおいて他にひとりもいない。

いかなる時でも例外なく、救いの手を差しのべてくれる友が近くにいる、ということの幸福。自分には、最後の最後、駆け込める場所がある、と信じられることの安心感……。

しかし、鏡子のその、深い感謝の念の裏側には、相も変わらぬ底無しの孤独があった。たとえ康代が百人いてくれたとしても、百人分の友情に恵まれることができたのだとしても、自分の中の言い知れぬ孤独が消え去るとは、とても思えないのだった。

「わかった」と鏡子はできるだけ明るい口調を装《よそお》って言った。「康代さんの言う通りにする。クリニックに行ってくるわ」

「こういう状態になって、かなり混んでるかもしれないけどね。待ってればすむことだし、とりあえず楽になる薬がもらえれば、落ち着いてものごとが考えられるようになるわ。何かあったら、また連絡してね。遠慮なんか、しちゃだめよ。ちゃんと食べてる？　買い物、してきてあげようか？　ごはん、作りに行ってあげてもいいよ。それとも、前に会った例の居酒屋で一緒に軽く食べる？　鏡子さんがいいなら、私、いつだってつきあうよ」

鏡子は小さく笑い、「ありがとう」と言った。「その気持ちだけで充分。記念館にもちゃんと出て仕事してるし、今も記念館からかけてるの。食事も作って食べてるし、ちゃんと生活できてるから大丈夫よ」

「そう？　だったらよかった。クリニックに行ったら、どうだったか報告してね。絶対よ」

「わかった。約束する。こんなことまでさせてしまって……ごめんね。本当にありがとう」

「お互いさまよ。私だって、いつ鏡子さんにSOSを出すか、わかんないもの。この年になったらさ、何事も女同士のほうがよっぽど役にたつんだから。でしょ？」

鏡子は短く笑い、「その通りね」と応《こた》え、再度礼を言ってから通話を終えた。

空腹感はなかったが、ランチボックスを取り出し、いつものテーブルの上に載せ、マグカップに熱い緑茶を注いだ。

館内にはテレビやラジオはもちろん、オーディオセットも置かれていない。館内に音楽のたぐいは流さないでいただきたい、というのは、原島富士雄の遺族、そしてこの記念館を運営している文潮社からの要望だった。もともと原島には、執筆や読書をしている時に流される音楽は、雑音ととらえているふしがあったという話だった。したがって鏡子は、来館者がいない時の静寂には慣れていた。心を慰める音楽の代わりに、館内にはいつも、窓の外を吹き過ぎる風の音や、軒先をたたく雨の音、小鳥たちのさえずる声、木々のざわめきが聞こえていて、それが鏡子にとっての音楽であった。

そして、その日ほど鏡子が、静寂をありがたく感じたことはついぞなかった。ランチボックスの中の、海苔《のり》とかつお節をまぶした、ごく少量のごはん、炒《いた》めたウインナソーセージと小松菜に目を落としながら、少しずつ箸《はし》を動かし、ゆっくりと咀《そ》嚼《しゃく》し、いったん箸を置いてお茶をすすった。鏡子は音のしない館内で、何ものにも邪魔されず、真剣に考え続けた。

康代から、宇津木医師の診察を受けるよう強く勧められたことが、思いがけず、鏡子の中に小さな突破口を作りつつあった。

宇津木医師は、現段階では、唯一《ゆいいつ》、「彼」についての情報を知っていると思われる人物である。「彼」が最後にどんな様子だったのか。どんな経緯でクリニックを辞めていったのか。背景に何があったのか。そもそも「彼」は何者だったのか。鏡子はそれまで、宇津木医師に個人的に会う、ということが考えられずにいた。一度も受診すらしたことのない医師だった。顔も知らない。話したこともない。どんな人間なのか、「彼」から聞いたことはあるが、「彼」とて、医師として雇われて以来、クリニック内でもほとんど個人的に話をすることもなく過ごしてきたようで、情報量は圧倒的に少なかった。したがって、鏡子の想像の中で、宇津木医師の輪郭は不鮮明なままだった。

宇津木医師が、文字通りの初対面の女に、簡単に「彼」のことを教えてくれるとは、とても思えない。そもそも、宇津木クリニックに行って、宇津木医師に詰め寄り、「高橋先生」について詳しいことを教えてほしい、と切り出している自分が鏡子には想像できなかった。

露骨にいやな顔をされ、そういったことにはお答えできません、と拒絶されるだけだろう……そう決めつけていた。謎を解くために、少しでも前に進んでいきたいと強く願いながらも、自分は康代のようには行動できないのだ、蔭《かげ》で臍《ほぞ》をかんでいるのがせいぜいなのだ、と思いこんでいた。

鏡子は、香ばしい海苔が絡《から》まったままの箸先を軽く舐《な》めた。そのままの姿勢で放心しながら、視線を宙にさまよわせた。

考えてみれば、クリニックに行って宇津木医師の診察を受けるのはたやすいことだった。患者のふりをすればいいのだった。

精神科の患者のふりをするとしたら、二度目になる。どうやればいいのか、どうふるまえばいいのか、コツはつかめている。検査も測定もないのだから、安心してふりをし続けることが可能である。

そして、康代が言った通り、クリニックのパソコンには、昨年の秋から冬にかけて通った鏡子の電子カルテが残されているはずだった。そのカルテをもとに、宇津木医師は薬を処方するだろう。「患者」と「精神科代理医師」との間で、多少なりとも、心の病に関するやりとりがあるだろう。風邪の症状や腹痛を訴えて行くわけではないのだから、診察時間はある程度、延長できるようになっているに違いない。前任者についての質問を、その時に投げかけることは充分可能だった。

しかし、通常、内科の診察室には看護師が控えている。患者と医師のやりとりは、必ず看護師の耳に届く。

看護師に聞こえにくいように、宇津木医師に「彼」についての質問を飛ばすのは限界があった。宇津木医師とて、看護師や職員の耳に入るようなことは答えにくいに違いなかった。

そもそも、診察室で交わす会話には限度がある。まして、鏡子が暗い顔をしながら、「彼」との関係を打ち明けるところから始めるのは、不可能に近い。

そんな場所でそんな話をしようものなら、宇津木医師は看護師とちらりと顔を見合わせ、困惑を隠しながら、鏡子に向かって「そうでしたか」とあやすように言うだろう。そして、しばしの沈黙の後、申し訳ないが、僕は専門ではないので紹介状を書きます、そちらのほうを改めて受診してください、と言うなり、パソコンに向かって何かぱたぱたと文字を打ち込み始めるだろう。

ややあって、鏡子は箸を置き、椅子《いす》から立ち上がった。椅子の脚が記念館の床をこする音が響いた。

事情を記した手紙を渡せばいいのだ、と思いついた。クリニックに郵送すれば、送り主がどこの何者かわからないため、不審がられるだろうが、診察室で患者からじかに手渡された手紙を医師が完全に無視するとは考えにくかった。

その手紙に自分の携帯番号を明記しておけばいいのだった。そして、医師からの連絡を待てばいい。

その思いつきに、鏡子は興奮し、軽く身震いした。

古風な思いつきではあったが、名案に違いなかった。もっとも怪しまれない、もっとも受け入れてもらえる、唯一無二の方法だろうと思われた。

鏡子は、原島文学記念館に感謝した。記念館の管理人として、自分を雇い入れてくれた原島の遺族、記念館の運営を任されている文潮社に感謝した。学芸員の資格はないが、鏡子の仕事が記念館の管理人兼案内人であることは、ささやかながらこの場合、役に立つに違いなかった。

この土地で開業している宇津木医師が、原島文学記念館を知らないはずはない。原島富士雄の作品を読んだことがなくても、原島富士雄という作家がかつて花折町に暮らし、いくつかの作品をこの地で書いた、ということくらいは耳にしたことがあるはずだった。

少なくとも、夫に先立たれ、独り暮らしのまま鬱病を患う還暦間近の、子供のいない無職の女が診察室で秘密めいた打ち明け話を始めることに比べれば、身元がはっきりしていることを明かした上で手紙を渡すほうが、はるかにましであると言えた。

次にとるべき行動がはっきりすると、鏡子は何日かぶりで、少し気分が和らぐのを覚えた。今、「彼」について何か情報を与えてくれるのは宇津木医師しかおらず、その宇津木にぶつかっていく以外、さしあたって方法はない、と言えた。それがわかっていて、いつまでも手をこまねいている必要はなかった。

館内の電話が鳴り出した。静寂の中で、いきなり大きな音が響いたので、ぎくりとしたが、我にかえって出てみると、来館を希望している、という観光客からの電話だった。

東京から来ていて、今日、これから友達と一緒に寄りたいんですが、帰りの新幹線の時間が決まっていて、と女は言った。あまり若いとは思えない声だった。

閉館は何時ですか、と訊かれたので、四時になります、と鏡子は答えた。

女は、他にも記念館について、いくつか質問をしてきた。どの程度の資料が展示されているのか、原島の著書はそこで買えるのか、記念グッズやサイン本のようなものを売っているのか、どうやってそこまで行けばいいのか……。

鏡子はひとつひとつ、丁寧にそれに答えた。相手はあと一時間くらいしたら、伺います、と言った。電話の向こうでは賑《にぎ》やかな音楽と共に、食器を重ねるような音がしていた。

電話を切ってから、再びテーブルに戻り、食事を再開した。目の前にかかっていた薄い靄《もや》が、束の間、晴れわたり、視界が拡《ひろ》がったような気分だった。

窓の外の空は明るかった。昨夜、うっすら積もった雪はあとかたもなく溶け、枯れ木立がやわらかな冬の光の中に佇《たたず》んでいるのが見渡せた。

食べ終えたランチボックスを流しで洗い、食後のコーヒーをいれた。かつて「彼」とも何度か飲んだコーヒーをすすりながら、鏡子が考えていたのは宇津木医師に手渡す手紙の内容のことだけだった。

他に雑念は一切、わかず、全神経、全頭脳を集中させてひたすら考える、というそのひとときに、鏡子は久方ぶりの淡い幸福感を味わった。

[14]

翌日の金曜は快晴だったが、北風が強く、一気に気温が下がった。

夜になると再び粉雪が舞い始めた。しかし、閉じたカーテンの向こうで白いものが闇《やみ》に映っていることを鏡子は知らずにいた。夢中になって、宇津木医師に手渡すための手紙の清書をしていたからである。

その翌日の土曜日、宇津木クリニックは午前の診療だけで、午後は休診となる。休みに入った開業医がどこで何をしているのか、想像もつかなかったが、少なくとも患者から手渡された手紙を読むだけの余裕はあるはずだった。うまくすれば、土曜日中に、連絡がもらえる可能性もある。

したがって、患者のふりをしてクリニックに行き、宇津木医師の診察を受けるのは、翌土曜日にしよう、と鏡子は決めたのだった。

手紙の文面は、記念館で手のあいている時に考え、下書きを作成していた。下書きそのものは保管しておける。あとは清書をするだけでよかった。

長すぎず、短すぎない文面にすべきだった。感情的にならず、あくまでも冷静に現状を伝えねばならなかった。

宇津木医師に正しく状況を把握してもらい、突然辞めてしまった「高橋智之」医師について知っていることを教えてほしい、という内容の手紙を簡潔に綴《つづ》るためには、想像以上の努力が必要だった。わずかな誤解が生じただけで、宇津木医師は口を閉ざすだろう。そうなれば、「彼」に関する情報を提供してくれそうな唯一《ゆいいつ》の人物との関係はそこで絶たれてしまう。

だが、記念館に来館者が少ない時期だったことが幸いした。誰にも邪魔されずに、鏡子は全神経を集中させて手紙の文面を考え、訂正を繰り返し、なんとか満足できる下書きを完成させたのである。

しんしんと冷えこむ十二月の晩だった。鏡子は自宅リビングルームにあるテーブルに向かい、縦書き罫線《けいせん》のついた便箋《びんせん》を前に万年筆を走らせた。

二匹の猫は、いつものようにソファーの右端と左端に分かれ、「の」の字を描きながら眠りこけていた。深く寝入っている様子のトビーの足先が、時折、ぴくぴくと痙攣《けいれん》した。薪《まき》ストーブの上のやかんからは、絶え間なくやわらかな湯気が立ちのぼっていた。時折、小さく爆《は》ぜる薪の音が聞こえてきた。

時間をかけて清書を終え、鏡子は黒いメタルフレームの老眼鏡をかけたまま、まじまじと便箋を眺めた。読み直し、誤字脱字がないことを確認した。この内容の手紙を読んだ宇津木医師がどう思うか、どんな反応をするか、想像してみた。

宇津木宏、という医師の外見、人となりをまるで知らずにいるせいか、目も鼻も口もない、のっぺらぼうの顔をした男しか思い浮かべることができなかった。したがって、どんな想像も成り立ちそうになかったが、鏡子はさらに二度、手紙をすみずみまで読み返した。

どこにも不具合はないと言えた。至極まっとうな、常識を少しも逸脱することなく、読む者に最大級の敬意をはらって丁重に書かれた手紙であると言えた。

鏡子は深い吐息をつき、便箋を三つに折り畳んで、長方形の洋形封筒に入れた。

前略。これまで一面識もございませんでしたのに、このようなかたちで、宇津木先生に手紙をお渡しするという失礼の段、心よりお詫《わ》び申し上げます。

診察室で対面しながらお話しすべきことかもしれないのですが、どうしても長い話にならざるを得ず、他の患者さんのご迷惑になると考え、あえて手紙という方法をとらせていただくことにいたしました。できるだけ先生のお邪魔にならないよう簡略に記しますので、最後までお読みいただけましたら、幸いです。

十一月末に、精神科の高橋智之先生が、そちらのクリニックをお辞めになりました。その高橋先生に関することで、宇津木先生に知っていただきたいこと、そして、伺いたいことがございます。

私は昨年の十一月、初めて宇津木クリニックの精神科を受診しました。抑鬱《よくうつ》状態がひどかったのを案じてくれた軽井沢の友人が、宇津木クリニックの精神科の先生の評判がとてもいいので、行ってみたらと勧めてくれたのです。

てっきり鬱病になったとばかり思っていたのですが、高橋智之先生は丁寧に私の話に耳を傾けた後、深い抑鬱状態であることは確かだが、鬱病ではない、と診断してくださいました。お薬を処方していただき、その後、何度か通院しまして、翌年（今年です）の一月、おかげさまですっかりよくなり、治療が終了いたしました。

そのようにしてお世話になった高橋智之先生と私が、個人的に親しくなったことをここで打ち明けるのは、勇気のいることであると同時に、非常識なこと、まったく余計なことに違いありません。さぞかしご不快に感じられるだろう、と思うのですが、事情が事情ですので、覚悟を決めて先を書かせていただくことにいたします。

私の治療が終わった少し後のことになります。まだ寒い季節でしたが、高橋先生が、私の勤めている原島富士雄文学記念館にお立ち寄りくださいました。原島富士雄について、いろいろな話をさせていただいたことがきっかけになり、次第に距離が縮まっていった、とだけ申し上げれば、それ以上の説明は不要かと思われます。

この手紙を宇津木先生がお読みになるころには、すでに一度、私と診察室で対面した後のことになるわけですが、私という人間の大まかな背景をここに簡単に記すことにいたします。

私は東京から、夫の転勤でこの町に越してまいりました。子供はおりません。夫の勤務する会社は小諸にありましたが、花折町が気にいって小さな家を買い求め、夫婦でこの土地に永住しようと決めました。しかし、夫は後に病に倒れ、帰らぬ人となってしまいました。二〇〇三年四月のことでした。

私が縁あって原島富士雄文学記念館の仕事を始めたのは、夫を見送った後のことになります。館の管理と来館者たちの案内が主な仕事で、私は今も、自宅と記念館を往復しながら、独り暮らしを続けております。

高橋先生もまた、現在は独身だということでした。ですので、交際を続けていくことに対し、互いに罪悪感のたぐいはなかったように思います。

その高橋先生と、十一月二十四日に別れて以来、突然、連絡がとれなくなってしまいました。率直に申し上げて、私との間でもめごとがあったわけでは一切なく、まして別れ話が出ていたわけでもありません。青天の霹靂《へきれき》、と申し上げるのが正直なところです。今から思い返してみましても、最後に会った時に様子がおかしいと感じた点はありませんでした。

　高橋先生と連絡がとれなくなったことに気づいたのは、その翌週、十一月二十七日、水曜日の晩のことになります。いつものように会うことになっていたのですが、携帯電話がつながらなくなっていて、もちろん、先生のほうからの連絡もありませんでした。

　約束を無断で破るような方では決してなかったので、不慮の事故にあったのではないか、急病でどこかの病院に運ばれているのではないか、と心配いたしました。翌日二十八日朝になっても、連絡がとれなかったため、思いたって宇津木クリニックに電話してみましたところ、高橋先生は一身上の都合でクリニックを辞められた、というお話で、心底、愕然《がくぜん》といたしました。

　そのようなことは、まったく聞いておりませんでした。寝耳に水でした。

　その後、現在に至るまで、一切、連絡はありません。人との交流を避けたがるところのある方でしたので、高橋先生と共通にかかわりのあった方はひとりもおりませんでした。交わした会話の中で、記憶に残された名前もありません。そのため、どなたにも相談することができず、探そうにも探しようがないまま、案じるばかりの毎日を送っております。

しかし、宇津木先生であれば、高橋先生が何故《なぜ》、急にクリニックでの診察を辞めることになったのか、どんないきさつがあったのか、少しでも教えていただくことができるのではないか、宇津木先生だけが、何かご存じなのではないか、と考えました。

どんな小さなことでもかまいません。高橋先生が何故、突然、辞められたのか、現在、どうしているのか、知るための手がかりになるようなことを教えていただくわけにはいかないでしょうか。

繰り返しになりますが、不躾《ぶしつけ》なお願いであることは、重々、承知しております。個人情報であることは事実ですので、先生が私に高橋先生についての情報を提供するのを拒否なさることも、あらかじめ想定しております。でも、当時の状況、高橋先生の様子、高橋先生が抱えていた事情など、許される範囲内で結構ですので、お話ししていただけるのなら、どんなに嬉《うれ》しいことでしょうか。

高橋先生が何故、突然、姿を消してしまったのか、その謎《なぞ》を解く鍵《かぎ》が私には残念ながらひとつもないのです。高橋先生とは多くを語り合っていたようで、その実、残された手がかりはほとんどありません。どこをどう探せばいいのか、皆目見当もつかず、呆然《ぼうぜん》としています。

そんなわけで、あえて恥をしのびまして、宇津木先生にお願いする次第です。何卒《なにとぞ》、くれぐれもよろしくお願い申し上げます。

なお、別紙に私の携帯番号を書き添えておきました。お時間のある時で充分ですので、近日中にご連絡いただけますことを切に願っております。

お忙しいところを長々と駄文を連ね、失礼いたしました。どうかお許しくださいませ。

平成二十五年十二月十三日

幸村鏡子

宇津木宏先生

翌日は土曜日だった。

その日だけ、あらかじめ記念館の開館時刻を遅らせて午後から、ということにしてもらっていた鏡子は、午前九時半過ぎに宇津木クリニックに向かった。

日暮れると同時に小雪が舞い、朝までにうっすら積もる日が続いていたが、その日も同様だった。鏡子が車を走らせる道の路肩には、散り敷かれた枯れ葉が、凍った雪と共に朝の光を浴びているのが見えた。

幹線道路から奥に入ろうとして、鏡子は車の速度を落とし、道路沿いに立っている「宇津木クリニック」の四角い看板を凝視した。診療科目は「内科」としか書かれていなかった。かつてあった「精神科」という文字は、白いペンキ状のもので消されていた。

診察を受けに来るたびに何度も車を停めていた、クリニックの専用駐車場は満車状態だった。仕方なく、近くの稲荷《いなり》神社の境内脇《わき》に駐車し、鏡子は緊張を飲み下すように大きく深呼吸しながら、車を降りた。クリニックの駐車場として特別に開放されているその一角にも、すでに数台の車が停められていた。

精神科の患者たちが、宇津木医師に処方箋を書いてもらうために、あるいは別の医療機関を紹介してもらうために、多数押しかけて来ているのか。そうではなくて、ただ単に、土曜日で、仕事や学校が休みになる患者たちが、内科受診のために詰めかけているだけなのか。

これほどまでにクリニックが混んでいるとは、思っていなかった。鏡子はわけもなく緊張が強まっていくのを感じた。

視界に入るクリニックの、クリーム色の外壁や焦《こ》げ茶色《ちゃいろ》の梁《はり》、臙脂色《えんじいろ》をした屋根は以前と変わらぬままだった。つい、三週間前までは、土曜日の午後も、「彼」がこの建物の中にいて、患者の話を聞き、処方箋を書いていたのだ、と思うと、信じられなかった。

たった三週間で、すべてが変わったのだった。「彼」は煙のごとく消えた。その足跡すら辿《たど》れなくなった。その上、「彼」がどこの誰だったのかも、わからないのだった。

アーチ型をした木の扉に「診察中」の札が下がっているのは、以前と同じだった。扉の向こうの透明ガラスの引き戸を開け、鏡子は正面の受付にいた若い女性に軽く会《え》釈《しゃく》をした。

「おはようございます」と女性は明るい声で言った。初めて鏡子がこのクリニックを訪れた時に、受付業務をしていた女性とは違う女性だった。

緊張を隠しながら、鏡子は持ってきたバッグの中から診察券を取り出し、保険証と共に差し出した。「よろしくお願いします」

「内科、でよろしいですね？」

精神科が休診中であることを知らずにやって来る患者もいるので、そのように確認するよう言われている様子だった。そうとわかっていながら、鏡子は思わず、その形式的な質問に飛びついた。

「精神科で診察していただけるんですか？」

伸ばした髪の毛を頭の真後ろで束ねている若い女性スタッフは、大きく首を横に振った。その勢いで、束ねられた栗色《くりいろ》の髪の毛が、小動物の尾のように左右に揺れるのが見えた。

「いえ、申し訳ありませんが、精神科のほうはただいま、休診しておりまして。内科のみになっているんですが」

軽く眉《まゆ》を寄せ、真《まこと》に申し訳なさそうにそう言った女性に、鏡子は笑みを作ってうなずき、「そうですよね」とだけ返した。

やがて鏡子にプラスチック製の番号札が手渡された。「18」と彫られていた。

「順番がきましたら、この番号でお呼びいたしますので、それまで待合室でお待ちください」

「混んでるみたいですね。長くかかりそうですか」

「そうですね。今日はちょっと……。少しお待たせしてしまうかもしれませんが」

精神科がなくなっても、宇津木先生にはお薬の相談に乗っていただけますよね……

鏡子がそう言いかけた時だった。受付台の電話が鳴り出した。受付の女性はすまなそうに目をそらし、受話器を取って大きな声で「はい、宇津木クリニックです」と応じた。

鏡子は一礼してその場を離れ、待合室に入った。

見慣れたオレンジ色のビニール製の長椅子《ながいす》には、患者が何人も座って順番を待っていた。年齢も性別もまちまちだった。

本人の具合が悪いのか、連れている子供が風邪でもひいているのか、まだ五、六歳の兄弟とおぼしき幼い男の子を二人連れた母親らしき若い女が、鏡子を見て、子供たちを脇に寄せ、席を詰めてくれた。

鏡子は短く礼を言い、開けられた場所に腰をおろした。隣にいる男の子たちにぶつからないよう注意しながら、着てきたニットコートを脱ぎ、畳んで膝《ひざ》の上にのせ、そっとあたりを見渡した。

壁掛け式の大型液晶テレビでは、以前同様、山々の風景が流されていた。映像の中からは、信州でよく耳にする野鳥の声が、川のせせらぎの音に混じって聞こえてきた。

あれから一年と少したっていた。初めてこのクリニックを訪れた時も、この同じニットコートを着ていた。目の前には同じような映像が流れていた。

一年と少し、歳月が流れても、ここだけは何も変わっていないように感じた。壁に貼《は》られたインフルエンザ予防接種の案内や、動脈硬化の検査を勧めるポスター、喫煙と各種のガンについて図式化したグラフ……すべて同じだった。床置きされた薄茶色のカラーボックスに並べられている料理の本や健康に関する本も、ほとんど同じだった。

違うことがあるとしたら、診療時間表にある「精神科」の記載部分に、白い紙が貼られていたことと、かつては掲げられていた、内科精神科、それぞれの担当医師の名前が記された薄いネームボードがなくなっていることだけだった。

廊下をはさんで両側に診察室があり、かつては左側が内科、右側が精神科だったが、当然のことながら、番号札の番号で呼ばれた患者は、全員、左側の診察室に入って行き、同じ診察室から出て来た。すでに使われなくなった右側の診察室が、どうなっているのかは窺《うかが》い知れなかった。

診察の順番はなかなかまわってこなかった。やっとひとりが診察室から出て来たかと思うと、また新たな患者が待合室にやって来る、という具合で、鏡子の隣にいた幼い男の子たちは退屈のあまりか、愚図《ぐず》り始めた。

兄弟の母親らしき女は、手にしていた布製のバッグの中から絵本を取り出し、おもむろにページを開いた。動物たちの絵が色彩豊かに描かれた絵本だった。兄弟は、母親が読み聞かせを始めた絵本に興味を示し、やがておとなしくなった。

黒ヒョウの子供が、大雨の日に迷子になった、という出だしで始まる物語だった。空には雷が鳴っています、ざんざん降りの雨の中、小さい黒ヒョウの子供をねらって、ライオンの群れもやって来ました、かわいそうな黒ヒョウは無事にお母さんと会うことができるのでしょうか、というところで、聴いていた幼い兄弟の動きは完全に止まった。

大きな文字で書かれた絵本の中の文章は、少なかった。物語はまもなく終わりに近づき、黒ヒョウの子供はやっとお母さん黒ヒョウを見つけました、心配していたお母さん黒ヒョウもそれは喜んで、子供の黒ヒョウを、ほうら、こんなにぺろぺろと舐《な》めてくれています……と物語が締めくくられた時だった。看護師がやって来て、親子の番号札の番号を読み上げた。

母親が慌《あわ》てたように絵本を閉じ、子供たちを促した。親子三人は、もつれあうようになりながら、診察室に向かって行った。

待合室に詰めていた患者たちは、徐々に減りつつあった。新しくやって来る患者もいたが、その数も少なくなっていった。

やがて、先程の親子三人が診察室から出て来た。二人の男の子は赤い顔をして涙ぐんでいた。母親は笑顔で両腕に子供たちを抱きよせながら、「大丈夫、もう終わり。泣かなかったね。えらいえらい」と囁《ささや》き続けていた。

親子が受付のほうに消えて行くのを見るともなく見守りながら、鏡子はその時、唐突に、まるで激情がこみあげるように、「母親」がほしくなった。

生みの母とは、最後まで気持ちが通じ合うことはなかった。母は明らかに心を病んでいた。ひとり娘である鏡子を溺愛《できあい》しているように見せながら、その実、自らの心の不均衡を是正するための道具にしていた。娘に全神経を傾けているようでいて、実際、母が死ぬまで見つめていたのは、自分自身の心の闇、自分が生み出す不幸でしかなかった。

鏡子は、母親に甘えることを知らずに育った。母親に限らない。父親にも誰にも、甘えることができず、その方法を知らなかった。死んだ夫の陽平にすら、本当の意味で甘えたことはなかったのではないか、と鏡子は思った。

だが、今こそ、「母親」がほしい、と鏡子は思った。愚痴と不満と不安ばかりをぶつけながら死んでいった生みの母ではなく、今しがた目にしたような、病院の待合室で絵本を読んでくれるような母親、傷だらけになりながら戻ってきた我が子を力強く抱きとめて、身体中を舐めまわしてくれる黒ヒョウのお母さん……がほしかった。笑顔で「大丈夫よ」と言ってくれる母親、温かい腕の中に抱きよせてくれる母親、その中で身体《からだ》を丸めてさえいれば、たとえ明日、世界の終わりが来ることになったとしても、安心して眠りにおちることができるような、そんな母親……。叶《かな》わぬ夢だった。第一、六十になろうとしている女が夢みるようなことではなかった。

だが、鏡子は待合室の椅子に座ったまま、夢をみた。好きになった男が突然、いなくなって、連絡もよこさない、どこにいるのかもわからない、という話に熱心に耳を傾けてくれる母。聞き終えて、やさしい表情のまま急須《きゅうす》に湯を注ぎ、お茶をいれてくれる母。大丈夫よ、と言ってくれる母。そのうち連絡がくるから。そうでなくても、何かわかる時が必ずくるから。あんまり思いつめないで。

思いつめないわけにいかないでしょ？　なんにもわからないのよ。彼、私に嘘《うそ》をついてたのかもしれないのよ。

そうかもしれないし、違うかもしれない、と母が言う。のんびりと歌うように言う。

茶の間の窓の外では小雪が舞い始めている。炬燵《こたつ》のぬくもりがやさしい。

ほら、お茶が入ったよ。このおせんべい、おいしいよ。昨日、お隣からいただいたお饅頭《まんじゅう》もあるよ。温泉のおみやげだって。寒くなったから、今夜はお鍋《なべ》にしようか。タラがね、すごく安かったの。たくさん買ってあるから、あとは白菜とネギとお豆腐を入れて、ポン酢でね。おいしいよね。ね？　鏡子。今日は泊まっていきなさい。お風呂《ふろ》に入ってあったまって、ゆっくり休んでいけばいいよ……。

……待合室の入り口付近で看護師が声をあげた。「18番の番号札をお持ちの方」

はっとして我にかえった鏡子は、声のするほうを振り向いた。看護師と目が合った。一年前、精神科の診察を受けに来ていた時、いつも患者の呼び出しを行っていた看護師だった。

紺色のカーディガンを着た看護師は、鏡子に向かって軽くうなずき、「どうぞ」と言った。「診察室にお入りください」

物思いにふけっていたせいで、いきなり現実に引き戻された鏡子は、一瞬、自分が今日、これから何をするためにここに来たのか、忘れてしまったような気分に陥った。慌てて立ち上がり、膝に載せていたコートが床に滑り落ちそうになったのを片手でわしづかみにし、小走りに診察室に向かった。

内科の診察室の前では、先程の看護師が鏡子を待っていた。受付にいた女性よりも、ひとまわり以上、年上で、どう見てもあまり機嫌がよさそうではなかった。口紅が少し剝《は》げ落ちていて、疲れた顔に見えた。

「どうぞ」と言われた。「はい」と鏡子は応《こた》えた。

半ば上の空になっていた。これから患者のふりをし、宇津木医師に手紙を渡す、という大仕事が控えているというのに、冷静さがどんどん失われていくような気がした。

引き戸を軽くノックした。奥から何の応答もなかったので、把手《とって》をつかんで右側に引いた。なめらかに戸がすべっていった。

白衣を着た男が、背もたれのついた椅子に座っていた。年齢は六十前後、と思われた。中肉中背。白髪は生まれつきのくせ毛なのか、永遠にとれないパーマをかけたように、あちこちでカールを巻きながら頭皮にへばりついていた。

古風な縁なし眼鏡をかけ、先程の看護師以上に疲れた表情で、宇津木医師はちらりと鏡子を一瞥《いちべつ》した。「初めにお名前を伺わせていただけますか」

「幸村鏡子です」

医師はパソコン画面を見てうなずいた。「幸村さん、ですね。今日はどうなさいました？」

「はい。あのう、本当はこちらの精神科を受診したかったのですが、精神科の先生がお辞めになったそうなので……」

「それについては、大変、申し訳なく思っています」最後まで聞かずに宇津木医師は言った。他人事《ひとごと》のような言い方に聞こえた。医師の声は少し嗄《しゃが》れていた。疲れているせいなのか、あるいは生まれつきそうなのか、どこか弱々しく、生気の感じられない声だった。

「他の医療機関にある精神科を受診すべきだったのかもしれないんですけど、でも、その前に宇津木先生にご相談したほうがいい、と思いまして」

「ああ、昨年の十一月から今年の一月まで、うちの精神科を受診なさっていますね」

「はい」

宇津木医師は、パソコンのキイボードを叩《たた》いた。何を打ち込んでいるのかは、鏡子のいる場所からは見えなかった。

「ですので、そのう」と鏡子は続けた。口の中が渇いていた。「ともかく、今のつらい症状だけでもなんとかできれば、と思って、こちらを受診することにしたんです」

鏡子が、行き当たりばったりにそう話し始めると、宇津木医師は鏡子のほうは見ずに、パソコン画面に向かったまま小さくうなずいた。「わかりました。かまいませんよ。僕にできることもあるはずですから。幸村さんと同じようにおっしゃって、来られる患者さんも少なくありません。で、今はどんな症状なんですか？」

「症状、っていうと、以前、こちらを受診した時と似ています。眠れなくて、食欲もなくて、いつも理由のない不安感に苛《さいな》まれていて……」

「気持ちが塞《ふさ》ぎますか」

「はい、とても」

「眠れない、というのは、床についてから長く眠れない、ということですか。それとも、眠りにはおちるけれど、すぐに目覚めてしまう、ということですか」

「両方です。うとうとすることもあるんですが、眠りは全般的に浅くて、そのせいで日中、つらいです」

どこからどう入って来たのか、宇津木医師の向こう側に、番号札を読み上げていた看護師がやって来た。何をするでもなく、ただ立っているだけだったが、その視線はそれとなく鏡子に注がれていた。

宇津木医師は相変わらず鏡子のほうは見ずに、パソコン画面を見つめ、だるそうにキイボードを叩いていた。「昼間は何をなさっていますか」

「仕事に出ています。あのう、去年、こちらを受診した時に生活歴などについては全部、お話ししましたが……」

宇津木医師は初めてその時、鏡子に顔を向け、明らかに皮肉がこめられた微笑を見せた。「申し訳ないんですが、精神科の患者さんの生活歴を僕が見ることはできないのでね。ご面倒でも、もう一度、教えていただかなければなりません」

鏡子は我知らず顔が赤らむのを覚えた。気持ちを鼓舞して、頼みの綱の人物に会いに来たというのに、宇津木医師の対応のあまりの素っ気なさに、早くも出端《でばな》をくじかれた形になっているのを感じた。

だが、書いてきた手紙を渡さないわけにはいかなかった。正攻法で手紙を渡すためには、今しばらく、患者のふりをし続けねばならない。

「わかりました」と鏡子は言った。昼間は、花折町にある原島文学記念館の管理と案内の仕事を任されていること、十年前に夫に死なれて以来、独り暮らしであることなどを簡単に伝えると、宇津木医師は軽くうなずきながら、キイボードを打ち続けた。

「高橋先生からは、どんな薬の処方を受けておられました?」

高橋、という名が発せられた時、一瞬、怯《ひる》むあまり、逃げ出したくなるような気持ちになったが、鏡子は極力、自分を抑えつけた。「ええと、マイスリーとメイラックス、それにデパスです。鬱病ではない、という診断をいただいたので、抗鬱剤は処方されませんでした」

「なるほど」と宇津木は言い、再び首をまわして鏡子のほうを見た。縁なし眼鏡の奥の小さな二つの目が、あまり興味もなさそうに鏡子をとらえた。「で、薬の効果はいかがでしたか」

「おかげさまで効きました。とてもよく」

なるほど、と宇津木は同じように繰り返した。少しの間があいた。

「では、幸村さん、こうしましょう。今日のところはとりあえず、高橋先生が処方したのと同じ睡眠薬のマイスリーと、それと、メイラックスではなく、コンスタン、というお薬を出しておきます。コンスタンというのはですね、精神安定剤です。デパスよりも穏やかな効き目で、しかも長く作用しますからね。そちらのほうがいいかと思います。少し飲み続けてみてください」

「わかりました」

「もし、服用してみて、合わないと感じられるようでしたら、またいらしてください。必要とあれば、いつでも近隣の精神科をご紹介しますのでね」

「ありがとうございます」と言ってから鏡子は、医師の向こう側に立ったままでいる看護師を盗み見た。いつまで診察室でそうやっているつもりなのか、わからなかった。

彼女の目があるところで、宇津木医師に手紙を渡すのはいやだった。

「では、そういうことでよろしいでしょうか」

宇津木医師が話を終えようとしているのを引き留めて、鏡子は「あのう」と前のめりになって言った。「こちらの精神科はいつ再開されるんでしょうか」

「いつ、とまでは、まだ現時点でははっきり申し上げられないんですよ」

「でも、再開はされるおつもりですか」

「そのつもりではいますけどね。まだなんとも」

「そうですか」

その時だった。宇津木が、ふと思い出したように、傍らに立っていた看護師のほうを振り返った。

「例の山中さんから電話、あった？」

「いえ、まだないですけど」

「そろそろタイムリミットだな。悪いけど、ちょっと連絡してみてくれる？」

「はい。わかりました」

山中、というのが誰で、何の急用があるのかわからなかったが、診察室での会話とはまったく無関係な、ごく個人的なことで、宇津木医師はその人物と、急ぎの連絡を取る用件があるようだった。

看護師が踵《きびす》を返し、診察室の後方をまわって去って行った。周囲には誰もいなくなった。

宇津木医師は、キイボードに両手を乗せたまま、「すみませんでした」と言った。

「では、処方箋は受付でお渡ししますからね」

今しかない、と鏡子は思った。それまで膝の上に載せていたバッグに急いで手を突っ込み、封筒を取り出した。それを宇津木医師に差し出そうとしたのと、医師が不審な表情で鏡子の手元に視線を移したのは同時だった。

「これ」と鏡子は早口で言った。心臓が烈《はげ》しく波うった。「後でお読みいただけますか」

「なんでしょう」

「ここで話せないことなんです。お読みいただければわかります」

封書を宇津木医師の向かっているデスクの端に載せた。医師はちらりと封書を見やったが、その顔には明らかに迷惑そうな表情が浮かんでいた。

鏡子は座っていた椅子から立ち上がり、「では、失礼します」と言って深々と一礼した。

あまりに深く礼をしたせいで、デスクの上の封書を医師がどうしたのか、確認できなかった。

仕方なく診察室の引き戸をすべらせて開け、廊下に出た。振り返って、もう一度、診察室の中を覗《のぞ》こうとしたのだが、その時にはもう、「山中」という人物に連絡を取りに行ったとみられる看護師が戻って来ていた。

看護師と会話している医師の背中が見えたが、それもわずかの間だけだった。診察室の引き戸は力を加えなくても自然に閉じていった。

世界から取り残されたかのように、うすぐらい廊下に立ちつくしていた鏡子は、これでもう、やれることはすべてやったのだ、と思った。

[15]

今後、事態がどのように展開されるのか。考え始めると、とめどがなくなり、不安は増すばかりで息苦しくなった。

とはいえ、手渡した手紙が完全に無視されるとは、どうしても思えなかった。鏡子が手紙にしたためたのは、突然辞めてしまった精神科の「高橋医師」についての質問である。立場上、雇用主でもあった宇津木医師が、頑《かたく》なに返答を拒む理由は見当たらなかった。

だが、土曜の午後から日曜日いっぱい、クリニックは休診になる。宇津木医師は家族と小旅行に出かけることになっているのかもしれない。医大時代の旧《ふる》い友人が訪ねて来て、ゴルフを一緒に楽しむ予定が入っているのかもしれない。東京で学会があるため、診察を終え次第、そちらに飛んで行かねばならないのかもしれない。

宇津木医師にとって、突然辞めていったアルバイト医のことなど、すでに念頭にはなく、後任の精神科医を探す手間も煩《わずら》わしくて、精神科に関しては、このままうまくフェイドアウトさせようと思っている可能性もあった。

そうだとすれば、辞めたアルバイト医と深い関係になった、とわざわざ打ち明けてきた患者は、宇津木医師にとって厄介ごとのタネをばらまきに来たも同然である。つまらぬ他人の色事に巻き込まれるほど不快なことはない、として宇津木医師が、鏡子の頼みを無視したとしても、何ら不思議はなかった。

そんなことをとりとめもなく考えながら、鏡子はクリニックを出た後、まっすぐ車で原島文学記念館に向かった。受付で渡された処方箋《しょほうせん》はそのまま折り畳んでバッグに入れた。

よく晴れた午後だった。頂上付近が白く染まった浅間山の噴火口付近からは、ごくわずかではあるが、うすい噴煙が確認できた。噴煙は水色の空ににじみ、すぐさま溶けていった。

原島文学記念館専用の駐車場には、銀色の小型四輪駆動車が一台、停まっていた。若い女を記念館のエントランス付近に立たせ、建物を背景に写真を撮ろうとしていた若者が、敷地内に入ろうとした鏡子の車を振り返った。記念館を訪ねて来たものの、閉館の札が下がっていたので、やむなく記念写真を撮影しているカップルのようだった。

鏡子は、練馬ナンバーの四輪駆動車の隣に自分の車を駐車させると、小走りに彼らのほうに向かった。

ひょろりと背の高い、やせぎすの男は黒のダウンジャケットを着ていた。ピンク色のフェイクファーのついた灰色のショートコートに、黒のロングブーツをはいている女は、怪訝《けげん》な顔をして鏡子を見つめた。

「すみません。記念館の者です。今日は午前中、臨時休館にさせていただいたので、申し訳ありません。今すぐ開けますね。お待ちください」

鏡子がバッグから記念館の鍵《かぎ》を取り出し、がちゃがちゃと音をたてながら解錠し始めると、背後で男女が「よかったね」「せっかく来たんだもんね」などと言っている声が聞こえた。

「長くお待ちになりましたか？」と鏡子は笑顔を作って振り返った。

「いえ、そうでもないですけど」と女が答えた。「中に入れるとは思ってなかったんで、諦《あきら》めて、そろそろ帰ろうとしてたとこだったんです。開けていただけてよかったです」

舌が長いのか、口腔《こうくう》のかたちが特殊なのか、口の中に透明な唾液《だえき》があふれ出てくるようなしゃべり方をする女だった。幼い顔だちをしていたが、そのしゃべり方のせいなのか、大人びた色香が感じられた。

「本当にごめんなさい。こんなこと、めったにないんですけど」

「ゆうべ軽井沢に泊まったので、この記念館には絶対、来てみようと思って」そう言ってから、女は「ね?」とかたわらに立っている男に相槌《あいづち》を求めた。

「軽井沢からこんなに近いとは思いませんでした」と男のほうが口を開いた。「ほんと、近いんですね」

何か、その先を続けようとしたようだが、大きなくしゃみがそれを遮った。

「あ、寒いでしょう? ごめんなさい。ほんの一、二分、ここで待っていただけますか。すぐに準備して、暖房をつけてきますから」

冬の日だまりの中にカップルを残し、鏡子は慌《あわ》ただしく館内に入って、窓という窓のシェードを上げ、暖房をつけてまわった。

宇津木医師に会って手紙を手渡してきたばかりの鏡子にとって、このような来館者はありがたかった。原島富士雄の愛読者ならなおさらだった。相手をしているだけで、気がまぎれる。館内の案内をしている最中に、宇津木医師から連絡がこないとも限らなかったが、携帯電話を身につけていさえすれば問題ない。

大急ぎで準備を整えて、カップルを館内に迎え入れた。若い女のほうは、東京の私立大学の大学院生。男のほうは同じ大学院を出て、その年の春、都内の会社に就職した、という話だった。

男のほうは、ほとんど原島富士雄に関する知識を持ち合わせていなかったが、女はかなり読みこんでいるようで、鏡子に質問を飛ばすのはもっぱら女のほうだった。常日頃、愛読している作家の記念館、ということで、女は顔を紅潮させ、興奮気味にしゃべり、ますます潤《うるお》った口調になっていった。

コーデュロイのスカートについているポケットに、マナーモードにした携帯をしのばせていた鏡子は、腰のあたりでそれが震えだすや否《いな》や、即座に手にとる準備をしつつも、カップルの相手をし続けた。

そうやって原島富士雄の話をしているうちに、たちまち時間が過ぎていき、気がつけば日が暮れて、慌てたように記念館から出て行く二人を見送り終えたとたん、ポケットの中の携帯が震えてくれればいい、と願った。

そして、電話をかけてきた宇津木医師は鏡子にこう言うのだ。

「いただいた手紙を拝読しました。電話では何ですので、お目にかかって詳しいことをお話ししたいのですが、今夜、たとえば八時ころ、出て来ることはできますか」

いつでもどこにでも伺います、と答え、鏡子は宇津木医師の指定する場所を聞き取り、メモし、大急ぎで記念館の戸締りをしてから、車で家に戻る。そして、猫たちに餌《えさ》をやり、簡単な夕食を作って食べ、遅れないよう早めに家を出て、指定された場所に向かうのだ。

そうなれば、今夜のうちに解決のためのさらなる一歩が踏み出される。確実に新しい情報が耳に入ってくる。

話の進み方次第では、「彼」に会いに横浜みどり医療センターに行ってみたが、該当する医師は「彼」ではなかった、という驚愕《きょうがく》の顚末《てんまつ》すら、打ち明けてしまえるかもしれない。そうできれば、今後は「彼」の身元を判明させるために、宇津木医師と互いに協力し合うことも可能になる。

……記念館の中の、天井まである書棚の前に並んで立っていたカップルが、それぞれ上のほうを指さしながら、小声で熱心に会話している。男のほうが、鏡子の許しを得てから、館内に用意してあるアルミ製の梯子《はしご》を持ってきた。足をかけ、一番高い棚から原島の著作を取り出し、一冊一冊、女に掲げて見せた。

「あ、それがいいな。ありがとう」

女が指定した本を手に、男は梯子から降りた。何の偶然か、それは、鏡子がかつて、「彼」にコピーをとって読ませた原島の随筆が収録されている一冊だった。

折々、甦《よみがえ》る記憶の底には常に、小娘が後生大事に愛《め》で続けるような、感傷的な甘酸《あまず》っぱさがある。ともすれば、姿を消した身元のわからない謎《なぞ》の男とのいっときの恋は、鏡子の中でたちまち美化されてしまうのだった。

鏡子は二人に近づいて行った。「ちょっといいですか？　この本の中にはね、花折町っていう町名の由来について書かれた、原島の随筆が入ってるんですよ。資料的価値も大きいので、ぜひご覧になっていってください」

鏡子が開いてやったページに目を落とし、女は無邪気な歓声をあげた。「へえ、面白そう。私、大学の時は民俗学研究会に入ってたんです。こういうの、大好き」

男も一緒になって、女が手にしている本を覗《のぞ》きこんだ。鏡子は二人をその場に残し、館内の離れた場所に移動した。

スカートのポケットから携帯を取り出してみた。着信があって震えだしたのに、何かの加減で気づかずにいたかもしれない。だが、携帯には何ひとつ、着信履歴は残されていなかった。

時刻は二時をまわろうとしていた。いくらなんでも、こんなに早く連絡がくるとは思えなかったが、手紙はすでに読まれている可能性があった。だとすれば宇津木医師はもう、事情を把握したということになる。鏡子は次第に落ち着きを失っていくのを感じた。

他に来館者はなかった。館内の電話も鳴り出さなかった。

カップルは原島の著作に目を通したり、語り合ったり、何度も繰り返し飽きずに原島富士雄の遺品を眺めたりしていたが、やがて窓の外の光は次第に弱々しくなっていった。

長居したことを詫《わ》びる二人に、鏡子は終始、愛想よく接し、原島文学記念館の外観や花折町の風景、原島の著作物などを撮影して作成された絵葉書セットをプレゼントした。

「これ、この記念館を運営している東京の文潮社っていう出版社が作った絵葉書なんですけど、よかったらどうぞ」

「わあ、嬉《うれ》しい。ありがとうございます。とってもいい記念になります」

若い女は絵葉書を胸に抱きしめて、大げさなほど喜び、私たち、来年の三月に結婚するんです、と言った。「新居には原島富士雄の本も並べますから、この絵葉書も大切にしますね」

「記念館が撮れてるやつを額装して、壁に掛けようか」と男が言った。そうね、そうしましょう、と女は潤った言い方で言い、改まった仕草で再度、鏡子に礼を言った。

「いえいえ、お礼なんか。結婚のお祝いにしては、ささやか過ぎますけど、今日、ここにいらした記念にしていただけたら」と言って、鏡子は目を細めた。「お幸せに。いつまでも、原島富士雄の作品を愛読し続けてくださいね」

「もちろんです。子供が生まれて大きくなったら、絶対、原島を読ませます」

女がそう言うと、男が大きくうなずき、「その前に僕も読みます」と言ったので、三人は声高らかに笑い合った。

外に出ると、太陽は西に傾き、光はすでに遠くなりつつあった。

鏡子は二人の車を見送った。銀色の、練馬ナンバーの四輪駆動車は、ゆっくりと枯れ木立の向こうに遠ざかって行った。

タイヤが枯れ葉を踏みしめていく乾いた音が遠のいていき、やがて何も聞こえなくなった。夕暮れ迫る十二月の冷たい風が、葉を落とした木々の梢《こずえ》を揺らして通りすぎた。

館内に戻り、ひとりになって、鏡子はしばし放心した。携帯は鳴り出さなかった。どこからも、誰からも連絡はこなかった。来館者がやって来る気配もなかった。

昼食を食べそこねていたことを思い出した。空腹感はなかった。朝、作ってきた弁当はそのまま持ち帰り、夕食の時に食べようと思いながら、鏡子はデザート用のりんごだけ、容器から取り出した。

コーヒーをいれ、携帯電話をテーブルの上に載せたまま、気持ちがささくれ立つのを鎮《しず》めるつもりで、それをゆっくり飲んだ。半分に割ったりんごを皮のまま齧《かじ》った。自分は何か、途方もなく間違ったことをしたのではないか、という根拠のない不安が、頭をよぎった。

医師という、きわめて知的な職業についている人間だからといって、必ずしも世俗のできごとを器用にくぐり抜けていける才能に恵まれているとは限らない。日頃の多忙さゆえに、世間の面倒ごとをできる限り避けたがる習性は、他の職業の人間よりも強いのではないか。

診察室での宇津木医師の言動をつぶさに思い返してみた。応対には決して感じの悪さはなかったが、患者に向けるまなざしは、終始、事務的機械的なもののようにも感じられた。鏡子には、自分が手渡した手紙を一読するなり、呆《あき》れたように大きく首を左右に振り、ちっ、と小さく舌うちする宇津木医師の顔が想像できた。

「高橋智之」を騙《かた》った「彼」の素性を知っているに違いない宇津木医師は、あれこれ探りを入れてくる女が「彼」と関係があった、ということにうんざりするのだ。俺の知ったことではない、とうそぶくのだ。

否定的な考えにとらわれ始めると、際限がなくなった。鏡子は齧り終えたりんごの芯《しん》を捨て、コーヒーのマグカップを洗い、布巾《ふきん》で拭《ふ》いた。

パソコンを立ち上げ、メールをチェックした。数通のメールが届いていたが、返信を急がねばならないようなものはなかった。

しばし、ぼんやりとディスプレイを見つめた。ふと思いついて、ぎくりとし、鏡子は我に返った。

何故《なぜ》、これまで「高橋智之」で検索をかけてみなかったのか。早くやってみればよかったではないか。すぐにやるべきではなかったか。

だが、考えてみれば、「高橋智之」は偽名なのだから、そんなものを検索しても無駄なのだった。鏡子は自分の愚かさに啞然《あぜん》としたが、我慢できなくなった。「高橋智之」と打ち込んでみた。おそるおそる検索してみた。すぐさま、四千三百件ほどがヒットした。

目につくもののほとんどが、日本全国に実在する「高橋智之」という人物によるフェイスブックやツイッター、同姓同名の営業マンがいる企業広告のたぐいだった。

次に鏡子は「医師」と書き加えた。いきなり心臓の鼓動が速くなった。

「高橋智之」が偽名であることはわかっているのだから、そんなことをして胸をどきどきさせても、何の意味もなかった。藁《わら》をもつかむ想《おも》いになっている自分が哀れだった。

「高橋智之医師」では、三百数十件がヒットした。驚くことに、横浜みどり医療センターの「高橋智之医師」の他に、もう一人、精神科医がいた。貧血を起こした時のように気が遠くなりそうになった。「高橋智之」は、千葉県にある私立病院の精神科に常勤する医師だった。

常勤医である以上、鏡子が知っていた「彼」とは別人であることは明らかだった。常勤していたのなら、花折町までアルバイトには来られない。第一、誰もがネット検索で調べられる人物が、偽名を騙り、通っていた女のもとから突然、姿を消さねばならない理由は何もない。

精神科医の他に同姓同名の麻酔科医もいた。頭が混乱した。すべてをしらみつぶしに調べてみたい、と思う気持ちと、ただちにこんな馬鹿《ばか》げたことはやめなければいけない、宇津木医師から話を聞けるに違いないのだから、今、この時点で無駄なあがきをする必要はない、と思う気持ちとがせめぎ合った。

鏡子は深い吐息と共にパソコンを閉じた。頭痛が始まりそうだった。気を取り直し、暮れ始めた外の世界を断ち切るようにして、窓にシェードをおろした。

何をしていても、独りであることが感じられた。季節がめぐり、冬が終わって春がきても、きっと自分は独りなのだ、と鏡子は思った。

日が暮れて夜になっても、九時をまわり、十時を過ぎても、宇津木医師からの連絡はなかった。

鏡子はかつて「彼」からの連絡を待っていた時のように、携帯を肌身離さず持ち歩いた。キッチンで洗い物をしている時も、洗面台で歯を磨いている時も、携帯は着ていた室内着のポケットにしのばせておいた。

午前零時になっても、携帯は鳴り出さなかった。診察室で会っただけの、どこの何者なのか、ほとんど何も知らない患者からの手紙に応《こた》えて、医師が電話をかけてくるにふさわしい時間帯はとっくに過ぎたと言ってよかった。

鏡子は諦めて入浴することにしたが、湯船でゆったり身体《からだ》を温めるのももどかしく、急いでバスルームから出た。濡《ぬ》れた手をタオルで拭くなり、洗面台の脇《わき》に置いておいた携帯を開いてみた。やはり着信はなかった。

横浜みどり医療センターの精神科で処方された睡眠薬、マイスリーはまだ残っていたが、服用する気はなかった。早朝、宇津木医師が、たとえばゴルフなどに出かける直前に電話をかけてくる可能性も考えられた。睡眠薬がまだ効いている状態のまま、ぼんやりした頭で応答することになるのは避けたかった。

浅い、とぎれとぎれの眠りが繰り返された。途中、あまりに寝苦しいので、厚手の古いカーディガンを羽織り、靴下をはき、階下に降りた。暗がりの中でテレビのBS放送をつけ、消音にしたまま、しばらくぼんやり眺めた。

深夜のテレビショッピングが流れていた。マイナス十歳肌を実現する、という美容液のショッピング番組だった。鏡子よりも少し年若い世代の、ノーメイクのままの女たちが数人、おそろしく真剣な顔つきで、その美容液を顔にぬりたくっている映像が続いた。それぞれの女たちは、大人になってこのかた、他のことには一切、興味がなく、十歳若返ってみせることだけに情熱を降り注いで生きてきた人々のように見えた。

鏡子はリモコンを使ってテレビを消した。外の冷え込みは強くなっていた。風はなく、あたりは静寂に包まれていた。

二階から降りて来た猫のシマが、水を飲んでいる気配がした。とにかく少しでも寝ておかなくては、と思い、鏡子は再び階段を上がって寝室に行き、もぞもぞとベッドにもぐりこんだ。

余計なことを考えずに眠ろうとするのは至難の業だと思っていたが、十数分後、鏡子は再び、浅い眠りにおちた。夢はみなかった。耳だけが、闇《やみ》の流れるかすかな音を聞き続けているような気がした。

翌朝、いつものように鏡子が出勤し、開館準備を終えた直後、記念館の電話が鳴った。観光で軽井沢に来ているという客だった。

今日は午後二時過ぎの新幹線で東京に帰らねばならないが、次にいつ来られるかわからないため、どうしてもこの機会に原島記念館を訪ねておきたい、という。年配の男の声だった。

このあたりの土地にはまったく不案内の様子だった。しかも車で来てはおらず、かといってタクシーに乗るのは贅沢《ぜいたく》なので、できればバスで記念館まで行きたい、と言われた。

軽井沢駅前出発で、一時間に一、二本運行されている循環バスがある。十時半ころに出発するバスがあるはずなので、それに乗れば、十一時少し前に、記念館近くの停留所に停まる。停留所から記念館までは、ゆっくり歩いても五分ほど。それに乗るのが一番適当であることを鏡子は相手に伝え、停留所で降りてからの道順も詳しく教えてやった。

礼を言われて通話を終え、受話器をおろしてから五分もたたない時だった。テーブルの上に置いておいた鏡子の携帯が鳴り出した。

鏡子は慌てて携帯に飛びついた。開くとそこには、見慣れぬ電話番号が表示されていた。

「宇津木ですが」と言う男の声がした。

それとわからぬ程度の、わずかの間があいた。鏡子は「あ」と言ったが、後が続かなくなった。

宇津木医師は、話し出そうとする鏡子を遮るようにして、「いただいた手紙、拝読しました」と言った。せかせかとした事務的な言い方に聞こえた。言ってから彼は、小さく咳払《せきばら》いをした。

「ありがとうございます。不躾《ぶしつけ》だったと思っていますが、私……」

最後まで聞かず、宇津木医師は「そういうことだったんですね」と言った。半ば小ばかにしたような口ぶりだった。

「は？」

「いやいや、手紙に書かれてあったことですよ。正直申し上げて、信じられないですが」

「……申し訳ありません。いきなりの内容で、さぞかし驚かれたことと思いますけど……」

「まあ、それは今、この場で話すことではないでしょう。それでですね、実を言いますと、僕も彼のその後については、たいした情報は持ち合わせてはいないんですよ」

やっぱり、と失望したが、鏡子はそれと気づかれぬよう努力した。「そうでしたか」

「しかし、そうだとしても、納得できないと思いますからね。どうでしょう。こうしませんか。今日の午後、うちのクリニックのほうにおいでいただいて、この件についての話をする、というのは」

鏡子は、循環バスを利用してやって来ることになっている観光客を思い出した。本数の少ないバスの時間に合わせて軽井沢駅に戻り、二時過ぎの新幹線に間に合うようにするためには、遅くとも一時までには記念館をあとにしなければならない。となれば、午後、鏡子が記念館を閉め、クリニックに出向くのは充分可能だった。

あらかじめ了解も得ずに、勝手に記念館を臨時休館にすることには抵抗があったが、そんなことは言っていられなかった。鏡子は、「伺わせていただきます」と答えた。

「では、時間は三時、ということで」

「はい。三時ですね。わかりました」

「正面入り口ドアの左脇に、インタホンがついてます。今日は休みなので誰もいません。着いたら、それを鳴らしてください」

「先生、せっかくのお休みの日なのに、こんなお願いごとをしてしまって、心から申し訳なく思っています。本当にありがとうございます」

「いや、ただ、僕は夕方から外せない所用がありましてね。三十分程度しか時間がとれないんですが、それでかまいませんね？」

「もちろんです。充分です。よろしくお願いします」

宇津木医師は「では、そういうことで」と言うなり、せわしなく電話を切った。

鏡子は半ば放心したまま携帯を閉じ、右手で握りしめた。

求めていた通りに、宇津木医師は電話をかけてきた。しかも、休診日だというのに、午後の時間を鏡子のために空けてくれた。

それなのに鏡子は、宇津木医師と交わした短い会話、宇津木医師の口調のどこかに、自分が待ち望んでいたものとは異なる気配を感じた。初めから拒絶されているような気がした。三十分だけ時間を空けて、会ってくれる、というのも、この面倒な女の申し出を無視したら、さらに面倒なことが起こる、と考えたからに過ぎないようにも思われた。

循環バスを利用した来館者は、約束通り、十一時過ぎに記念館に現れた。年金暮らしをしているという七十代後半の、人のよさそうな老夫婦だった。二人とも小柄で、似たような服装をし、似たような顔に似たような眼鏡をかけていた。背負っている紺色のリュックまで同じだった。

鏡子は老いた双子のような夫婦の相手をし、館内を案内してまわった。夫はかつて、高校で古文を教えていたことがあり、妻のほうは短歌をたしなんで、仲間と同人誌を作っているという話だった。

原島ファンなら必ずため息まじりに見上げる書斎の書棚を前にすると、夫妻は慎ましやかな歓声をあげた。棚から本を取り出して拾い読みし、興奮して囁《ささや》き合っている夫婦を遠くから見守りながら、鏡子はまったく別のことを考えていた。

やはり、高橋医師とわりない関係になったことは、手紙の中で明かすべきではなかったのではないか。もし、明かさずにいれば、宇津木医師は別の目で自分を見てくれた可能性がある。精神科の医師と男女の関係になった、などと軽々しく告白してくるような患者は、初めから宇津木医師に、まともにかかわる相手ではないように思われたのかもしれない。

正直すぎる手紙を書いた自分を、鏡子は烈《はげ》しく呪《のろ》った。考えてみれば、これはストーカーのやることと大差ないように思えた。

好きな男が目の前から姿を消し、藁にもすがる想いで宇津木医師にとりすがっている。しかもそれが、夫を亡《な》くした身寄りのない、還暦間近の女となれば、宇津木医師でなくても、遠ざけたくなるに違いなかった。

若いころから、生きていくことに不器用だった。孤独を飼い馴《な》らすようにして一生懸命生きてきたが、苦労が人間としての成熟、生きていくための賢さにつながっていない。それどころか、いっそう、その不器用さに拍車がかかり、どうにも救いようがなくなっているようにも感じられる。

消えた恋人を探し、追いかけたいのではなかった。鏡子はただ、消えた恋人が何者であったのか知りたいだけなのだった。何者かわからなければ、消えた男が自分にとって何だったのかすら、わからないまま、宙に放り出されたも同然になってしまう。

それなのに鏡子は、「彼」が「横浜みどり医療センター」に非常勤医として勤務する「高橋智之」ではなかった、という事実を伏せたまま手紙を書いた。この謎めいた事態を共有し合うためにこそ、手紙を書いて、宇津木医師と接触を試みたつもりだったが、今となってはその判断も正しかったのかどうか、わからない。「あの人は誰なのか」という質問を控えたばかりに、手紙の内容には明かせない部分が多くなってしまった。

となれば、鏡子が一方的に「高橋智之」に想いを捧《ささ》げ、逃げまどう「高橋智之」を追いかけ、いつしか、ありもしない架空の恋愛を現実のものと思いこんだ、と判断されても仕方がなかった。

帰りの新幹線の時刻を気にしていた老夫婦が、循環バスに乗るため早めに出て行ったのを見送ってから、鏡子は文潮社常務である平井昌夫の携帯に電話をかけた。

午後、急用ができたため休館にさせてもらいたい、と願い出るつもりだったのだが、携帯は留守番電話になっていた。鏡子はメッセージを吹き込み、勝手を言いまして、大変申し訳ありません、と結んだ。

記念館の入り口ドアに「本日は閉館しました」と書かれた札を下げた。まだ時間があったので、あたりのものを片づけてから、昼食の弁当を拡《ひろ》げた。

前の晩、手作りした鶏のから揚げとキャベツのサラダをつつき、海苔《のり》とかつお節をはさんだごはんを半分ほど食べ、お茶をいれて飲んだ。おいしいのかまずいのか、わからなかった。味がしなかった。

食べ終えた弁当を包み直し、湯飲みと急須《きゅうす》を洗い、もとあった場所に戻した。誰もいない館内で化粧ポーチを取り出し、化粧を直した。

小さな四角い手鏡に映る自分の疲れた顔をぼんやり見つめた。手鏡には、窓から射《さ》し込む冬の午後の光がきらきらと輝いて映し出されたが、鏡子の顔には青黒い疲れが浮いていた。

このまま宇津木クリニックにも行かず、何者かわからない男のことも、これまでこの身に起こったことも、何もかも忘れ、海の底に沈んで、深い群青色《ぐんじょういろ》の水に染まりながら貝と共に朽ち果ててしまいたい、と思った。

記念館から宇津木クリニックまでは、車で七、八分の距離である。三時にクリニックのインタホンを鳴らすには、二時四十五分に記念館を出ても充分間に合う。だが、鏡子は待ちきれず、二時半に記念館のドアに鍵をかけた。

自分の車に乗り込み、イグニションをまわしてエンジンをかけ、しばらく前を向いたまま、じっとしていた。目の前には見慣れた冬枯れの光景が拡がっていたが、鏡子の目には何も映っていなかった。

何かが途方もなく間違った方向に動き出しつつあるように感じた。なぜ、そんな気分になるのか、自分でもよくわからなかった。わからないがゆえに、かたちの定かではない不安ばかりがこみあげてくるのをどうすることもできなかった。

宇津木クリニックの駐車場に車を停めると、クリニックのエントランスの向こう、奥まったところにある職員専用駐車場のあたりに、紺色の大型四輪駆動車が停まっているのが見えた。宇津木医師が乗って来た車のようだった。車はそれ一台だけだった。すでに日は傾き、クリニックの建物は影の中にあった。早くも気温が下がり始めているのが感じられた。鏡子はコートの胸元を片手で合わせながら、入り口ドアの前に立った。

覚悟を決めて、左側の壁に取り付けられているインタホンに指を伸ばした。ややあって、「はい」と応じる男の声が返ってきた。

「お約束していた幸村と申しますが」

「今行きます」

数時間前に耳にした電話の声よりも、さらに不機嫌そうな、温かみの感じられない声に聞こえた。鏡子は身構えた。

内鍵が外される音がした。木製のドアが開けられ、宇津木医師が顔を覗《のぞ》かせた。黄土色のセーターに紺色のズボン姿だった。かけている眼鏡は、診察室でかけていたのと同じものだった。

宇津木医師はにこりともせず、鏡子を一瞥《いちべつ》すると、「お入りください」と低く言うなり背を向けた。

医師のあとに従い、鏡子は中に入った。受付には淡い桃色のシャッターがおろされていた。待合室も廊下も明かりがついておらず、どこもかしこも薄暗かった。清潔だが、何のにおいも音もしなかった。死を待つだけの無菌室に入ったような気がした。

宇津木医師は廊下を進み、突き当たり左側にあるドアを開けた。職員や医師の休憩室になっている部屋のようだった。ミニキッチンや冷蔵庫、ソファー、四角いダイニングテーブルと四脚の椅子《いす》がそろっていた。窓はあったが、全面、曇りガラスになっているので、外の明るさは映さず、天井の明かりが煌々《こうこう》とあたりを照らしていた。

「お座りください」

コートを脱ぎ、医師から示された布張りのソファーに鏡子は浅く腰をおろした。

宇津木医師は、ダイニングテーブルの向こうの椅子に座り、軽く眼鏡をおし上げると、テーブルの上で両手を合わせた。すべての動作は落ち着きはらっていて、なめらかだった。

「そういうことになっておられたとはねえ」

宇津木医師は、何の前おきもなく皮肉まじりにそう言い、口もとにうすい笑みを浮かべた。からかっているようには見えなかった。鏡子はその微笑《ほほえ》みを軽蔑《けいべつ》、もしくは懐疑、警戒、と受け取った。

「いや、まあ、しかし仮にそうであるからといって、僕などが関知するようなことではありません。口をはさむ気もないし、そんな立場でもないので、ご心配なく。それで、早速ですが、時間もないので本題に入りましょうか」

「ええ、はい。高橋先生が何故、突然、このクリニックをお辞めになったのか、まずそれを教えていただければ……」

宇津木医師は眉《まゆ》を大きくあげ、鏡子を見返してから、何が可笑《おか》しいのか、ふっ、と肩の力を抜くようにして笑った。「高橋先生が女性患者とどのような関係になられようが、自由ですよ。何度も言うように、僕が関知する問題ではない。でもね、高橋先生が何故、ここを辞めたのか、訊《き》かれるままに、はい、お教えしましょう、というわけにはいかないような気もしますがね。別に、個人情報などという堅苦しいことを言ってるわけではないんですが。いいですか？　つまりですね、もし高橋先生が諸事情を知られたくない、と思っておられたのだとしたら、どうでしょう」

「私に、ですか？」

「そう。この場合は、まさしくあなたに、ということになりますね」

どう答えればいいのか、わからなくなった。鏡子は押し黙った。

眼鏡の奥で、鏡子をにらみつけるようにしていた宇津木医師は、表情をゆるめ、視線を外し、ははっ、と短く笑った。「いやいや、そんなに深刻な顔をしないでください。僕が言ったのはね、こういった種類の話は、ふつう、誰にでも簡単にはお話しすることができないんじゃないでしょうか、ということですよ。そのことをあらかじめ、ご理解いただきたかっただけです。……いいんですよ。高橋先生がうちを辞めた理由というのは、別にマル秘事項でもなんでもなく、うちの看護師たちも知ってることですからね。あなたに隠す必要もない。お教えしますよ。あれはいつでしたか。ええと、確か十一月の……」

ひどくもったいぶった言い方を続けたあげく、宇津木医師は冷蔵庫の隣の、背の低いサイドボードの上にあった置き型のカレンダーを手に取った。製薬会社の名前が印刷されているカレンダーだった。

「十一月十九日でしたね。火曜日でしたが、その日、午前の内科の診察が終わった時、高橋先生から僕あてに電話がかかってきましてね。折り入って至急、相談したいことがあるので、翌日の水曜の午後、花折町か軽井沢のどこかで会えないだろうか、ということでした」

鏡子はうなずいた。宇津木医師は、その時の高橋医師の口調には、別段、変わった様子は感じられなかった、と言い、先を続けた。

「水曜はうちの休診日になりますが、夜、万平ホテルでちょっとした会合があったんで、高橋先生には会合が始まる前に、ホテルのほうにおいで願ったんです。小一時間ほどでしたか、お話を伺いましたよ。結論から言いますとね、先生ご自身にメンタルな面での問題が発生したために、どうしても患者の診察を続けることが難しくなった、という話でした。それで、急なことで大変申し訳ないが、その週の木曜から土曜まで……あ、土曜日は祝日で休みだったから、木曜と金曜の二日間、クリニックでの外来を終えたら、いったん辞めさせていただきたい、とね。まあ、簡単に言うと、そういうことでした」

わけがわからなかった。鏡子は「彼」が精神を病んでいると感じたことは一度もなかった。人づきあいが苦手で孤独癖があり、謎めいて見える人間だったが、病んではいなかった。それは確かだった。

どこの誰だったのかはわからなくても、少なくとも「彼」は精神科医だった。治す立場にあり、治される立場に取って代わった「彼」など、想像できなかった。

「心の病、ですか？　鬱《うつ》病だった、ということですか？」

「それはわかりません。詮索《せんさく》はしなかったのでね。……そのこと、ご存じなかったんですか」

「そんな話は一度も……」

「ほう。そうでしたか。なんですか、横浜のほうの病院で担当している患者の状態にね、自分が引きずりこまれてしまった、というようなことをおっしゃってましたよ。それ以上、詳しいことは何も聞いてません。……何か心あたりがあるんじゃないですか？」

鏡子はかぶりを振った。「いいえ、全然」

宇津木医師はひどく疑わしい目つきで、眼鏡越しに鏡子を見たが、それについては何も言わなかった。「患者に引きずられて自分も心を病んでしまう、っていうのは精神科医にはたまに起こることで、珍しくはないようですけど。でも、高橋先生ほどのベテランがねえ、そうなってしまうとは」

鏡子はごくりと音をたてて粘ついた唾液を飲み込んだ。「その時、高橋先生はどんな様子でしたか」

「ふだんと変わりなく見えましたけどね。こちらはそれどころではなく、そんなに急に辞めると言われて、今後、精神科をどうすればいいか、ということばかり考えてましたから、よく覚えてはいませんが。とにかく、あまりに突然の申し出だったんで、参りましたよ」

内心の忌《い》ま忌《い》ましさを隠すようにして、宇津木医師は深く息を吸った。「先を続けましょう。今の時点で僕からお話しできることは、こんな程度です。何かご質問はありますか？」

「……精神科の最後の診察は、その週の金曜日、二十二日だったんですね？」

「そうです。二十三日は、さっきも言ったように祝日で休みでしたから。二十二日が最後になりましたね」

「その後、高橋先生とは連絡はとっておられないんですか」

「残念ながら」

「高橋先生が今後、どんなふうに精神面の治療を受けることになっているのか、ということも、ですか？」

「僕は高橋先生と、個人的なつきあいはほとんどありませんでしたからね。高橋先生のほうでも、僕相手にそんな打ち明け話はしてくるはずもなかったと思いますがね」

「あの……立ち入った質問で失礼だとは思うのですが」と鏡子はうわずった声で言った。「こちらでの給与は高橋先生の銀行口座に振り込まれていたと思うんです。高橋先生が辞められた後も、同じ口座に振り込みが可能だったんでしょうか。たとえば、銀行口座に変更があった、というようなことはなかったんでしょうか」

聞いてしまってから、誤解されるようなことを質問した、と思った。だが、後の祭りだった。

「そういうことはねえ」と宇津木医師は言い、明らかに不快そうに口をへの字に結んだ。「それこそ、お教えする必要はないのではないですか？　こんなことを申し上げて気を悪くされると困るんですが、僕は高橋先生が幸村さんと本当におつきあいされていたのかどうか、高橋先生の口から聞いたことは一度もないもんでね。うちの職員たちも、そんなことは全然知らずにいますよ。だから僕は、一方的にあなたから打ち明けられたことを軽々に受け取るわけにはいかない立場にある」

その時、突如として鏡子の中で、これまで続いていた強い緊張が烈しい怒りに変わった。抑えきれなくなった。そこまで言われるとは思っていなかった。鏡子は憤然として目をむいた。

「では、宇津木先生は、私が嘘《うそ》を言っているとでも？」

「いやいや、そうは言ってない」

「でも、今、おっしゃったことは、私にはそんなふうに聞こえましたが」

「僕はただ、客観的に自分の立場について述べただけです」

「もし、私が嘘をついている、と思われるのだったら、その根拠はどこにあるんでしょう。教えてください。高橋先生の銀行口座について質問する私は、高橋先生のお金をねらっているように見えるんですか？　私は詐欺師《さぎし》ですか？」

「誰がそんなことを」

「先生は……先生は……私が高橋先生のストーカーだ、とでもおっしゃりたいんでしょうか。私に虚言癖があって、妄想癖があって、本当は私が勝手に高橋先生を追いまわしていただけだったのかもしれない、って、思ってらっしゃるんじゃないですか」

宇津木医師は両腕を組み、呆れたように「いい加減にしてくださいよ」と低い声で言い、半ば目を閉じて、ゆっくりと首を左右に振った。「そう思っておられるのは、ご自身なんじゃないですか。あなたがストーカーだなんて、いつそんなことを言いました？　たとえそうだとしても、いや、僕がそう思っていたんだとしても、事実がどうあろうが、僕には何も関係がない。関係がないから、あなたが高橋先生にどんなふうに近づいていったのか、つきあっていたというのなら、どうして何も知らずにいたのか、ということについても何の興味もありません。そもそも、僕があなたという方にお会いしたのは、昨日が初めてで、しかも……」

「私、横浜みどり医療センターに行ったんです」

この場で言うつもりはなかったことだった。だが気がつくと、行き場のない怒りが、鏡子にそう口走らせていた。

宇津木医師は口を閉ざし、まじまじと鏡子を見つめた。

「おわかりですよね？ 高橋先生は横浜みどり医療センターの精神科の非常勤医として勤めていましたから。ですので、私、覚悟を決めて、患者のふりをして高橋先生の診察を受けに行ったんです。恥ずかしいくらい卑劣なやり方だということはわかっていましたけど、そうすれば本人と会えるし、どうしてこんなことになったのか、理由を聞くこともできるだろうと思ったんです。でも、そうしたら……」

「あなたは、そんなことまでやっておられたんですか」と宇津木医師は早口に言い、かぶりを振った。「驚きました。そこまで高橋先生を追いつめていたのなら、今さら僕の話など……」

「違うんです！ 聞いてください！ そうやって診察を受けにいったら……高橋先生はいなかったんです！」

宇津木医師は鼻先で笑った。「そりゃあそうでしょう。メンタル面での問題を抱えて、このクリニックを辞めていった医者が、その後も元気で外来患者の診察を続けられるわけがない」

「宇津木先生。お願いですから、最後までよく聞いてください。私が行った時、精神科の診察室にいた高橋智之という名前の先生は、同じ名前でも、別人だったんです。

似ても似つかない人だったんです。こちらのクリニックで精神科の診察を続けていた高橋先生は、どこにもいなかったんです」

驚愕の事実として打ち明けたつもりだった。だが、宇津木医師は鏡子が想像したような反応はまったく見せなかった。それどころか冷ややかな視線を投げつけ、うんざりしたように掌《てのひら》で額のあたりをひと撫《な》でし、忌ま忌ましげなため息をひとつ、もらした。

「おっしゃっていることの意味がよくわかりませんが。心の病気を発症して、うちを辞めていった医師が、勤務先の病院に戻って、これまで通り、患者を診るなんてことが、どうしてできるんです。病院には出ていないのが当たり前でしょう」

「でも、同姓同名の医師はいたんです。信じられないかもしれませんけど、ほんとなんです。高橋智之、っていう名前の人はいたんです。廊下に貼《は》ってある担当医の表みたいのがあって、そこにもちゃんと、高橋智之って印刷されてました」

「本人が病院を辞めない限り、外来担当表の名前はそのままそこにありますよ。休診の知らせがどこかに貼ってあったのを見落としただけですよ」

「そんなもの、どこにもなかったと思います。それに私、受付の人に、どうしても高橋先生に診てもらいたい、って申し出たら、受け入れてもらえたんですよ。そして現に、私はその高橋っていう先生の診察を受けたんですから。話をして、処方箋も書いてもらって。処方箋には、担当医の名前が書かれるじゃないですか。それで会計をすませてから処方箋をもって、病院の隣にある薬局に行ったら、薬剤師の女性から、高橋先生は患者さんの人気の高い先生だから、よかったですね、治りが早いですよ、って言われて、腕のいい先生なんだ、っていうようなことを言われて……」

話を正直に続ければ続けるほど、まとまりがなくなり、表現が稚拙になり、正しい情報の半分も相手に伝えることができなくなった。支離滅裂なことをしゃべっているつもりはなくても、しゃべればしゃべるほど、論理性が失われ、常識からずれていき、話の流れがとんでもなく間違った方向にいってしまいそうな気がした。

鏡子は身体の芯が岩のように固まっていくのを感じた。自分が自分ではなくなっていくような気分になった。言葉がばらばらになり、伝えようとしていることから、どんどんはみ出していくのがわかった。動悸《どうき》が烈しくなった。頭に血がのぼった。気が遠くなるような感覚に襲われた。

危惧《きぐ》した通り、宇津木医師の顔からは、それまで露骨に見せていた怒りや苛立《いらだ》ちはたちまち消え去り、その目には憐《あわ》れみの色が浮かび始めた。

「よくわかりました、幸村さん」と宇津木医師は静かに言った。小さく咳払いをし、そっとセーターの袖《そで》をめくって、腕時計を覗き見た。「とてもよくわかったのですが、僕よりも幸村さんのほうが、いろいろなことをご存じなようですから、僕の出る幕はないような気がします。今日のところはこれでもう、終わりにしませんか。申し訳ないんですが、本当に夕方から所用があるもので、これ以上……」

「どうして、どうして……」と鏡子はうわ言のように言った。くちびるが震えた。小鼻がうさぎのそれのように、ひくひくと動いた。視界が曇った。「どうしてわかってくださらないんですか。変なんです。高橋智之、っていう人、ほんとに変なんです。誰だったのか、結局、なんにもわからないんです。わかってたつもりだったのに、全然、別人だったんです。あの人は誰だったんでしょう。どうやれば本当のことがわかるのか、私……私……」

「お気持ちは、よくわかりますよ」と宇津木医師はなだめるように言った。言いながら、注意深い仕草で椅子から立ち上がった。ぎしり、と小さな音がして、椅子が鳴った。「何かわかったことがあったら、僕からまた、ご連絡しましょう。……ということで、よろしいですね?」

宇津木医師の言い方には、有無を言わせぬ迫力があった。一刻も早く、目の前にいる妄想に狂った女をこの場から追い出し、扉に鍵をかけてしまいたい、と思っているかのようだった。

「宇津木先生は……」鏡子はソファーから腰を上げ、棒のように固く立ちつくしたまま、低く震える声で訊《たず》ねた。「私のことを気が変になった女だと思ってらっしゃるんでしょうね。そうですよね?」

信じられないほど馬鹿げたことを口走っている自分に気づいた。頭がぐらりと揺れた。昏倒《こんとう》するのではないか、と思った。

宇津木医師は「そんなことはない」と言った。投げやりな言い方に聞こえた。「なんとも思ってやしませんよ」

「だったらどうして、私の言うことを……」

「もうやめましょう。何度も言うように、僕はこれから行くところがあるのでね。これ以上、お話ししているわけにはいかないんですよ」

先程までの、なだめようとする言い方とはうって変わり、隠しても隠しきれない苛立ちをこめてそう言うと、宇津木医師は自ら部屋の戸を開けて外廊下に出た。「お帰りはこちらからです。玄関までお送りします」

「高橋先生が誰だったのか、本当は何者だったのか、宇津木先生と一緒に考えることができると信じていました」

鏡子は気が遠くなりそうになりながらも、そう言い放ち、宇津木医師の脇をすり抜けて廊下に出た。痛々しく見られぬよう、姿勢を正し、前を向いて歩き出したが、うまくいったかどうかはわからなかった。「仕方ありません。私のことを信じていただけないのであれば、諦めます。この先、ご迷惑はおかけしませんので、ご安心くださいそれに、二度とこちらのクリニックも受診いたしませんので、そちらのほうもご心配なく」

「ご自由にどうぞ」

忌ま忌ましげに唾《つば》を吐きかけるような言い方だった。慌ただしくクリニック入り口の内鍵を開けると、宇津木医師は人を小馬鹿にするような恭《うやうや》しさを装《よそお》って扉を大きく開けた。

鏡子はドアの外に出てから振り返り、深く一礼した。「お邪魔しました。貴重なお時間をいただいた上に、ご不快な想いをさせてしまって、申し訳ありません。失礼します」

宇津木医師は何も言わなかった。鏡子は彼に背を向けて歩き出した。背後で扉が閉じられた。鍵がかけられる音が無慈悲に響いた。

冬至も近いその季節、すでに日暮れて、あたりは暗くなっていた。空気は冷たく乾き、吐く息は白かった。

クリニックの隣にある神社の境内で、カラスが数羽、烈しく鳴きかわしながら飛び去っていく気配があった。羽ばたきの音が、不吉なことの前兆のように重たく響きわたった。

鏡子は駐車場に停めてある自分の車に乗り、ドアを閉めた。怒りにまかせて乱暴にイグニションをまわした。ヘッドライトを灯《とも》した。その必要もないのに、ワイパーを動かした。何かしていないと、泣きだしてしまいそうだった。

宇津木医師からは、話の半分も理解されなかった。おまけに誤解されたあげく、哀れな妄想狂の烙印《らくいん》を押されてしまった。

やり方のどこが間違っていたのか。話の進め方の何が、宇津木医師の誤解を招いたのか。すべて、考えるのも億劫《おっくう》だった。

最後の捨てぜりふにいたっては、自分が口にしたこととは思えないものになった。だが、どうして今頃、そんな強気の発言ができるようになったのか、ということについても、考えたくなかった。どうでもよかった。

いかに考え、いかに行動しようとも、すべては無駄であるような気がした。真に苦しみを分かち合える相手など、どこにもいやしない。どんな懊悩《おうのう》も自分ひとりで引き受けていく覚悟がなければ、生き延びていくことなど不可能なのだ。

輝く希望の光も、信じられないような幸福に浸ることができたひとときも、いつだって束の間《つかま》の情事のように消え去った。長く生きてきて、そういうことには慣れているはずだった。

人生の途上で泥道にさしかかっても、なんとか切り抜けてきた。気がつくと、ぬかるみに足をとられている。転んで泥まみれになっている。それでもまた立ち直った。初めからこうだったのだから、今さら嘆いても仕方がないことはよくわかっていた。

だが、今回ばかりは勝手が違った。イメージの中のアイガー北壁ではない、本物の氷に囲まれた、底無しの冷たい穴が鏡子の眼前にあった。

鏡子はくちびるをかみ、烈しく瞬《まばた》きを繰り返して、みるみるうちにうるみ始めた視界をごまかした。何度も何度もウォッシャー液と共にワイパーを動かし、フロントガラスを洗った。洗い流されたガラスの向こうに、早くも点灯された街灯の黄色い光が、さびしげな細い虹《にじ》を描いているのが見えた。

鏡子は両手でハンドルを握り、姿勢を正し、ブレーキペダルから足を離した。宇津木クリニックの駐車場から出て国道に入った。まっすぐ家にもどる気はしなかった。

暮れなずむ冬空に、かろうじてまだ、浅間山の稜線《りょうせん》が判別できた。街灯や車のライトに照らされる木々や草は、どれもみな立ち枯れていた。歩道を歩く人の姿はなかった。

対向車線を列を連ねて走ってくる大型トラックの煌々としたライトの光を横目で見ながら、今、このハンドルを思いきり右に切れば、すべてから解放されて楽になれる、と思った。本気でそう思ってしまう自分が恐ろしかった。

［16］

康代からは、鏡子の様子を心配するメールが何回か送られてきていた。メールに気づかないふりをしていたかったが、勘のいい康代のことだから、そんなことをすれば、家まで様子を見に来るかもしれなかった。身辺を案じ、わざわざ家を訪ねて来てくれた友人を追い返すことはできない。お茶やコーヒーをふるまい、元気を装《よそお》いつつ、世間話をしなくてはならなくなる。

しかし、それは想像しただけで発熱しそうになるほど、億劫《おっくう》なことだった。相手が康代だろうが誰だろうが、鏡子は人には会いたくなかった。

そのため鏡子は、康代からメールがくると、時をおかずしてすぐに返信するよう心がけた。

とりあえず宇津木クリニックで、前回と同じ薬をもらってきたから、回復しつつあるということ、眠れるようになったので、この分なら、もう心配はいらないと思う、ということなどをできるだけ明るい調子で書き送った。

康代が、鏡子を取り巻く環境に何かの異変を嗅《か》ぎつけている様子はなかった。突然、辞めてしまった精神科医についての話題も出なかった。辞めた精神科医や宇津木クリニックについての噂《うわさ》が、康代の耳に入っている感じもしなかった。

クリスマスをどう過ごすのか、年末年始はどうするのか、と問われることもあった。鏡子は、いつもと同じ、ひたすらのんびりするつもり、と答えた。

もし鏡子さんの体調がよかったら、女ふたりの忘年会をやろうよ、というメールも送られてきた。そこには、以前、康代と待ち合わせて飲んだ居酒屋の名が記されていた。

忘年会、という言葉自体が、遠い過去のもののように思われた。死んだ人間が、生きていた時に味わった楽しいひとときの数々を思い出す時も、こんな感覚に襲われるのだろう、と思いながら、鏡子はまだそこまで体調は回復していない、という理由で、やんわりと断った。

その年、記念館の仕事納めは、十二月二十七日だった。正月明けは、一月四日からの開館となる。丸一週間、仕事に出る必要がなくなって、いったい自分はどうするつもりなのか、何がしてみたいのか、と自問自答してみたが、答えは出なかった。

黒豆を煮る気力もなかった。安物の紅白かまぼこや、パック売りされている少量のロシア産の数の子を買ってきて、煮しめの代わりに作る筑前煮《ちくぜんに》と共に、古い重箱に形ばかり並べようとする気分にもなれなかった。

誰とも会わず、何もせず、正月用の赤い南天や松、真空パックで餅《もち》が中に詰められているだけのお供えも飾らず、凍てついた冬の年末年始、この家の中で時間が淀《よど》むにまかせている自分……つけっ放しにしているテレビから絶えず流れてくる、騒々しいCM、タレントたちの嬌声《きょうせい》を前に、焦点の合わない目をしてぼんやりとビールや焼酎《しょうちゅう》を飲み続けている自分……を想像してみた。

正月休みが終わり、記念館がなかなか開館しないのを不審に思われ、この家でだらしなくビールの空き缶や安酒の空きビンに囲まれながら、突然の心臓発作か何かで息絶えている自分が発見される、という想像にも現実味があった。

いっそ、そうなったほうが楽だ、と思うかたわら、そうなったら、シマとトビーはどうなるのか、餌《えさ》も水も与えられないまま、ストーブの薪《まき》が燃え尽きた寒さの中でやせ細り、あげく、見知らぬ人間たちによって家の中をかきまわされ、誰にも気づいてもらえず、気づいてもらったとしても、たかが猫、と思われて見捨てられてしまう二匹のことを考えると、ただの想像に過ぎないというのに、胸が塞《ふさ》がり、涙がしとどにあふれた。

大都会の真ん中で死ぬよりも、こうした自然の多い場所で死ぬほうが、よりさびしいことのような気もした。都会には心ふるわせる本物の美しさは少ないが、ここにはそれがある。そればかりがあふれている。

甘やかな雪のにおい、群青色《ぐんじょういろ》の空に瞬《またた》く無数の星、窓から射《さ》し込む月明かりが作る美しい影、静寂の中にかすかに聞き取れる、見知らぬ小動物たちの気配。緑を渡って吹き過ぎていく風の音。初夏になると、そちこちの木々で鳴き狂うニイハルゼミの声。毎年、季節がくると咲きみだれる可憐《かれん》な野の花。幾種類もの野鳥の声を孕《はら》みながら、息づいている森……。

それらすべての美しいものを二度と目にすることも、感じることもできなくなる、ということが鏡子にとっての死であった。

死はすべてを失わせる。それで何の未練もなかったが、そうした美しい世界をも二度と感じることができなくなる、というのは唯一《ゆいいつ》、つらいことだった。

死ぬのなら、むしろ東京のほうがいい、と思った。人工的な、無機質なものばかりに囲まれながら。ひっきりなしに行き交っている車の音、救急車の遠いサイレンの音を耳にしながら。夜空にかすんでよく見えない月を探しながら。繁華街の路地裏で、人の排泄物《はいせつぶつ》やくさった食べ物のにおいの中に身体《からだ》を横たえ、誰からも無視されながら。

そうした想像を飽きず繰り返すことが、鏡子の日課になった。馬鹿《ばか》げているとわかっていて、やめることができなかった。

あまりに苦しくなると、デパスを飲んだ。一日に三錠も四錠も飲むこともあった。効き目が感じられないと、一時間後にもう一錠、追加する、ということもあった。飲むと少し気分が楽になったが、代わりに不快な眠気に襲われた。思わずうとうとしてしまいそうになるくせに、頭の芯《しん》が覚醒《かくせい》している。そして、その執拗《しつよう》な覚醒の中には、すでにまぼろしと化してしまった「彼」に対する強い疑念が渦巻いているのだった。

とはいえ、考えることはいつもとりとめがなく、いっこうにまとまらなかった。一日中、身体が鉛と化したかのようにだるく、軽い吐き気とこめかみの痛みが消えなかった。

記念館での仕事を終えると、そのまま家に帰った。新聞や雑誌を読む気もせず、テレビを観《み》る気にもなれず、夕食を作ることすら億劫だった。ビスケットにバターを塗って、温めた牛乳に浸して食べるだけ、という夜もあった。

そんな毎日が続く中、鏡子は自宅でパソコンを立ち上げ、ネットの中を浮遊しながら、ぼんやりすることが多くなった。

「高橋智之」という名前の検索は二度とやらなかった。横浜みどり医療センターの検索もしなかった。興味もなかった。

初めのうちは、ネットのニュースやショッピングサイトを目的もなく覗《のぞ》いていただけだったが、やがて鏡子は、精神科に通う患者たちや精神的にアンバランスになっている人たちのブログやスレッドを好んで読むようになった。

彼らは、常用している薬に対する強い不安、効き目のよしあし、通院している精神科の評価、将来の心配などを打ち明け合っていた。それに反応した別の誰かが、別の体験談を披露する。そうやって専門用語を駆使しつつ、健康な人間には想像もつかないようなやりとりを際限なく続けていた。

飲んでいる薬の種類の多さや量を自慢したり、かと思えば、そんなことを続けていると脳が溶けて死ぬぞ、と誰彼かまわず脅してみせたり、一年三百六十五日、ただの一日も、心身の状態がいい日がないことを嘆いたり、抗鬱《こううつ》剤の減薬に失敗し、ひどい目にあっているから、もう死にたい、などと書き込まれているのをぼんやり読みふけっていると、鏡子は気持ちが少し楽になった。

聞いたこともない薬の名前も目についた。サインバルタ、ジェイゾロフト、アモキサン、ロヒプノール……。より専門的な掲示板になると、もはやデパスやメイラックスやマイスリーは、ありふれた頭痛薬や胃薬、もしくは子供に飲ませる虫下し程度にしか語られていないのだった。

世の中にはこんなにも多くの、不安や憂鬱、虚脱や絶望に喘《あえ》いでいる人間がいるのだ、と思った。ただそれだけで救われるような気持ちになった。心の不安定さを嘆き、薬を飲まなければ働くことはおろか、生活することもできなくなっている人々は、ネットの中で夜もなく昼もなく嘆き、叫び続けているのだった。

苦しんだり、行き場を失ったり、絶望的になったりしているのは自分だけではない、という安堵感《あんどかん》。それが鏡子を慰め、かろうじて生きていくための支えになってくれるようになったのは皮肉と言えば皮肉だった。

ふと思い出して、「マリリン・モンロー」を検索してみる気になったのは、そんな検索の仕方が習慣化してから、少したったころだった。

「彼」がモンローの話をよくしていたから、というわけではなかった。「彼」から聞いていた、女優モンローのいかにも不安定だったという、ハリウッドの大女優の秘められた精神状態の話を思い出したからである。

中でも、モンローに専属の精神科医がついていた、という話は印象的だった。どんな治療をどのように受けていたのか。そもそもマリリン・モンローという女優は、どんな精神状態の中で、どのように苦しんでいたのか。

詳しいことがネットの情報の中で得られるとも思えなかったが、鏡子は試みに「マリリン・モンロー」で検索してみた。

一九二六年生まれ。本名ノーマ・ジーン・モーテンソン。数々の結婚離婚を経て、一九五七年ころから精神的に不安定になり、一九六二年八月五日、ロサンゼルス郊外にある自宅寝室で、全裸のまま死亡。

誰もが簡単に人物検索できるウィキペディアにはもちろんのこと、マリリン・モンローの幸福だったとは言えない生い立ち、出演した映画の数々、結婚離婚についてなど、モンロー関連の情報はネットの中に無数にあり、好きなだけ閲覧することができた。

項目は多岐にわたっていた。モンローの暗殺疑惑。死の真相。自殺か他殺か。生涯で何度整形手術を受けたか。モンロー・ウォークについて。モンローに学ぶ10のセクシーポイント。モンローが世間に流した数々の浮名。結婚・離婚の数、流産した回数……。

パソコンの壁紙に使うための、モンローの夥《おびただ》しい数の画像や、YouTubeで閲覧できるモンローの出演シーン、モンローの恋愛名言集、といったものまであった。

また、野球界のスーパースターだったジョー・ディマジオとの結婚と破局。劇作家のアーサー・ミラーと結婚したのは、モンローが彼に知的で父性豊かな庇護《ひご》を求めたからだが、ミラーが彼女の烈《はげ》しく破綻《はたん》した精神性に手をやいて、結局はうまくいかなかった、ということ。モンローの父親は誰なのかわからない、ということ。母親はアルコール依存症に加えて統合失調症を患《わずら》っており、彼女は誰からも愛されずに育ったということ……。

往年のファンが書いたと思われる、自己満足的な長文ブログから、映画マニアによるモンローの出演映画の分析、長じて初めてこの女優を知った、という年若いユーザーの幼い感想に至るまで、他愛《たわい》のないもの、深刻なもの、ふざけたもの、性的好奇心をあおるもの……等々、情報はあまりに百花繚乱《りょうらん》で、そのせいか、とりとめがなくなっているようにも感じられた。

一方で、鏡子がもっとも知りたいと思った、モンローの心の闇《やみ》に踏み込んで書かれているものは見当たらなかった。あってもせいぜいが、モンローは長年にわたって何人かの専門医による精神分析を受けていたということ、精神病院への入退院を繰り返していた事実、あるいは、スラムで生まれ、心を病んだ母親に愛してもらえなかった幼児期が、彼女のすべてを決定づけた、とする、誰にでもできそうな簡単な分析程度に過ぎなかった。

しかしながら、「モンロー他殺説」「モンローの死の疑惑」などと題された項目の中には、わずかながらではあったが、彼女が三十六の若さで死に至らなければならなかった経緯のようなものを読みとることができた。鏡子は強い興味をもって、それらを読みふけった。

最晩年のマリリン・モンローの精神分析治療を行っていたのは、ラルフ・グリーンスンという名の、フロイト派の精神科医であった。

ハリウッドの黄金期には、俳優たちを中心に精神分析治療を受けることが流行していたという。とはいえ、それは富と名誉を得た彼らが、精神分析を受けることを人生のちょっとした彩《いろど》りだと考えていたからではない。それどころか、当時、映画の世界に生きる人々の、心の叫び、精神的な闇の深さは深刻だった。

俳優、監督、プロデューサー、脚本家らには全員、程度の差こそあれ、鬱や神経症や性的倒錯の傾向がみられた。ハリウッドの映画界が現在からは考えられないほどの、想像を絶する栄光と名誉、多額の金をもたらしていたからである。映画は人の一生を簡単に左右し、そこに携わる人々は実人生を映画に奪われていった。

マリリン・モンローが活躍したのも、そんな時代だった。ハリウッドで歴史に残る名声を勝ち得ながらも、彼女もまた疲れ果て、消耗し尽くし、精神分析療法を受けなければいられない毎日を送っていた。

どの医師ともうまくいかなかったというが、最後に出会ったグリーンスン医師とだけは、きわめて良好な関係を築いた。モンローはグリーンスン医師を信頼するあまり、医師の自宅の近くに家を買って引っ越した。グリーンスン医師もまた、モンローに家族を紹介し、自宅に招待した。二人は、精神科医と患者、という垣根を越えた間柄だった。

一九六二年八月五日、午前三時三十分、モンロー邸の家政婦が、モンローの寝室の明かりがついているのを不審に思い、部屋をノックしたが応答がなかった。そっと開けて入室してみると、モンローがベッドに仰向けに横たわり、全裸のまま息絶えていた。

すぐにグリーンスン医師が呼ばれ、バルビツール系睡眠薬の過剰摂取による急性中毒死である、と断定された。

それまでのモンローの薬や酒の飲み方が異常だったこと、精神病院への入院歴があることを知っていた人々は、誰もが自殺を考えたが、一方でたちまち他殺説が持ち上がった。

当時のアメリカ大統領だったジョン・F・ケネディと、その実弟のロバート、両方と肉体関係をもっていたモンローは、寝物語に聞いてはならぬ政治的な重大機密を耳にし続けており、二人の男性との関係が終わった時、それを暴露されるのではないか、と恐れたCIAが、マフィアにモンロー殺害を依頼した……という、まことしやかな説も流れた。

とはいえ、モンローが自殺だったのか、他殺だったのか、ということに、鏡子はそれほどの関心は抱かなかった。知りたいのはマリリン・モンローの、深く病んでいたという心の問題であり、また、そのモンローの信頼を得て、最後まで寄り添った医師、ラルフ・グリーンスンという人物についてだった。

検索を続けている途中、精神分析医でもあるフランスの男性作家によって書かれ、和訳されている本がヒットした。まさしくモンローとグリーンスン医師について掘り下げた、ノンフィクションノベルふうの作品のようだった。二〇〇八年十月に出版されている。

鏡子は迷わず、その本をネットで購入することに決めた。

「彼」から聞いた話の中で、考えてみればもっとも謎《なぞ》めいていたのは、マリリン・モンローに関する話題だった。

「彼」はマリリン・モンローという女優を、その際立《きわだ》った美貌《びぼう》や性的魅力に関してではない、あくまでも精神面でのみとらえていた。「彼」はモンローが抱えていた内面の暗がりにこそ興味をもっていた。そして、そんなモンローの精神分析治療を続けていた医師の存在を知ったからこそ、自分は精神科医になった、ということを鏡子に打ち明けてきたのだった。

その医師の名が、ラルフ・グリーンスンであることは明らかだった。グリーンスン医師とモンローのかかわりを知ることにより、「彼」が隠蔽《いんぺい》し続けてきた「彼」自身の真実に、少しでも近づくことができるのではないか、と鏡子は思った。

医師とモンローの関係について書かれた本を読んだからといって、姿を消した謎の男の実体が明らかになるはずもない。「彼」は実際にマリリン・モンローを診察したわけでもなく、生きているモンローを知っていたわけでもないのである。ただ単に、巷間《こうかん》、囁《ささや》かれ続けたモンローのいびつな精神性に強い興味を抱くあまり、自分も精神科医になった、というだけの話に過ぎない。

だが、少なくとも鏡子には、この種の本は、鬱屈した自分の孤独な毎日を慰めてくれるような気がした。

「彼」がいったい、モンローの何に、どこに惹《ひ》かれていたのか、何がそんなに深く「彼」を共鳴させたのか、その一端だけでも覗くことができれば、「彼」自身が抱えていた心の闇の輪郭を、指でなぞることができるようになるかもしれない。そうなったら、一歩進んだ理解が、自分自身を救ってくれる可能性もある。

Amazonで買い物をしたことは、これまでにも何度かあった。花折町にも軽井沢町にも、都市部にあるような大型書店はないので、手に入りにくい本はたいていAmazonで購入してきた。本のみならず、陽平が生きていたころは、探し歩くのが面倒な脚立《きゃたつ》や散水ホース、猫トイレ用の砂などをまとめ買いしたことが何度かあった。IDをもっていたので、購入は簡単だった。『マリリン・モンローの最期《さいご》を知る男』というタイトルの本だった。定価は二千八百円。高額の本だったが、読んでみたいという気持ちのほうが強かったので気にならなかった。

購入手続きを終えると、することがなくなってしまったことに気づいた。原島文学記念館は、すでにその日、二十七日が仕事納めで、年末年始の休みに入っていた。朝早く起きる必要もなく、やらねばならないこともない。ひとりきりで過ごす年の瀬の夜だった。暮れてもひとり、明けてもひとり、と鏡子はひとりごち、自嘲《じちょう》気味に笑った。

一カ月前の十一月二十七日に、「彼」と連絡がとれなくなったことを思い出した。あれからひと月。たったひと月の間に、全幅の信頼を寄せ、心を許していた男を失い、その男が何者であったのかすら、わからなくなり、あげくの果てに、誇大妄想の狂ったストーカーだと思われて、状況すら正しく理解されない、という事態に陥ったのだった。

鏡子を取り巻いているのは、濁った黄色い霧のような世界でしかなかった。いつ晴れるのか、見当もつかなかった。手でまさぐってみても、黄色い煙が揺れ動くだけで、何も見えてこなかった。霧は永遠に晴れないのかもしれなかった。

自分は、本当のところ、誇大妄想患者だったのではないか、とも考えた。しかし、鏡子はその、ふざけた思いつきのような想像に思わず身震いした。

単に思いつきとも言いきれなかった。それが真実かもしれなかった。

自分が知っていたはずの「彼」など、この世のどこにも存在せず、宇津木医師が言った通り、宇津木クリニックで診療にあたっていた精神科医の「高橋智之」は、鏡子がかかわった「彼」とは別人だったのかもしれない。毎週水曜日の晩、この家を訪ねて来て、鏡子の手料理を食べ、会話を交わし、肌を寄せ合いながら眠りについた男は、自分の妄想が作り上げたまぼろしに過ぎなかったのかもしれない。

まさか、と鏡子は声に出して言い、背筋を伸ばした。パソコンに向かったまま深呼吸し、右手でマウスを握り直した。

これ以上、自分で自分を混乱させてはならなかった。それこそ、本物の患者になってしまう。モンローのように精神科病棟に入院しなければならなくなる。まぼろしに過ぎない「彼」のことをあたりかまわずわめきちらし、自分と「彼」が交わした会話、見交わした視線、抱き合い、愛し合った事実を、病室の壁に向かって脈絡なくしゃべり続ける自分の姿は、妙にリアルに思い描くことができた。度し難い恐怖に包まれた。

鏡子はもう一度、深呼吸し、気分を変えるためにパソコンから離れてキッチンに向かった。すでに外は氷点下になっており、暖房をつけていないキッチンはひどく冷えていた。

心がアルコールを欲していたが、冷たいものは飲みたくなかった。かといって、酒に燗《かん》をつけるのも面倒だった。

赤ワインのハーフボトルがあったのを思い出した。栓を抜き、グラスに注いだ。立ったまま、ごくごくと一気に半分近く飲んだ。すぐに頭の芯が少し楽になった。身体の奥が急速に温められていくのを感じた。

グラスを手に、リビングに戻った。ノートパソコンが載っているテーブルに向かい、再び椅子《いす》に腰をおろした。

今しがた、ふいに頭の中を駆け抜けていったいやな想像を早く払拭《ふっしょく》したかった。あんな想像を続けていたら、狂気のさなかで新年を迎える羽目になる。

鏡子は、グラスから赤ワインをひと口飲み、気分を改めてマリリン・モンローの検索を続けた。似たりよったりの情報が多かったが、読み進めていくうちに、次第に気分が落ち着いていくのがわかった。

一項目ずつ、丹念に開いていったわけではない。ざっと読み流しては、次を開き、さほど興味を惹かれないとわかると、すぐにやめる、ということを繰り返した。明らかに同じ内容のものだとわかる時は、次から次へと飛ばしていった。

「まりりんが死んだよ」というタイトルに出くわしたのは、鏡子が再度、モンローを検索し始めて数分たってからだった。

「マリリン」が片仮名ではなく、平仮名になっていたことで思わず目を留めたのだが、目を留めた理由が何だったのか、鏡子が思い出すのはずっと後のことになる。

それはインターネットの巨大掲示板のひとつである、2ちゃんねるの投稿サイトだった。ユーザーたちが匿名《とくめい》のまま、様々なスレッドを立てて次々と書き込みを続けていくためのものである。

マリリン・モンローの死について、2ちゃんねるにスレッドが立っているというのが、鏡子には物珍しく感じられた。だが、あり得ないことではない。インターネットの掲示板に投稿するのは、若い世代の人間に限ったことではなくなっている。五十代、六十代、時にはそれ以上の世代でも、パソコンさえ使いこなせれば誰にでも可能なのだ。そういう話は以前、康代からも聞いたことがあったし、鏡子も何かの雑誌で読んだことがある。

モンローの死のニュースが全世界をかけめぐった時、仮に彼らが小学生だったのだとしても、大人になってから2ちゃんねるにスレッドを立て、モンローについて好き勝手な書き込みをするのは、別に不思議なことではなかった。

格別に興味を惹かれたわけではなかったが、モンローが死んだ時のことをおぼろげながらにでも覚えている世代、あるいは、モンローの死について、自分と照らし合わせながら語りたいものを持ち合わせている世代が投稿する書き込みというのは、どんなものなのか、知りたい気持ちもあった。鏡子は、「まりりんが死んだよ」をクリックしてみた。

だが数行読んだだけですぐに、「まりりんが死んだよ」の「まりりん」が、ハリウッド女優だったマリリン・モンローのことではない、と気づいた。

それは別の「まりりん」だった。おそらくは日本人で、まだ若く、地味だが、ある程度の知名度があり、一部に熱狂的なファンをもちながら、同時に嫌われたり揶揄《やゆ》されたりしている人物……。

最新の投稿から遡《さかのぼ》って読んでいく限り、投稿者たちはほぼ全員、「まりりん」という女性がその年の十一月二十五日に、横浜市にある雑木林で首を吊《つ》り、自殺したことを話題にしていた。

その人物の名は「川原《かわはら》まりりん」だった。投稿の内容から推理すると、「川原まりりん」はタレント、役者、もしくはそれに類する仕事についていた女のようだった。

首吊り自殺、病気、精神、薬、病院、デブ、妖怪《ようかい》、ブタ、哀れ、といった言葉が幾度となく使われており、どことなく不吉な調子で続けられる書き込みに目を走らせながら、鏡子は気がつくと、パソコンのマウスを右手で強く握りしめながら、両目を大きく見開き、左手で口をおさえていた。

「川原まりりん、自殺。自分的にはけっこうショック。嫌いじゃなかった。何があったんだろ」

「超デブだったけど、可愛《かわい》かったよな」

「トリガラみたいにやせた女より、ああいうデブのほうが好み。たまらん」

「まりりん見たさに、遠くまで行ったことあった。サインしてもらった。握手も。すげえ湿った手で、ぷにょぷにょしてて、餅みたいだった。近くで見たら、デブなりに美人だったので驚いた。性格もよさそうだったし。以来、ずっとファンだったのに。合掌」

「首吊ったみたいだけど、あの巨体がぶら下がっても枝が折れない木って、あんの？」

「大木だったんだろ。自殺するようなタマじゃないと思ってた。デブはたいてい、神経太そうに見える」

「あんた、まりりんの何を知ってるわけ？　かわいそうなまりりんは、ずっと精神を病んでいました。薬を山ほど飲みながら、がんばって笑顔を作って仕事してました。これ、有名な話」

「精神病院に入ってたこともあると思われ」

「入院したのって、横浜のなんとか診療センターじゃね？」

「診療センターじゃなくて、医療センター」

「横浜みどり医療センターで見かけたことあり。親戚《しんせき》が入院してて、見舞いに行った時、偶然、エレベーターで川原まりりんと一緒になった。すげえデブだった。化粧してなくて、ざんばら髪で顔隠してたけど、すぐわかった。妖怪変化みたいだった」

「病院で見かけたからって、精神科に入院してたとは限らないと思いませんか」

「精神科に入院するのは、そんなにおかしいことなのか。病人差別だ」

「川原まりりんは独身。結婚歴なし。子供なし。確か父親と二人暮らしだったはず。首を吊った時、まりりんの目には何が映っていたのでしょう。かわいそうすぎる」

「うつ病だったんだろ。マジでやばくなってたんだろうな。ずっと仕事してなかったもんね」

「川原まりりん。忘れられた芸人」

「芸風、古すぎ。あの有名な地下鉄の換気口でのマリリン・モンローのものまねだって、何度もやられたら飽きる。亡《な》くなった人のことをこんなふうに言いたくないが」

「言いたくないんだったらやめろ。まりりんを哀悼しろ」

「まりりんは女神。あの肉の塊の中に顔をうずめてたら、きっと桃源郷。そういう意味ではいい女だった」

「川原まりりんのマリリン・モンローは、はっきり言ってデブの腹踊りでしかなかった。見世物クラス。笑いをとってたつもりだったんだろうが、痛々しかった」

「自殺するほど苦しかった人に対して、そういうことを言うやつは死ね」

「まりりん、好きでした。もっと有名になってほしかったけど、あんまり有名じゃないまりりんが好きでした。みんなに、川原まりりんの話をしても、誰それ、って言われるようなまりりんが好きでした。こういうファンがいるのだから、死なないでほしかったです。さびしいです」

冷静になれ、と自分に言い聞かせるのだが、難しかった。頭の中が混乱した。鏡子は何をどう考えてまとめていけばいいのか、わからなくなった。

横浜みどり医療センターという病院名が出てきたのは、ただの偶然かもしれなかった。そうに違いなかった。世の中には信じがたい偶然というものがある。できすぎた作り話としか思えなくても、現実にその種の偶然はあちこちで起こっていて、そのたびに人々はたぐいまれな一致の不思議さに驚愕《きょうがく》するのである。

父親と二人暮らし、というような、そんな些細《ささい》なことに意識が向けられてしまう自分にもうんざりした。そもそも、事実かどうかもわからない。

たとえ、本当にそうだったとしても、それがどうした、何の関係がある、と鏡子は自分を笑い飛ばそうとした。たまたま雑木林で首を括《くく》り、自殺した気の毒なタレントまがいの女が、父親と二人暮らしをしていて、精神を病み、横浜みどり医療センターに入院していた、というだけの話ではないか。

「川原まりりん」という名は、これまで聞いたことも目にしたこともない名前だった。だが、現にこうしてネットの中で話題にされているのだから、地味ではあっても、知名度がないわけではない。鏡子は食い入るような目つきで、急ぎ、パソコンのキイボードを叩《たた》き出した。

「川原まりりん」に関するニュース、項目は、まるで鏡子にそうやって調べられることを待ち望んでいたかのように、ずらりと画面に立ち現れた。そのほとんどが、自殺を報じたニュース、週刊誌や女性誌に掲載された囲み記事らしきものだった。

「11月25日午前9時ころ、犬の散歩をしていた通行人から、横浜市緑区にある雑木林で女性が死んでいる、との通報があった。警察署員が駆けつけると、雑木林内の木に紐《ひも》をかけ、首を吊った状態で死亡している川原まりりん（本名・高橋美緒《みお》）さん（28）＝川崎市麻生区＝が発見された。争ったあとはなく、自殺とみられる。現場は横浜市緑区の幹線道路から奥に入ったところにある農家の私有地。柵《さく》はなく、ふだんから誰でも自由に出入りすることができた。川原さんは小劇団〝ファンキー・モンキー・ベイビー〟に所属するお笑いタレントで、マリリン・モンローのものまねにより人気を博した。ここ数年は、体調をくずして休業していた。遺書はなく、警察では自殺の原因を調べている」

ウィキペディアではさらに詳しいことが確認できた。

「川原まりりん（かわはらまりりん、1985年9月13日―2013年11月25日）は、日本の女性お笑いタレント、女性ピン芸人。東京都出身。本名、高橋美緒。小劇団〝ファンキー・モンキー・ベイビー〟所属。身長160センチ、体重は自称95キロで、海外女性アーティストのものまねを得意とする。近年ではマリリン・モンローのものまねが大ヒットした」

テレビ番組ではいくつかのバラエティ番組に出演、舞台では、「ファンキー・モンキー・ベイビーのまりりんシリーズ」と題された演目がある。地方のパチンコ店や中古車販売店のテレビCMでも、モンローのものまねを披露し、人気を博した……などと紹介されていた。

鏡子は「川原まりりん」なる人物の本名を目にして、思わず息をとめた。見まちがったかと思い、何度か目をこらしてみた。だが、何度確認しても、それは「高橋美緒」だった。

鏡子を襲ったのは、今、この瞬間こそ冷静になれ、と懸命の指示を下してくる自分自身の声だった。少しでも冷静さを保っていなければ、この事態をのみこめないまま、混乱のさなかで右往左往するだけで終わってしまう自分が目に見えていた。

だが、冷静を命じる自分自身の声はすでに乱れていた。それはまるで、受信状態の悪いラジオから流れてくる雑音まじりの外国語のように感じられた。

気持ちを落ち着かせるために、鏡子は赤ワインをすすった。じっとパソコンの画面を凝視したまま、動画投稿サイトのＹｏｕＴｕｂｅで「川原まりりん」を検索した。

すぐに、何本かの動画がヒットした。「川原まりりんの、これがマリリン・モンローだ！」「ＣＭの中のぽっちゃりモンロー」「まりりんシリーズ・決定版」……。

どの動画の中でも、似たりよったりの「川原まりりん」が画面いっぱいに肉体をさらし、ゆらゆらと踊っていた。胸が深く開いた白いドレスを着て、地下鉄の換気口の上に立ち、お尻《しり》を突き出しながら、風でめくれあがるスカートをおさえているものが多かった。

マリリン・モンロー主演の映画『七年目の浮気』の有名なワンシーンであるのは一目瞭然《りょうぜん》だった。「川原まりりん」はそんなポーズをとりながら、別の映画『お熱いのがお好き』でモンロー自身が歌って大ヒットした「あなたに愛されたいのに」を歌っていた。

I wanna be loved by you……と、大きな身体からは想像もつかないような、愛らしくもべたべたした歌い方で歌っている彼女は、しかし、実物のマリリン・モンローとはほど遠い、モンローの扮装《ふんそう》をしているだけの巨大な肉の塊であった。

内巻きにされた金髪やパーマヘアのかつらをかぶっている。アイラインとつけまつげが長く濃すぎるために、まるで両目のまぶたにクロアゲハの羽を糊《のり》で貼《は》りつけているように見える。

くちびるの色は、てらてらと油を塗ったように光らせた真紅。白いドレスは肉塊を形ばかり被《おお》っているに過ぎず、胸まわりもウェストも腰まわりも同じサイズであることは明らかだった。

スカートの裾《すそ》から伸びている足、スカートを恥ずかしそうにおさえている腕は、共に丸太のごとく太い。乳房は官能的なふくらみというよりも、サッカーボールを二つ詰めているだけのようだ。

どう見ても鈍重で、転がっているほうが似合いそうな体型にしか見えないのに、ヒール高一〇センチはありそうな華奢《きゃしゃ》なハイヒールをはいている。腰をふりふり、全身をくねらせてみせている。しかも、驚くことにそれは、奇妙に性的な印象を与えている。だが、一方で、その姿かたちがもたらす強烈な違和感こそが、観る者の笑いを誘う仕掛けになっているようでもあった。

モンローのバージョンは他にもいくつかあり、くちびるを大きく突き出してキスのまねをし、片目をつぶってみせ、これといった意味もなさそうに、舞台狭しと大げさなモンローウォークを繰り返しているだけのもの、真っ赤なミニ丈のスリップドレスを着て、「寝る時につけるのはシャネルの5番よ」と言いながらベッドの上で観客に向かい、股《また》を開いてみせているもの、赤い水着の上に白い毛皮のショールを巻き、男たちの前で胸と尻を突き出しているものなど、様々だった。いずれの場合でも、彼女は「あなたに愛されたいのに」を英語で、舌ったらずに歌っているのだった。

よく見れば愛らしい、整った顔だちをした娘だった。かつらをはずし、メイクを洗い落として普段着に着替えたら、ごくふつうの娘になれそうな感じがした。

どんなポーズをとっても堂々としているのは芸人ならではだったが、堂々としすぎているあまりに、必死になって隠そうとしている羞《は》じらいが透けて見えることもあった。それこそが「川原まりりん」の魅力であるようにも思えた。

鏡子は、「川原まりりん」が出演している短い動画を何本か繰り返し観た。椅子から立ち、キッチンに行き、二杯目の赤ワインをグラスに注いで、また戻った。

老眼鏡をかけ、再び外し、天井を仰ぎ、ワインを飲んだ。自分でも説明のつかない恐ろしい予感が生まれたが、それがなぜ、恐ろしいのか、わからなかった。予感の具体的な内容というものも、言葉にすることはできなかった。

高橋美緒。横浜みどり医療センター。精神科。入院。鬱病。マリリン・モンロー。専属精神分析医。

鏡子はそれらの単語を順番を変えて並べ、また元に戻し、入れ換えてみた。言葉のカードを並べて即席の物語を作る時のように、それらの単語がもたらすものの意味、生み出される物語を推理した。

ひとつだけ、推理の中にうまく溶けこまず、否応《いやおう》なく残されてしまうのは、「高橋美緒」の「高橋」という姓だった。

鏡子の前に現れ、鏡子を治療し、鏡子と深い仲になった「高橋智之」という医師の名が偽名であったのなら、そもそも、「高橋智之」を騙《かた》った「彼」は「高橋姓」ではなかったことになる。

ということは、「高橋」という苗字《みょうじ》が同じだからといって、「川原まりりん」の本名である「高橋美緒」は、鏡子の知っている「彼」とは何の関係もないのかもしれなかった。

だが、たとえ関係がなかったとしても、横浜みどり医療センターの精神科に入院していた、という情報は無視できなかった。また、「川原まりりん」が自殺し、遺体が発見されたのは、十一月二十五日。それだけは間違いなさそうだった。

「彼」が宇津木医師にアルバイト医を辞めたい、と申し出たのが二十日。鏡子の家に最後にやって来て、横浜に帰って行ったのが二十四日。そしてその三日後の二十七日の水曜日、「彼」はもう、鏡子の家には現れず、連絡もとれなくなってしまったのだった。

ネットで無責任に話題にされているだけとはいえ、行方がわからなくなった「彼」の謎をとく手がかりのようなものは、どう考えても、そのあたりに潜んでいそうな気がした。

推理は堂々巡りを続けながらも、次第に輪郭をとっていき、鏡子の気分を高ぶらせた。

二杯目の赤ワインも知らぬ間に飲みほしてしまった。どのくらい時間がたったのか。室内の薪ストーブの薪が、ほとんど燃え尽きていることに気づいた。「川原まりりん」を検索するのに夢中になり、薪をくべるのを忘れていたようだった。室温は下がり、足元が冷え始めていた。

鏡子は腰をかがめてストーブに薪を足し、すでに埋《うず》み火になっていた部分にふいごを使って風を送った。わずかに残っていた火が新しい薪に燃えうつるまで時間がかかった。その間、鏡子はストーブについている小窓から中を覗いたまま、じっとみじろぎもせず、しゃがみこんでいた。

ストーブの余熱を頰に受けながら、鏡子は考えた。謎が謎のまま自然消滅してしまうのなら、致し方がなかった。諦《あきら》めようもあった。

人生の終盤、たとえ短い間だったにせよ、掛け値なく信頼できる男から愛され、充《み》たされた日々を送ることができた。その事実を胸に秘め、生涯唯一絶対の宝にしながら、老いていって死を迎える。それもまた、人生の幸福な最期と言えるかもしれなかった。

だが、こんなふうにして、これまで見えなかったものが、霧の向こうにおぼろな姿を現そうとしている時に、それを見なかったこと、聞かなかったことにはできそうになかった。手を伸ばせばすぐに届きそうなところに謎が転がっていて、それは今、鏡子によって暴《あば》かれるのを待ってくれているような気もした。

しかし、この先、探っていくにしても、ひとりでは到底、無理な話だった。何からどうやって前に進んでいけばいいのか、わからない。誰かの助け、協力が必要だった。

自殺した「川原まりりん」という、太った愛らしいピン芸人のことを詳しく聞く相手には、何をさしおいても、まずマスコミの人間を選ぶのが得策のように思えた。そう思った瞬間、鏡子の頭の中に、原島文学記念館の運営を任されている文潮社の、平井昌夫の名が鮮やかに浮かんだ。

文潮社では、『週刊サタデー』という名の週刊誌を刊行している。古い歴史をもつ週刊誌で、創刊されたのは一九五八年。一九六九年以降は、学生や知識人を中心に愛読されるオピニオン雑誌として人気を集めた。その後、世の中の流れと共に編集方針が少しずつ変わっていき、現在は一般週刊誌として読まれている。公称部数五十万部を誇り、読者層は男女を問わず幅広い。とりわけここ十年ほどは、女性読者が急増していることで、何度か世間の話題にのぼった。

芸能スクープや、話題の著名人を直撃した辛口インタビュー、犯罪心理分析、健康と美容を扱った記事が増えたからでもあるが、なにより、それらの記事の切り口が、他社の週刊誌と明らかに異なっているのが、女性人気の秘密のようだった。女性誌を読むよりも『週刊サタデー』を読んでいるほうが、女性としてのランクが上がる、といったイメージ戦略も功を奏していた。

そんな『週刊サタデー』が、知名度の低い、しかも何ら耳目を集めるスキャンダルにもなり得ない、地味な女性芸人の自殺に注目し、記事にするとは考えられなかった。川原まりりんの自殺が、新聞各紙で報道されたのかどうかはわからない。たとえ何紙かで報道されていたのだとしても、わずか数行の記事で終わっていたに違いなく、だからこそ、新聞に目を通す習慣のあった鏡子も、うっかり読み逃していたと考えてよさそうだった。

だが、何か詳しい情報を握っている記者が、『週刊サタデー』編集部、もしくはその周辺にいないとも限らなかった。少なくとも、川原まりりんが自殺した、ということに着目した記者が皆無だったとは言いきれない。川原まりりんという女性芸人の死について、独自に裏をとるべく、動き出した記者がいたかもしれない。そこまでせずとも、何か知っている記者、鏡子にとって大切な情報を手に入れていながら、企画としてボツにされてしまったライターがいるかもしれない。

室内は薪ストーブのおかげで、再び暖まってきた。やかんの口から、やわらかな蒸気が立ちのぼっているのが見えた。

シマがひと声、にゃおんと低く鳴いた。外は静まり返っていたので、その声は異様なほど大きく聞こえた。

あまりに静かなので、ひょっとして雪になったのではないか、と鏡子は思った。そっと立ち上がり、廊下に出てみた。火の気のない廊下は冷えきっていて、厚手のソックスをはいた足の裏が、たちまち凍りつきそうになった。

玄関脇《わき》の小窓の前に立ち、ガラス越しに外を見渡してみた。夜空には冬の星が瞬いていて、雪が積もっているどころか、降り出す気配すらなかった。

家を囲む木々の群れが、黒々と凍りついたまま、闇に溶けていた。風もなく、木立はそよとも動かず、動物の気配もしない。

小窓のガラスが、鏡子の吐く息でみるみるうちに曇り始めた。曇った部分に人指し指をあてがい、「モンロー」という文字を書きかけた。

全部を書き終える前に、鏡子は掌《てのひら》で慌《あわ》ただしくそれを拭《ぬぐ》い去り、とにかく平井に連絡してみよう、と心に決めた。

[17]

翌二十八日の午後、鏡子が平井昌夫の携帯に電話をかけてみたところ、留守番電話になっていた。

「ご相談したいことがあって電話しました。また改めて、こちらからかけ直します」

メッセージを吹き込み、待つともなく平井からの電話を待っていたが、結局、その日は連絡がつかなかった。

二十九日になって、昼過ぎにもう一度、電話をかけてみた。相変わらずつながらなかった。

「せっかくのお休み中、何度も申し訳ありません。ご相談したいことがあるので、もし、お手隙《てすき》の時がありましたら、電話いただければ嬉《うれ》しいです。よろしくお願いします」

それから十数分後のことだった。鏡子の携帯電話が鳴り出した。かけてきたのは平井だった。

「何度も電話いただいていたようなのに、気づかなくてすみません」と平井は言った。

「申し訳ない。携帯、鞄《かばん》に入れっぱなしでした。昨日から、家内と娘一家とみんなで伊豆に来てましてね。温泉に入って、食って飲んで寝て、って感じで、まだ年も明けていない、っていうのに、すでに自堕落を絵に描いたような毎日ですよ」

快活そうな笑い声が響いたので、鏡子はそれに合わせてくすくす笑ってみせた。

「おくつろぎのところ、ごめんなさい」

「いやいや、全然かまわないんです。さっき、メッセージを聞いて慌《あわ》てて電話してる次第でして。それで……何か僕に相談があるとか」

平井昌夫の娘は二年半ほど前に出産している。孫など、いったいどこが可愛《かわい》いのか、とずっと思っていたという平井が、自分に似ている男の初孫の愛らしさに夢中になっている、という話は、以前、鏡子も耳にしたことがあった。

鏡子はせっかくの家族水入らずの旅行中、電話をかけてしまったことを再度詫《わ》びてから、用件は記念館のことではない、と前置きし、話を始めた。

「年も押し詰まっている時に、こんなことで平井さんを煩《わずら》わせてしまうのもどうかと思ったんですが……あのう、そちらの『週刊サタデー』の記者の方をどなたか、私に紹介していただくことはできるでしょうか」

「え？　『サタデー』の記者ですか？　紹介？　もちろん、かまいませんが、どうしました？」

「私、実は今、人探しをしてるんです」

「人探し？」

「はい。それで、その探している人というのが、ある芸人さんに関係しているかもしれない、ということがわかりまして……ああ、こんなふうに言っても、意味が通じませんね。ごめんなさい。その芸人さんは、川原まりりん、っていう名前の女性なんです。ピン芸人、っていうんですか？　ひとりでお笑い芸をやる……」

「川原？」

「ええ、川原まりりんです。平井さんはご存じないかもしれませんけど」

「川原まりりん……」平井は思い出そうとするような口調でそう言った。「そういう名前の芸人は知らないなあ。それって、女性ですよね？」

「はい。マリリン・モンローのものまねをして有名になった……」

「ああ、あれか」と平井は声のトーンを高めた。「あの人ですね。モンローのまねをして歌う……。かなり太った女性ですよね？　年はまだ若くて……」

「二十八歳です。その人、十一月末に、横浜の雑木林で首を吊《つ》って自殺してしまったらしいんですけど、そういうニュースも私、ついこの間、知ったばかりで、実はそのことでちょっと……」

穏やかではない話の内容だからか、平井は急にまじめな口調で問い返してきた。

「幸村さんとその川原……ですか？　マリリン・モンローのものまねをする芸人との間に、何かトラブルでも？」

「いえいえ、そういうことじゃなくて。私も、川原まりりん、っていう芸人のことは知らなかったんです。でも、私が探したいと思っている人が、彼女と何か関係してるんじゃないか、と思えるところがありまして。ただの臆測《おくそく》に過ぎないんですけど、彼女をもっと詳しく知ることができたら、私が探したいと思っている人とのつながりがわかるような気がして、それで……」

「なるほど」と平井は言った。淡々とした言い方だった。「そういうことを『サタデー』の記者に聞いてみたい、ということですね」

「そうなんです」

「となると、芸能班の人間になりますね。ええっと、ちょっと待ってください。今、芸能班の連中を思い出しますから。誰がいたかな」

平井は、記者たちの苗字《みょうじ》をいくつかあげ、いや、彼はグラビア班だったかな、異動して出版のほうに行ったんだっけ、などと独り言を言い続けた。

鏡子の詳しいいきさつを訊《たず》ねようともせず、探している人物が誰なのか、知ろうともせず、自社の社員でもある記者を紹介してくれようとする平井に、鏡子は深いありがたみを感じた。

平井と直接会ったのは数えるほどしかない。ふだんはメールのやりとりを中心に、仕事の連絡を取り合っているだけの間柄である。大まかなことを除けば、ろくに互いの私生活のことも知らないまま時が流れた。

事務的なかかわり以上のものは何ひとつなかったが、人と人とは、通じる時にはこのように、わずかの言葉だけで通じ合えるものなのかもしれない、と鏡子は思った。

誤解を解く間もなく、話の全容を理解しようとしてくれるでもなく、一方的に人間性を決めつけてきた宇津木医師との違いに、思わず圧倒されそうになった。勘のよしあしとは無関係に、人はこうやって、ほとんど無言のうちに相手を理解し、共感することができる。ひとつも詮索《せんさく》せずに、相手を助けることができる。

だが、そう感じる一方で鏡子は、宇津木医師同様、平井昌夫もまた、いずれは自分を疎《うと》ましく感じ、厄介払いしたいと考えるようになるのかもしれない、とも思った。何かのきっかけで、鏡子が抱えている事情を知った平井はどうするだろう。宇津木医師のような反応をみせないとは言いきれない。

まったく根拠のない被害妄想だと知りつつ、そうした不安感は鏡子を深く怯《おび》えさせた。

平井に疎ましく思われ、平井の信頼を失ったら、記念館の仕事を辞めねばならなくなる。食べていけなくなる。

「そうだ、コマダがいたぞ」

鏡子の内心の乱れた想《おも》いとは裏腹に、平井は得心したように明るく言った。「下の名前は何だったかな。カズオだったかな。いや、違う。すみません、ちょっと忘れてしまいましたが、芸能班にね、コマダという男がいるんです。情報通で有名ですから、そういう事情でしたら、彼がいいかもしれません。四十少し過ぎくらいの年齢だったと思います。芸能班のベテランですよ。ご紹介しましょう」

ここ半月ばかりの間に起こった苦痛に満ちた出来事の数々が、平井のひと言ですべて報われたような気がした。鏡子は顔をほころばせた。携帯電話を握りしめながら、宙に向かって思わず頭を下げそうになった。

「ありがとうございます。年が明けたら、私、上京します。そのコマダさんという方のご都合のいい時に、いつでも会社まで……いえ、ご指定の場所まで伺います」

「『サタデー』は今、正月休みに入ってますが、たぶん、年明けの三日くらいから仕事始めになるんじゃないのかな。ともかく、コマダと連絡とってみますよ。記念館を開けるのはいつからでしたっけ」

「四日の土曜日からです」

「じゃあ、三日は金曜日ですね。コマダが三日でも都合がつく、ということだったら、三日に上京されてもいいんじゃないですか」

平井の気遣いに、鏡子はさらに胸が温まるのを感じた。「そうですね。そうさせていただきます」

「もし、三日にコマダの都合がつかないようでも、翌週の六日は記念館の休館日になりますよね。三日か六日、必ず少し時間をとって、幸村さんと会うように、と僕から言っておきますよ。それでいいですか？」

「もちろんです。本当にありがとうございます」と鏡子は言った。「どう御礼を言えばいいのか」

平井は聞いていないふりをしながら、さりげなく話題を孫のことに替えた。「孫はいつも僕のことを、じいじ、と呼んできたんですけどね、いつのまにか、じいじ、じゃなくて、じじい、になっちゃいましてねえ。娘も家内も可笑《おか》しがって、そのまんま直そうとしないもんだから、これからずっと僕は、じじい、呼ばわりですよ。まったく困ったもんです」

鏡子が笑うと、平井も声をあげて笑った。コマダと連絡がとれたら、また電話します、と言い、平井は、最後に控えめにつけ加えた。「……探している方が、早く見つかるといいですね」

鏡子が黙っていると、平井は「それでは」とかしこまった口調で言い、そこで通話は終わった。

大晦日《おおみそか》、鏡子はテレビをつけ、紅白歌合戦を観《み》るともなく観ながら過ごした。正月らしい準備は何もしなかったので、今がいつなのか、年の瀬なのか、あるいは、ただ漫然と過ごしているだけの冬の晩に過ぎないのか、わからなくなった。テレビ画面から流れてくる映像と音声は、まるで別の国で録画された番組のように感じられた。家の電話も携帯電話も鳴り出さなかった。康代からのメールはなく、平井からの連絡もなかった。

世界は鏡子から離れ、遠くにあった。時間すら、いつのまにか止まってしまったかのようだった。凍りついた静寂の中に、自分だけがかろうじて呼吸し、生きているような気がした。

他の人は何をしているのか、と鏡子は思った。大半が、「家族」と共に過ごしているに違いなかった。そうでなければ恋人と、友人と、仲間たちと。旅先の旅館で、ホテルで、あるいは初詣《はつもうで》に行くために走らせる車の中で。

「彼」はどこで何をしているのか。突然姿を消し、連絡を絶ったことをどう思っているのか。そもそも、「彼」はあの、マリリン・モンローのものまねを売り物にしていた巨体の娘と、どんな関係にあったのか。関係があった、と断定しようとしている自分は、大きな間違いをしでかしているのか。何の証拠もないのに、そう思いこんでいるだけなのか。

時がたつにつれ、「川原まりりん」なる女芸人と、自分の目の前から消えてしまった男とが、何か深い関係があるのではないか、という推理は、鏡子の中で次第にうすれていった。

夢中になってキイボードを叩《たた》いていたのは、わずか数日前だったというのに、その時に覚えた興奮と期待、淡い希望のようなものはどんどん失われ、結局は何もない暗《くら》闇《やみ》に戻ってしまうように感じられてくるのだった。

夕方から飲み始めたビールやワインのせいで、大晦日の深夜が近づくころには、もう頭の中が何ひとつ、整理できなくなっていた。自分が悲しいのか、苦しいのか、つらいのか、さびしいのか、わからない。孤絶、という言葉だけがぐるぐるとまわり続ける。

パソコンを立ち上げて、川原まりりんを再検索しようとしながら、気がつくと鏡子は精神疾患に苦しむ人たちが投稿しているサイトを開き、彼らが書き込んでいる薬の名前、苦しい症状、嘆き、悲しみ、悲鳴をうつろな目で追っていた。

そんな鏡子を我に返らせたのは、ＮＨＫの「ゆく年くる年」で、除夜の鐘が鳴り出して間もない、深夜零時過ぎのことである。

ソファーの上に放り出したままにしておいた携帯電話が、テレビから流れる除夜の鐘の音をかいくぐるように大きく鳴り出した。

思わずぎくりとした自分を奮い立たせて、鏡子はソファーに走った。

「あ、起きてらっしゃったんですね。平井です。いやあ、申し訳ない。こんなに遅い時間なので、メッセージを入れておくだけにしようと思ったんですが……」

鏡子は吸い込んで吸い込んで、もう吸い込みきれなくなった空気をひと思いに吐き出した。たとえ一瞬であれ、喜ばしい出来事が起こった、と勘違いした自分を呪《のろ》いたくなった。行方知れずになっていた人間が、除夜の鐘を聞いて、新年の挨拶《あいさつ》をするために電話をかけてくるのだとしたら、古今東西、どんな悲劇も成立しなくなる。

「どうも」と鏡子は言い、「お世話になっております」と続けた。

他に何を言えばいいのかわからなかった。あけましておめでとうございます、などと言うのも間が抜けていると思い、言葉を探しているうちに平井が話し始めた。

「ついさっき、やっと、『週刊サタデー』のコマダと連絡がとれまして。そのご連絡です。彼は年末、ずっと家族でスキーに行ってたそうで、明日……といっても、もう年が明けてしまいましたから、今日ですが、今日の夜には東京に戻るという話でした。僕が先日申し上げた通り、三日の午後から出社するそうです。社のほうにおいでいただければ、幸村さんとお目にかかることができる、ということでした」

平井が自分を現実に引き戻してくれた、と鏡子は感じた。ありがたかった。この電話がかかってこなかったら、朝までパソコンに向かっていたことだろう。見知らぬ人々の心の闇を覗《のぞ》きこみつつ、氷の壁に囲まれた冷たい穴の底に向かって、果てしなく落下し続けていったことだろう。

「なんと御礼を申し上げればいいのか」と鏡子は言った。「お休み中だったというのに、本当にありがとうございました」

「いやいや。大したことじゃないですよ。こんな時間に電話するのもどうかと思ったんですが、三日といっても、もうすぐですからねえ。少しでも早くお知らせしといたほうがいいかと」

「こんなに早くご連絡いただけて、本当に嬉しいです。それでは私、三日に上京して、会社のほうに伺います。何時にすればよろしいでしょうか」

「その日、彼は三時ころまで、編集会議に出てるそうなんですよ。ですから、そうですねえ、三時少し前に社に着くように行かれるのがいいかもしれません。うちの社にはおいでいただいたこと、ありましたっけ」

「いいえ、伺うのは初めてです。あ、でも、場所はだいたいわかっていますので、ご心配いりません」

「正面玄関を入ったところに受付があります。三日はまだ、受付業務の女の子は来てないはずですが、警備の者がおりますからね、そこで『週刊サタデー』のコマダと三時に会う約束をしている、と言ってください。何か訊《き》かれたら、僕の名前を出してくださってかまいませんので」

鏡子は再び三たび、平井に礼を述べてから訊ねた。「そのコマダさんという方には、どのように私のことをお話しくださったんでしょうか」

「特には何も。自殺した川原まりりんという芸人のことで、どうしても知りたいことがあるらしい、としか言ってません。あ、でも、幸村さんが長年、原島文学記念館の管理をしてくださっていることは、もちろん話してありますからね。ご心配なく。いい展開になればいいですね」

「はい。ありがとうございます」

「そちらは寒いでしょう。雪は？」

「今のところはまだ。ほんと、寒いですけど、いいお天気のお正月になりそうです」

「それはよかった。よいお年をお迎えください。今年もよろしく」

「こちらこそ、よろしくお願いします。お孫さんとのお正月、楽しんでいらしてください」

「孫からじじいと呼ばれるのが、だんだん快感になってきましたよ。今日なんか、自分で自分のことをじじい、と言ってました」

鏡子がくすくす笑うと、平井はさも幸福そうに「ではこれで」と言った。

通話を終えてから、鏡子はぐったりと力を抜いた。背中を丸めたままうつむいて、膝《ひざ》の上で携帯を握りしめた。

突破口が開かれたのは確かだった。平井のおかげだった。思いがけない速さで、ものごとが進んでいきそうな予感がした。

だが、その一方で、現実に味わうかもしれない落胆が、鏡子の中で早くも鎌首《かまくび》をもたげ始めた。

いくら平井から、芸能班の優秀な週刊誌記者を紹介されたところで、川原まりりんという芸人と、失踪《しっそう》した「彼」とが、何の関係もないのであれば、話はそこで終わってしまう。

彼女が横浜みどり医療センターの精神科に入院していたということ、「彼」がしきりとマリリン・モンローの話をしていたこと……それだけのことを何の根拠もなく、ひとつの物語に仕立て上げようとしているのは鏡子自身だった。コマダ、という記者との面会は、自分の愚かさ加減が露呈されるだけで、何の収穫も得られないまま終わるのかもしれない。

考えてみれば、「彼」が何者であるかわからないのみならず、その「彼」が今もどこかで生きているとは限らないのだった。

もし宇津木院長が言っていたことが正しいのだとしたら、「彼」は心の病にかかっている。そしてさらに、もし、川原まりりんなる芸人が彼と何か関係があるのだとしたら、その人物が自殺したことで、ただでさえ弱っている「彼」が、現在まで正気を保っていられるはずもないのである。

もしかすると、「彼」もまた、どこかで縊《くび》れているのかもしれない、と鏡子は思った。すでにこの世のものではなくなってしまったからこそ、何の連絡もよこせなくなっているのかもしれない。

そもそも、どこの何者なのかもわからないのだから、「彼」が死を選んだとしても、鏡子のところに、どこかから悲報が届くわけもないのだった。

そうだ。あの人はもう、とっくに死んでいるのだ。

そう考えて、鏡子はふと顔をあげた。悲しみも苦痛も何も生まれてこないのが不思議だった。死んでしまっているのなら、それはそれでいいような気がした。

何故《なぜ》、信州の田舎町のクリニックに精神科のアルバイト医として通い続けていたのか。何故、突然、すべてを捨て去るようにして姿を消してしまったのか。何故、この家に通い続けたのか。何故、とっくの昔に若さを失った自分に近づいてきたのか。静かな愛情を注いでいるように見せかけ、共に老いていけるような錯覚を抱かせたのか。

面白半分にやっただけの演技だった、というのか。それとも、そうしなければならないという、何か逼迫《ひっぱく》した問題が彼の中にあったからなのか。初めから自分は利用されていただけなのか。

すべての問いに何ひとつ答えられない自分は、もしかすると「彼」の死、「彼」の本当の意味での消滅を望んでいるのかもしれない、と鏡子は思った。

ともあれ、早く『週刊サタデー』のコマダという記者に会いたかった。どんな結果が出るにせよ、一日でも早く、自分を苦しませているこの混沌《こんとん》から脱し、すべてをきれいさっぱり、葬《ほうむ》り去ってしまいたかった。

もともと充《み》たされることの少ない人生だった。今さら失うものは何もなかった。謎《なぞ》など、たとえあったとしても、いちいち解きあかす必要もないではないか。自分が見たもの、感じたものだけが真実だったと考えれば、それですむ。

鏡子は壁に掛けてある二〇一四年のカレンダーに視線を投げた。地元タクシーの運転手が、十二月に入ってまもなく、年の瀬の挨拶代わりにやって来て、記念館に置いていったものである。タクシー会社の名前と電話番号が印刷されてあるだけの、そっけない数字だけの月めくりカレンダーだったが、新年のカレンダーを買いに行く気持ちになれずにいた鏡子にとって、それは役に立った。

数字だけの、絵も写真もついていない、寒々しい感じのする暦を眺めながら、鏡子は一月三日が金曜日であることを確認した。何曜日だろうが、何の意味も成さないのに、そんなことを確認して何になる、と思った。

二匹の猫が薪《まき》ストーブのそばの床で、それぞれ似たようなポーズをとりながら毛づくろいをしていた。テレビではまだ、「ゆく年くる年」が流れていた。

今年の誕生日には六十歳になる、と鏡子は思った。還暦を迎えても老婆《ろうば》とは呼べない。衰えは日毎《ひごと》夜毎、漣《さざなみ》のように音もなく打ち寄せてくるものの、それが老いそのものに変わっていくまでには、しばしの時間を必要とする。

ゆっくりと老いていく道すがら、誰かと気持ちを分かち合うことなど、二度とないと思っていた。それでよかった。それなのにあの男が現れた。束《つか》の間《ま》の幸福を味わった。やがて男は、理由も告げずに姿を消した。後に残された自分はわけもわからず年を越して、老いた二匹の猫と失意の中で新年を迎えている。

ソファーの前のテーブルには、厚手の本が置かれていた。コマダに会いに行くまでの二日間、この本を読んで過ごそう、と鏡子は思った。ただ、ただ、これを読んで過ごす。そうしていれば、確実に時間は過ぎる。

Ａｍａｚｏｎで注文した、『マリリン・モンローの最期《さいご》を知る男』というタイトルの本だった。

表紙カバーには、白いシーツと枕《まくら》の上に横たわり、目を閉じているモンローのモノクロ写真が使われていた。帯には「モンローの死の真相を握る精神分析医」とあった。ノンフィクションというよりも、事実をもとにして書かれたノンフィクションノベルの体裁をとっているようだった。

送られてきてから時間がたったが、まだ正面から向き合っていない。平静な気持ちで読み通すことはむずかしいだろう、と思っている。

ここには何か、恐ろしいことが書かれてあるに違いない、という予感がある。同時にそれは、これまで見えてこなかったものを明らかにするために知っておかねばならない、ひとつの真実であるようにも感じられた。

本の冒頭のエピグラフには、モンロー自身が口にしたと思われる一文が掲載されていた。

「一つの話には必ず裏と表がある」
――マリリン・モンロー

そしてまた、ぱらぱらとめくったページの中には、次のような文章があった。

「失礼ですが、彼女はあなたにとってどういう人だったのですか？　ただの患者？　あなたは彼女にとってどういう人だったのですか？」

「彼女は私の子供、私の苦しみ、私の妹、私の狂気になっていた」グリーンスン医師は何かの引用文を思い出すかのように、小声で答えた。

彼は常に何かがマリリンに起こることを恐れていた。この思いやりが彼を破滅させることになったのだ。

グリーンスン医師とマリリンは愛と死によって結ばれていた。しかし、彼らはセックスをしなかった。彼らに残されていたのは死であった。いっしょに死ぬか、それともそれぞれ別々に死ぬか。

いっしょに死ぬか、それともそれぞれ別々に死ぬか……。

何度か読み返したその一節を、鏡子は今さらながらに思い出した。

「彼」という男が、グリーンスンという名の医師に重なった。やはり、「彼」はもう、この世にはいないのかもしれない、と思った。

何も言わずに死んでいくなど、見捨てられた気もしたが、そんなことはとっくの昔にわかっていたことだった。今さら嘆くことでもなかった。そこには「見捨てられた」という、馬鹿馬鹿《ばかばか》しいほど単純な事実があるだけだった。

鏡子は床に寝そべっていた猫のシマを抱き上げ、頬ずりした。「もういい加減に終わらせようね、シマ」と話しかけた。「もう、疲れたものね。やめようね。静かに暮らそうね」

一月三日、上京して、コマダに会い、ああ、そうだったのか、と納得できれば、すべてを終わらせることができると思った。そうなったら、コマダに礼を言い、頭を下げ、忙しい中、馬鹿げた妄想につきあわせてしまったことを詫び、おとなしく帰途につけばいい。

帰りに、東京駅の中の手頃なイタリアンレストランにでも入ろう。グラスワインとパスタで、簡単だが久しぶりに外での夕食をとろう。

新幹線の時間を待つ間、百貨店やショッピングゾーンの中をそぞろ歩いてもいい。ほしいものは何もないが、そんなことをするのは何年ぶりかのことになる。何か口あたりのよさそうな、日持ちのする菓子を見つけたら、買ってこよう。そして、後日、康代を家に招いて、一緒にそれを食べるのだ。何もなかったことにして。すべてを忘れて。

そんなふうに考えていくと、気持ちが穏やかになっていくのを感じた。しかし、一方で、その不自然なほど凪《な》いだ気分の底の底には、ふいに全身がくずおれてしまいそうになる疲れが、渦を巻いているのだった。

抱いていたシマを床に戻し、つけっ放しだったパソコンの電源を切った。ストーブの中の薪の燃え具合を確かめ、あたりのものを簡単に片づけた。

のろのろと洗面をすませると、鏡子は肩を落としたまま冷えきった階段を上がり、寝室に向かった。

[18]

元日は夕刻から雪になり、翌日は玄関まわりの雪かきをしなければならなかったが、三日になると、天候は安定した。

その日、鏡子は努めてふだん通りに起き、ふだん通りに、やるべきことをすませた。帰宅した時のために、室内に何カ所か明かりを灯《とも》し、猫たちの世話をし、玄関灯と門灯をつけ、十一時ころ、自分の車に乗った。

軽井沢駅の隣には大きな町営駐車場がある。そこに車を停め、駅構内に入り、新幹線のチケットを買った。Uターンラッシュが始まっている、とニュースで報じられていたが、その時刻、上り新幹線にはまだ、席の余裕があった。

東京駅に着いてからは、地下鉄を利用した。五つ目の駅で降り、地上に出ると、目指す文潮社の社屋はもう目の前だった。鏡子は深く息を吸い、まっすぐに前を向いて、正面玄関に向かった。

最近になって旧社屋が一部、建て替えられたと聞いていたが、その通りだった。正面玄関付近は全面ガラス張りになっており、見るからに真新しかった。

エントランスホールは、天井の高い吹き抜け構造になっていた。人の気配はほとんどなく、正面にある受付カウンターの向こうに、制服姿の中年の警備員が二人、座っているだけだった。出入りするすべての人間は厳重にチェックされなければならない、と言いたげな四つの目がまっすぐ鏡子に向けられた。

カウンターには、松と南天、黄色い大輪の菊があしらわれた正月用の花が活《い》けられていた。平井に言われていた通り、鏡子は名前を名乗り、『週刊サタデー』のコマダと面会の約束をしている旨《むね》、口にした。警備員は鏡子の目の前で館内電話の受話器をとった。

「あいにく、コマダは会議中でして」と言いながら、警備員は受話器を置いた。「あちらにラウンジがありますので、そこでお待ちいただきたい、とのことです」

時刻はまだ、二時半にもなっていなかった。早く着きすぎたことはわかっていたが、どこかで時間をつぶすにしても中途半端《はんぱ》だったので、待つしかなかった。鏡子は警備員に礼を言い、指示されたラウンジに向かった。

いくつかの、種類の異なる大きな観葉植物で仕切られた広い一角が、ラウンジスペースになっていた。白い丸テーブルと白い椅子《いす》が等間隔に並べられており、大きなガラスの向こうからは、早くも傾き始めた冬の光がいっせいになだれこんできていた。

あたりは目が痛くなるほどのまぶしさだった。

男たちが三人、テーブルいっぱいに資料のようなものを拡《ひろ》げ、難しい顔をしながら話しこんでいた。そこにいたのは彼らだけだった。

クリーム色のシェードが、一枚だけおろされている。鏡子は、シェードで太陽の光が遮られているテーブル席を選び、コートを脱いで腰をおろした。つい、今しがたまで誰かがそこで打ち合わせをしていたのか、テーブルの上には飲み物の水滴が残されていた。

エントランスホールに靴音が響くたびに、背筋を伸ばして音のするほうを見た。時折、受付カウンターで電話が鳴る音が聞こえた。玄関から中に入ってくる人々の話し声も聞こえてきた。

鏡子は膝《ひざ》の上にバッグを載せたまま、じっとしていた。そのうち、資料を拡げて話しこんでいた男たちは、口々に挨拶《あいさつ》し合いながら去って行った。ラウンジには鏡子しかいなくなった。

何度も腕時計を覗《のぞ》いた。時計の針が三時を指した時、こちらに向かってやって来る男がいた。鏡子は慌《あわ》てて立ち上がろうとした。

頭髪がうすくなっている小肥《こぶと》りの男だったが、男には連れがいた。鼻の下と顎《あご》のあたりに髭《ひげ》をたくわえた連れのほうが、苦虫をかみつぶしたような顔で書類袋をテーブルの上に投げ出すと、二人はそれぞれ疲れきった表情で椅子に腰をおろし、何かぼそぼそと話し始めた。

三時十分になっても十五分をまわっても、コマダは現れなかった。仕方なく鏡子は、ラウンジ奥の壁際《ぎわ》に設置してある自動販売機の前まで行き、小銭を取り出して缶コーヒーを買った。温かいものにしたかったのだが、売り切れていた。冷たい缶コーヒーを手に席に戻り、腰をおろし、プルリングを開けようとした時だった。

受付カウンターの前を過ぎ、警備員に言葉をかけ、すぐにラウンジに向かって小走りに駆けてくる小柄な男の姿が見えた。

鏡子を見つけ、軽く会釈《えしゃく》をしながら急ぎ足で近づいて来た男は、「幸村さんですか」と訊《たず》ねた。

鏡子がうなずき、慌てて立ち上がろうとすると、申し訳なさそうな表情で、彼は「いえいえ、そのままで」と言った。言ってから、ぺこりと頭を下げた。「お待たせしてしまって、本当に申し訳ないです。すみません。『サタデー』のコマダです。会議がもっと早く終わるはずだったんですが、長引いてしまいまして……。ええっと、まず僕の名刺を……」

薄茶色のツイードジャケットの内ポケットを大げさな仕草で探り、名刺入れから名刺を取り出すと、彼は鏡子に向かって恭《うやうや》しくそれを差し出した。

そこには、『週刊サタデー』編集部　駒田一志《かずし》」とあった。

四十少し過ぎ、と聞いていたが、見たところ年齢はわからなかった。小さなへの字を描いている短い眉《まゆ》、小さな目、小さな鼻、くちびるだけがぶ厚くて、ことごとくバランスを欠いた顔をしていたが、駒田という男には妙な愛嬌《あいきょう》があった。大手出版社が発行している週刊誌の辣腕《らつわん》芸能記者にはとても見えない。そうやっていると彼は鏡子の目に、年齢不詳の、愉快なボードビリアンのように映った。

「あ、お話を伺う前に、ちょっとよろしいでしょうか。僕もコーヒー、買ってきますんで」

言うなり駒田は、再び小走りに自動販売機に向かい、鏡子が買ったのと同じ缶コーヒーを手に急ぎ足で戻って来た。

「いつもだと、社の中にある喫茶室が開いてて、会議中でもこのラウンジでも、ちょっとした飲み物を注文できるんですけど。今日はまだ休みで。ほんと、こんなものしかなくて申し訳ないです」

「とんでもありません」と鏡子は首を横に振った。

駒田は鏡子と対面するように椅子に腰をおろし、まぶしくないですか、席、替わりましょうか、などと気をつかい、缶コーヒーのプルリングを開けて口をつけるなり、ごくごくと何口かコーヒーを飲んだ。ふう、と吐息をついてにっこりと笑った。「やっと落ち着きました。すみません。ええと、平井から聞いてますが、今日は長野からいらしたんですよね?」

「はい、そうです。花折町です。軽井沢の隣の。お忙しいのに、新年早々、こうしてお時間とっていただいて、なんと御礼を申し上げればいいのか」

「いや、全然、いいんですよ。今日は初日ですから、会議が終われば自由が利《き》きます。あ、コーヒー、どうぞお飲みになってください」

鏡子が微笑してうなずき、コーヒーを飲み出すと、駒田は原島文学記念館のことを話題に出してきた。それを受け、鏡子は平井との出会いや記念館の管理運営について、来館者のエピソードなどをあたりさわりなく返した。駒田はいかにも熱心な表情を作って聞き入り、うなずき、微笑《ほほえ》んだ。

いつ本題に入ろうかと鏡子が迷っていると、駒田のほうから、自然な話の流れを装《よそお》うかのように、「原島富士雄と川原まりりんじゃ、全然、接点がないですね」と切り出してきた。「似ても似つかないですけど、でも、平井から聞いた話ですと、川原まりりんについての情報が知りたい、ということで、わざわざこちらにおいでくださったとか」

「はい、そうなんです」

「実を言いますと」と駒田は言い、名刺入れを取り出した時と同じように、ジャケットの内ポケットに手を入れ、スマートフォンを出し、素早く操作し始めながら「僕は彼女の記事を書きたいと思ってたんですよ」と言った。「彼女のモンローのものまねは、けっこう好きだったんです。なんて言うんですか、あんなに大きな図体をしてても、本当はナイーブなところのある子じゃないかな、って思わせるところがあるじゃないですか。可愛《かわい》かったし。自殺したって聞いた時は、意外な感じがしたどころか、さもありなんと思いましたね。でも、川原まりりんじゃ地味すぎて記事にできない、ってばっさり斬《き》られちゃいまして。芸能人が自殺してもね、よっぽどわけありの場合か、大物スターじゃないと、せいぜいが数行の記事にしかならないご時世なんです。しかも、ほら、牧村晴子《まきむらはるこ》と歌舞伎《かぶき》役者の不倫が発覚した時と重なっちゃったもんで。芸能関係の記事はそっちに全部とられちゃいました」

「そうだったんですか」

「あ、ご存じなかった……ですか？　牧村晴子の不倫騒動」

人気ナンバーワンの若手女優が、妻子ある歌舞伎役者と関係をもった、というスキャンダルがあったことなど、鏡子は何も知らずにいた。「すみません。そういうことには疎《うと》い生活をしてるもんですから」

「いやいや。どうでもいい話ですよ。僕は川原まりりんの自殺記事のほうが、よっぽどインパクトがある、って思ったんですけど、編集長からはひと言で却下されました」

そう言って駒田は苦々しく笑った。笑うとさらに目が小さく見え、皮膚に埋もれた黒い点のようになった。「というわけで、僕は、わりと川原まりりんについては詳しいほうだと思います」

「よかったです。平井さんにも申し上げたんですが、実は行方がわからないままになっている友人がいまして」と鏡子は言った。「男性で、年は五十代半ばです。その人の失踪《しっそう》が、亡《な》くなった川原まりりんと何か関係があるんじゃないか、って思っているものですから」

「その方、いつから行方がわからなくなったんですか」

「十一月末……急に連絡がつかなくなったのが十一月二十七日でした」

駒田はうなずき、「お役に立てるかどうかわかりませんが」と言いつつ、スマートフォンの画面に視線を落としながら、読み上げるようにして続けた。「川原まりりんの本名は、高橋美緒です。一九八五年東京生まれ。幼いころに両親が離婚して、父親に引き取られてます。高校在学中に小さな劇団ですけど〝ファンキー・モンキー・ベイビー〟っていうお笑いタレントが集まる劇団の団員になったんですが、スカウトされたから、というわけじゃなくて、単に面白そうだからという理由で下働きから始めたみたいですね。けっこう才能があったようで、早いうちから地方巡業なんかで、コントに出演したりしてました。もともと太っていたんじゃなくて、十代のころはむしろ、やせてたようですよ。両親の離婚が原因かどうかはわかりませんが、精神的に不安定で、拒食症に苦しんだ時期もあったみたいです。その後は、みるみるうちに太っていって、本人はそれを芸にして、ああいうものまねに移行して、それでブレイクした、ってことですね」

「はい」と鏡子はうなずいた。ネットで検索した時に仕入れた情報がほとんどだったが、それは口に出さなかった。「精神的に不安定な人だったんですね」

「ええ。何度か入院歴があります。重い鬱《うつ》病を繰り返してた、ってことですけど、詳しいことはよくわかっていません」

「入院していた病院がどこだったか、わかりますか」

「ちょっと待ってくださいね。メモってたはずですから」言いながら、駒田はスマートフォンを人指し指でスライドさせていき、「ああ、これこれ」と言った。「横浜みどり医療センターです。彼女の父親がね、その病院に勤務してたんですよ。といっても、医者じゃなくて、総務部所属だったんですが。その父親に言われてだったのか、本人の意思だったのかはわかりませんけど、そういう関係でこの病院の精神科病棟に入院することになったんだろうと思います。ちなみにその父親と連絡をとろうとしたんですけど、何年か前に病院を退職してて、所在がわからなくなってました。父親の名前はええと……高橋恭平《きょうへい》。一九五八年生まれだから、今、五十五歳くらいですか。再婚していた様子はありませんね」

鏡子は、それまでかろうじて自分なりに作り上げてきた頭の中のパズルが、完成を待たずにいっぺんに爆風を受け、散り散りに飛び散ってしまったような感覚を味わった。胸が圧迫され、息苦しくなった。ごまかそうとして、缶コーヒーを手にしたのだが、すでに中は空になっており、くちびるを湿らせることすらできなかった。

「……大丈夫ですか?」駒田が声をひそめ、気の毒そうに訊ねた。

鏡子はかろうじてうなずいた。微笑み返そうとしたのだが、どうしてもできなかった。顔がこわばり、あらゆる表情が消えていくのがわかった。

「コーヒー、買ってきましょう」

駒田は鏡子が断るよりも早く立ち上がり、自動販売機で缶コーヒーを買って戻って来た。「どうぞ。何か他の飲み物がよかったかな」

これで充分です、と小声で礼を言い、鏡子は冷たい缶コーヒーのプルリングを開けた。それを口に運ぶ手がかすかに震えた。

駒田はその必要もなさそうなのにスマートフォンをいじり、しばし、鏡子の落ち着きが戻るのを待ってくれた。

下ろされたシェード越しに西日が射《さ》し、あたりはいっそう、火照《ほて》ったようになった。深刻そうな顔つきで打ち合わせをしていた二人の男は、いつのまにかいなくなっていた。ラウンジには鏡子と駒田しかいなかった。

「これは邪推かもしれませんが」駒田は、鏡子が二口目のコーヒーを飲み、缶をテーブルの上に戻すのを見届けてから、おもむろに言った。「その高橋恭平という、病院勤務だった男と、幸村さんが探している人物は何か結びつきがある……そういうことですか」

「……わかりません」

「川原まりりんが自殺した時期と、そのご友人と連絡がとれなくなった時期とは一致してるみたいですよね」

「はい」

「横浜みどり医療センター、という病院も何か関係している感じですか」

「え？」

「その行方のわからない方と川原まりりんが入院していた病院とが、何か関係してくる、っていう意味ですけど」

「それはまだ……なんとも……」

歯切れの悪い答え方しかできなかった。こんな調子で続けたら、この駒田という、人あたりのやわらかな記者にうんざりされるかもしれない、と鏡子は思った。

初対面にもかかわらず、こうやって貴重な時間を割いて会っているというのに、短い質問にすら答えてもらえなければ、誰だって突き放してしまいたくなるだろう。平井からの紹介、というだけでは、駒田には鏡子の機嫌をとりながら、頭をしぼって情報の解析をしてやる恩も義理もないのだった。

「すみません、はっきりしたことが何も申し上げられなくて」と鏡子は言った。「でも、本当に何もわからないんです。そもそも、失踪した人の名前すらわからないのですから」

「え？　名前も？」

「はい。後で偽名だったことがわかったんです」

「つまり、どこの誰だったかわからない？」

「そうです」

「その方……何をしていた方だったんですか」

鏡子は正面に座っている駒田を凝視した。凝視したまま、沈黙した。瞬《まばた》きを繰り返し、くちびるを強く結び、再び瞬きした。

これ以上、隠しておくことはできない、隠したまま情報を仕入れることなどできない、と観念した。

「その人は……」と鏡子は言った。「……医師だったんです」

駒田の小さな目が、ひとまわり大きくなったように見えた。医師？　と彼は小声でおうむ返しに問いかけてきた。

「ええ、医師です。……私はその人の治療を受けていました」

駒田はぱちぱちと瞬きした。「患者を診察する医師が偽名を使っていた。何者かわからない人物だった。そういうことですか」

「はい」

「そして、その人物の行方がわからなくなった」

鏡子は、おずおずとうなずいた。

駒田がテーブル越しに前のめりになってきた。「もう少し詳しく、話していただけませんか。つまり、その人物と幸村さんとは、医師と患者の間柄だった、ということなんですね？」

鏡子は破れかぶれの心境になっていた。ここまで話してしまったのだから、もう、ごまかせなかったし、ごまかすつもりもなくなった。

「その人は」と鏡子は言った。次の言葉は、自分でも驚くほどするりと口をついて出てきた。「……精神科医でした」

駒田の表情の動きが止まった。瞬きひとつせずに、半ば口を開けたまま、虚空《こくう》を舞う塵《ちり》にみとれているような顔つきで鏡子を見ていた。

西日は次第に弱くなっていった。陽差しに暖まっていたラウンジも、少し室温が下がってきたように感じられた。

鏡子は缶コーヒーを手にし、口に近づけた。甘いような苦いようなコーヒーの香りに、胸が悪くなった。

口をつけないまま、缶をテーブルに戻した。視界の端に、小さな岩のように硬くなっている駒田の顔が映った。彼は明らかに、機関銃のごとく口をついて出てきそうになる質問をこらえていた。

鏡子はそんな駒田を正面から見つめた。駒田もまた、鏡子から目をそらさなかった。それは或《あ》る意味において、互いの利害が一致した瞬間とも言えた。

［19］

その日、鏡子は帰り道、東京駅構内で買い物をしなかった。イタリアンレストランに入ってパスタを食べたりもしなかった。康代を自宅に招いた時に、一緒に食べるための菓子も買わなかった。

雑踏の中にいると、頭の芯《しん》がぼんやりし、いくらか気がまぎれた。目的もなく歩き続けていたい気持ちにもかられたが、身体《からだ》はすぐに疲れてしまった。どこかに座りたいと思って、あたりを見回しても、ゆっくり座れるような場所はなかなか見当たらない。

そのうち首にいやな汗をかき始めた。精神状態が、よくない方向に猛スピードで変化し始める前兆のような気がした。鏡子は諦《あきら》めて、帰りの新幹線のチケットを買い、二十分ほど待った後で乗車した。

まだ七時にもなっていないというのに、窓には、深い夜の闇《やみ》に溶け入る街の明かりが映し出されていた。鏡子はぐったりとシートにもたれたまま、執拗《しつよう》に自分自身を分析し続けた。

まさか、初対面の週刊誌記者である駒田に、「彼」のことを話してしまうとは思っていなかった。

駒田に会いに行ったのはあくまでも、川原まりりんに関する詳しい情報を知るためだった。「彼」のことを明かし、「彼」について調べてもらおうとしたからではない。週刊誌記者を相手にそんな話をすれば、どういうことになるか、容易に想像がつく。

でも、と鏡子は考えた。駒田が詮索《せんさく》しやすいような話の流れを作ったのは、自分ではなかったか。私はあの記者にすがりたかったのか。なりふりかまわず、みっともなくも駒田にすがって、「彼」の正体を知りたいと思っていたのだろうか。そこまで「彼」の謎《なぞ》を解き明かすことに執着していたのだろうか。

そうだとも言えたし、違うとも言えた。「彼」の正体を暴《あば》きたい、という強い想《おも》いがあった。それは、見捨てられた自分自身を哀れに思ってわき上がる感情であると同時に、大きな謎を残したまま姿をくらました人間の、不誠実さに対する怒りから生まれてくるものでもあった。

そして、その怒りこそが今の自分を突き動かし、行動に駆り立てているのかもしれない。そう考えると合点がいった。

するつもりもないのに、気がつくと鏡子は駒田との会話を飽きずに反芻《はんすう》していた。

それは時に、順序が逆になったり、おぼろな記憶に変わっていたりもしたが、自分が駒田に伝えたこと、駒田が返してきた言葉だけは、今、その瞬間、目の前に駒田がいるかのように、はっきり思い出すことができた。

駒田を前にして明言を避けたのは、「彼」＝「高橋智之」医師と自分が、男女の関係にあったということだけで、他の点に関しては概《おおむ》ね事実をそのまま明かした。

花折町にある宇津木クリニックというところで、「高橋智之」を名乗る男性医師が精神科のアルバイト医をしていたこと。彼が非常勤医として勤務していたのは、横浜みどり医療センターの精神科というふれこみだったこと。鏡子が重い抑鬱《よくうつ》状態に陥って受診した際、その「高橋」医師との信頼関係ができて、思いがけず早いうちに症状が軽快したこと。以後、原島文学記念館を見学に来た彼と親しくなって、よく会うようになったこと。

また、その医師が、マリリン・モンローの話をしていたこと。精神科医になったのは、モンロー自身の心の闇に興味をもったのがきっかけだったこと。そして、横浜みどり医療センターで彼が診ているという患者が、深刻な状態になっていたふしがある、ということなども余さず伝えた。

さらに、「高橋」医師が消息不明になった後、鏡子が横浜みどり医療センターまで押しかけた一件も明かした。偽りの精神症状を訴えて、精神科の「高橋智之」医師の診察を受けようとしたところ、診察室にいた医師は別人だった、というくだりにさしかかった時、駒田は片側の眉《まゆ》を大きくぴくりと上げた。

同姓同名の別人だったということですか、と駒田は低い声で訊《たず》ねた。鏡子は駒田から目を離さずに、深くこくりとうなずいた。

宇津木医師が信じてくれなかったことを、この記者は即座にまるごと信じてくれようとしている、と鏡子は感じた。喜びが芽生えたが、それは、よるべのない子供が、ほんの束《つか》の間《ま》、味わう喜びに似ていた。

話していいことだったのかどうか、鏡子には今もわからない。何か恐ろしいことが進行していて、その恐ろしいことの中心に「彼」がいることは間違いないが、それをよく知りもしない、しかも週刊誌の芸能班の記者にしゃべるなど、決してしてはならないことだったのかもしれない、とも思った。

だが、他に方法はなかった。川原まりりんとの関係は別にしても、鏡子が「彼」を隠し続けている限り、真相は永久に闇の中に葬《ほうむ》られてしまう。

「その医師は」と駒田は言った。「……つまり、幸村さんが花折町で診察を受けていた医師は……という意味ですが、その人は本当に医師だったんでしょうか。医師免許をもつ人間だったんでしょうか」

自分自身、言葉にしたくないとずっと思っていたことをどうしてこの人はこんなに簡単に、と思った。病的な脱力を感じた。

鏡子は首を横に振った。「わかりません、私には何も」

「少なくとも、実在の医師の名を騙《かた》って診療を続けていたことになりますよね」

「そうだと思います」

「高橋智之、という名を使って、横浜みどり医療センター精神科の非常勤医、というふれこみにしていた、ってことは、病院内部に詳しい人物だったかもしれませんね。外部の人間がその病院に勤務する医師になりきることは難しいでしょう。それにしても、その宇津木クリニックでは、精神科のアルバイト医を雇う時、医師免許証を確認しなかったんでしょうか」

「どうでしょう。そういう話は何も」

「医師免許証っていうのは、賞状みたいに大きなものですからね。ふだん持ち歩くようなものでもなくて、たいていの医者は自宅に保管したままにしている、っていう話です。必要になった時は、コピーを提出すればいいわけで。でも、たぶん、クリニック側はコピーの提示も要求しなかったんでしょう。よくある話です。だから、にせ医者が横行するんですよ。どっちみち、これで、川原まりりんとの関連も見えてきた感じがしますね」そう言って、駒田はひとり得心したかのように、大きくうなずいた。「わかりました。早速、動いてみます。幸村さんにご迷惑がかからない範囲で。いいですか?」

いやも応もなかった。鏡子は駒田が何の気なしに発したのであろう言葉に、頭を殴られたような思いがしていた。

にせ医者……。

「お願いですから、今はまだ、このことを誰にも知られないようにしてください」と鏡子は声を抑えつつ、必死になって頼んだ。「別に私、このことを記事にしてもらいたくて、こうやってお目にかかりに来たわけじゃないんです。私はただ、川原まりりんについて知りたいと思っただけで……」

「そんなことは、よくわかっていますよ。記事にするとかしないとかは、今の段階では別の話です。でも、もし、その人物がにせ医者だったのだとしたら、これはれっきとした犯罪行為ですからね。何か新しいことがわかったら、そのつど幸村さんに必ずご連絡します。編集長にも今のところは黙っておきますから、ご安心ください」

もちろん、うちの平井にも、とつけ加えて、駒田はちらりと腕時計を覗《のぞ》いた。「あ、そろそろ、僕はこれで。幸村さんの携帯番号、教えていただけますか。連絡は携帯にさせていただきますんで」

鏡子が口にした番号を手早く自分のスマートフォンに入力し、復唱して確認すると、駒田は慌《あわ》ただしく一礼するなり、その場から離れ、エレベーターホールに向かって早足で去って行った。

もしも「彼」が本当ににせ医者だったのだとしたら。そう考えて、鏡子は新幹線の揺れに身を任せながら目を閉じた。

「彼」の立場に立って想像してみた。そのつらさ、その不安が手にとるようにわかって、哀れですらあった。

毎週、宇津木クリニックで大勢の患者を診ている時はもちろんのこと、「彼」を雇っていた宇津木医師や看護師たちの前でのふるまいに、どれほど神経をすり減らしたことだろう。処方箋《しょほうせん》を書く時に迷いはなかったのか。そもそも、なぜ「彼」はあれほど本物の精神科医のように……いや、それ以上に名医であるかのようにふるまうことができたのか。視線、言動、細心の注意を払って発せられる言葉づかいの数々、そのすべてが、熟練した専門医にしか見えなかった。

現に鏡子は「彼」の診察を受けながら、一度たりとも医師としての腕に疑いを抱いたことがないのだった。それればかりか、これほど信頼して心の内側に潜んでいるものを打ち明けることのできた相手は、亡《な》き夫もふくめ、かつてひとりもいなかった、とすら感じたのだった。

康代の話では、「高橋智之」医師の人気は宇津木クリニックでも高いということだった。実際、「彼」の診察を受けるべく、遠方からも患者がやって来て、治療を受け、快癒していた。そんな患者が増えれば増えるほど、周囲によりよい評判が拡《ひろ》がって、いっそう「高橋智之」医師の人気は高まっていったのだろうと思われた。

なにより、鏡子自身が「彼」の診察を受けに行き、救われたのである。処方された薬はどれもよく効いた。病状が軽かったからかもしれないが、そうだとしても、誤った薬が処方されたとはとても思えない。なにより、患者に向けて注がれる視線やうなずき方のひとつひとつは、長年の経験によって培《つちか》われたプロフェッショナルのそれであった。

そんな「彼」に医師免許がなかったとは思えなかった。同時に、そう思うそばから、「彼」のすべての謎めいた言動の数々は、「にせ医者」であったからこそのものだったのだと考えると、奇妙なまでに合点がいくのだった。

八時過ぎ、軽井沢駅で新幹線を降り、少し歩いて町営駐車場に停めておいた自分の車に乗った。風はなく、雪も降っていなかったが、あたりは凍りついていた。人の気配もなかった。

冷えきっていた車をしばらく暖機運転させ、おもむろにブレーキペダルから足を離した。どこをどう走ったのか記憶に残らないまま、気がつくと鏡子は自宅前のカーポートに車を停め、二匹の猫が待っている家の玄関の鍵《かぎ》を開けていた。


翌一月四日、土曜日。年末年始の休みを終え、鏡子は渾身《こんしん》の努力をして、なんとか通常通り、原島文学記念館を開けた。

正月休み中にスキーやスノーボード、アウトレットでの買い物などを楽しむため、軽井沢町に滞在していた人々は多かったようで、開館直後から、何組かの来館者があった。ほとんどが若いカップルか、もしくは文学愛好家のグループだったが、中には長年、原島富士雄を愛読してきたという年配夫婦も交じっていた。

初日から来館者が多かったことに、鏡子は感謝した。余計なことを考える間もなく動きまわり、来館者と話したりしていると、気がまぎれた。

午後一時過ぎに館内に人がいなくなったので、焼きたらこを混ぜた小さなおにぎりに、ちくわとキャベツの醬油炒《しょうゆいた》めが入っているだけのランチボックスを開けた。なんとか食べ終えることができたのでコーヒーをいれ、ひと息いれようと思った時、今度は中年女性四人のグループがやって来た。名古屋から来た、という読書愛好家のグループだった。

賑《にぎ》やかに笑い、騒いでいる女性たちに館内の説明をした。なかなか帰りそうになかったので、全員にコーヒーをいれてやった。

中のひとりが鏡子に「ご主人やお子さんも原島のファンなんですか」と聞いてきた。子供はいない、夫とも死別した、と答えると、憐憫《れんびん》に満ちた八つの目が鏡子に向けられた。鏡子はうすく微笑《ほほえ》み返した。

その四人がタクシーを呼び、引き揚げていくのを見送ったのは、午後四時近くになってからである。すでに太陽が翳《かげ》り、あたりに冬の日暮れの気配が漂い始めていた。

館内に戻り、デスクの上に置いておいた携帯電話を見て、着信があったことに気づいた。宇津木医師からの電話だった。

不安というよりも、烈《はげ》しい怯《おび》えのようなものが鏡子の背中を走り抜けていった。

履歴を見ると、着信があったのは数分前だった。ちょうど、女性グループを見送りに外に出ていた時にかかってきたようだが、留守番電話にメッセージは残されていなかった。

鏡子は乾き始めたくちびるを舐《な》め、自分を鼓舞しつつ、携帯ボタンに指を伸ばした。

コール音二回で、宇津木医師が応答してきた。

「幸村です。お電話いただいていたのに、気づかなくて申し訳ありません」

それには応《こた》えず、宇津木医師はさも慌ただしげに「今、どちらにいますか」と訊《き》き返してきた。

宇津木医師の口調には、不気味な切迫感が感じられた。

「原島文学記念館のほうにおりますが」と鏡子は言った。次の言葉を待った。相手は軽く咳払《せきばら》いをした。

「お仕事中だということは承知していますが……今日これから、お目にかかることはできるでしょうか」

「これから、ですか」

「はい。できれば」

「それは……かまいませんけれど」

何かありましたでしょうか、と鏡子が訊ねようとしたのを宇津木医師が遮った。

「今、そちらに来館してる方はおられますか」

「いえ、さっきまでいましたが、帰ったばかりですので、今は私ひとりです」

「そうですか。よかった。では、これから記念館に伺わせていただいて、お話しすることができますね」

「もちろん、かまいませんが……」

「ああ、でも、お仕事を終えられた後のほうがいいようであれば、そうしましょうか」

「いえ、いいんです。今からでも大丈夫です。どうぞいらしてください」

「ではお言葉に甘えます。車で行きますので、十分以内に到着できると思います」

「お待ちしています」と鏡子は言った。

通話を終えても、耳の奥に宇津木医師の、どこか切羽つまったような物言いがいつまでも残された。

土曜の午後、宇津木クリニックは休診になる。午後はもちろん、夜も、やらねばならないことや知人友人との約束や会合があるだろうに、鏡子に会うために宇津木医師が記念館に駆けつけてくる、というのは只事《ただごと》ではなかった。

「彼」のことで、何かがあったのは明らかだった。新しい情報を耳にしたのか。それとも、前日、鏡子が上京し、「彼」を知るために週刊誌の記者に会い、今回のできごとのあらましを打ち明けてしまったことが、宇津木医師の耳に入ったのか。

だが、あの、人のいいボードビリアンを思わせる芸能記者が、鏡子と別れた直後、早速、宇津木医師と連絡をとり、鏡子から聞いたことをべらべら明かして質問攻めにするとは、とても思えなかった。鏡子の了解をとることもなく、正面から最重要人物に斬《き》り込んでいくようなまねを、あの駒田がするはずがない。

第一、今しがたの宇津木医師の電話での口ぶりは、怒りをぶつけるために会いにこようとしている者のそれではなかった。むしろ、折り入って鏡子に相談ごとをもちかけようとしているようなニュアンスさえ感じとれた。

デスクの上に散らかっていたものを片づけた。記念館の入り口ドアに閉館の札を下げた。何も出さずにいるわけにもいかないだろう、と思い、コーヒーの準備をしておくためにミニキッチンに向かった時、早くも外から車の音が聞こえてきた。

窓辺に駆け寄ってみた。まだ暗くはなかったが、外には冬の夕暮れが拡がっていた。冬枯れた木立を背に、四輪駆動車から降り立つ宇津木医師の姿が見えた。学生が着るような、濃紺のフードつきダッフルコートを着ていた。

ひとわたり記念館を見渡すような仕草をしてから、彼は背を丸め、足早に正面玄関に近づいて来た。鏡子は慌てて玄関まで走り、扉を開けて出迎えた。

「どうも」と言いながら、宇津木医師はちらりと鏡子を見たが、すぐに目をそらした。

かさかさと乾いた顔には、色つやがなかった。「無理を言って突然押しかけてしまい、申し訳ありません」

「いいんです」と言いながら鏡子が中に招き入れると、医師は即座に着ていたダッフルコートを脱ぎ、腕にかけた。あたりを見回す素振りをしたが、感想やお愛想めいたことは何も口にしなかった。

鏡子は彼を、原島富士雄が書斎として使っていた洋間に案内した。天井まである巨大な書棚にびっしりと、原島の蔵書が並んでいる光景が目に入らないはずはなかったが、彼はやはり、何も言わなかった。

三人掛けソファーを指し、「どうぞ」と鏡子が勧めると、彼はコートを腕にかけたままの姿勢で、どかりとソファーの中央に腰をおろした。勢いよく鉛の球を落とすような座り方だった。

「コーヒー、おいれします。すぐにできますので、少しだけお待ちいただけますか」

「いや、お気をつかわずに。話をするために伺ったのですから、どうか本当に何も……」

宇津木医師の表情は、コーヒーどころではないことを如実《にょじつ》に物語っていた。鏡子はうなずき、彼と差し向かいになるよう、テーブルをはさんで椅子《いす》に座った。

心臓の鼓動が大きくなった。どんな話をされようが、動じないでいるつもりだったが、早くもその覚悟は怪しくなりつつあった。

「まず初めに」と言い、宇津木医師は軽く両肩をあげるようにして、深く息を吸った。顔色がいっそう悪くなったように見えた。腕にかけたままだったダッフルコートを丸めて脇《わき》に置くと、彼は両手で膝《ひざ》をつかむ仕草をした。「僕は先日、幸村さんにとても失礼なことを申し上げてしまいました。その非礼を心から謝らなくてはいけません。この通りです」

覚えのあるかすれた声でそう言った宇津木医師は、深々と頭を下げてきた。鏡子はわけがわからなくなった。

こんなことを言うために、ここに来たのではないことはわかっている。だが、その大仰な仕草と物言いの裏に隠されたものが何なのか、知る由《よし》もなかった。

細かいくせ毛が拡がる白髪頭を深く垂れたまま、彼はしばし、じっとしていた。うすくなった頭頂部が、わずかに震えているのが確認できた。

「もう、そんなこと、おやめください」と鏡子は小声で言った。「どうか、もう……」

やがて医師はゆるりと顔を上げた。視線を落としたまま、「本当に申し訳ない」と繰り返した。「思いこみ、というのは恐ろしいものです。僕は幸村さんがおっしゃったことが信じられなかっただけではなくて、はなから否定してかかっていました。いや、今さら弁解するつもりもありません。これこそが、医者の傲慢《ごうまん》さというものでしょう。本当に申し訳ない。お恥ずかしい限りです。謝ってすむことではないとわかっていますが、ともかく謝罪しなければと思いまして……」

「いったい何があったんですか」と鏡子は訊ねた。抑えているつもりだったが、声は震え、手の指先が冷たくなっていくのがわかった。

宇津木医師は、あたかも降参宣言をするかのように片手を額にあてがった。はずみで、かけていた縁なし眼鏡がずり落ちそうになった。

眼鏡をかけ直し、彼は「何からお話しすればいいのか」とため息まじりに話し始めた。「……今日、午前の診察が終わったころ、うちのクリニックに僕あての電話がかかってきました。……横浜みどり医療センターの精神科医、高橋智之先生からの電話でした」

鏡子が身じろぎもせずにいると、宇津木医師は苦渋に満ちた表情を顔いっぱいに浮かべた。「幸村さんがおっしゃっていた通り、同姓同名の医者がいました。しかも、横浜みどり医療センターの精神科に。同じ苗字《みようじ》、同じ名前の別人が。……で、その別人が僕に電話をかけてきたのは、自分あてに送られてきた荷物の謎をとくためでした」

「荷物の謎？」

「ええ。僕は、あの高橋という医師に……今はそう呼ぶしかないので、あえてそう言いますが……花折町滞在中に使ってもらえるよう、彼に部屋を貸していました。花折町にあるマンションの一室です。ご存じかもしれませんね。彼本人から聞いておられたでしょう」

鏡子は応えなかった。そんなことはどうでもよかった。早く先を聞きたかった。

「彼がうちの仕事を辞めて出て行った後、そこに……そのマンションの部屋に忘れ物がみつかったんです」と医師は言った。「衣類でした。たいしたものじゃなくて、靴下、アンダーシャツ、パジャマ……そんなものです。クローゼットの引き出しの奥に、まとめて紙袋に入れてあったのを掃除に行った家内が見つけまして。汚れ物ではないんですよ。それどころか全部新品。値段のシールがついたままのものもありました。家内がどうして、それが高橋先生の忘れ物とわかったかというと、紙袋の中に病院のレシートが入ってたからなんです」

鏡子が黙っていると、宇津木医師は眼鏡の奥で鏡子に注意深そうな視線を走らせながら、「病院の売店のレシートです」と言った。「部屋に置き忘れていったものは全部、横浜みどり医療センターの中にある売店で購入されたものでした。日付までは覚えていませんが……レシートに記載されていた品物が、そっくりそのまま袋に入っていた、ということです。家内がそれを見つけたのは、年末の、クリニックが休みに入ったばかりの時だったんですけどね。僕も、彼のその後が気になってたもんですから、早いほうがいいと思いまして。忘れ物一式を梱包《こんぽう》して、宅配便で彼に送ったんです」

「病院あてに、ですか」

「そうです。横浜みどり医療センター、精神科、高橋智之先生、という宛名《あてな》で。自宅に送らなかったのは、彼の自宅住所を記したものを探すのが面倒だったからです。レシートには病院の住所が印刷されていたので、そのまま書き写した……単にそういうことです。先方が受け取るのは年明けの、外来が始まった日になることはわかっていましたんで、便箋に数行、年始の挨拶《あいさつ》を書きました。僕はもちろん、スタッフ一同、その後の彼の健康状態がどうなったか、案じている、というようなことも」

鏡子はごくりと生唾《なまつば》をのみながら、彼を凝視した。

「……何が言いたいか、おわかりですね。今日の昼、電話をかけてきたのは、病院でその荷物を受け取った、精神科医の高橋智之先生なんです。そりゃあ、もう、怪訝《けげん》な声を出していましたよ。荷物を受け取ったし、手紙も読んだが、まったく心当たりがない、自分は宇津木クリニックの宇津木院長という人物とは一面識もない、何かとんでもない人違いをしているのではないか……そういう内容の電話でした」

「その高橋先生というのが」と鏡子は力なく言った。声がかすれていたので、咳払いをした。軽いめまいを覚えた。「以前、私が宇津木先生にお話しした先生です。横浜みどり医療センターの精神科の診察室で、私が直接お会いした方。宇津木先生のところにいた、同姓同名の医者とはまるで別人の……」

宇津木医師は弱々しくうなずいた。「すべて、幸村さんのおっしゃっていたことをまともに受け取ろうとしなかった僕の失態です。本物の高橋医師には、電話口で急ごしらえの言い訳をして、とんでもない間違いをおかしたことを謝ったんですけど、勘づかれたに決まってます。それにしても、由々しき事態です」

鏡子が返す言葉に苦慮しながら宇津木医師を見つめると、彼は、はぁっ、と大きく息を吐いた。「うちでアルバイト医として患者を診ていた男には、おそらくは医師免許もなかったんでしょう。立派なにせ医者ですよ」

「でも……」と鏡子は口をはさんだ。「あの人は、私の知る限り、とても優秀な精神科医でした。評判もすごくよかったと聞いてます。高橋智之、という医者になりすましていたことは事実なんでしょうけれど、にせ医者だったなんて、私にはとても……」

宇津木医師は、疲れ果てたように四肢から力を抜き、ソファーにもたれた。「今から思えばですが、不審な点がなかったわけではないんです。うちでアルバイト医を募集して、彼がやって来た時の話ですが、履歴書の他に、念のため、医師免許証のコピーを見せてほしいと頼んだ。彼は引き受けてくれましたが、結局、コピーを持ってくることはありませんでした。医療センターでの仕事が忙しすぎて、自宅のクローゼットの奥かどこかにしまってあるはずの医師免許証を探す時間がなかなかとれない、という理由で」

「宇津木先生はそのことで、疑いは抱かなかったんですね」

「医師免許証を額装して、自宅の壁に掛けて毎日、眺めてるような医師はまずいませんから。たいてい、納戸《なんど》や押し入れの奥に大切にしまいこんだままになってるのがふつうで、探すのに苦労したり、探すこと自体、面倒になったりする。そういうことは、医者なら誰でも経験済みです。それに、こんなふうに僕が言うのもどうかと思いますが、医師を雇う場合、いちいち医師免許を確認するとなると、互いに面倒なので、履歴書と面接のみで、すませるケースは案外多いんです」と言い、院長は眉間《みけん》に皺《しわ》を寄せたまま、おどおどした目で鏡子を見た。「それにしても、迂闊《うかつ》でした。医師免許証のコピーを強く催促していれば、早いうちからおかしいと思っていたかもしれないのに。……その後、あの男から連絡はありましたか」

「残念ながら」と言い、鏡子は首を横に振った。

「何もない？」

「はい」

「本当ですか？」

鏡子は皮肉をこめて、うすく笑った。「あの人からの連絡がもしもあったとして、その事実を宇津木先生に隠さなくちゃいけない理由があるんだとしたら、私があの人の共犯者だった場合だけなんじゃないでしょうか。何も連絡がない、っていうのは本当です。それに私は、これまでも宇津木先生に嘘《うそ》は言いませんでした」

宇津木医師は慌てたように姿勢を正した。「わかります。本当によくわかります。おっしゃる通りです」

宇津木医師の強い怯えが伝わってくればくるほど、鏡子は自分の中にもまた、不安と恐怖がふくれ上がってきて、収拾がつかなくなるのを感じた。駒田が言っていたことが思い出された。

『もし、その人物がにせ医者だったのだとしたら、これはれっきとした犯罪行為ですからね』

駒田はそう言ったのだった。犯罪行為、という言葉が毒矢のようになって、鏡子を突き刺した。

鏡子は喉《のど》が詰まりそうになるのをこらえながら訊ねた。「このこと、警察に届けるおつもりですか」

「警察？」と彼は訊き返した。「いや、その前に、弁護士に相談します。知らなかったとはいえ、あの男がにせ医者だったのだとしたら、僕は医師免許のない人間を医師として雇っていたことになる。しかも、医師免許証を確認しないまま」

「宇津木先生」と鏡子は思い切って白状した。「私、実を言いますと、昨日、東京に行ってきたんです。『週刊サタデー』の記者に会いに」

宇津木医師の目が、縁なし眼鏡の中でみるみるうちに大きく見開かれた。

「何ですって？」と宇津木医師は訊き返した。ぴくりと片方の眉が動いた。

鏡子は静かにうなずいた。「こうなったらもう、隠しておく必要もないと思うので……宇津木先生には正直に打ち明けます。先生は……川原まりりんという女性芸人をご存じでしょうか」

虚をつかれたのか、宇津木医師は「ちょっと待ってください」と言って、困惑気味に笑った。「突然、そんなことを訊かれても……。カワハラ…？　誰なんですか、それ」

「川原まりりん、です。お笑い芸人で、マリリン・モンローのものまねをやってブレイクしました。以前は、テレビのバラエティ番組やＣＭに出ていたこともあったみたいで。もともとは、小さな劇団の劇団員だったようです。ついこの間まで、私も全然知らなかったんですけど」

「僕も知りませんね、そういう人は。初めて耳にした名前ですよ。その芸人と今回の問題と、いったい全体、どういう関係があるんです」

必死になって隠そうとしてはいたが、宇津木医師が烈しく怯えているのは手にとるようにわかった。鏡子は逆に、自分が冷静になっていくのを感じた。

「順を追ってお話しします」と鏡子は言い、背中を伸ばして姿勢を正した。

行方のわからなくなった「彼」が、マリリン・モンローの心の闇に興味を抱いて、精神科医になったという話を聞いたこと、それを思い出し、インターネットでマリリン・モンローを検索してみたところ、偶然、川原まりりん、という女性の若手ピン芸人がヒットした、ということを鏡子は言葉を選びながら話し始めた。

その川原まりりんが、十一月末に横浜市緑区の雑木林で首を括《くく》って自殺したこと、その一件がネットユーザーたちの間でも、話題になっていたこと、それによれば、川原まりりんは父親と二人暮らしをしていて、重度の鬱病の治療のため、横浜みどり医療センターの精神科に入院していたということ。本名が高橋美緒だったこと。高橋、という姓と横浜みどり医療センター精神科、という共通点にひっかかるものを感じたので、原島記念館の運営を遺族から任されている文潮社の知人に『週刊サタデー』の芸能記者を紹介してもらったこと。自殺した川原まりりんについて、芸能記者から教えてもらった幾つかの事実……川原まりりんの父親は、横浜みどり医療センターの総務部にいたが、現在は辞めており、連絡がつかないということ。

そうした一連の経緯とできごとを鏡子がかいつまんで打ち明けている間中、宇津木医師は微動だにしないまま、口を半開きにして、鏡子の口もとのあたりを凝視していた。

その表情は、知的水準の高い医師のそれには見えなかった。逃げ場を失って四肢をすくませている、小動物を思わせた。

あらかた鏡子の説明を聞き終えると、宇津木医師は半開きにした口を閉じようともせず、「つまり」と言った。縁なし眼鏡に触れ、神経質そうに顔に押しつけた。「僕が雇い入れた男は、横浜みどり医療センターの病院職員だったということですか」

「その可能性が高いと思います」

「重い鬱病を患《わずら》っている娘に、自分が勤めている病院の精神科を受診するように勧めるのは、父親として当然でしょう。そして、娘は入院することになった。いや、入退院を繰り返していた。そして、その娘を通して、彼は自分自身も精神科領域のことに詳しくなった。それでにせの精神科医になった……」

「……かもしれません」

「そう考えると、確かに辻褄《つじつま》は合います。しかし、そうだとしても」と宇津木医師は力なく言った。「どうして、にせ医者にならなくちゃいけなかったのか、わからない。そんなことをする必要が、いったいどこにあったのか。経済的な問題？　いやいや、そうだとしたって、何もそんな危ない綱渡りをしなくても……」

鏡子はゆっくりと首を横に振った。「おっしゃる通りです。私にも理由はよくわかりません」

「経済的なことだけじゃなくて、何か深い意味があったからでしょう。そうでしょう？　そうじゃなければおかしい。ずぶの素人《しろうと》が医者を装《よそお》うなんて、そう簡単にできることではありませんよ。精神科医は、外科医のように手術や外科治療をする必要はないですが、かといって疑われずに医師を装うためには、よほど人間離れした図太さというか、覚悟っていうのか……うまく言えませんが、そういうものが必要になってくる。そもそも、医師免許がないのに医療行為をしていることをですね、患者だけじゃなくて、雇い主である僕やクリニックのスタッフ、周辺の人間すべてに隠し通していたんですよ」

鏡子は肩で息を吸い、吐き出しながらうなずいた。

宇津木医師は続けた。「だいたい、よくも間違えずに処方箋を書いていたものです。知識だけは人並み以上にあったんでしょうが、それにしても、僕から、医師免許証のコピーを何がなんでも持ってこい、としつこく言われたら、いったいどうするつもりだったのか……その時点で姿をくらます覚悟でいたんだろうか」

「そうかもしれません」と鏡子は言った。「何の必要があって、精神科の医師になりすましていなくちゃいけなかったのか、私にも本当にわからないんです。でも、あの人は、どこから見ても本物の精神科の医者でした。単に精神科医療に詳しいってことだけじゃなくて、患者の話の訊き方とか、受け入れ方とか、言葉づかいとか……そんなものは、精神科医じゃなくたって、ちょっとカウンセリングの方法を知っている人間なら、誰にでもできることかもしれませんけど……でも、何度もしつこく繰り返しますが……あの人は、患者だった私にとっては、立派な精神科のお医者さんだったんです。事実、私はあの人によって救われて、病気が治ったんですから」

「それは」と宇津木医師は言い、眼鏡の奥の目を疲れ果てたように軽く閉じた。「あの男が、優秀なにせ医者だったからでしょう」

鏡子は黙っていた。窓の外にはすでに、冬の夜のとばりが下りていた。日が暮れて外気温が下がったのか、エアコンをつけているのに、館内にかすかな冷気が流れていくのが感じられた。

「いずれにしても」と宇津木医師は言った。「幸村さんが『週刊サタデー』の記者にこのことを相談されたのですから、世間の明るみに出るのは時間の問題です。いやいや、別に週刊誌記者にしゃべったことを非難してるわけじゃないんですよ。誤解なさらないでくださいね。幸村さんは幸村さんなりに、あの男の正体を知りたいと思って当然だし、それは立場は違っても、僕だって同じです。……さあ、僕はこれからすぐ、弁護士と話さなくては。幼なじみが東京で弁護士事務所を開いてましてね。医療問題を専門にしてるベテランだから、こういう時には頼りになります」

着ていたセーターの袖口《そでぐち》を少しめくり、腕時計に視線を走らせながら、「それにしても」と宇津木医師は独白のようにつけ加えた。「参りました。先月、あの時点で、僕が幸村さんのおっしゃることを素直に受け入れていたら……こんなに慌てなくてすんだろうと思います。少なくとも、もっと早く手を打っていられたでしょう。……自業自得《ごうじとく》ですよ」

鏡子は顔をあげ、宇津木医師を見つめた。この医師は今、自分の立場、自分の責任問題だけで頭がいっぱいなのだ、と思った。「彼」がどこの何者であったか、何故《なぜ》にせ医者になったのか、ということは二の次の問題で、宇津木医師は今、自分を守ることにしか関心を抱いていなかった。

目の前にいる還暦を過ぎた女が、夫と死別した後、どんな想いの中、独りで生活を営んできたのか、ということにも、残り少ない人生を共に過ごそうと思うようになった男の行方がわからなくなったばかりか、男が偽名を使い、別人になりすましていたという事実に直面して、どんな気分になるものなのか、ということにも、何ひとつ興味をもっていない。相手の気持ちを斟酌《しんしゃく》する余裕すらなくしている。そう思うと、かえって鏡子は気持ちが楽になるのを覚えた。

自分の感情は自分で処理できるのだった。ありふれた心理分析をされたり、やみくもに同情されたり、誰もが口にしそうな助言や説教を長々と聞かされたりするくらいなら、自分の利益しか考えていない人間を相手に、型通りの話をしているほうがよっぽどましだった。

「では、僕はそろそろ」

宇津木医師はそう言い、かたわらに置いたダッフルコートをたぐり寄せた。「急がないと。今日、僕に電話をかけてきた本物の高橋医師は、不審に思って動き出すでしょう。先月、診察室に入ってくるなり、妙な反応をした患者がいたことも思い出すでしょうしね。つまり、幸村さんのことですが」

鏡子はゆっくりとうなずいた。「その本物の高橋先生には、何とおっしゃってごまかしたんですか」

「なにしろ、咄嗟《とっさ》のことでしたからね。うまく言えるわけもないですよ。こっちはこっちで、驚いて動転していたし、とにかく、しどろもどろでした。高橋という、偶然、同じ名前の医者がうちに泊まりがけで遊びに来ていて、忘れていったものを送ったということにしましたけど。うちの看護師に宅配伝票の宛名書きを頼んだのが、どこをどう間違ったのか、横浜みどり医療センターあてになってしまったようだ、って言って謝ったんです。でも、何を言ったか、あんまりよく覚えてません。だいたい、そんな子供だましみたいな嘘が通用するはずもないですよ。手紙までつけたんですから。それを読めば、明らかにおかしいことが一目瞭然《りょうぜん》だ」

「じゃあ」と鏡子は言った。「先方でも、何か怪しんで調べ始めますね」

「むろん、そうするでしょう。今日は土曜だからいいですが、明後日の月曜に、またクリニックのほうに電話がかかってくるかもしれません。いや、かかってくるでしょう、きっと。それまでにこちらは方針を固めておかないと」

宇津木医師はソファーから立ち上がり、ダッフルコートに袖を通した。放心した表情で前ボタンを留めつつ、その時、医師は初めて原島富士雄の巨大な書棚に視線を移した。「これは全部、原島富士雄の蔵書ですか」

「そうです」

「かなりの量ですね」

「ええ。今では手に入らないような貴重なものもたくさん」

「あの男はここにも？」

「はい。最初に訪ねて来たのが、去年の二月でした」

「原島の愛読者だったのかな」

「それほどたくさんは読んでいなかったようですけど、興味があったみたいで」

宇津木医師はにこりともせず、抑揚をつけずに言った。「それはただの口実で、診察室の外で幸村さんに会いたかったんでしょう、きっと」

世辞でもなく、お愛想でもない、かといって嫌味や皮肉でもなさそうだった。宇津木医師はその言葉を、自らの忌《い》ま忌《い》ましい想いと共に口にしただけだった。だが、どういうわけか鏡子は、それを聞いて顔が急激に赤らんでくるのを覚えた。

「そんな……」と鏡子は言い、上気してくる顔を見られないよう、先に立って歩き始めた。「何をおっしゃるかと思ったら」

「いや、ちょっと、そう思っただけで」と宇津木医師は言った。「幸村さんがいなかったら、あの男はどうしていたでしょうね。もっと早くうちを辞めていったのか。それとも……」

「私がいようがいまいが、関係なかったはずです」鏡子は記念館の戸口の手前に立ち、振り返りざま言った。「あの人は川原まりりん……彼の娘が自殺しない限り、これまで通り、毎週水曜にこの町に来て、木曜から土曜まで宇津木クリニックで精神科の患者さんを診ていたと思います」

　そして、と鏡子は胸の中でつぶやいた。毎週水曜の晩と土曜の晩、私の家に来て、私の手料理を食べて、同じベッドの中、肌を合わせながら眠って、私に疑われない限り、時間だけがゆるやかに過ぎていったはずだ、と。

「なるほど」と宇津木医師は、負けん気の強さを見せつけようとするかのように言った。「幸村さんのほうがよくあの男を知っているのだから、たぶん、そうなんでしょう。……ではここで失礼。そろそろ行かないと。本当にお邪魔しました」

宇津木医師がドアを開けると、外の冷たい空気がなだれこんできた。まだ六時前だというのに、あたりは夜のように暗かった。

記念館の明かりが、飴色《あめいろ》の影を地面に落としている中、宇津木医師の背中が遠ざかっていくのを見送りながら、鏡子はふと、「高橋智之」を名乗る男が、宇津木医師と入れ替わりに、こちらに向かって歩いてくるまぼろしを見たように思った。

[20]

鏡子の家に、その手紙が届けられたのは、一月十五日だった。記念館での仕事を終え、スーパーに寄って簡単な買い物をし、帰宅した鏡子は、いつものように車をカーポートに入れた。

スーパーの袋を手に、玄関の鍵《かぎ》を開けた。シマとトビーは迎えに出て来なかった。寒い日には、暖かいソファーや猫用のベッドでこんこんと眠りこけてばかりいて、あまり動かなくなる。

玄関先に買ってきたものとバッグを置き、家の鍵と車のキイを投げ出して、再び外に出た。忘れずにドアは閉じた。以前、うっかりドアを開けたままにしておいて、トビーがそろりそろりと外に出て来てしまったことがある。つかまえようとすると逃げ出し、往生した。それ以後、ドアの開け閉めには注意している。

年が明けてから、珍しく晴れた日が続いたが、数日前、久しぶりに三センチほどの積雪があった。日陰にはまだ雪が少し残っていた。

凍りついた雪で足をすべらせないよう注意しながら、栗《くり》の木の門柱に取り付けてある郵便受けまで行き、蓋《ふた》を開けた。

幾つかのダイレクトメールや電話代の領収証などに混ざって、厚手の白い長封筒が入っているのがぼんやり見えた。あたりが暗かったので、ひとまずそれらをひとまとめにし、玄関に戻った。

初め、鏡子はその厚手の封筒を、試供品が入れられているダイレクトメールだとしか思わなかった。通販で化粧品を買って以来、そのメーカーから、たまに新製品の案内と称して、試供品が送られてくる。製品が傷つかないように、という配慮からか、小さなサンプルにもかかわらず、丁寧に薄手の緩衝材でくるまれているので、封筒はいつも厚かった。

玄関に戻り、内鍵を閉め、シマとトビーに声をかけた。スーパーの袋とバッグと、郵便物とを一度に持とうとした時、手がすべって、郵便物が床にばらまかれた。

厚手の封筒には、男の文字で鏡子の家の住所、鏡子の名が記されていた。差出人の名は「高橋恭平」だった。

住所は書かれていなかった。名前だけだった。

封筒を持つ手が震え出した。買ってきたものや、床にばらまかれた他の郵便物をそのままに、鏡子は小走りでリビングに飛びこんだ。

部屋の明かりをつけ、猫たちのためにゆるめにつけていったエアコンの温度設定を高くした。気が急《せ》いて、薪《まき》ストーブに火をいれる余裕などなかった。コートも脱がずに、ソファーに腰をおろした。それまでソファーの上で眠っていた二匹の猫が、迷惑そうに床に下り、それぞれ身体《からだ》を伸ばして大きなあくびをした。

指先でちぎって封筒を開けた。パソコンのワープロ機能を使って打ちこまれた手紙が、三つ折りにされていた。細かい文字がびっしりと連なり、ざっと見た限りでは、A４の白いコピー用紙、十枚分以上ありそうだった。鏡子は咄嗟《とっさ》にその手紙が、すでにこの世のものではなくなった男からの手紙ではないか、と思った。そうに違いない、と決めつけた。自ら命を絶つ前に、人が、遺書のような手紙を親しい人間に送りつけてくることはよくある。

何が書かれてあってもかまわなかった。たとえ、傷口に塩を塗られるようなものを読まされるのだとしても、それはそれでよかった。だが、こんな長文の手紙を最後に、あの世に旅立つことだけは、断じて許せなかった。そこまで私に甘えるつもりなのか、と思うと、不安や怯《おび》えを上回るほどの怒りがこみあげてきた。

滑稽《こっけい》なことに、プリントアウトされた文字は小さすぎて、判読しづらかった。鏡子はわなわなと震えている手を伸ばし、バッグの中から、いつも記念館で使っている老眼鏡を取り出した。

眼鏡をかけ、深呼吸をひとつした。そして、シマなのか、トビーなのか、いずれかの猫が猫トイレの砂をかいている音を遠くに聞きながら、手紙を読み始めた。

前略

この手紙を受け取ったあなたは、誰からの手紙なのかをすぐに察してくださったことでしょう。あの、大嘘《おおうそ》つきのぺてん師、度し難く図々しい詐欺師《さぎし》、資格もないのに医師になりすまして患者の治療を続けていた極悪人、自分で自分のやったことの落とし前をつけることもできず、ただ、逃げまわっているだけの卑怯者《ひきょうもの》。それが、今、あなたの読んでいる手紙の送り主です。

本名は「高橋恭平」といいます。私が「高橋」という姓でなかったとしたら、こういう恐ろしいことに足を踏み入れようなどと、考えつかなかったかもしれません。皮肉なものですが、これについては後で詳しく書きます。

あなたに向かって語りたいこと、知ってほしいこと、詫《わ》びたいことが山のようにあって、いったい何から書けばいいのか、途方にくれている。第一、あなたは私から送られてきた手紙を読んでくれるだろうか、読まずにそのまま、関係各所にまわしてしまうのではないか、私という愚かな人間の実体など、一切、知りたくもない、かかわりたくもないと思っているのではないか。そんなことも考えるのです。

しかし、万一、そうだったとしてもかまわない。それでも私はあなたに語っておきたい。事実をありのままに知ってほしい。

私はこれから罰を受けることになりますが、それは社会的な罰のみならず、あなたという一人の女性をこのような形で傷つけたことに対する罰でもあります。私の中では、むしろ、そちらの罪の意識のほうが大きい。

あなたにこれまで話した私の過去……生年月日、学歴、離婚歴など、履歴に関しては偽りのない事実です。立場上、あなたに言うわけにはいかなかったことが数多くあったとはいえ(今更、こんなことを強調して自慢げに言うのも笑止ですが)、私に医師の資格がないこと、また、それに関係してくる幾つかの作り話を除けば、あなたにこれまで話したことの中に、基本的に嘘はありませんでした。

生まれたのは埼玉県の上尾市。兄が一人。父は私が大学を出た後(千葉大ではありません。卒業したのは、神奈川県にある公立大学でした)、病死しました。兄は現在、盛岡で高校教師をしています。母は兄を頼って盛岡に移住しました。幼いころから、母は兄を溺愛《できあい》していて、兄と母は一卵性双生児のように深く結びついていました。私の性格上の問題もあったかもしれませんが、彼らとはどんどん疎遠《そえん》になり、現在ではほとんど交流がなくなっています。そんなことも、ぽつぽつとあなたに話した通りです。

大学卒業後は、製薬会社に就職しました。二十六の時に、行きつけの店でアルバイトをしていた女性と結婚。翌年に長女が生まれたこと、妻が慣れない育児から鬱《うつ》病を患《わずら》い、結婚生活がうまくいかなくなったこと、病気が回復した後、妻が他の男に心を移し、それが原因で協議離婚に至ったことなども、あなたに話した通りです。

離婚した時、娘は八歳でした。半年間ほどは娘は妻のもとにいたのですが、その後、信じられないことに、妻が娘の親権を放棄したいと言い出しました。新しく関係をもった男との間に赤ん坊を身ごもったことがわかり、神経がささくれ立つあまり、ことあるごとに娘につらくあたってしまう、娘を育てていく自信がなくなった、というのが主な理由でした。

そんな勝手は断じて許すことはできなかったのですが、それよりも何よりも、娘は母親に深く絶望しており、恐れてさえいて哀れでした。すぐにでも父親である私のもとで暮らしたい、と娘自身が訴えてきたため、一刻の猶予《ゆうよ》もないと判断し、私はただちに娘を連れ帰りました。そこから娘との二人暮らしが始まったのです。娘の名は美緒といいます。高橋美緒、です。美緒と暮らし始めてから五年後、私は会社の人間関係でつまらないトラブルをいくつも抱え、いっときも心が休まることがなくなったため、転職を考えました。ちょうど、美緒と住んでいた川崎市のマンションからも近い、横浜の青葉区にある、横浜みどり医療センターで、職員の募集が若干名あったので応募してみたところ、すぐに採用されました。私が四十歳の時のことです。

美緒は、歪《ゆが》んだ家庭環境で育てられてきたせいか、あるいは母親ゆずりだったのか、もともと精神面がアンバランスな子でした。しかし、学校ではほとんど問題を起こさなかった。成績もよく、トップクラスでしたし、容姿も愛らしい子でした。協調性もあって、クラスメートとも上手にかかわっていたようです。

反面、自宅では過食と拒食を繰り返し、信じがたい量の食べ物を食べては、無理やり吐き戻す、ということをしていました。食べ物と一緒に大量の血を吐いたため、慌《あわ》てて救急車を呼んで病院に運んだこともあります。

私は私の離婚や、私がかつて妻に選んだ女が娘をそうさせた、と思っていたので、娘を叱《しか》りはしませんでした。何があろうと私は娘の味方、最大の理解者でありたかったのです。

　私たちは時間のある限り、しょっちゅう一緒に行動していました。私は美緒の父親であると同時に、男のなりをした母親でもあったのです。休みの日は、朝から晩まで一緒に過ごしました。美緒と話し、打ち明けてくる心の奥底の問題に耳を傾け、連れ立って買い物に出かけ、美緒が食べたいものを買い、家に戻って彼女がそれらを恐ろしいほどの食欲を見せながら食べ尽くし、深夜、トイレで吐き戻している音を遠くに聞いていながら、それでも私はいつも、いつか治る、と信じていた。医者にみせようとは決して思わず、自分の力で治してみせる、と思っていた。自分さえそばにいてやれば、娘はすくすく育つ、と信じていた。私は、天罰を与えられても仕方のないほど、愚かきわまりない父親でした。

　しかし、高校に進んでからの美緒は、少し元気になりました。将来はコメディ女優になりたい、と言い出したのもそのころです。心の闇《やみ》が深い人間ほど、悲劇よりも喜劇を好む傾向があるように思いますが、美緒の場合はまさにそれでした。そのうえ、コメディ女優になることに異様なまでの熱意を示し、高校三年の時でしたか、自分で見つけてきたお笑い小劇団に入団しました。「ファンキー・モンキー・ベイビー」という名の劇団です。

あくまでも小規模の劇団で、看板役者がいないわけでもなかったのですが、メジャーではなく、劇団員たちが手作りのコントなどを地方の小屋をまわって演じる、といった程度のものでした。それでも、家庭的な劇団の雰囲気は美緒の性に合ったようです。実に楽しそうに毎日を送っていたことを、今更ですが、懐《なつ》かしく思い出します。

過食と拒食を繰り返す傾向がたちまち治まったのも、そのころからでした。高校を卒業し、劇団の仕事に専念するようになると、恋人もできた。同じ劇団員の男で、美緒より五つ年上でした。私も紹介されたので会いましたが、悪い男ではなかった。気のいい努力家、といった感じで、美緒といずれ結婚したい、と言ってきた時も、真面目《まじめ》そのものでした。

美緒はその後まもなく妊娠。結婚生活を始めるには、経済的に不安だらけの相手でしたが、およそ穢《けが》れを知らぬ少年のような面があって、それが美緒のみならず私の気持ちすらも動かしました。

二人は結婚し、私が娘とそれまで住んでいた川崎のマンションからも近いところに二間の小さなアパートを借り、暮らし始めました。そのアパートで産気づいた美緒は、初産とは思えぬ早さで赤ん坊を無事に出産したのです。

しかし、その、娘によく似た女の赤ん坊が三カ月になった時でした。赤ん坊と一緒に風呂《ふろ》に入った娘の亭主が、誤って、赤ん坊を風呂の中で溺死させてしまう、という悲劇が起こりました。

彼は自分が頭を洗うのに、赤ん坊をほんのいっとき、風呂場のバスタブの脇《わき》の部分に厚手のタオルを敷き、そこに寝かせていたそうなのですが、シャワーを使って急いでシャンプーしていた際、赤ん坊が動いたか何かで、そのままずるずるとバスタブの中に沈んでしまった。過失には違いないのですが、シャワーの音の中で、彼は本当に赤ん坊が湯船の中に沈んでしまったことに気づかなかったのです。恐ろしいことです。

娘はその出来事の後、一挙に精神のバランスを崩してしまった。ただちに亭主と離婚し（亭主のほうも気の毒に、その後、精神を患ったと聞いています）、私のところに舞い戻って来たかと思うと鬱病を発症。その後、過食症になりました。朝から晩まで食べ続け、吐き戻すこともしなくなり、みるみるうちに太っていきました。瘦《や》せなくてはいけない、という気持ちすら失って、娘はふくらんでいくだけの自分の肉体を面白がってさえいました。川原まりりん、という芸名を自らつけ、マリリン・モンローのものまねを始めたのは、その、太った肉体を芸の道具にしようと、彼女自身が思いついたからに他なりません。

私はあなたに数知れぬ嘘をつき続けてきました。精神科医になろうと思ったのは、マリリン・モンローの心の病に興味をもったから、などと言ったのも、その愚かしくも恥ずかしい嘘の一つです。マリリン・モンローに興味をもったのは、娘の美緒がモンローのものまねを始めたからに過ぎません。

娘は映画好きで、モンローが出演するコメディ映画に惹《ひ》かれていました。モンローのような化粧をし、自分の巨体を使って、あのセクシーな踊りを観客に見せたら、さぞおもしろいだろう、と考えついた娘の、その芸人としての企《たくら》みのあとを父親である私がなんとか、息も絶え絶えになりながら追いかけていって、結果、実在の女優、マリリン・モンローが抱えていた心の闇に辿《たど》り着いただけの話なのです。

芸がそこそこ評価され、わずかながら人気も出てくるようになると、美緒の心の病もまた、次第に重くなっていきました。社会的な成功は、必ずしも、彼女のような心の病を抱えている人間にとって歓《よろこ》びにはならず、むしろ重荷になる。それまで以上に鬱状態になることが増え、自傷行為が始まりました。

私はできる限り、娘に寄り添いました。目を離せなかった。薬物を乱用したり、手首を切ったりするのは日常茶飯で、薬のせいで朦朧《もうろう》としたまま、仕事に出て行くこともありましたし、朝まで出歩いて仲間と飲み続けて、一睡もしないまま地方公演に向かうこともありました。

どうしようもなくなると、無理やり仕事を休ませたのですが、目を離したすきに、ストッキングで首を括《くく》ろうとしたこともあります。そのつど私は娘をなだめ、かばい、話の聞き役になってやろうとしました。

そのころはまだ、私が横浜みどり医療センターに勤務していたので、娘は医療センターの精神科に通わせていました。主治医は「高橋智之先生」ではありません。別の先生で、信頼できたのですが、いわゆるカウンセリングのようなものは、時間が足りないため満足にやってもらえない。その分、私が娘の専属カウンセラーのようなことをしていた、と言えばわかりやすいかと思います。

娘のことはすべて把握していたかったのです。日がな一日、私は娘を観察し、娘が発する言葉を受け止め、いつ果てるともなく続けられるモノローグにつきあい続けました。私が精神科の薬に詳しくなったのも、副作用や症状、状態の変化など、精神科の専門知識をどんどん、身につけていったのも、すべて娘がそのような状態だったからです。皮肉な話です。

そのうち病院勤務は難しくなっていきました。私が仕事に出ている間、美緒が何をするかわからない。いやな予感がして、仕事を放って自宅に戻ると、部屋はもぬけの殻で、行き先もわからなくなっている。各所を捜しまわり、病院に戻ることもできず、そのうち、仕事にも支障をきたすようになって、結局、私は勤めを辞めざるを得なくなりました。

美緒はもう、入退院を繰り返すしかなくなっていた。入院は医療センターでしたが、その他にも人づてに聞いた評判のいい精神科医を受診させるために、遠く北九州や札幌まで、飛行機で美緒を連れて行ったこともあります。保険がきかない診療でも、金に糸目はつけずに受診させた。微々たるものでしかなかった蓄えは、たちまち底をつきました。

精神科医になりすまし、経済的な困窮状態から脱しよう、と私が思いついたのは、美緒が何げなく口にしたひと言がきっかけです。娘はこう言ったのです。「パパはもう、精神科医になれるね」と。

愚かな私はその気になりました。その通りだと思いました。すぐにインターネットで医者のアルバイト情報を検索しました。精神科医を募集しているところを探したのです。東京近郊の病院はまずい。大きな医療機関よりも、小さな個人病院のほうがいい。そうやって見つけ出したのが、花折町の宇津木クリニックでした。給料は日額七万円。勤務は木曜から土曜まで。ざっと計算すると月額八十四万円の収入になります。

今から考えても、恐ろしさに身がすくみます。何故《なぜ》、それほど大胆なまねができたのか。

私はまともな考え方ができる状態ではありませんでした。娘のために、なんとかして生きていかねばならない。それしか考えていませんでした。必死でした。

まず頭に浮かんだのは、精神科医なら、外科医や内科医のように患者の身体に触れなくてもすむ、治療や手術などもしなくてすむ、ということです。おかしな言い方ですが、これはもう、絶対的な条件でした。いくら頭がまともではなかったとはいえ、にせの外科医になろうとは決して考えなかったでしょう。

精神科医ならば、患者の検査データを専門的に解析する必要もない。診察室におけるカウンセリングは、娘相手に長年続けてきた経験が充分に活《い》かせます。処方箋《しょほうせん》はどのように書けばいいのか、精神科の薬にはどんなものがあって、どんな症状にどのように処方すればいいのか、昔、製薬会社に勤めていたということもありますが、それ以上に、娘のありとあらゆる不可思議な症状と、それに応じる主治医とのやりとりにつきあってきた私には、あらかたのことが知識として刻まれていました。

先にも書いたように、別れた妻も鬱を患っていました。そのため、鬱とひと言で言っても、人によって多種多様な症状が出現することも経験済みでした。そのうえ、入退院を繰り返していた娘を通して、入院中の患者たちの様子、それに応じる医療従事者、医師の言動にも詳しくなっていました。

ありふれた精神科の病気には、昔からある、ありふれた薬を処方していれば事足りるだろうし、そうやっていれば、少なくとも患者は健康被害は起こさない。なにより、地方の小さなクリニックなら、見たことも聞いたこともないような症状の患者は来ないだろう、とも考えました。せいぜいが、鬱か、パニック障害、各種神経症、統合失調症、他には病気とも言えない睡眠障害くらいだろう、と。鬱以外の病気も、そのほとんどが大なり小なり、鬱を伴うことが多い。どこからどこまでが鬱で、どこから先が別の病名をつけるべきなのか、そのあたりは専門医にとっても未分化に違いなく、だからこそ、私が娘相手に得意としてきたカウンセリングは、どんな場合でも、それなりに功を奏するだろう、という確信に近い思いもあった。

少なくとも、今こうやって書いていて自分でも信じられないことに、私には自信があったのです。私もまた、娘同様、心が病んでいたとしか言いようがありません。

仕事を探すのが難しかったら、元いた横浜みどり医療センターへの復職を考えるのが常識だったでしょう。それができないのなら、ハローワークに行って、仕事を探せばいい。しかし、あの時、私は月に八十四万円……年間、一千万円以上の収入を得ることにしか関心が向かなかった。そのために、にせ医者になることも辞さなかったのです。

しかし、今更こんなことを言っても、言い訳めきますが、それは単に金のためだけではありませんでした。私には、いかなる仕事につこうとも、娘と過ごす時間だけは確保しておきたい、という強い願望があったのです。

私が宇津木クリニックの精神科医募集に応募してみようと決意した時、娘は横浜みどり医療センターの精神科病棟に入院していました。入院して二週間ほどたっていたと思います。状態は芳《かんば》しくなくて、主治医からは、おそらく十代のころから統合失調症を発症していただろう、ということも言われました（娘はそのころから時々、誰だかわからない大勢の人の声が聞こえる、と言っていました）。長期の入院の可能性がある、ということは、その時、はっきり告げられました。長期、というのは年単位のことを言います。

どれだけ長期の入院になったとしても、私が無職であれば、連日、好きな時に面会に行って、許される時間内を共に過ごすことができます。でも、仕事をもってしまうと、それは叶《かな》いません。せいぜい、勤務を終えたあとか、日曜日や祝日に終日、一緒にいてやれる程度でしょう。職種によっては、それも難しくなるかもしれない。しかし、宇津木クリニックのアルバイト医になることができたとしたら、毎日は無理にしても、少なくとも、週のうち半分は一緒にいてやることができる。勤務が木曜から土曜、ということは、水曜の晩、東京を発《た》って花折町に行けばいいし、土曜の診察を終えてすぐに帰路につくことも可能です。土曜日の晩、戻れなかったとしても、翌日曜の朝、花折町を出れば、その日の午後から水曜の午後遅くまで、娘と共に過ごせる。

それだけ長い時間、娘といられる上に高収入が得られ、同時に私の精神科方面での知識や経験が増えて、娘のためにもなるのなら、一挙両得ではないか、と思いました。うしろぐらい企みながら、愚かな私は内心、快哉《かいさい》を叫んだのです。こんなに好都合なことはない、と。

私の頭の中は、常に娘のことだけで占められていました。娘と過ごす時間、娘と交わす会話、娘の病気の回復のためなら、殺人以外、なんでもやれる確信がありました。

一方、娘は娘で、私を必要としていた。それは事実です。実際彼女は私と一緒にいると、状態が安定しました。すべてを助けてやることはできなくても、少なくとも安定した状態にもっていくことだけは、誰にも負けず、私には可能だったのです。

太るだけ太った自分の肉体をさらし、人々の失笑まじりの歓声と拍手を受け、畸《き》形《けい》のマリリン・モンローを演じていた彼女は、舞台では、堂々たる芸人ぶりを披露していましたが、実際はガラス細工のような子でした。実在のモンローを憑依《ひょうい》させようとすればするほど、娘もまた、モンローさながらに精神に変調をきたしていった。畸形のモンローは、美しく性的だった女優同様、壊れていったのです。

私は、そんな娘の専属精神科医になりたいと本気で考えていました。馬鹿《ばか》げた発想だと思われるでしょうが、はじめから共依存《きょういぞん》に似た関係が、私たち親子にはあったと思います。

花折町に行く前も行ってからも、私は絶えず娘に何かが起こることを恐れていました。毎日毎日、そのことしか考えなかった。私は怯えと共に目をさまし、怯えと共に眠りにつきました。

娘はこれまで、自殺未遂を六回繰り返しています。薬の過剰摂取、手首を切る、というのが通常のパターンでした。本当に死ぬ気があったのかどうかはわかりません。疑わしい時もありました。

しかし、今回、娘は本当に死んでしまった。長期にわたって、希死念慮《きしねんりょ》（死にたいという願望のことです）を断ち切れずにいた結果だったのでしょう。誰も……父親の私も、医師たちも、彼女を救い出すことができなかったというわけです。

……話がこみいっていて、手紙とはいえ、流れの通りにわかりやすく書くことができなくて申し訳ありません。急ぎ、先を進めます。

宇津木クリニックのアルバイト医募集に応募するのなら、まず偽名を作る必要がありました。偽名ならなんでもいいわけで、山田でも鈴木でも佐藤でもよかったのですが、この手紙の初めに書いたように、私には横浜みどり医療センターの精神科医、高橋智之先生のことしか頭になかった。

「高橋」という、私と同じ苗字《みょうじ》をもつ医師の経歴は、かつて私が同医療センターの職員だったころから、知っていました。というのも、私が所属していた総務部のパソコンを使えば、在職医師の簡単な経歴が随時、わかるようになっていたからです。

私は娘を通わせていた医療センター精神科の勤務医の経歴を調べ、プリントアウトしていました。娘の周辺のすべての情報を把握していたかったからで、他の何の目的もなかったのですが、今思うと、そうした行動も常軌を逸していたかもしれません。今で言うなら、さしずめ私は娘のストーカー、といったところでしょうか。ともかく、私が在職中にプリントアウトし、保管していた医師の経歴の中に、高橋医師のものも含まれていたのです。

年齢は近かったのですが、卒業大学も違うし出身地も違う。顔もまったく違う。私と高橋医師との間には何ひとつ共通点はありません。あるとしたらそれは、娘の美緒が、高橋医師もかかわっている精神科病棟に入退院を繰り返している、ということだけです。ですが、それでもよかった。というよりも、そのほうが好都合のような気がしました。

高橋智之医師と花折町や軽井沢とは、何の接点もありません。まして宇津木クリニックという地方の小さなクリニックと彼を結びつけねばならなくなる要素は、万に一つもない。一方で、実在の医師を騙《かた》っていれば、様々なことで周囲を納得させるだけの信憑性《しんぴょうせい》が生まれてきます。何よりも、「高橋先生」と人から呼ばれた時、同じ姓であれば、即座に反応できる。

私の素性について、あなたにこれまで語ったことに嘘はない（医師ではなかったことを除けば）、とさっき書きましたが、宇津木先生のところに持っていった履歴書は違うものでした。つまり履歴書は、実在する高橋智之医師のものを盗用したのです。万一、裏で調べられた場合、私が「高橋智之」を名乗っている限り、怪しまれる確率は格段に低くなるからです。猿知恵、とお笑いください。

医師免許証の提出を求められる可能性はゼロではなかったのですが、さほど案じてはいませんでした。ネットでアルバイト先を探す医師は、研修医をふくめて数多くいます。彼らがそのつど、賞状のように大きな医師免許証を持ち歩き、雇い主に提示することはほとんどなく、あってもコピーの提出を求められる程度だ、ということもわかっていました。

にせ医者は危険な行為をしようとしないし、概しておとなしくしているので、周囲にばれにくい、という話を耳にしたことがあります。雇う側も、医師として応募してきた人間を初めから疑うことは稀《まれ》です。医師の顔をして現れた人間のことを疑ってかからねばならない理由は、誰にもない。

重要なのは、怯えずに平静を装《よそお》って嘘をつき通すことであり、なにより、精神科医になりきることである、と考えた私は、覚悟を決め、宇津木クリニックに出向きました。あらかじめ連絡しておいたため、宇津木先生が面接をしてくれました。

宇津木先生からは、これまで、なかなかクリニックの都合に合わせられる医師が見つからなかったため、来てもらえるならありがたい、というようなことを言われました。軽井沢周辺には、気軽に受診できる精神科がなく、地域の人たちからは長い間、精神科を併設してほしいという要望が多数、寄せられていたそうです。面接は和やかに行われました。信じられないことに、宇津木先生は私が渡しておいた履歴書に沿うようなことしか質問してこなかった。そのため、答えるのも楽でしたし、なにより、宇津木先生が私から知ろうとしていたのは精神科領域の話が多かったので、その大部分に関しては、おそらく相手を納得させるだけの返答をすることができたかと思います。

しかし、そうであっても、採用にあたって、医師免許証の提示を強く求められたら、諦《あきら》めるつもりでいました。本当です。それ以上、ごまかしてまで、医師になりすまそうという勇気は私にはなかった。

でも、宇津木先生は医師免許証に関しては、「後日、いつでもかまわないので、一応、コピーでいいから拝見させてほしい」としか言わなかった。少なくとも、医師免許証の確認に関して、こだわっているようには見えませんでした。そして信じられないことに、私はその場で採用されたのです。そのうえ、花折町に所有している、宇津木先生のマンションの部屋を滞在中、利用させてもらうことも、即日、決定しました。

できるだけ早く診察に来てほしい、と言われ、私はそれに応じました。恥ずかしい告白をすれば、そのころすでに、手持ちの金が底をつきかけていて、東京駅から長野新幹線に乗って軽井沢や佐久平まで行き、そこから先、タクシーに乗るだけの持ち合わせすら、怪しくなっていたのです。したがって、住まいまで提供してもらえるというのは、文無しの私にとって、まさにこのうえない僥倖《ぎょうこう》でした。

そうやって私は、「高橋智之」を騙る、にせの精神科医になったのです。クリニックの職員や看護師に怪しまれることもありませんでした。私がなるべく私語をかわさないようにしていたせいもありますが、宇津木クリニックはご多分に洩《も》れず、医療従事者同士にありがちの、私的なかかわりが希薄なところだったので、それにも助けられたと思います。

初めての診察時には、緊張のあまり卒倒するのでは、と思ったものですが、すぐにそれにも慣れました。私は私自身に嘘をつき続け、おまえは有能な精神科医なのだ、モンローを担当した専属精神分析医に何らひけはとらないのだ、と言い聞かせ、次第に自分のついている嘘の世界の中に取り込まれていきました。

心だけに限らず、病んだ人間というものは概して、医者の言うことを熱心に聞きたがるものです。中には子供のようにすがってくる人もいて、そういう患者たちを相手にしていると、私自身、自分を偽っているという罪悪感から解き放たれ、何か高貴なことをしているかのような錯覚を抱くようにさえなりました。

精神を病んだ患者たちには、不思議な静けさがある。こちらを安心させてくれる何かがある。脈絡もなくしゃべり続ける人もいるし、寡黙《かもく》で、うまく話せない人もいますが、みんな、思いの外、論理的なのです。健康な人と話しているよりもずっと、会話のキャッチボールがうまくいくのです。

ふつうの人が飲んだら、丸三日間、眠ったまま目覚めないくらいの量の睡眠薬を服用し、それでも眠れないと訴えてくる人もいました。私の俄《にわか》知識では、判然としない症状を呈している人もいました。診察室で押し黙ったまま、はらはらと涙を流す人、死にたいという話を明るく続ける人、精神疾患ではなく、明らかに初期の認知症を患っている人、様々でした。

しかし、彼らはみな、優しいのです。生きることに誠実なのです。真面目なのです。娘の美緒同様に、地を這《は》うような状態の中にあって、それでも懸命になって生きようとしている彼らを相手にしながら、私は少しずつ、私自身が救われていったのでした。

初めのころは（あなたと出会う前まで、という意味ですが）土曜日の診察を終えると、たいていはそのまま横浜に戻っていました。

そして、入院中の娘に会いに行き、翌週の水曜の午後まで、できる限り、多くの時間を娘のために費やしました。娘の状態は安定していることもあれば、私をも拒絶することもあり、まちまちでしたが、私さえ娘の近くにいれば、という想《おも》いは強烈でした。

木曜と金曜、土曜の「診察」以外は、娘のいる病院に足を運び、許される面会時間のすべてを使って娘と共に過ごし、残った時間は精神科医療の勉強をしていました。精神科関連の専門書は、娘のことがあったため、以前から買い集めては読みふけっていたので、尋常ではない数がそろっています。それらを片端から読み直し、新たな専門書や関連書を買い求め、愚かにも、にせ医者なりの知識をさらに蓄えようと努力しました。

嘘がばれないように気をつかうことにも、次第に慣れていったと思います。毎日がめまぐるしく飛ぶように過ぎていき、罪悪感に苛《さいな》まれることも、恐怖と不安に押しつぶされそうになる瞬間も少なくなっていきました。いったん、そうした時間の流れに身を委《ゆだ》ねると、何もかもが規則正しく、正確な時を刻み続ける時計のように動いていって、自分のつき続けている嘘がいかにも真実のように見えてくるのも不思議でした。

宇津木先生からは、二度ほど、医師免許証のコピーを持ってきてほしい、と声をかけられたのですが、相変わらず先生は、免許証を確認することに、さほど固執している様子が見えませんでした。私が「免許証は、自宅マンションのクローゼットの奥深くにしまったままにしてあって、なかなか探し出す暇がない」というようなことを言ってごまかしていると、「余裕ができた時でいいですから」と言われ、なんとなくそのままになりました。

宇津木先生ご夫妻とは、私が「高橋智之医師」としてクリニックでアルバイトを始める前に、一度、軽井沢で食事をご一緒しましたが、それ以来、個人的にクリニックの外で会うことはなかった。「そのうち食事でも」と言われたことは数回ありましたし、年末など、クリニックのスタッフらと忘年会をやるからぜひ、と誘われたこともあります。でも、いずれも実現しなかった。

別に私が気難しい精神科医のふりをしていたからではありません。宇津木先生は多忙だったし、私は年末に限らず、「仕事」を終えたらすぐに娘のそばにいてやりたかったので、花折町にとどまろうとは思わなかったのです（あなたと出会う前の話です）。

私の「診察室」に、あなたが現れたのは、私が「高橋智之」と偽ってクリニックに出稼ぎに出るようになった翌年の秋でした。

あなたは私を本物の精神科医と信じ、心の内を明かしてくれた。あなたが辿ってきた苦しみ、さびしさ、孤独、悲しみが、まるで我がことのように私の中にしみわたってきたのは、おそらくはあなたの使う言葉の数々や表現、あなたの表情、あなたの醸《かも》しだす雰囲気のようなものが、あらかじめ私の中にあった冷たい風が吹き抜けていく空洞に、ぴたりと収まったからだと思います。

スイスアルプスのアイガー北壁からすべり落ちて、氷以外何も見えない白い空間を一五〇〇メートルも真っ逆様に落下していく、という恐ろしいイメージに苛《さいな》まれている話をあなたは打ち明けてくれました。聞きながら、私にはその感覚が如実《にょじつ》に伝わってきた。あなたのその表現は、抱えている問題の内容が違うとはいえ、私のそれをぴたりと言い当ててくれたような気がしたのです。

いっそ、落下し尽くして、地の底に叩《たた》きつけられてしまえばいいと願ったこともあったし、その反面、それでもなんとか態勢を整えて、氷の壁をよじ登ろうともしてきました。

もっとも、医者を騙って人を欺《あざむ》いてきたのですから、態勢を整えるも何もあったものではありません。犯罪行為に溺《おぼ》れていただけの人間が、今更、こんなことを書いて胸の内を明かしたつもりになっても、笑い話のようなものですね。許してください。

しかし、これだけは言えます。私はあなたと出会えたことを密《ひそ》かに神に（神が存在すると仮定すれば、の話ですが）感謝しました。いつしか、診察室を訪ねて来てくれるあなたと向き合う「診察時間」が楽しみになった。

なにより、あなたが、私とのカウンセリングを重ねるごとに元気を取り戻していくのを見ているのは、嬉《うれ》しくて誇らしくて仕方がなかった。あなたはまるで、精神科医にとっての理想のロールモデルのようでした。「にせ」の私が与えるアドバイスを素直に受け入れ、どんどん抑鬱を解消していった。自分の娘もこんなふうに、段階をふんで着々と健康を取り戻していってくれたらどんなにいいか、と思い、あなたのことが眩《まぶ》しく見えたものです。

あなたは私の発する言葉をそのまま受け止めた上、自己分析したことを正直に打ち明けてくれた。あなたなりにつらい状態であったことは事実なのに、必要以上に私にすがろうとすることもなく、かといって心を閉ざすこともなく、あくまでも私と対等の関係でいようとしながら、あなたは抑鬱を自力で乗り越えていった。それは本当に、あなた自身の力のなせるわざでした。まがりなりにも、そんな力を引き出してあげられたのだとしたら、自分は「医師」としてまんざらでもない、などと場違いなことを考えて、私はうしろぐらい喜びにも浸っていたのです。

あなたが原島富士雄文学記念館の管理の仕事をしている、と知り、いつか記念館を訪ねたい、と思い始めたのも自然な流れでした。娘の状態が安定していれば、水曜日の早いうちに東京を発ち、花折町に行くことができる。そうしたら、水曜の午後、記念館に立ち寄ってゆっくり話をすることもできる、と考えたのです。

そして、そのチャンスは思いがけず早くやってきました。美緒がこれまでになく安定し、主治医からも、かなりいいようだ、と言われたのが、昨年の二月です。入院生活はもうしばらく続ける必要がありましたが、娘は読書をしたり、音楽を聴いたりする楽しみをもてるようになり、波こそあれ、病院での表情もいつになく明るくなっていました。

この調子なら、水曜日、少し早めに東京を発っても大丈夫だ、と確信できたため、私は二月の寒い日の午後、いつもよりもかなり早く出発して、記念館を訪ねました。その時のことは、あなたも覚えておられるでしょう。今更、こんな話を聞かされても鼻白むだけかもしれませんが、診察室の外であなたと会い、診察室での会話以上に深い話ができたのは、私にとって至福のひとときでした。マリリン・モンローの話をしたのは、あの時でしたね。あなたは熱心に聞いてくれた。前の晩から降っていた雪が積もって、まだちらちら舞っていた、凍りつくような日でした。あなたがいれてくれたコーヒーを前に、交わした会話のひとつひとつは、生涯、忘れることはないだろうと思います。長い長い間、忘れかけていたぬくもりを取り戻して、これは夢ではないかとすら思った。私はどんどん、あなたに惹かれていったのです。

そしていつしか私は、あなたの家……「鏡子の家」……に通うようになりました。若い男が、後先も考えずに半同棲《どうせい》ごっこを楽しんでいるかのように、週に二度、あなたの家であなたの作った、このうえなく美味な料理を平らげ、酒を飲み、あなたと肌を合わせながら朝を迎えた。あなたの家は居心地がよく（シマとトビーは可愛《かわい》かったし）、あなたは私にとって、誰よりも魅力的な女性でした。いろいろなことを独りで乗り越えてきた女性だけがもつことのできる、人間としての本物の深みがありました。あなたを妻にし、あなたに看病されて亡《な》くなったご主人のことが、私には羨《うらや》ましかったほどです。ご主人が生きておられる時に、あなたという女性を選んだ方として、一度お目にかかりたかった。

あなたの家では、このうえなく静かで安らいだ、温かな時間が流れていきました。あなたを騙《だま》していたというのに、嘘八百、並べていたというのに、私にとって、あなたの家であなたと共に過ごした時間は、人生の中でもっとも充実した、かけがえのないものでした。あまりに落ち着けるものだから、あまりに平和で、穏やかで、無防備でいられたものだから、ふと、娘のことを忘れている時間もあった。自分がにせ医者を演じている、という現実を忘れかけたことすらありました。

私があなたの家で、時々、携帯に着信があったのに反応し、こそこそとメールを読んだり、返信したりしていたのを覚えていますか。仕事のメールだと偽っていましたが、あれはすべて、娘からのメールでした。病院で突然、心細くなったり、不安にかられたりすると、私にメールを送ってきていたのです。絵文字満載の、ひと昔前の少女のような短いメールでしたが、まるでどこかで見ていたかのように、私があなたと至福の時を過ごしている時に限って、メールを送ってよこすのが不思議でした。

そして、娘からのメールが着信するたびに、何かあったのか、と私は一瞬、我に返り、現実に引き戻されました。自殺願望を口にされることは山のようにありましたが、あなたと過ごしているひとときに、娘から死を意図しているようなメールを受けとったら、私も冷静ではいられなくなる。どうか、そんなことがないように、という祈りにも似た気持ちは、あのころはまだ、どうにかこうにか、娘にも届いていたようで、そのようなことは起こりませんでした。私に送られてくるメールはいつも、基本的に他愛《たわい》のないものでした。

娘には、高収入になる効率のいいアルバイトを見つけたので、週の後半は長野で過ごす、と教えていました。どんな仕事なのか、と娘から質問されたことはありません。訊《き》かれもしないのに、製薬会社の下請け仕事であると嘘をつき続けてきたのは、恐ろしく勘のいい娘に、どんな嘘をつこうとも、私がやっている本当のことを知られたくなかったからです。

そして、あなたという存在に助けられながら、そんなふうに嘘で塗りかためた毎日をなんとか平穏に送っていた私の暮らしにも、ピリオドを打たねばならない時がやってきました。昨年十一月に入ったころ、娘の状態が一気に不穏になったのです。

いつ何が起きてもおかしくはない、というように私の目には見えました。娘をみてくれている看護師や医師のことが信用できなくなり、私は父親面《づら》をしながら、つまらないことで彼らを罵倒《ばとう》したりもしました。自分もまた、どんどん精神状態が不穏になっている、と自覚したのもそのころです。

私のような者が偉そうに説明するのもどうかと思いますが、精神疾患のひとつに「二人組精神病」（フランス語では、フォリ・エ・ドゥ）というのがあります。「感応精神病」とも言われ、夫婦、兄弟姉妹、親子など、長く共に暮らす者同士、どちらかが病んでいると、もう片方の、それまで正常だったほうまで、引きずられて似たような状態になってしまうことを言います。

素人《しろうと》考えですが、私の場合、まさにそれに近いものがありました。自分で自分を制御できないほど気持ちが荒れたかと思うと、絶望感に苛まれ、疑り深くなって、娘の周囲にいる人々のすべてが信用できなくなった。世界に色がつかなくなって、すべて灰色に見えてきた。

表向き、平静を装ってはいましたが、とても「診察」どころではない状態でした。「にせ医者」稼業《かぎょう》もこれで終わりだ、と思い、罪深いことだったとはいえ、最後のピリオドだけは、人並みにきちんとしなければ、と覚悟を決めました。今となってはお笑いぐさかもしれませんが、私は本気でした。

それで、十一月二十日でしたか、水曜日にあなたの家に行く前に宇津木先生と会い、今週いっぱいでアルバイト医を辞めさせてほしい、と頼んだのです。あまりに突然で、非常識な辞め方とわかっていて、どうすることもできませんでした。

あとのことは、たぶん、あなたが知っている通りです。私は手あたり次第、安定剤を飲みながら、その週のクリニックでの「診察」をなんとかすませ、土曜日、あなたといつものように過ごしました。

患者たちにはもちろんのこと、あなたにも何を話したのか、まったく記憶にありません。あなたにはこれほど温かく支えてもらったというのに、嘘ばかりついたあげく、勝手にクリニックを辞めて、トンズラしようとしていたわけですから、そんな自分に対する嫌気も加わって、破れかぶれでした。

そして二十四日の日曜日、私はあなたの家を出てまっすぐ横浜に戻ったのです。ですが、その時、すでにもう、娘の姿は病院にはありませんでした。病院関係者が気づいて騒ぎになっていたところに、のこのこと父親が現れた形になったのですから、後のことは想像していただけると思います。鬼の形相で捜し回ったものの、足どりはつかめず、やむなく私は警察に捜索願を出しました。そして、翌二十五日、すでにこの世のものではなくなっていた娘が発見されたのです。

横浜みどり医療センターの精神科病棟には、閉鎖病棟はありません。もし病院を転院させ、閉鎖病棟に入れていたら、娘をこんな形で失わずにすんだかもしれない、と思うこともある。しかし、閉鎖病棟の、想像を絶する重苦しさが、娘をもっと別の形で無残な死に追いこんでいたことだろう、とも思います。それならばせめて、この世の終わりに外の空気を吸い、晩秋の雑木林の一角で、大地を見つめ、空を見上げたであろう娘は、まだしも幸せだったのではないか、と思われてなりません。

娘が死んだ日が、三島由紀夫が割腹自殺した日と同じだったことには、後から気づきました。一方、父親である私は、鏡子という女性に惹かれ、「鏡子の家」に通い続けていた。意味もない、ただのこじつけではありますが、不可思議な符合を感じます。

娘は密葬にしました。娘が所属していた劇団の関係者たちが、相次いで連絡をよこしましたが、申し訳ないこととわかりつつ、私は徹底して無視しました。警察の事情聴取を受けた際も、娘の死が自殺であることがはっきりしていたので、私の行状に関しては、ひとつも疑われなかった。

私は娘の骨壺《こつつぼ》と共に、川崎市麻生区のマンションに閉じこもりました。携帯電話の電源は切りっ放しにし、家の固定電話のコードも抜いておきました。

食料が底をつき、どうしようもなくなって、何日かぶりで外に出たのは、十二月も半ばを過ぎたころだったと思います。にせの精神科医になりすましていたことが明るみに出るのは、時間の問題だろうとわかっていましたが、娘の死を報道しているであろう週刊誌や雑誌のたぐいは読みたいとも思わなかった。自宅でもパソコンでの検索はしないままでいました(パソコンは開きもしませんでした)。何も知らずにいれば、無駄なあがきをすることなく、いつかは辿り着くべきところに辿り着いて、罪を償うことになるのだろう、とぼんやり思っていた。だから、私は逃げも隠れもしないでスーパーに行ったり、コンビニに行ったりし始めたのです。

そんなふうにして、気づけば年が明けていました。そして、一月四日、土曜日の夕方のことです。

底をつきかけていた生活雑貨や食料を買いに、自宅に一番近いところにあるコンビニに行きました。相変わらずインスタント食品ばかり食べていたため、買い物はすべてコンビニですませていました。そして、その、行きつけのコンビニのレジで、顔なじみになっていた女性店員と久しぶりに顔を合わせました。

彼女は四十代半ば過ぎくらいだと思います。長く同じ店で働いており、おそらくは責任者のような立場になっていたはずです。気さくに客に話しかけてくる、庶民的な明るい人で、娘がまだ元気だったころは、買い物に行くたびに、レジでちょっとした会話を交わしてきた女性でした。

どこの誰で、どんな人生を送ってきた人なのか、まったくわからないのですが、彼女は私の娘が「川原まりりん」という名の芸人であることも知っていました。会うたびに温かく励ましてくれるため、娘も喜んでいたものです。

その女性を店で見かけたのは久しぶりでした。少なくとも、娘が死ぬ数カ月前から姿が見えなくなっていて、辞めたのか、とばかり思っていたので、私も懐かしく感じました。

なんでも田舎に住んでいる母親の具合が悪くなったとかで、看病のために郷里に帰っていたそうです。看病の甲斐《かい》もなく、十二月初めに母親は亡くなり、後始末など終えて、暮れに戻って来たそうですが、そんな話を手短にし終えると、彼女は表情を曇らせながら、小声で娘の死を悼《いた》んでくれました。何か言いたそうでしたが、言葉にならなかったのか、彼女は目を伏せました。

ちょうど店内に客足が途切れた時で、レジにいたのは私だけでした。直前まで近くにいた他の店員は、レジから離れていました。

彼女は黙々と私の買ったものを袋に詰めながらも、まわりに誰もいないのを素早く確認し、「実は」と声をひそめて耳打ちしてきました。その日の昼過ぎ、『週刊サタデー』の記者が店に来て、いろいろ訊《たず》ねられた、というのです。

初め、私は、週刊誌記者が周辺取材をし、娘の自殺を記事にするつもりでいるのだろう、と思いました。そうとしか思わなかった。しかし、彼女の話によると、記者が訊きたがっていたのは「川原まりりん」本人のことではなく、父親である私についてであるようでした。

とても仲のいい親子だった、時々、二人そろって買い物に来ていた、それ以外のことは何も知らないと答えておいた、と彼女は言いました。本当に彼女は何ひとつ事情を知らないのだから、そう答えて当たり前なのですが、何かを敏感に察知して、当たり障《さわ》りなくそんなふうにお茶をにごしてくれた彼女に、私は内心、深く感謝しました。

私は彼女に礼を言い、それを受けた彼女が何か言いかけた時、他の店員がレジ付近に戻って来たので、その話はそこで終わりました。

ついに来たな、と思っただけで、私にはこれといった驚きも恐怖もありませんでした。どのような経緯かはわからないにしても、私がやらかしたことはすでに明るみに出ているのです。それだけは確かなのです。そう確信しながらも心は凪《な》いでいて、ほとんど平静な気分のままでいられました。

マンションの部屋に戻り、買ってきたものを取り出し、食料品を冷蔵庫に入れ終えた時、すでにもう、私は結論を出していました。娘の四十九日を終えたら、自首しようと決めたのです。

　何も、もったいぶって四十九日にかこつけ、自首する日を先延ばしにしようとしたのではありません。自首するまでに、やっておきたいことが幾つかありました。それはどうしても放り出すわけにはいかないことでした。

　まったく手がつけられないままになっていた、娘の遺品の整理。マンションの室内の清掃。麻生区のマンションは賃貸で借りていたものです。いつ戻って来られるのかわからないので、大家があとで不快な思いをしないよう、見苦しいものは処分し、恥ずかしくない程度に片づけておきたかった。それよりも何よりも、ゆっくりと時間をかけて落ち着いて、あなたに手紙を書き残したかった。

　ただの言い訳、弁解、自己正当化、と受け取られてもかまわなかった。読まずに破り捨てられてもよかった。何をされようが、どう受け取られようが、どう受け取られようが、手紙を書いて、真相を明かさなくてはならなかったし、それは私の残された使命、義務であると同時に、私の、あなたという女性に向けた気持ちの証《あかし》にもなる。

　先に書いたように娘は密葬にしたのですが、その際、それまで縁もゆかりもなかった近所の寺の住職がお経をあげてくれました。その同じ寺で、四十九日の法要をひっそりと執り行ってもらったのが、一月十一日のことです。

　仕事上の事情があって、遠方に行かねばならなくなった、と住職を前に私は最後の嘘をつきました。独り暮らしなので、留守の間、閉め切ったままのマンションの部屋に娘の遺骨を置きっぱなしにして行くのは忍びない、しばらくの間、預かってもらえないだろうか、後で必ず引き取りに来て納骨しますので、と頼んでみました。断られるかと思ったのですが、住職は多くを聞かず引き受けてくれた上、私が戻るまでの間、娘のために時々、お経をあげ、線香をたいてさしあげよう、とまで約束してくれました。

　この人は、もしや私のしでかしたことを知っているのではないか、と思うほどに、住職は、酷《むご》い形で娘を失わねばならなくなった私という人間に温かい同情と憐憫《れんびん》を寄せ、そのわりには言葉少なにいてくれるのでした。

　その人柄に心うたれるあまり、私は住職の前で思わず落涙し、必ず戻ります、娘を引き取りに来ます、と頭を下げながら約束しました。

　そして今、私はこうやってパソコンのキイボードを叩き、あなたに長い手紙を書いている。長い長い、滑稽なほど長すぎる手紙になったようです。もしもあなたがこの手紙を最後まで読んでくれたなら、この長さに呆《あき》れ返っていることでしょう。

　書き終えたらプリントアウトし、折り畳み、封筒にあなたの住所と名前を書いて、明日、私はこれをポストに投函《とうかん》しに行きます。そして、その足で、地元の神奈川県警麻生警察署に出頭します。

今、私の頭の中には、娘、美緒が扮《ふん》したマリリン・モンローの歌う「あなたに愛されたいのに」がエンドレスで流れ続けている。

I wanna be loved by you……と。

娘の声のほうが、モンローの声よりも少しばかりハスキーでした。親馬鹿ではありますが、娘の演じたマリリン・モンローは、本物のモンローにさえなかった凄味《すごみ》がありました。それはたぶん、あの子が抱えてきた暗闇が、芸、という形で力強く昇華された結果だったのでしょう。

あの子はあの子なりに懸命に生きていた。最後まで生きようとしていた。人の心は脆《もろ》いものかもしれませんが、その脆さこそが、何にも負けない強烈な輝きを放つ時がある。その一瞬を逃さず、娘は娘なりに、舞台の上で、実在の女優を易々と憑依させてみせることができたのだろうと思います。

裁かれたのち、許されるならば娘の遺骨を気持ちのいい墓所に葬《ほうむ》りに行ってやりたい。そんな思いに耽《ふけ》るたびに、私の頭の中に甦《よみがえ》るのは、昨年、あなたと共に出向いた小諸の高峰霊園です。あなたのご主人が眠っておられる、あの霊園です。

昨年の四月、あなたに付き添って亡きご主人の墓参に行った時の、陽光あふれる春の昼下がり、小鳥の声に囲まれていた静かな霊園が、今もまざまざと甦ってきます。あれほど静かで安らいだ美しい場所に娘を眠らせてやれるのなら、そして、一度でいい、あなたと共に娘の墓参ができるのなら、もう何もいらない、と私は思う。叶わぬ贅沢《ぜいたく》な願いと知りながら、ついつい、つまらぬことを書きました。ご放念ください。

あなたの幸福を誰よりも強く願っています。今回の私のことで、あなたが被《こうむ》らなければならなくなった迷惑と、あなたが私という人間に向けた怒りや軽蔑《けいべつ》が、願わくば最小限のものですむように、ということも。

そして最後になりますが、短かったけれど、この罪深い男をこれ以上なく温かく受け入れてくれたあなたに、心から感謝します。

それにしても鏡子さん、人の心は摩訶《まか》不思議ですね。私はにせの精神科医として金を稼ぎ、にせの診療をし続けたケチな悪党ですが、そんな私でも、あなたという女性を前にしている時だけは仮面を脱ぎ、素顔になり、穢《けが》れのない青年のような気分になることができた。

「鏡子の家」が懐かしい。あの家で私があなたと共に過ごした時間はかけがえがない。あの時間が自分の中に刻みこまれているからこそ、私はこうして、これほど静かな気持ちのまま、自首することができるのかもしれません。ありがとう。心から礼を言います。

なお、万一、警察にこの手紙の存在が知られ、これを見せなくてはならなくなった場合（その可能性はきわめて低いと思いますが）、ためらう必要は何もありません。すべてあなたの自由にしてください。

平成二十六年一月十三日

高橋恭平

［21］

二〇一四年一月十八日付　全国紙朝刊より。

『またもニセ医者　無免許で精神科の患者を診察した疑い　男が自首　良心の呵責《かしゃく》か

医師免許がないのに医療行為をしたとして、神奈川県警は14日、川崎市麻生区在住の無職、高橋恭平容疑者（55）を医師法違反と詐欺《さぎ》罪などの疑いで逮捕した。調べでは、高橋容疑者は横浜市内の病院に職員として勤務していたが、長女で、昨年11月に自殺したお笑いタレントの川原まりりんこと高橋美緒さん（当時28）の看病のため同病院を退職した後、２０１１年秋から長野県内のクリニックで精神科の診療を行い、患者に投薬などの医療行為をした疑い。高橋容疑者は、病院を退職後、治療費の支払いなどに困るようになり、精神科医になりすまして週の半分、クリニックで診察するようになったという。美緒さんが自殺してからはクリニックをやめ、自宅に閉じこもっていたが今月14日、神奈川県警麻生警察署に自首し、同日逮捕された』

二〇一四年一月二十七日付　地方紙朝刊より。

『無免許で精神科医　自首した男起訴

長野地検は1月25日、医師免許がないのに医療行為を繰り返し、給与をだまし取ったとして、神奈川県警麻生警察署から軽井沢警察署を経て検察に身柄を送られていた高橋恭平容疑者（55）を、医師法違反（無資格医業）と詐欺の罪で起訴した。起訴状によると同被告は2011年秋から2013年11月まで、北佐久郡にあるクリニックに精神科医をかたって勤務。患者のカウンセリングをしたり、処方箋《しょほうせん》を書いたりし、2000万円以上の給与をだまし取っていたとされる。1月14日に、住居のある川崎市麻生区の麻生警察署に出頭、自首したもので、同被告は起訴内容を全面的に認めている。なお、昨年11月に自殺したお笑いタレント、川原まりりんさん（本名高橋美緒、当時28）は、高橋被告の長女で、同被告は犯行の目的を長女の病気治療費を稼ぐためだったと供述している。また、同被告を雇ったクリニックの院長（61）によると、これまで何度か高橋被告に医師免許証の提示を求めたものの、そのつど探すのが面倒などの理由で提示されず、そのままになってしまっていたという。現在のところ、同被告の治療を受けた患者からの健康被害は報告されていない』

二〇一四年三月二十九日発売『週刊サタデー』より。

『モンローの父に判決!? 無免許で精神科医の泣ける顚末《てんまつ》。

去る3月20日、春の雨が降りしきる中、長野地方裁判所佐久支部において、医師法違反と詐欺の罪に問われた無職の高橋恭平被告（55）に対する初公判が開かれた。高橋被告は全面的に起訴事実を認め、24日に判決が言い渡された。懲役1年執行猶予《ゆうよ》5年……その判決を被告自身はどう受けとめたのか。信州の空は、その日、よく晴れわたっていて、コートを脱ぎたくなる暖かさだった。

その診察室は、セレブに人気の別荘地や巨大アウトレットでおなじみの長野県北佐久郡軽井沢町にほど近い、花折町にあった。仮にAクリニックとしておこう。Aクリニックの院長(61)が3年ほど前に精神科医を募集したところ、応募してきたのが、高橋恭平(55)だった。高橋は横浜にある総合病院の精神科に勤める実在の精神科医の名を騙《かた》って面接を受け、採用された。

事件が明るみに出始めたのは、昨年11月末。男が突然、クリニックを辞め、姿をくらましたのが発端だったが、その背景には、少々、こみいった事情がある。高橋の長女(28)が、高橋がクリニックを辞めた直後、横浜市緑区の雑木林で首を吊《つ》り、自殺したのだ。

ニセ医者の実像に迫る前に、まず、その長女について触れておきたい。高橋の長女、美緒さんは、川原まりりん名でマリリン・モンローのものまねを芸にする、お笑い芸人だった。小劇団〝ファンキー・モンキー・ベイビー〟に所属し、一時期はテレビのバラエティ番組に出演したり、パチンコ店のCMに出たりしていたので、ご記憶の向きもあるだろう。マリリン・モンローとは似ても似つかない巨体を武器にし、モンローに似せた金髪のかつらをかぶり、ドスのきいた声でモンローの歌を歌ったり、セクシーな踊りを踊って笑いをとっていた。

全国に根強いファンもいたが、10代のころから患《わずら》っていた鬱《うつ》病が悪化。そのうち、入退院を繰り返すようになった。その入院先というのが、今回の事件の主役である高橋が以前、勤務していた病院だったのである。

美緒さんの容態は不安定で、退院するごとに自殺未遂を繰り返すため、父親である高橋は病院勤務を続けることが困難となって、病院を退職。たちまち暮らしに困るようになった。

高橋は離婚した前妻との間にできた一粒種の美緒さんを溺愛《できあい》しており、美緒さんの病気を理解しようとして猛勉強。精神科医療の知識は豊富だったようだ。だからといって、ニセの精神科医になろうとするのは、どう考えても短絡的というものだが、背に腹はかえられないほど経済的に逼迫《ひっぱく》していた高橋は、常識では考えられない勝負に出たのである……（中略）……Aクリニックの院長に提出した履歴書には、高橋が勤務していた病院の実在する精神科医の経歴をそのまま記載。面接の際、無免許であることが何ひとつ疑われなかったのも不思議なら、クリニックの他の職員や患者たちに不審に思われなかったのも不思議なのだが、高橋の立ち居振る舞いは本物としか思えなかった、疑いをさしはさむ余地はまったくなかった、と誰もが口をそろえる。

Aクリニックの院長や職員スタッフに取材を申し込んだところ、断られた。だが、当時、クリニックに出入りしていたことのある製薬会社の営業マンは次のように話してくれた。

「高橋先生とは何度か、クリニックの中で短い会話を交わしたことがあります。物静かな、口数の少ない人でした。どこから見ても大ベテランの、信頼できそうな医者でしたね。実は僕の身内に重い精神疾患に苦しんでいる人間がいるのですが、一度だけ、ちょっとした話のはずみで、先生にその話を打ち明けたことがあるんです。そうしたら、先生はすごく熱心に聞いてくれましてね。こちらが恐縮するくらいに。精神疾患に苦しんでる人たちは、こんな先生に診てもらえるだけで、ずいぶん救われるだろうな、と思った記憶があります」

また、長野市内から高橋の診察を受けに通っていたことがあるという女性は、高橋が本物よりもずっと優秀な精神科医だった、と話す。

「仕事柄、精神科に通っていることを周囲に知られたくなかったので、地元を避け、新幹線を使い、花折町のAクリニックに通うようになりました。わざわざ、と思われるかもしれませんけど、遠くの町にある精神科なら、知り合いとばったり顔を合わせる心配もないですからね。もともと高橋先生の評判はいいと聞いてたんですが、実際に通うようになって驚きました。本当にいい先生だったんです。丁寧に話を聞いてくれるし、気持ちの引き出し方もうまいし、話してるだけで気分が楽になっていくのがわかる。そのうえ、処方してくれる薬もすごくよくて。私はけっこう重い鬱だったんですけど、みるみるうちによくなっていくのが自分でもわかりました。完全に治ってからは、まわりの親しい人たちに、高橋先生っていうのはすばらしい、何かあったら迷わずあの先生に診てもらえ、って言いまわってたくらい。無免許だったなんて、信じられないです。免許があろうがなかろうが、変な話ですけど、この先、私がまた鬱病になったら、あの人に診てもらいたいくらいです」

そうきっぱり語る女性は、「それにね」と恥ずかしそうに小声でつけ加えた。「高橋先生って、けっこうイケメンだったんですよ。私に限らず、女性患者はそういうところにも惹《ひ》かれたのかも」

イケメンかどうかは、医師の腕に何の関係もないはずだが、高橋が「イケメン」ではなく、患者（とりわけ女性患者）の人気も薄かったら、どうなっていただろうと考えさせられる。

高橋の「診察」を受けた患者たちからの健康被害の報告や、診療にからむトラブルの報告が皆無のうえ、この長野市の女性のように「べた褒め」する患者も少なくない。すべて、高橋が「イケメン」だったせいとも言えないが、少なくとも高橋が優秀なベテラン精神科医として、人気を博していたことだけは確かなようである。

医療関係に詳しい専門誌の記者はこう証言する。「医師免許をもたずに医師になることはできないが、だからといって免許のある者がすべて優秀な医師とは限らない。国家試験に合格できたのは、成績がよかったからに過ぎず、肩書だけを掲げて、肩で風を切ってみせている医師や、ことごとく不勉強な医師、患者を人間として見ていない医師も多い。無免許医が摘発されるたびに、我々はなんと恐ろしいことか、と眉《まゆ》をひそめ、不倶戴天《ふぐたいてん》の敵とみなして叩《たた》きつぶそうとするが、実際には、無免許医は無免許であることがバレないよう、必死で勉強し、必死で患者と向き合おうとするため、本物の医師よりもはるかに患者に対して親身になれる。そのため、意外にも人気を博すことが少なくないのである」

なお、Aクリニックの院長は、高橋の医師免許証の確認を怠った責任を問われずにすんだ。医療機関は医師を雇う場合、資格の確認をしなくてはならず、厚労省もそう指導しているが、残念なことに完全には守られていないのが実情。多忙な医師や医療従事者が、医師の資格の有無をもっと簡単に確認できるようなシステムを作っていくことが、ニセ医者対策の第一歩だろう。医療崩壊が叫ばれる昨今、未《いま》だにただの〝賞状〟としか思えない免許証で、医師の顔写真すら貼付《てんぷ》されていない、というのだから、何をかいわんや、である。

とはいえ、鬱病を患っていた娘を男手ひとつで支えながら、娘を通して仕込んだ専門知識を武器に患者の診察にあたった高橋のケースには、どこか哀愁が漂う。高橋の住んでいた川崎市麻生区のマンションの部屋には、娘の美緒さんが川原まりりんとして舞台に立った時の映像を録画したＤＶＤやビデオが数多く残されていたという。娘のために医師を演じることで孤独の中に生きていた高橋は、娘の自殺という最悪の結末と直面し、自らの手で孤独な舞台に幕を引いたのである』

終章

その年の二月半ば、長野、群馬、山梨、埼玉にまたがる広い地域は、百年に一度、という大豪雪に見舞われた。軽井沢や花折町付近も被災地と化した。雪で動けなくなった何百台という車が国道やバイパスで立ち往生し、除雪車すら移動困難となり、自衛隊が出動する騒ぎになった。積雪量は一二〇センチに及び、表通りから少し奥まった界隈《かいわい》では、それ以上になったところもあった。

鏡子の家の周辺も例外ではなかった。屋根には恐ろしいほどの雪が降り積もった。屋根につけてあるパラボラアンテナは雪に埋まり、衛星放送チャンネルを観《み》ることができなくなった。郵便や宅配便は届かず、かろうじて玄関ドアを開けることはできても、胸のあたりまで積もった雪を自力で掻《か》き分けていかないと、一歩も前に進めなかった。

待ち望んでいた除雪車がやって来てくれたのは三日後だった。三日間というもの、鏡子は一歩も家から出ずに過ごした。すでに少なくなっていた灯油節約のために、ファンヒーターを使うのをやめ、かろうじてためこんでいた薪《まき》を使って暖をとった。ありあわせの乾物や野菜くずを利用し、ストーブで煮込み料理を作って、それを何度かに分けて食べた。少しでも灯油を節約するために入浴は諦《あきら》め、短時間ですむシャワーだけにし、台所の流しで使う湯も最少限にするよう心がけた。

除雪車が入り、やっとなんとか、自分の車を出せるようになってからも、記念館を開けることはできなかった。町に頼みこんで、記念館周辺の道路や記念館の駐車場を除雪してもらえたのは、雪が降ってから一週間後のことになる。

しばらくの間、夥《おびただ》しい量の雪が町を被《おお》い尽くしていた。誰もが、ゴールデンウィークどころか、夏まで溶けずに、雪はこのまま残されるだろう、と考えた。

だが、誰の手にもどうにもできなくなるほど降り積もった、白い怪物のような雪も、三月の明るい陽差しの中で少しずつ溶け始めた。雪というよりも巨大な氷と化した塊ですら、日に日に小さくなっていくのがわかった。

四月に入ってからも、時に雪が舞ったり、氷点下八度まで気温が下がったりしていたが、気がつけば確実に、吹き過ぎていく風の中に春を嗅《か》ぎ取ることができるようになった。つい数日前まで、そちこちに残されていた日陰の大きな根雪の塊は、泥まみれになったまま、いつのまにか小さな黒い塊に変わっていた。

目をこらせば、木々の蕾《つぼみ》のふくらみも見てとれるようになり、街角の花屋の店先には、色鮮やかな春の花の鉢植えが並ぶようになった。じきに繁殖の季節を迎えようとしている幾多の野鳥が、木々の梢《こずえ》から梢へと、高らかにさえずりながら飛び回った。

ひとつの季節は必ず過ぎ去り、次の季節を迎える。いくらか長引くことはあっても、想像もしなかった災害やアクシデントに見舞われたとしても、季節の移り変わりの順番は決して狂わず、忘れたころにやって来たり、諦めたころに去っていったりする。

人の営みとは無縁のところで、判で押したように時は正確に流れていく。何かは終わり、何かが始まっていく。起きた出来事が何であったにせよ、自然界の法則は、人の心の襞《ひだ》にはまるで無関心だ。

しかし、だからこそ、人は救われていくのかもしれなかった。

軽井沢駅の隣にある、町営駐車場に駐車されている車はそれほど多くない。空気はまだ冷たいが、すっかり春めいた陽差しが車のボンネットやフロントガラスに弾《はじ》けている。

ふだんなら、駅付近に用がある場合、鏡子はその駐車場に車を停めることにしている。新幹線で上京する時はもちろん、駅周辺の店で買い物をする際も、車を停めておくのは町営駐車場、と決めている。

だが、その日、鏡子が自分の車を停めたのは駐車場の中ではなく、外だった。駐車場は通りに面して拡《ひろ》がっており、駅と駐車場との間には、レンタカー店がある。その店と駐車場の境目あたりの路肩に車を停め、鏡子はハザードランプを点滅させてから、おもむろにエンジンを切った。

光が弾けているだけの歩道に、人の姿はない。レンタカー店の奥に、人影が動いているのが見えるが、外に出て来る様子はなかった。光の中、長く伸びている車道はまっすぐで、視界を遮るものは何もなく、時折、乗用車が行き交っているだけである。時刻は一時十五分。あと十五分もすると、東京発の長野新幹線が軽井沢駅に到着する。

鏡子は深呼吸をした。落ち着かない気分のまま、いったん車から外に降り、自分の車のまわりをぐるりとまわった。

そんなことをしたからといって、新幹線が早く到着するわけでもない。そう思い直し、再び車の運転席に戻った。ドアを閉めると、外界の気配が消えた。目の前に拡がる白い光だけが、鏡子を包んだ。

考えることがあり過ぎて、頭の中がパンクしてしまうのではないか、と思われた日々だった。長いようで短く、短いようで長い日々でもあった。

事件を聞きつけて、何度かかかってきた康代からの電話にも、初めのうちはぎこちなく応じたり、居留守を使ったりしていたが、報道であらましが明らかにされてからは、鏡子は観念して「高橋医師」との個人的なかかわりを打ち明けた。驚くあまり、康代が騒ぎたて、質問攻めにあい、往生させられるかと覚悟していたが、真相を知らされた友の反応は意外なものだった。

康代は静かに聞き入り、多くを訊《たず》ねることなく受け入れ、鏡子が頼みもしないのに、今聞いた話は誰にも言わない、家族にも、誰にも、死ぬまで私の胸の中にしまっておく、と約束した。

別にその必要はない、このことは少なくとも警察はもちろん、宇津木先生やその周辺の人たちは知っているのだし、そのうち町で噂《うわさ》にのぼるのはわかっているのだから、と鏡子が言うと、康代はやわらかく微笑《ほほえ》んで、こう訊《き》き返してきた。「こんな大切な話、私が人にぺらぺらしゃべると思う？」

この事件が刑事捜査の対象になったのは、高橋恭平の自首と、軽井沢警察署への宇津木医師の通報があったためだが、鏡子は事情聴取を受けずにすんだ。医師法違反と詐欺罪の被疑事実を固めるための、鏡子への取り調べは不要とみなされたのだった。

また、医師の免許確認を怠った宇津木医師も、懲戒処分の対象にはならなかった。宇津木クリニックは、宇津木医師が警察の事情聴取を受けている間、数日間にわたって臨時休診になったが、その後は再開。通常通りの診療体制に戻った。

『週刊サタデー』の駒田記者は、平井の進言に従い、一切、記事中で鏡子のことには触れなかった。原島文学記念館それ自体や、原島の遺族の心情にもかかわってくることになる、として、平井は駒田を強く説得したのだった。

その原島文学記念館に格別の変化はなかった。休館したのは豪雪の時だけであり、それ以外は通常通り開館された。来館者は記念館の案内をしている女が、世間で話題になっているにせ医者事件をもっともよく知る人物であることに何ひとつ気づかぬまま、原島富士雄の世界に浸り、帰って行った。

鏡子の携帯に、いっときも忘れたことのなかった声で電話がかかってきたのは一週間前の夜である。ちょうど鏡子が自宅の居間で、すり寄ってきた猫のトビーを足にまとわりつかせながら、窓の向こうの闇《やみ》に包まれた森をぼんやり眺めている時だった。

「僕です」と彼は言った。おどおどし、声はふるえていた。

こんばんは、と鏡子は言った。携帯電話を耳に押しつけた。何をどう話せばいいのかわからなかったので、天候の話をした。このへんは二月の雪でやられて大変だったけど、やっと春になったみたいです。そう言ってから、不覚にも胸が熱くなるのを覚えた。

彼は言った。ずっとあなたのことを考えていました、考えない時はなかった、と。手紙、読みました、ありがとう、と鏡子は言った。とてもよくいろいろなことがわかって、嬉《うれ》しかったです、今、どちらに？

川崎です、と彼は言った。マンションに戻り、娘の遺骨を寺から引き取って、今、こうしてあなたに電話をしています。あなたに会いたい。顔を見るだけでもいい。会ってひと言、あなたに御礼が言いたい。それで電話しました。

家はまだあのまんまです、と鏡子は言った。よければいつでも。

電話の向こうで、その時ふいに、むせび泣きが始まった。それは思いがけず長く続き、なかなか鎮《しず》まらなかった。

……新幹線がホームにすべりこんでくるのが遠くに確認できた。鏡子は姿勢を正し、まっすぐ前を向き、バックミラーとサイドミラーをせわしなく交互に覗《のぞ》いた。その位置に車を停めていれば、駅を出てこちらに向かって歩いて来る彼の姿がすぐに確認できる。

今日の献立は、と鏡子は気を落ち着かせるために心の中で唱えた。蕗《ふき》のごま煮、うどの甘酢漬け、揚げワンタン、卵チャーハン……。蕗のごま煮もうどの甘酢漬けも、もう出来上がっている。揚げワンタンは揚げるだけ。チャーハンは炒《いた》めるだけ。

胸がどきどきしてくる。四月の光が車のボンネットに乱反射し、まぶしい。

サイドミラーの中に、一人の男がこちらに向かって歩いて来る姿が映し出された。

鏡子は慌《あわ》ててバックミラーで確認した。黒のセーターに黒のズボンをはき、くたびれた感じのする深緑色の薄手のコートを着ていた。

すっかりやつれ、十歳も老《ふ》けこんでしまったように見えたが、それは確かに、鏡子のよく知っている男、鏡子が信じ、密《ひそ》かに待ち続けていた男だった。

鏡子は近づいて来る男をバックミラーの中に見つめながら、ほとんど唐突に、鏡子、という自分の名前について考えた。自分たちは互いに互いを映し出すための「鏡」だったのだ、と思ったとたん、突き動かされるような気持ちにかられた。

勢いよく後ろを振り向くと、彼はもう、すぐそこに来ていた。

［参考文献］

『マリリン・モンローの最期を知る男』ミシェル・シュネデール（長島良三訳）
河出書房新社
『狂気の偽装―精神科医の臨床報告―』岩波明　新潮文庫
『心に狂いが生じるとき―精神科医の症例報告―』岩波明　新潮文庫
『家屋と妄想の精神病理』春日武彦　河出書房新社

※なお、医療と人権問題に詳しい鈴木利廣弁護士からは、法律関連のみならず、
医療全般に関する貴重なご教授を賜った。この場を借りて心から御礼申し上げます。

解説

最相葉月

小池真理子の『モンローが死んだ日』は、「精神」と真正面から向き合ったサスペンスである。毎週水曜の夜にやってくるはずの人が来ない——という日常のひび割れが、主人公を不安の淵《ふち》に突き落とす。待っていれば来るのか。今日だけ待てばいいのか、明日も待つのか。そもそも主人公は誰を待っているのか。正体のよくわからない相手をただ待つしかない、サミュエル・ベケットの『ゴドーを待ちながら』の登場人物たちのごとく、主人公は自身の存在意義を揺さぶられ、底なしの孤独に襲われる。序章に胸を捕まれたらもう、最後まで読み通さずにはいられなくなるだろう。微に入り細を穿《うが》つように描かれる主人公の内面に搦《から》め捕られ、逃れられなくなる。

主人公の名は鏡子。別荘地として知られる軽井沢から少し離れた、別荘と一般住宅が混在する北佐久《きたさく》郡花折町《はなおれまち》に住む五十九歳の女性である。更年期にさしかかり、心身のさまざまな不調に見舞われ始めた頃に、夫を病で失った。配偶者の死は誰にでも起こることであり、そのことによる悲嘆は通常、精神の病とは呼ばれない。愛する人を失った悲しみが消えることはないが、時の経過と共に形を変え、残された者の心の箱に収まっていく。

鏡子の場合、少し様子が違った。夫婦に子どもはなく、母親はすでに他界し、早くに離婚した父親の所在はわからず、兄弟姉妹もいない。働きに出るようになって気持ちは紛れたが、不調は続き、たびたび発作に見舞われた。気がつけば涙が流れる。浅い眠りの中で、氷に閉ざされた何もないアイガー北壁を猛烈なスピードで落下する恐怖に襲われる。自分の中に、支配欲の強い異様なパーソナリティの持ち主である母親の血が流れていることを意識し、いたたまれなくなる。

医師と出会ったのは、そんな時だった。医師は、四つ年下の五十五歳。患者とその主治医の関係としてである。良心的な精神科の初診がそうである以上に、医師は鏡子の話を丁寧に聞いた。孤独に暮らす鏡子にとってそれは、夫との幸せだった時間を悲しみではなく、生きる希望に捉《とら》え直すきっかけとなる。夫を亡《な》くしてから見られないでいた映画「トリコロール・青の愛」を再び見ることができたとき、鏡子は自分の中に存在する力に気がつく。

「青いプールの底に漂っている時のような、無音の世界に吸いこまれていきながら、鏡子は自分がもくもくと生きていこうとしていること、生来、そうすることのできる力を持ち合わせていたこと、強くはないが、決して弱くもなかったことを知った。いたずらに時間を巻き戻して感傷に浸るのではなく、また、先のことをあれこれ案じて不安を覚えるのではなく、自分にはもともと、生きるための動物的なエネルギーが備わっていたこと、いかなる状況においても、生き延びていく才能の持ち主だったことに気がついた」

回復は予想以上であり、治療はまもなく終了を告げられた。鏡子は不安の残滓《ざんし》を意識しつつも、母胎に浮かぶ胎児のような安心感に包まれた診察風景を思い出すことで、自らを支えようとしていた。

ある日、突然の再会から物語が動き出す。絶対の信頼を寄せ、夫にも話さなかった胸のうちを打ち明けた医師が、一人の男性として目の前にいる。ほのかに何かを期待する気持ちに気づき、鏡子はそんな自分を嘲笑《あざわら》う。急速に進む肉体の衰え、そこに追い打ちをかけた愛する人の喪失。もうこれ以上傷を負いたくない、人生に波風を立てず静かに老いていきたい。「これからもずっと、独りなんだから……」。自分に言い聞かせるように、鏡子はつぶやく。

「こうやって独りで生きて、老いて死んでいくしかないんだから。余計な夢なんか見ないで、よそ見しないで、今日と明日をどうするか、ということだけ考えていればい い。そうやって生きていけば、寿命が尽きる日が少しずつ近づいてきて、そのうちきっと、煩《わずら》わしいことすべてに背を向け、静かな眠りにつけるのだから」

諦《あきら》めること、手放すことによる癒《いや》しというものがある。だがそれは、甘やかな期待の裏返しであり、鏡子ぐらいの年齢になれば誰もが思い当たるであろう、今以上自分を傷つけまいとする自己防衛の心理かもしれない。

親密になっていく二人に引き込まれながらも、読者は、いずれ医師は鏡子の前から消えてしまうのだという「結末」を意識せざるをえず、宙ぶらりんの状態で読み進めていくことになる。携帯電話に目をやるときの険しい顔つき、出身を尋ねたときの一瞬の困惑、何か別のことを考えているような沈黙……、医師の一挙一動に、主人公を裏切る「悪人」にふさわしい欠片《かけら》を探そうとする。

物語の中盤に差し掛かるところで、ついに序章に描かれた医師の失踪《しっそう》の時点に引き戻される。いったい彼は何者か。大部の物語のあと半分以上ものページを費やして、著者は読者をどこに連れて行こうとするのか。

物語はまったく予想外の展開を見せる。ここまで鏡子の心情に寄り添っていたつもりの読者は、豹変《ひょうへん》する鏡子に戸惑い、裏切られた気がするかもしれない。自分が登場人物に共感できるかどうかを基準に物語を読む人は、著者の企《たくら》みに振り落とされてしまうだろう。信頼していた相手に裏切られ、絶望に陥った人間が何を考え、どんな行動をとるか。フィフティフィフティであるはずの大人の恋愛では、相手に突然去られて悲しいと感じはしても、自分を「馬鹿《ばか》にしている」とは思わないだろう。「餌食《えじき》になってしまった」と憤《いきどお》るのは、制御不能に陥った人間の狂気そのものである。まして
や、医師の勤務する病院で患者を装《よそお》って診察を受けるとなると……。
だが、この突発的と思える行動によって医師の正体が明らかになっていくのである。

本書は、二〇一四年一月から翌年三月にかけて「サンデー毎日」に連載され、二〇一五年六月に毎日新聞出版より単行本化された。実父をモデルに描いた吉川英治文学賞受賞作の『沈黙のひと』以来、三年ぶりの長編小説となる。著者インタビューによれば、創作のヒントになったのは、一九九一年に起きた実際の事件だったという（毎日新聞二〇一五年六月五日付）。ある女性と同棲《どうせい》していた医師が病院にも行かずに亡くなった。残された彼女が医師免許証をもとに調べてみると男性と一致しない。自分が一緒に暮らしていた人が誰なのかわからない、という新聞の三面記事だ。

創作意欲を掻《か》き立てられる不可解な事件とはいえ、たった数行の報道を題材にこれだけの大冊に仕上げた著者の手腕に圧倒される。絶望の淵に立たされた人間がどのように自分を見失うのか。狂気の一歩手前にあってどのように踏み止《とど》まり、自分を見つめ直し、再生へと向かうのか。息詰まるストーリー展開に押されて見過ごされそうだが、ここには、「精神」とは何か、という現代社会が避けては通れない問題に対する著者のメッセージが込められているように思える。

厚生労働省が三年ごとに実施する「患者調査」によれば、精神疾患によって医療機関を受診する患者数は年々急速に増加し、二〇〇五年にはついに三〇〇万人を越えた。受診していない潜在的な患者数を含めれば、その何倍にもなるだろう。世の中にはうつ病を始めとする精神疾患を題材とする書籍があふれ、職場に行けばフロアに一人はメンタルに支障をきたして休職中ということも珍しくない。

十〜二十代の年齢層で自殺や不慮の事故が死因の一位となるのは世界的な傾向だが、三十代になってまでも一位であるのは日本の特徴で、死亡者数のうちおよそ三人に一人が自ら命を絶っている（「自殺対策白書」二〇一七年版）。

自殺はある日突然起こるものではなく、経済問題や家庭の事情、病気、職場や学校でのトラブルなどさまざまな引き金によってなんらかのサインを周囲に発しつつ、その人なりのプロセスを踏んで実行に至るが、九割以上が最終的にはうつ病などの精神疾患に罹《かか》っていることがWHOの統計などによっても裏付けられている。病によって正常な判断力を失い、いっそ死んだほうが楽になると考えてしまう、すなわち死の恐怖が薄まるからこそ一線を踏み越えることができるのである。

では、踏み越えてしまう人と、踏み止まる人の違いは何であるのか。

本書は近年、とくに東日本大震災以降、日本の精神医学や心理学の分野で注目されている「レジリエンス」の一つの結晶と考えられないだろうか。レジリエンスとはもともとバネの弾力性や復元力を表す物理学用語で、人間が本来もつ打たれ強さ、しなやかさ、へこたれないでいる精神を意味する。この概念をいち早く提唱したフランスの精神科医ボリス・シリュルニクは、ナチの収容所で生き延びた人々やルーマニアの孤児院で育った子どもたちの調査を行い、彼らが過酷な体験を経てなお生き抜くことができた理由として、「物語」の重要性を指摘している。

シリュルニク自身、親ナチスのヴィシー政権下で行われたユダヤ人一斉検挙の際に両親をアウシュビッツ収容所で殺され、自分一人だけ逃げることができたサバイバーである。途中いろいろな人の助けを得て、逃げ切った自分をまるでヒーローのように周囲に語ってみせることもあった。ところが後年、記憶をもとに当時の関係者を探して検証したところ、事実はところどころ違っていた。つまり、記憶を「捏造《ねつぞう》」していたのである。とはいえ、人生の節目節目で心ある大人に出会い、助けられてきたのは間違いなく、過酷な現実に耐えられるよう、過去を想像で埋めて記憶を再構成し、編み上げた物語が自分を支えてくれたと回想している（『憎むのでもなく、許すのでもなく――ユダヤ人一斉検挙の夜』参照）。

マリリン・モンローが獲得できなかったのが、レジリエンスであった。精神の病をもつシングルマザーのもとで生まれ、孤児院に預けられたモンローも、不幸な出自をもつからといって始めから将来が決まっていたわけではない。ただ里親がたびたび変わったこともあって、安定した信頼感のもとで情愛を育《はぐく》むことができなかった。虐《ぎゃく》待《たい》を受けた形跡もある。芸能界にデビューしてから、自分は王家の出だとか父親はクラーク・ゲーブルだなどとほらを吹いたのは、自分を飾り立てでもしなければ過酷な世界を生きられなかったためだ。モンローの主治医がなそうとしたのは、ノーマ・ジーンの幼年期に意味を与え、物語を再構成する作業だったのだろう。しかし、それが叶《かな》わぬまま世を去ってしまった。

二〇一五年十二月に来日した際、シリュルニクは筆者との対談で次のように語っている。

「人生はいつどんな悲劇に見舞われてもおかしくありません。しかし過去に対する怒りや憎悪《ぞうお》にとらわれて生きるより、自分に何が起きたのか事実を知り、理解した上で、よりよく生きることを選ぶほうがいい。自分の水平線に塗る色は自分で選ぶべきです」

過去に閉じこもって無理やり忘れようとするのではなく、物語を修正してでもレジリエンスを発揮させることで人は生きることができる。著者が鏡子に託したのは困難な生を生き直すこと、すなわち、「再生」への希望ではないか。

いつだったか、作家はプロフィールに生年を明記すべきだと著者が書いているエッセイを読んだことがある。書き手がどんな時代を生きたかを知ることは作品を読む手がかりになるし、年齢を隠すことにがんばるぐらいなら、よい小説のひとつも書いたほうがいい、という内容だったと記憶する。思い返せば、私がそもそも著者の作品に惹《ひ》かれたのは（サイン会に行ったこともある！）、一九六〇年代から七〇年代初頭の「政治の季節」に青春を過ごした若者たちの気分を感じさせてくれる作家だったことが大きい。

その意味では本書もまた、まこと時宜を得た作品だったと思う。自宅の全焼や両親の死といった私生活での困難を経て、レジリエンスは、著者自身も向き合うべき喫緊の課題だったのかもしれない。最新作『死の島』では、末期がんに侵された元編集者の尊厳死を扱っている。著者が時代に何を見出《みいだ》すのか、これからも目が離せない。

最後に。主人公の鏡子という名前であるが、往年のファンであれば、著者がこよなく愛する三島由紀夫の『鏡子の家』を想起したことだろう。鏡子自身、ヒロインが自分と同じ名前なので興味をもって『鏡子の家』を読んでみたが、自分とはまったく違うキャラクターでがっかりしたと医師に語る場面がある。高度成長という時代の大きな転換期に、資産家令嬢・鏡子の家をサロンとして利用する青年たちの群像劇と本作では、時代もストーリーもまるで違う。やはり、たんに名前を拝借しただけかとそのまま読み進めてしまいそうだが、著者がそんな余談めいたエピソードをこのまま放置するわけがなく、名前の一致の意味はラスト数行に関係するので気を抜かずに読み進めてもらいたい。

（平成三十年九月、ノンフィクションライター）

この作品は平成二十七年六月毎日新聞出版より刊行された。

新潮文庫最新刊

髙村薫著
冷血（上・下）
クリスマス前日、刑事・合田雄一郎は、歯科医一家四人殺害事件の第一報に触れる――。生と死、罪と罰を問い直す、圧巻の長篇小説。

小池真理子著
モンローが死んだ日
突然、姿を消した四歳年下の精神科医。私が愛した男は誰だったのか？　現代人の心の奥底に潜む謎を追う、濃密な心理サスペンス。

篠田節子著
蒼猫のいる家
働く女性の孤独が際立つ表題作の他、究極の快感をもたらす生物を描く「ヒーラー」など、濃厚で圧倒的な世界がひろがる短篇集。

村山由佳著
ワンダフル・ワールド
アロマオイル、香水、プールやペットの匂い――もどかしいほど強く、記憶と体の熱を呼び覚ますあの香り。大人のための恋愛短編集。

姫野カオルコ著
謎の毒親
投稿します、私の両親の不可解な言動について――。理解不能な罵倒、無視、接触。親という難題を抱えるすべての人へ贈る衝撃作！

吉本ばなな著
イヤシノウタ
かけがえのない記憶。日常に宿る奇跡。男女とは、愛とは。お金や不安に翻弄されずに生きるには。人生を見つめるまなざし光る81篇。